IOAN M

Vulpea lui Akira

Ioan Mihai Cochinescu

Vulpea lui Akira

roman-puzzle

3
TREI

Editori:
Silviu Dragomir
Vasile Dem. Zamfirescu

Director editorial:
Magdalena Mărculescu

Redactare:
Carmen Eberhat

Design copertă:
Andrei Gamarț

Ilustrație copertă:
Sidonia Călin

Director producție:
Cristian Claudiu Coban

Dtp:
Dan Crăciun

Corectură:
Rodica Crețu

Descrierea CIP a Bibliotecii Naționale a României
COCHINESCU, IOAN MIHAI
Vulpea lui Akira : roman puzzle / Ioan Mihai Cochinescu. - București : Editura Trei, 2022
ISBN 978-606-40-1348-4

821.135.1

O.P. 16, Ghișeul 1, C.P. 0490, București
Tel.: +4 021 300 60 90; Fax: +4 0372 25 20 20
e-mail: comenzi@edituratrei.ro
www.edituratrei.ro

ISBN: 978-606-40-1348-4

Și aceasta este o carte de vise.
De-aceea, personajele și relatările
sunt de cele mai multe ori imaginare,
iar potrivirea de nume este adesea
întâmplătoare.

Autorul

Nepoata îngerului

În Piața de Fân din apropierea casei noastre Secession se instala periodic un bâlci căruia i se spunea *Luna Park*. Cât era piața de largă, se montau tot felul de chioșcuri, podiumuri, scene în aer liber, corturi, caravane, un labirint complicat din sticlă și oglinzi, lanțuri, bărci uriașe, ringhișpiluri, baraci de tir cu aer comprimat, se vindeau bezele colorate, vată pe băț, rahat de trandafiri, halva, șerbet, baclava și halviță din insula dunăreană Ada Kaleh și defilau acrobați, jongleri și clovni pe picioroange. *Zidul Morții* era însă de departe cea mai spectaculoasă atracție, cu motocicliști rulând cu mare viteză, legați la ochi, în interiorul unui uriaș butoi cu diametrul de vreo doisprezece metri, podit cu scânduri de lemn.

Eu și prietenul meu Gole ne pierdeam ore întregi căscând gura prin piață, plimbându-ne aiurea. El s-a angajat însă în scurtă vreme ca sezonier la o baracă de tir cu aer comprimat și ronțăia gloanțele de plumb căzute prin colb pentru a le refolosi în mod ilicit. Avea dinții negri din cauza asta și nesocotea, râzând, sumbrele mele avertizări că va muri în chinurile iadului din cauza intoxicației cu plumb.

Să fi avut pe-atunci vreo doisprezece ani. Am intrat în cortul ce promitea extraordinarele îndeletniciri ale femeii-pitic fără mâini, care-și folosea însă picioarele într-un mod uluitor. Mi-era teamă să mă uit la femeia-păianjen, mă oripila omul-bivol, eram înspăimântat de labirintul din sticlă și oglinzi, uram reptilele din pavilionul animalelor, dar femeia-pitic fără mâini era de-a dreptul fascinantă.

În primul rând, pentru că era tânără și frumoasă. În al doilea, pentru că avea o voce catifelată, plăcută și niște ochi mereu zâmbitori. În al treilea, pentru că putea să bage ața în acul mașinii de cusut într-o singură clipă, cu ajutorul degetelor de la picioare. Mama mea, fiind croitoreasă de ocazie, se căznea adesea să bage ața în ac, așa că uneori mă punea pe mine să fac lucrul ăsta nesuferit. Dar ce nu putea face pitica cea frumoasă, numai cu picioarele sale? Se spăla pe dinți, se pieptăna, se gătea la oglindă, desena, scria poezii într-un jurnal cu copertele matlasate îmbrăcate în mătase mov, cânta magnific la harpă preludiile lui Debussy și, la un pian foarte mic, sonatele lui Beethoven. Curăța cartofi, gătea, deretica prin mica ei casă de mucava cu pereții pictați în mov și verde. La sfârșitul reprezentației dăruia spectatorilor autografe. Ca și mine, cei mai mulți reveneau din când în când să o vadă. Era uimitoare și pentru că de fiecare dată prezenta câte-un număr nou. De pildă, numărul de neuitat în care, pe neașteptate, devenea transparentă și se transforma în mii și mii de fulgi de zăpadă, pe care reușeam să-i prindem cu limba din zbor și chiar erau reci, ca gheața. E începutul filmului, v-ați dat seama, cred.

Într-o zi am găsit-o în sufrageria noastră. Am rămas mut, minute în șir. Ședea turcește pe recamier și mă privea, fără niciun cuvânt. Din camera de-alături se auzea mașina de cusut a mamei. Rămăsesem complet nemișcat în ușă când mama m-a luat de mână și m-a condus râzând ușurel în dormitor.

Pe marginea patului meu stătea cu capul aplecat spre podea o fată care părea doar puțin mai mare decât mine. Când și-a ridicat ochii, m-a săgetat cu o privire care mi-a traversat fără pic de milă stomacul, picioarele și genunchii și s-a întors, cotrobăindu-mi sufletul, până spre biata mea inimă care nu mai bătea, ci se zvârcolea de-a dreptul într-un puls nebun. Mi-a spus că o cheamă Beatrice și că e fata piticei. Mi-a explicat că mama ei își comandase o bluză, o fustă plisată și-un capot aici, la mama mea, căreia îi mersese vestea de bună croitoreasă printre vecini și prieteni.

— Iar tu cum de nu ești pitică? am întrebat-o, înghițind nodul care mi se cuibărise în gât fără chip de scăpare.

— Habar nu am, a ridicat ea din umeri. Vrei să te dai cu bărcile?

Pentru că tăceam în continuare, a adăugat:

— Adică ai curaj?

Cum încă de mic aveam talentul de a răspunde pe negândite numai tâmpenii, i-am zis:

— Cum să nu? Ce mare scofală?

O, Doamne, cât de frumoasă era! Semăna mult cu mama ei, dar era înaltă, avea o ținută zveltă, un mers pe vârfuri, călcând un pic lateral, precum balerinele. M-a luat de mână foarte grijulie, de parcă i-aș fi fost frate, și s-a oprit în fața celei dintâi bărci uriașe din șirul celor care se aflau în piață. Se înserase de-a binelea, ici-colo se mai ivea câte-un om dintre cei care păzeau barăcile și corturile. Unul din ei se afla chiar lângă barcă, ținând în mâini pârghia frânei din scânduri de stejar, ce avea menirea să-i încetinească balansul când se isprăvea o tură. Stâlpii de fier ai balansoarului erau înalți cât casele cu două etaje de vizavi. Pentru cei mai curajoși, care se dădeau peste cap, erau montate niște curele speciale, din piele, în podeaua bărcii. Era înfricoșător și numai să privești o asemenea rotire. Povesteau oamenii că odată, după numai câteva rotiri, o fată s-a desprins din podea și a zburat, plutind lin peste oraș către Pădurea Verde și că nimeni după aceea nu a mai văzut-o.

— Poate fi adevărat? am întrebat-o pe frumoasa Beatrice.

— Sigur că e adevărat. Era mătușa mea, Beatrice. Da, o chema tot ca pe mine, a râs ea încetișor. Era sora mamei mele și totodată nașa mea. De-aia mă și cheamă Beatrice.

— Și ai mai văzut-o de-atunci?

— Bineînțeles. În fiecare noapte! Ea e îngerul meu acum, a clipit fata arar dând drumul unui zâmbet melancolic. Ține-te bine, nu te uita în jos! Privește-mă în ochi, doar atât! mi-a poruncit sec.

Și a început legănarea. Părul ei lung, bogat, despletit îmi atingea fața la fiecare balans. Sigur că eram fericit. Cine m-ar fi crezut, a doua zi, că am avut norocul să mă dau în barca uriașă împreună cu nepoata unui înger? După mai puțin de un minut însă, am simțit că mi se face rău.

— Ești bine, violonistule?

De unde naiba știa de vioară? Cine i-o fi spus?

— Da-da-da, foarte bine, mi-am descleștat gura cu greu.

— Ne mai dăm?

— Dadada!

— Mai tare?

— Dadada, dârdâiam eu de-a binelea.

Balansul era din ce în ce mai mare. Răul, așijderea. Îmi înțepeniseră mâinile pe barele groase de fier ale bărcii. Am simțit zdruncinătura frânei din lemn de stejar și l-am binecuvântat pe bunul Dumnezeu, jurându-i credință nestrămutată, până la sfârșitul zilelor mele. Am coborât tremurând din toate încheieturile. Nici să vomit nu puteam. I-am simțit mâna pe fruntea mea, mângâindu-mă cumva duios și cu milă deopotrivă.

— Toți pățim așa, la-nceput, când învățăm să zburăm. Stai liniștit, violonistule, o să fie bine! Noapte bună!

Fără veste, s-a aplecat spre mine și m-a sărutat pe obraz. Apoi a dispărut ca o nălucă, dincolo de umbra lent mișcătoare a bărcii uriașe.

Gingașa prințesă Rosamunda

Am zărit-o de departe pe Beatrice, în dreptul frizeriei din capătul străzii noastre, la colț cu strada Simion Bărnuțiu, venind prin umbra castanilor de pe lângă zidul din cărămidă amestecată cu chirpici al curții hanului, plin de care cu boi și căruțe trase de cai mari și puternici. Fie mari, fie mici, tocmai urma să dărâmăm prin muncă patriotică gardul hanului pentru a face loc unei școli noi, în care aveam să învățăm până spre clasa a opta. Fata împingea de zor un căruț de copii dintre cele cu roți mari și spițe de bicicletă, cum avusesem și eu în primii ani de viață, și încerca să se ferească de zdruncinăturile bucăților de granit ieșite din caldarâm. A traversat linia de tramvai îndreptându-se direct către casa noastră și mi-a zâmbit prietenos, văzându-mă în poarta uriașă a clădirii. În cărucior dormea un copil. Cel puțin, așa părea. De fapt era mama ei, pitica Rosamunda de la Luna Park. Micuța femeie dormea profund.

— Cum de nu se trezește, cu toate zgâlțâielile astea? am întrebat-o.

— Pentru că e leșinată, de-aia.

— Cum, leșinată?

— Uite-așa leșină ea, cam de două-trei ori pe zi, din cauză că mănâncă prea puțin și fumează pipă prea mult.

— De unde-i numele ăsta, Rosamunda?

— E-un cântec foarte vechi despre o prințesă, Rosamunda.

— A, știu cântecul, am un unchi care-l cântă la acordeon, tare frumos. Era un șlagăr în timpul războiului, la fel de vestit printre nemți ca Lili Marleen și Soldatenlied, mi-a spus tatăl meu.

Rosamunde, schenk mir dein Herz und sag ja / Rosamunde, frag doch nicht erst die Mama / Rosamunde, glaub mir auch ich bin dir treu / Denn zur Stunde, Rosamunde, / Ist mein Herz gerade noch frei.

— Nu-nu-nu, a dat din cap fata. Nu-i ăsta. E altul, mult mai trist. Am venit la probă pentru capot și să luăm fusta plisată, a schimbat vorba.

— Păi, să știi că am și eu un merit, pentru că i-am ținut toate pliseurile alea să nu se șifoneze când le călca mama cu fierul cu cărbuni.

— Azi te duc la Zidul Morții, să-l vezi pe Levitin cum se dă cu motocicleta legat la ochi.

— N-am eu bani de-așa ceva.

— Te bag pe gratis, prin spate, mi-a zâmbit enigmatic din ochii ei melancolici.

Ajunsă în curte, pitica Rosamunda a sărit vioaie din căruț, a urcat cele șase trepte, intrând mai apoi în antreu și s-a apucat să defileze în capot veselă nevoie mare prin fața oglinzii din sufragerie, urcându-se din când în când pe șamliul[1] de lângă sobă, să se vadă mai bine. La plecare, s-a așezat cuminte în căruț, a clipit de câteva ori și s-a prăbușit cu capul pe pernuță, ca lovită de trăsnet.

---

1 scăunel (*Schamlie*, șvăbește; *Schemel*, germ.).

— Vezi? Ăsta-i leșinul ei de la ora patru. La cinci se trezește și are prima reprezentație în cort.

— Nu ți-e frică de ea când leșină? Dacă moare așa, fără veste?

— N-a murit niciodată până acum, a râs fata. Stai liniștit. De când o știu e-așa. A văzut-o chiar în vara asta la Roma un doctor suedez și ne-a spus că va muri la o sută de ani, dar că va leșina de-o sută de mii de ori până atunci.

N-o mai auzeam, închisesem ochii, zâmbind prostește. Pentru că Beatrice mirosea a lavandă, petunii, aer sărat precum briza mării și ciocolată amăruie, ca-ntr-o poveste cu prințese adevărate și iubiri neînțelese.

Echipa motociclistului Levitin venea din Moldova sovietică, unde cutreierase iarmaroacele din Bubuieci, Râșcani, Cruzești, Stănceni, Buicani, Colonița și de prin jurul Chișinăului, cu mici reprezentații. Într-un scurt reportaj al unui jurnal de actualități filmat la Chișinău în timpul unei acrobații cu o mașină de curse pe Zidul Morții apare și Levitin, care îi spune înainte de start, în limba română, partenerului său, aflat pe niște patine imense cu role: „Acuma? Păi, da!“, iar o tânără spectatoare, trecându-și degetele prin păr și-apoi încleștându-și o mână pe reverul hainei prietenului ei, îi strigă îngrozită femeii de lângă ea: „Amu iasî, au!“

Înainte de spectacol, motocicliștii făceau tot felul de acrobații cu motoarele lor gălăgioase, rulând pe loc peste niște role cilindrice lungi, cu rulmenți, montate în scândurile de brad încă verzi, cu miros de rășină, ale terasei de la intrarea în butoiul cel uriaș. Tot acolo, pe măsuța unde se vindeau bilete, se învârteau continuu câțiva șoricei albi într-o centrifugă făcută din sârmă subțire, ca o colivie pentru păsări. Copiii foarte mici îi iubeau, le strecurau boabe de grâu printre gratii. Ce frumoși erau! Cât de zglobii și de neastâmpărați! Și alergau, așa, degeaba, fără odihnă, drăguții de ei!

Am ajuns, furișându-ne printr-un mic burduf din pânză de cort, cârpită pe-alocuri cu petice de felurite mărimi și culori, în spatele butoiului, chiar la baza lui, în vreme ce afară, în fața mulțimii, Levitin și echipa sa ademeneau publicul cu vocea spartă a unei pâlnii de megafon, ce declama patetic și metalic un text imposibil de înțeles, și cu acrobațiile pe care le făceau pe rolele de lângă scara care urca spre buza superioară a cilindrului din lemn, de unde se putea urmări întreg spectacolul privind în jos. Beatrice a încălecat fără să ezite una dintre motocicletele sprijinite de catargul din mijloc, apăsându-i energic pedala de pornire. Am urcat de îndată și eu, în spatele ei. De-a dreptul hipnotice, toate mișcările mele ce au urmat! Printr-un fel de magie pe care nici astăzi nu o pot explica, nu mă puteam împotrivi voinței fetei, sub niciun chip. Totul s-a petrecut, de altminteri, halucinant de repede. Vedeam peste umărul ei doar un fel de potecă cenușie continuu mișcătoare, o dâră de lumini stroboscopice în dreapta și-o panglică albă, nesfârșită, în stânga. Zgomotul sacadat al motorului în țeava scurtă de eșapament, ca o mitralieră de avion de război, trepidațiile. Mirosul de ulei, benzină, fum. Și-atât.

— Privește! mi-a strigat ea.

Ca să fie nebunia deplină, desprinzându-și ambele mâini de ghidonul motocicletei, Beatrice și-a dezlegat baticul de la gât și și-a acoperit cu el complet ochii, făcându-i un nod la spate. La coborâre ne aștepta un acrobat-jongler uriaș cu brațele încrucișate. Era tatăl ei, care, privind-o în ochi fix trei secunde, i-a tras o palmă zdravănă peste față. Complet absurd și caraghios, i-am sărit în cârcă lovindu-l cu pumnii, iar namila, impresionată de curajul meu nebun, a izbucnit mai apoi în hohote de râs.

— Nu sunteți sănătoși la cap! Tâmpiți ce sunteți, idioți și cretini și proști. Dobitoci de cretini și de idioți! a repetat el mecanic. Puteați muri, cu-adevărat, tâmpiților!

Chiar atunci a apărut ca dintr-un fum de poveste arabă marele Levitin și s-a oprit, privindu-ne ca pe niște stafii. Fără nicio ezitare, eu am dus mâna la tâmplă, într-un salut pionieresc și i-am recitat pe nerăsuflate:

— *Ruski alfavit mî znaiem / Uje pișem i citaiem / I vse bukvî pa pariadku / Bez așipki nazîvaiem.*[2]

La sfârșitul spectacolului, după ultima tură de acrobație, Levitin le-a adresat zâmbind spectatorilor salutul său de mulțumire, fluturându-și mâna dreaptă în semn de bun-rămas și-apoi a coborât cu motocicleta în spirală și-n mare viteză din butoiul uriaș, direct în gura mare a canalizării, căreia cineva îi luase capacul din fontă peste noapte, nimerind într-o catacombă dintre cele care împânzeau Timișoara încă din vremea imperiilor, traversând după aceea subteran, prin alte tuneluri, Parcul Clinicile Noi, Podul Modoș, pe sub Bega și pe sub ecluzele de la Sânmihai și-apoi, pe sub Tisa, din Iugoslavia către Italia, până la Veneția, de unde a luat un vapor către America și dus a fost.

---

2 Noi știm alfabetul rus, / Deja scriem și citim / Și toate literele, în ordine, / Le numim fără greșeală (rus.).

Ce iulie nemilos! Ce soare neîndurător la amiază! Ne îndreptăm spre vechiul braț al canalului Bega din capătul Parcului Poporului, ce seamănă acum cu apele jucăușe ale unui pârâu. Beatrice, îmbrăcată numai în chiloți tetra și maiou alb, împinge căruciorul în care doarme mama ei, pitica Rosamunda. Tot din cauza căldurii, și eu sunt îmbrăcat doar într-un slip, la fel ca toți ceilalți copii veniți la scaldă. Facem baie, stropindu-ne cu apă și azvârlind cu pietre rotunde și turtite, pieziș, peste unda pârâului. Mama Rosamunda se ridică în capul oaselor, ne privește duios și spune:

— Dumnezeu să vă binecuvânteze, copii!

Și-apoi cade iar în inocentul ei leșin.

Amami me che sono re / non posso amarti tengo marì / Tuo marito fallo morire / t'insegnerò come devi far / Vai nell'orto del tuo buon padre / taglia la testa di un serpentin / Prima la tagli e poi la schiacci / e poi la metti dentro nel vin.

Poate că Beatrice avea dreptate. Poate că frumoasa ei mamă, pitica Rosamunda, era urmașa prințesei lombarzilor, gingașa fată a regelui gepid Cunimund, cea care — se spune — ar fi fost silită să bea vin din craniul propriului ei tată și i-a jurat răzbunare, pe vecie.

Litere în zid

Copil fiind, nimeni nu mi-a povestit niciodată despre istoria acestui oraș uluitor. Și, de fapt, n-am aflat mai nimic nici despre locurile prin care-am hoinărit în copilărie, mai apropiate de casa noastră Secession. Nu știam nici măcar cum se numeau străzile principale ale orașului, care oricum, de la o stăpânire la alta, erau schimbate. Bulevardul Take Ionescu, de pildă, fusese rebotezat, pe rând, Eroilor de la Stalingrad, după aceea Tipografilor și apoi Leontin Sălăjan.

Însuși cuvântul *istorie* l-am descoperit singur la Muzeul Banatului din Castelul Huniade, în lungile mele plimbări fără țintă, cu tramvaiul și pe jos, mai cu seamă în timpul vacanțelor sau când mama era internată la spital pentru câte-o operație misterioasă și întotdeauna complicată, iar eu ajungeam până în salonul ei de dragul mirosului de biscuiți și al compotului de mere cu gust de vanilie și scorțișoară.

— Cum Dumnezeu ai ajuns până aici? mă certa fără să coboare din pat, privindu-mă stins, cu ochii obosiți de nesomn. Nici șireturile nu ți le-ai legat. Unde ți-ai rupt treningul?

Mă mângâia apoi dinspre creștet spre marginea bretonului tăiat perfect cu foarfeca de către morocănosul meu naș frizer, schițând un zâmbet care părea că-i destramă tristețea, desenându-i în colțul gurii câteva riduri fine.

— Ai măr? o iscodeam. Ai eugenii?

Femeile din paturile vecine se amuzau. Știau că voi veni, îmi păstrau crumpițucăr, salam cu pâine albă sau biscuiți Eugenia, cuburi colorate de rahat, mere și zahăr coțcă.

— Cine te-a adus? mă întreba gâfâind femeia grasă și veselă din dreptul geamului, care la fiecare vorbă părea că se opintește.

— Am venit singur cu tramvaiul. Am permis permanent, cu *dovadă*. Uitați!

Femeile își treceau una alteia micul meu carnețel cu coperte albastre pânzate, un abonament gratuit pe toate liniile de tramvai și chiar pe vapor, pe Bega. Mica fotografie mă înfățișa cu un chipiu de marinar, râzând cu gura până la urechi. Nu cred că aveam mai mult de cinci sau șase ani. Vecinele de pat ale mamei râdeau și ele, la fel ca taxatoarele din tramvai, citind textul legitimației de călătorie: „*Dovadă*. Se dovedește că tovarășul călătorește în interes de serviciu și se acordă călătorie gratuită pe toate liniile". Aveam pe-atunci astfel de abonamente toți cei din familie, ca recompensă pentru faptul că jucam în piesa de teatru *Hänsel și Gretel* pe scena clubului întreprinderii de tramvaie. Eu, de exemplu, eram pisica vrăjitoarei. Și, Doamne, urâtă mai era vrăjitoarea asta! Ca noaptea de pe scenă de urâtă. Ca umbrela cea neagră din antreu, care rămânea deschisă după ploile cele repezi de vară și rânjea către mine cu toți colții ei de porc sau de gânsac. Mai rea și mai primejdioasă decât *Iuda*, omul-rău, și mai cumplită decât *Umbra*, fantoma de noapte care bântuia dinspre Șase-Case pe strada Drăgășani, prelingându-se peste clădiri și copaci într-un dans lugubru, aducător de tunete, fulgere și nenorociri.

Cam despre lucrurile acestea îi povesteam frumoasei Beatrice în vreme ce ne apropiam de intrarea în labirint. I le povesteam cu detașarea și seriozitatea unui om matur care deapănă amintiri, deși eu aveam doar treisprezece ani, iar ea numai paisprezece.

— Ai mai intrat vreodată într-un labirint? m-a întrebat.

— Nu. De ce?

— Pentru că s-ar putea să nu mai ieșim, mi-a zis pe un ton foarte grav. Niciodată.

Ca multe alte atracții din bâlciul Luna Park instalat pe timpul verii în Piața de Fân, labirintul oferea mulțimii de gură-cască un șir de vitrine cu geamuri mari, în care puteau fi văzuți în răstimpuri cei care, odată intrați, încercau să găsească disperați o cale de ieșire. Cei mai mulți erau caraghioși, pentru că se loveau de pereții de sticlă și de oglinzi montate pe un traseu misterios, înșelător, și, tocmai pentru că se știau priviți, zâmbeau cu expresii dintre cele mai stupide, exprimând teama și comicul, totodată. Nu de puține ori, se loveau între ei, ciocnindu-se.

— Deci? și-a arcuit sprâncenele Beatrice.

— Da, intrăm. Nu mă sperii eu de-o prostioară ca asta. În trei minute ieșim, o să vezi.

— Ești sigur?

— Foarte sigur. Am intrat și am ieșit de sute de ori din labirintul din Parcul Pionierilor. Sunt campion, ai încredere în mine.

— Bine, atunci hai.

Ne aflam de mai mult de trei ore în labirint. Nu mi-aș fi imaginat vreodată că dincolo de vitrinele care se vedeau la intrare se afla un spațiu atât de mare. Cred că ocupa mai bine de o jumătate din suprafața întregii piețe. După cele trei ore de rătăcire în care ne-am amuzat, ne-am alergat, ne-am dat pupici prin geam lipindu-ne nasurile și buzele de suprafața sticlei care ne despărțea, pentru a ne reîntâlni după aceea din teama de a nu ne pierde unul de celălalt, am obosit și ne-am așezat pe podea. Nu mai trecea nimeni pe lângă noi, nu mai vedeam pe nimeni prin geamuri.

— Beatrice, tu ești de-ai casei, ai mai fost în labirint, nu-i așa? Tu știi să ieși, da?

Ea m-a privit clipind des, încurcată.

— Beatrice, o să ieșim, da?

— Nu știu cum se iese. N-am mai fost aici niciodată.

Răspunsul ei mi s-a dus direct în stomac, precum căderea în gol de pe Podul Modoș, la scăldat în Bega. Se înserase. Prin geamuri și oglinzi, luminile pieței se reflectau tremurând ușor. Becurile colorate ale ringhișpilului împrăștiau zigzaguri dezordonate de fascicule de lumină pe chipurile noastre.

În primele încăperi ale muzeului se aflau câteva morminte protejate de geamurile închise ermetic ale vitrinelor. Se explica pe câte-o etichetă că acolo se află scheletul unei femei, în alt loc, al unui copil, dincolo al unui bărbat ghemuit, alături de armura lui de cavaler medieval și de câte-o urnă ce conținea obiecte personale. Treceam în viteză, cu oroare, pe lângă acele morminte și încercam să descopăr în picturile murale cauza acelor lupte crâncene în care mii de oameni cădeau victime, străpunși de sulițe, de săbii, iatagane, pumnale, cu tot cu caii cei impozanți, care se ridicau în două picioare înainte de a cădea și ei în toată bătălia căreia nu-i găseam rostul. Cine și de ce se luptau? Ce să cucerească? Să devină apoi ce anume? Să stăpânească ce? Pentru gloria cui? Pe etichete scria că fuseseră bătălii cu turcii, care în cele din urmă au fost învinși și alungați din cetatea Timișoarei. Cei care au câștigat lupta cine erau? Unde sunt ei acum? Mda-mda-mda... Zecile de vase de ceramică, farfurii de porțelan albastru și obiecte de podoabă pentru femei, diversele portrete pictate ocupau celelalte încăperi. De cele mai multe ori, în muzeu nu era nimeni. Mă plimbam de unul singur, ca și cum aș fi fost stăpânul castelului. Și, chiar așa, mă gândeam, Carol Robert ăsta de Nu-Știu-Cum, stăpânul cel adevărat, oare nu se plictisea de moarte printre scheletele alea? Sau pe vremea lui nu erau? Locuiau și alți oameni în palat? Avea cumva o soție și copii? Se plimbau și copiii lui, alergând prin toate sălile, țipând și râzând, așa cum făceam eu? Dădeau câte-un chiot, așteptând întoarcerea lui în ecou, tot ca mine? Am dus mâinile pâlnie la gură și-am țipat cât am putut de tare. Și, da, chiar s-a întors ecoul. De șapte ori, pentru că am numărat.

— Știi ce cuvânt am strigat atunci? am întrebat-o pe Beatrice.

— Nu, mi-a răspuns și-abia în clipa aceea am văzut că tremura ușor.

— Umbraaa! Asta am strigat. Umbraaa! Umbraaa!

Am început să râd, prostește, într-un soi de chițcăit caraghios. Dar Beatrice plângea tăcut, suspinând.

— Vrei o batistă?

A dat din cap afirmativ repede, de mai multe ori. Am scos din buzunar batista mea, frumos călcată și împăturită, și i-am oferit-o de parcă i-aș fi dat o floare. S-a cuibărit lângă mine, sprijinindu-se cu capul de umărul meu.

— Cred că o să murim aici, mi-a zis, oprindu-se din plâns. E partea de labirint în care nu se intră, de obicei. E blocată cu o oglindă. I se spune zona interzisă.

— Păi, și noi de ce-am intrat?

— Pentru că mi-ai zis să am încredere în tine. De-aia.

După miezul nopții luminile din piață s-au stins. Răzbăteau numai palidele luciri ale câte unui bec de stradă. Fără niciun cuvânt, Beatrice s-a apropiat ușor de obrazul meu și m-a sărutat lung. Am înlemnit. Îmi vâjâia capul, era o senzație cu totul nouă. Parcă visam. Nici nu știu cât a durat, dar a părut o veșnicie.

— Nu pari a avea experiență! m-a luat ea peste picior.

— Aiurea! Ți se pare. Am sărutat zeci de fete până acum.

— Îhâm. Se vede! O să te-nvăț eu, stai fără grijă!

Se lumina de ziuă, așa că am început să alergăm, înveseliți, prin coridoarele întortocheate ale labirintului. În scurtă vreme am obosit și, lăsându-ne pe podea, am adormit buștean, ținându-ne în brațe.

Am visat că eram la școala mea de muzică înființată de piariști, în curtea interioară a fostei mănăstiri franciscane. Era iarnă și-un ger cumplit, pe la sfârșitul lui ianuarie. Profesorul nostru de sport, Gimi Iațcu, obținuse aprobarea direcțiunii să umple curtea cu apă, lăsând-o să curgă dintr-un furtun toată noaptea. Pe gheața cea groasă care se formase până dimineața, elevii puteau juca hochei în voie, patinând. În loc de crose foloseam măturile femeilor de serviciu și în loc de pucuri, bilele mari și negre de cocs, întrebuințat pe-atunci la încălzitul sobelor din clase. Supărat pe unul dintre colegi, vlăjganul clasei, Johannes Tannenberger, a dat să-i tragă un pumn, dar a nimerit în zid și și-a fracturat mâna. Într-atât de puternică a fost lovitura, încât a căzut tencuiala, împrăștiindu-se cu încetinitorul pe luciul gheții. A ieșit la iveală din zidul cel gros de cărămidă un obuz sferic, îngropat pe jumătate, din vremea asediului din 1849, și o inscripție istorică în limba turcă și scriere arabă veche. Cel puțin, așa am crezut eu, multă vreme.

Macaralele și tractoarele uruiau în jurul nostru. Dis-de-dimineață, labirintul fusese demontat, bucată cu bucată, caravana bâlciului urmând să se mute în alt oraș. Când a rămas în picioare numai micul paralelipiped din sticlă și oglinzi în care dormeam eu și Beatrice, muncitorii s-au înghesuit la geamuri privindu-ne ca pe niște exponate de muzeu.

După foarte mulți ani, am aflat ce spunea textul din zid, care era un citat dintr-o carte străveche a vizirului-filosof arab andaluz Ibn Tufail, zis Abubacer, care povestea despre copilul sălbatic Havy, crescut de-o gazelă pe o insulă pustie: *Dar și aceste taine, pe care le-am încredințat unor puține pagini, am avut grijă să le lăsăm acoperite de un fin văl, de o delicată perdea, pe care iute le va străpunge acela care se cuvine să le cunoască, dar vor rămâne opace și de nestrăbătut pentru cel care nu merită.*

Vulpea lui Akira

Ne-am furișat în vârful picioarelor, ieșind din mica sală de proiecție a cineclubului timișorean de pe strada Măceșilor, prea încărcată de tensiuni și patimi cinefile, și am intrat în liniștitul laborator al bătrânului fotograf Victor Gligor. Niciodată n-am agreat discuțiile aprinse și polemicile cu atmosferă de cenaclu literar, care, de cele mai multe ori, se transformau într-o lamentabilă gâlceavă. Eu și Beatrice ne-am așezat pe două scaune Thonet de lemn brun, cu speteaza dublă și curbată, la o masă lungă, aflată lângă cada smălțuită în care se spălau de obicei rolele de film din tancurile de ebonită folosite pentru developare. Deasupra căzii stăteau la uscat câteva fotografii mari pe care voiam să i le arăt Beatricei, prinse pe-o sârmă lungă, zincată, în clești de lemn pentru rufe. Laboratorul era luminat de un singur bec gălbui, atârnat în mijlocul tavanului de un cablu cu izolație din fire negre și lucioase de bumbac, din vremuri interbelice.

Un cunoscut regizor român, însoțit de scenaristul său și de câțiva actori celebri la sfârșitul deceniului șapte, sosiți din București pentru premiera unuia dintre filmele lor, discuta aprins cu spectatorii care umpluseră până la refuz sala de numai o sută de locuri. Deși se aflau în oraș ca invitați de vază, iar premiera cea mare avusese loc în aceeași după-amiază la impozantul cinematograf Capitol, toată discuția era acum despre filmul japonez *Sanjuro*, de-abia proiectat în sala cineclubului, bucurându-se de inopinata vizită a realizatorului ei, venit de peste mări și țări.

Pe rafturile unui dulăpior erau rânduite borcănașe maronii de sticlă de diferite mărimi, etichetate, conținând substanțele chimice necesare developării filmelor și hârtiei foto. Alături de borcănașe era o balanță veche belgiană cu talgere de alamă. La masa cea lungă se mai aflau doi bărbați care vorbeau potolit cu fotograful.

— Domnul Akira? l-am întrebat pe cel care părea să aibă vreo șaizeci de ani.

Mi-a zâmbit cu blândețe, mijind ochii ce-i accentuau fina caligrafie asiatică a expresiei. Translatorul i-a șoptit la ureche traducerea întrebării mele. M-am pomenit mai apoi vorbindu-i fără întrerupere, vreme în care translatorul îi traducea totul, însoțindu-și vorbele cu gesturi rapide și sofisticate ale mâinilor, care păreau că execută un complicat balet.

— Intram de fiecare dată, am început istorisirea mea, în palatul Anton Nägele de pe strada Dacilor — colț cu Timocului, către Piața Traian —, la parterul căruia se afla farmacia *Kovacs*, cu sfiala și respectul cuvenit mai degrabă unui lăcaș de cult decât unei prăvălii elegante cu dulapuri și vitrine înalte, având sute de sertărașe cu plăcuțe albe emailate, pe care erau înscrise în limba latină numele tuturor substanțelor chimice din lume și în laboratoarele căreia se produceau manufacturier, în cantități mici, atât prafuri, tincturi, creme și medicamente de tot felul, cât și parfumuri și briantine din petale de flori exotice, cu miresme amețitoare, turnate din recipiente mai mari și eprubete, prin fine și subțiri pâlnioare, în sticle elegante cu pulverizator, de un albastru-safir intens sau roșu-rubiniu, având căpăcele aurite, filigranate în bogate desene vegetale ornamentale. Prezentam un mic cartonaș galben cu un număr și primeam de la tejghea din mâinile farmacistului — un domn îmbrăcat sobru, cu șorț lung și gri și purtând cotiere negre, precum contabilii — un borcănel transparent ce conținea o cremă emolientă preparată din grăsime de balenă și venin de albine, cu miros de vanilie și mosc, din care-și dădea pe mâini și pe față, seară de seară, mama mea.

Beatrice m-a strâns ușor de braț. „De ce-i înșiri toate prostioarele astea?", mi-a șoptit, intrigată. „De emoție", i-am răspuns fetei, cu un zâmbet care devenise grimasă, pe măsură ce mă avântasem în acel mic monolog.

Bătrânul fotograf Victor Gligor a trecut pe lângă noi și mi-a spus, mângâindu-mă părintește pe creștet: „Dragul meu, cel mai bun fenidon îl au doar la farmacia *Kovacs*. Puțini știu asta, ține minte!" Discret, cum era din fire, a ieșit din laborator fără niciun alt cuvânt.

— De ce v-ați oprit? m-a întrebat maestrul cineast japonez, continuând la rândul său să-mi zâmbească, plin de bunăvoință. E absolut uluitor ce povestiți! Vă rog, spuneți mai departe!

— Nu vă plictisesc toate aceste detalii?

— Dimpotrivă, m-a asigurat. Eu sunt de-a dreptul fascinat de detalii.

— Bine. De fapt, nu asta voiam să vă relatez, am continuat cu un aer preocupat, privind ușor într-o parte, ca și cum aș fi urmărit un film al minții mele, ce se desfășura chiar în acele clipe îndărătul pleoapelor. Toată povestea acestor alchimice recipiente din sticlă brună, care-mi populau copilăria, în diverse ocazii, au legătură cu imaginea cinematografică. Și înainte de aceasta, cu fotografia. Cu nemurirea clipei. O fracțiune de realitate, captivă în imaginea latentă ce poate dormi o sută de ani în emulsia fotografică, precum prințesa din poveste, sub forma unei rețele de cristale invizibile de argint, până în clipa revelării ei în imagini vizibile, prin reacții chimice. O minune, nu credeți? Prințul care izbăvește nesfârșitul somn al prințesei apare îmbrăcat în zale de hidrochinonă, sulfit de sodiu anhidru, fenidon, carbonat de sodiu anhidru, bromură de potasiu, benzotriazol.

— Mai rar, vă rog! a spus translatorul, ștergându-și fruntea de transpirație la repezeală, cu o batistă albă de mătase, brodată cu fir de aur pe margini.

— În fine, am continuat. Scurtând povestea mea, vă întreb: cum ați realizat acea secvență uluitoare a arteziénei de sânge, de-o clipă doar, în urma luptei cu săbiile dintre Hanbei și Sanjuro?

Akira și-a așezat încet palma peste mâna mea și m-a privit țintă în ochi.

— Habar nu am! Numai Amaterasu, zeița soarelui, o fi știind, pe cuvântul meu! a ridicat din umeri și translatorul, imitându-l pe marele maestru. Sau umbra unei camelii albe pe zidul de piatră al unui dig străvechi, a adăugat cu glas murmurat, căzut pe gânduri, proptindu-și cu încetineală bărbia în podul palmei.

— O secvență memorabilă, maestre Akira, deși de o cruzime fără egal.

— Dragul meu, nu-i nimic înspăimântător. Pentru un erou adevărat, o lovitură mortală rapidă și măiastră de sabie e generoasă și utilă, ca o rază de soare în bătaia picăturilor repezi ale unei ploi de vară. Domnișoară, i s-a adresat el pe neașteptate Beatricei. În toate aceste imagini sunteți dumneavoastră?

Fata s-a ridicat și a privit atentă fotografiile agățate cu clești de lemn de sârma zincată.

— Se pare că da! a spus, surprinsă.

— Parcă ați fi o vulpe, a continuat maestrul Akira, admirativ.

Beatrice l-a privit ușor încordată.

— E un compliment, i-a șoptit zâmbind translatorul și și-a înclinat ușor capul cu respect. Maestrul Akira a auzit o poveste uimitoare cu vulpi, în copilărie, de la mama sa. Puțină lume știe acest lucru, a adăugat, fără să ridice privirea din pământ.

— Iată de ce, maestre Akira, am spus eu, vă voi povesti, la rândul meu, câteva întâmplări cu vulpi și bivoli dintr-o călătorie în satul mamei mele, din nordul țării, numit Moigrad-Porolissum.

Imagini răzlețe, dintr-un album imaginar de fotografii. Eu, la doisprezece ani, călătorind singur și privind către locomotiva cu aburi pe fereastra de pe hol a trenului, cu părul zburătăcind de colo colo în bătaia curenților de aer. Câmpii, ape, poduri, dealuri, tuneluri. Gări mai mari, precum cele din Arad, Oradea, Zalău. Halta din Mirșid, cu cele două clădiri mici și albe. Unchiul meu, cu o pălărie neagră cu boruri largi, căruia îi spuneam cu toții Nașul, și soția sa, lele Mărie, așteptându-mă pe micul peron.

Noaptea, pe jos, vreo cinci kilometri, printr-o pădure mare, în care drumul pare a fi un fel de albie de râu, cu malurile înalte. Copaci cu ramuri încâlcite, iviți parcă din basmele cu balauri și zâne rele, clătinându-se amenințător în adierea vântului nopții de vară, în lumina albă a discului perfect rotund al Lunii. Puzderie de stele pe cer. Urletele lupilor, undeva departe. „E plină pădurea de lupi și de tot felul de sălbăticiuni!", ne avertizează Nașul. Ce bine că are o bâtă mare, ca să ne apere! Lele Mărie se oprește fără veste și duce un deget la gură. „Ia, ni, numa'! Ascultați! Aiștia-s vulpoi, la nunta vulpii, zo-ala-zo[3]!"

— Înțelegeți, domnule Akira? În spatele nostru, printre copacii de pe malul cel înalt al drumului, se strecurau prin lăstăriș mai multe vulpi, pășind în același ritm, unele după altele, într-un lung șir.

— Da, înțeleg perfect. Pentru că e chiar povestea unei vulpi din copilăria mea, mi-a spus cu un aer trist maestrul japonez, ridicându-și ca o plutire mâna dinspre bărbie, pe care a așezat-o apoi cu un fel de resemnare pe tăblia mesei.

Abia douăzeci de ani mai târziu aveam să înțeleg cu-adevărat semnul nostalgiei sale, văzându-i visele din *Yume*.

Nașul ne-a asigurat că nu-i nicio primejdie, câtă vreme stăm departe de ele și le lăsăm în treaba lor. Se iscase din senin o încăierare tăcută între masculii cei mulți, cu schelălăieli și mârâieli care au durat doar câteva clipe, când, ca la un semn, au rupt-o cu toții la fugă, dispărând în negura codrului. A rămas pe loc, pe o movilă de pământ, nemișcată ca o statuie, doar vulpea femelă, cu privirea ridicată spre cer, adulmecând aerul răcoros al nopții. La scurtă vreme, a răsărit din desiș, prudent, vulpoiul învingător și s-a strecurat pe lângă ea lingușitor.

3 Zău, așa (în grai ardelenesc)

E o imagine pe care n-aveam s-o uit vreodată, „pentru că era duioasă și tânguitoare ca un țipăt de șoim ce-și căuta singuratic perechea, în pustiul platoului de deasupra munților, bătând arar din aripi prin văzduhul cel nesfârșit, plutind peste covorul verde al rododendronului ce înflorise atât de frumos în luna mai. Îți amintești?", am întrebat-o peste foarte mulți alți ani pe frumoasa mea femeie cu părul lung, arămiu și cârlionțat.

— După ce am trecut în tăcere pe lângă perechea de vulpi ce nu-și dezlipeau privirea de la discul perfect rotund al Lunii, mi-am întors capul din mers și am văzut cum, pentru o clipă, vulpea femelă și-a răsucit la rândul ei botul cel lung către mine și m-a privit — vă jur! — zâmbind, domnule Akira.

Cincisprezece ani mai târziu am vizitat Moigradul din nou. Paznicul șantierului arheologic din spatele Măgurii moigrădene s-a apropiat fără grabă și m-a privit câteva clipe tăcut.

— Am văzut că ați luat niște cioburi dintre cele găsite de arheologi pe-aici, la săpături, a spus în cele din urmă. De ce-ați făcut asta?

— Pentru că aici sunt înmormântate rudele mele, i-am răspuns, conducându-l încet către o piatră mare funerară, proptită de peretele de pământ al unui șanț, pe suprafața căreia era gravat un text. Uite, așa scrie în textul ăsta, în limba latină. Că aici odihnește Aelia Nice — adică străbunica mea — care a trăit 90 de ani. Și mai e și micuțul Victor, de 3 ani și Aelia Mutio, de 23 de ani. A ridicat piatra asta de mormânt un augur al municipiului, numit Aelius Vitalianus, în memoria mamei sale de 90 de ani. Adică în memoria străbunicii mele. Înțelegi? Așa că m-am gândit că pot să iau și eu un ciob dintr-un vas spart de ceramică din mormântul străbunicii Aelia, dacă tot l-am găsit. Ce zici?

Omul s-a scărpinat un timp după ceafă și într-un târziu mi-a spus:

— Zic că a trăit destul de mult străbunica dumneavoastră, pentru vremurile celea. Dar mai zic și că aici e un șantier arheologic și nu se cade să luați obiecte găsite la săpături. Pentru că nu-i nici legal. Ziua bună!

Și-a săltat puțin pălăria de pe frunte cu degetul arătător, în semn de salut, și, întorcându-se cu spatele, s-a îndepărtat.

Mai la vale, spre pârâul Ortelec, păștea gulea de bivolițe a satului. Am lăsat ciobul de ceramică pe zidul de piatră al vechii cetăți, mărturisesc, cu mare părere de rău. La urma urmelor, mi-am zis încercând să-mi împac regretul, măcar eu să nu tulbur liniștea celor de demult, îngropați în vatra străveche a acelei așezări.

Unul dintre băietanii guleși care mânau vitele s-a oțărât către un taur uriaș care încălecase o bivoliță și l-a lovit peste glezne cu o nuia de alun. Așa se spunea, că numai acolo simt durerea acele animale.

— Și ce credeți că a făcut mai apoi băietanul? l-am întrebat pe maestrul Akira.

Cineastul a ridicat din umeri, după ce translatorul a isprăvit traducerea rămânând la rândul său cu privirea ațintită spre mine, în așteptarea continuării.

— Și-a dat jos mica vestă din postav vișiniu și a întins-o ca pe un soi de capă de matador, cu care, fără să ezite, a provocat la luptă animalul. Găsise și un fel de par, pe post de sabie și-l tot împungea. Zadarnic. Taurul rumega liniștit, fără să se clintească măcar.

A apărut de după culme, agale, Nașul, să-și recupereze cele șapte bivolițe pe care le mulgea seară de seară, și i-a dat una după ceafă tânărului păstor, izbucnind în lungi hohote de râs, care s-au multiplicat în ecou, peste dealuri.

Apele pârâului tremurau trecând peste pietre în lumina roșiatică a apusului. Dinspre ruinele vechii fortificații romane, chiar lângă zidul de piatră pe care lăsasem ciobul de ceramică, a țâșnit o rază ca un mic fulger care m-a orbit pentru câteva clipe.

Ziarul local a relatat în zilele următoare despre descoperirea unui idol de aur vechi de șase mii de ani, ce păruse a se fi rătăcit de frații săi, prin negura vremurilor. Căci alte patru făpturi mitice asemănătoare fuseseră descoperite pe la începutul anilor 1900 de către un țăran care-și săpa ogorul din Pomăt. Am privit îndelung, cu mare atenție, fotografia din ziar a celui de-al cincilea idol de aur. Era un cap de vulpe.

Bellissima Beldi în Siberia

Am deschis destul de greu poarta uriașă, atât de asemănătoare cu cea a casei noastre Secession din Fabric. De altminteri, cam toate porțile caselor din Timișoara erau înalte, masive, din lemn de esență tare, cu bulbii clanțelor de alamă mari și lucioase și câte-un inel de bătut în poartă din fier forjat, migălos meșteșugit, cu incrustații închipuind dragoni și tot felul de ființe fantastice bizare ce sălășluiau prin vegetații luxuriante dimpreună cu biruitorii lor, cavaleri de poveste îmbrăcați în armuri și zale, înarmați cu săbii și sulițe de oțel, care salvau din turnurile unor castele bântuite de zmei și stafii prințese răpite, fecioare frumoase și triste, încălecându-și mai apoi caii înaripați răsăriți din legende străvechi ale vreunui popor topit în negura vremii.

Străbătusem în fugă scurtătura labirintică din centrul vechi al orașului, ținând în mâna dreaptă cutia viorii învelită într-o husă de doc bleumarin. Dădeam cu șutul, ca toți copiii, în pietricelele de pe trotuar, încercând să țintesc bălțile ivite în urma ploii de aprilie. Unele băltoace erau destul de mari, așa că, sosind de departe, tocmai dinspre Piața de Fân a cartierului Fabric, văzusem aproape toate casele, ba chiar și cele două biserici din Piața Unirii așezate față în față, oglindindu-se în ele, în timp ce mă îndreptam spre strada Ceahlău.

Sunt clădiri tare vechi, una dintre ele are la etajul doi o lungă terasă din fier forjat, alta, niște balcoane-baldachin orientale cu zidăria curbată. Pietricelele mele, aterizând, fac cercuri în oglinda apei, iar casele uriașe și bisericile cu turle foarte înalte se clatină lent, cu tot cu nori și copaci și cer. La fel ca memoria mea, rolă de film cinematografic alb-negru, uzat, zgâriat, rupt pe alocuri chiar în timpul proiecției și învârtindu-se în gol, fără voci sau muzici ori foșnet de păduri și fără plesnetele fulgerelor brăzdând cerul de dincolo de oceanul de ceață al stâncilor Goznei din munții Semenic, fără tunetele surde, altădată repetate în ecou prin rotocoalele norilor plumburii ce defilau cu mare viteză peste dealuri și munți și care acum trec, dimpotrivă, molatic, peste o viață întreagă, cam stângaci și cam pe nedrept estompată, fluturând minute în șir pe ecranul amintirilor doar palide, tremurătoare, slabe lumini gălbui de lanternă, perfect ritmice, și un țăcănit continuu, ca de mașină de cusut.

Da, sunt chiar eu copilul cu vioara, pe la începutul anilor 1960. Între timp am crescut, am devenit om în toată firea. Casele și piețele și bisericile au rămas însă mici. Strada se numește acum Eugeniu de Savoya, în memoria prințului feldmareșal, eliberator al orașului de sub turci. Clădirea de pe colț, ridicată din cărămizile faimoasei Porți Forforosa prin care intraseră victorioase în urmă cu trei sute de ani trupele bravului militar imperial — având o istorie zbuciumată ce-ar merita să fie povestită cândva —, îmi pare și ea mult mai mică. Iar eu, copilul de vreo zece-unsprezece ani, trec de casa aceea și mă îndrept țopăind într-un picior prin băltoace către locuința profesorului meu de vioară, Daniel Gyorgyevits, ce se află pe-această stradă, destul de aproape de școala de muzică.

Am urcat treptele de mozaic mărunt, tocit de vreme, bătând prietenos balustrada, ca și cum aș fi vrut să o iau drept aliat la întâlnirea din casa profesorului Gyorgyevits. El era un om blând, foarte cumsecade, dar mie-mi era teamă de profesorii de vioară, fiindcă mai toți își băteau elevii în acele timpuri, pe principiul că bătaia e ruptă din rai și că până și Paganini a fost bătut fără milă pentru a ajunge la virtuozitate și geniu. Așa că, pentru orice eventualitate, mi-am făcut semnul crucii cu vârful limbii în gură, la fel cum făceam când treceam pe lângă statuia lui Iisus din Parcul Poporului de vizavi de Băile Neptun, și am bătut la ușă.

Mi-a deschis o femeie tânără, blondă, buclată, rujată, elegantă, a cărei rochie foșnitoare din tafta bej-albăstruie mirosea a mere și cuișoare când am trecut pe lângă ea. A apărut apoi și profesorul meu. M-a prezentat drept cel mai talentat elev al clasei de vioară, exagerând cu generozitatea sa pe deplin încurajatoare, nemaiîntâlnită vreodată de mine la altcineva. Iar femeia cea blondă s-a prezentat ca fiind Bellissima Beldi, menajera profesorului.

— Sunteți rudă cu familia Beldi? am îngăimat aiurit, cu un aer perfect candid.

— Evident, a încuviințat ea cu voce domoală și clară de altistă. Toți cei din familia mea se numesc Beldi. Noi venim din Siberia, unde-am locuit o vreme printre tigri.

— Ăăă, voiam să zic că am o colegă, m-am fâstâcit eu tușind degeaba în pumni. E chiar colega mea de bancă, o cheamă Daniela. Daniela Beldi, tatăl ei cântă în orchestra operei, dacă-l cunoașteți. La fagot cântă.

— Nu. Nu suntem rude. E doar o coincidență.

Dar mințea, pentru că s-a înroșit la față. Această femeie, mi-am zis atunci deschizând încet cutia viorii, ascundea un mister. În mai puțin de un minut, Bellissima s-a îmbrăcat într-un pardesiu vișiniu, și-a pus o pălărioară cochetă pe cap, s-a încălțat cu niște pantofi de antilopă cu tocuri foarte înalte și mi-a spus:

— Am făcut niște prăjituri pentru tine. Uite-le acolo, pe măsuță.

Mi-a făcut semn cu ochiul, mi-a suflat un pupic din palmă, delicat, precum o bătaie de aripi de fluture, și a plecat. N-am mai văzut-o niciodată după aceea.

Profesorul se auzea trebăluind în camera alăturată, așa că am început să cercetez cu foarte mare atenție sufrageria în care mă aflam. Ajungând la măsuța cu prăjiturele pudrate cu zahăr vanilat, am luat la repezeală una și-am băgat-o în gură cu totul. Cât de complicat e să mănânci o prăjitură mare, dacă nu muști cu-ncetul din ea! Îmi dăduseră lacrimile pentru că nu-mi mai puteam mișca mandibula. Se înțepenise. Treptat, prăjitura s-a topit în gură. Aha, de-aici mirosul de mere și cuișoare al misterioasei Belissima! Da-da-da. Profesorul a apărut cu pași mari, a deschis un sertăraș dintr-un scrin sculptat, complicat ca amvonul unei biserici catolice, a scos o pompiță de ulei și, trecând pe lângă mine, mi-a zis:

— Bellissima face cele mai minunate prăjituri! Mănâncă, dragul meu. Vin acuși. Am o surpriză pentru tine. Să știi că toate tablourile de pe pereți sunt făcute de mine. O să-ți povestesc.

Și a dispărut iar în camera de-alături.

Părea un muzeu în miniatură. Pereții erau înțesați de tablouri vechi de diferite mărimi, încadrate în rame baroce, cu foița de aur înnegrită și chiar desprinsă pe alocuri de trecerea timpului. Patru dintre tablouri înfățișau peisaje cu nuferi, iar un al cincilea, mare, așezat între ele, era plin de maci, împrăștiați pe un deal unde două femei se plimbau cu doi copii, la o oarecare distanță una de cealaltă. Departe se zărea o căsuță.

— Care-ți place cel mai mult?

Nu i-am răspuns, i-am arătat cu degetul o miniatură cât o fotografie, aflată pe peretele opus ferestrei.

— Calul, i-am zis în cele din urmă.

Era un desen uluitor de detaliat al capului unui cal.

— Bine, m-a mângîiat el ușor pe creștet. Astea cu nuferii și macii le-am făcut după picturile lui Monet, un mare pictor francez. Când eram ca tine am învățat să pictez de la un vecin de pe strada noastră, Karl Brocky. Da-da, aici, aproape, la numai câteva case de noi. Și să știi că el a fost și pictorul reginei Angliei, Victoria, atât de important era. Așa că și eu o să te-nvăț să pictezi cai, cândva. Închide cutia viorii, azi nu cântăm! Azi ascultăm. Dar tot ce vei vedea și vei asculta trebuie să rămână secretul nostru. Promiți?

Am dat din cap afirmativ de mai multe ori și-am făcut semn cu degetele în dreptul buzelor că le voi ține pecetluite pe veci. Apoi mi-am făcut semnul crucii de-adevăratelea, cu mâna dreaptă.

În camera de alături era pornit proiectorul de film mut despre care îmi povestise de-atâtea ori la școală, în mica noastră sală de clasă din vechea mănăstire franciscană de pe strada Ungureanu. Pe un ecran se vedeau călăreți care străbăteau în galop ținuturile vestului îndepărtat al Americii.

— Ne uităm altă dată la film. Acum, haidem în pod! N-am mai arătat nimănui, până acum, ceea ce vei vedea.

Am urcat spirala de lemn a treptelor. Profesorul a împins cele două uși ale chepengului din tavan și am intrat. M-a izbit un miros de diluant, de petrol, de nitrolac. Podul era nesfârșit de mare, părea un fel de hală industrială căreia nu i se zărea capătul. Pe mai multe rafturi erau rânduite sute de obiecte bizare din metal, fabricate în serie.

— Aici e atelierul meu de contrabărbii pentru vioară. Din invenția asta am câștigat bani mai mulți decât din salariul meu de la filarmonică și de la școala de muzică. Eu le fac, le croiesc din tablă, le nituiesc și tot eu le vopsesc cu nitrolac negru, le căptușesc cu carton, burete și catifea vișinie. O să-ți dăruiesc și ție o contrabărbie, chiar azi. Copiilor nu le iau bani, pentru că eu însumi eram copil când am început să muncesc pentru a-mi întreține familia din Bucovina, în timpul Primului Război Mondial, și știu foarte bine ce înseamnă banii pentru un copil. Am cântat și-n corul sinagogilor din Rădăuți și Cernăuți, pentru câțiva bănuți în plus. Aveam acolo un coleg tare mărunțel de statură, cu o voce incredibilă de soprană. Eram chiar buni prieteni. El a devenit unul dintre marii tenori ai lumii, mai apoi. Un fel de Enrico Caruso al evreilor. Joseph îl chema. Joseph Schmidt. Pictam, când eram mic, copiam partituri, făceam rame de tablouri, dădeam lecții de vioară și de chitară.

— Cât erați de mic? l-am întrebat.

— Cât tine eram de mic, mi-a răspuns.

Apoi l-am văzut. Un colos acoperit cu o draperie bogată de catifea grea, asemănătoare celor folosite pentru cortinele teatrelor mari ale orașului. Un obiect lung de mai bine de trei metri și jumătate, așezat pe trei mese.

Așa cum era acoperit de catifeaua vișinie, părea așezat pe un catafalc. Profesorul s-a apropiat cu încetineală, a întins mâna și a tras dintr-o singură smucire draperia, care a căzut pe pardoseala din lemn a podului stârnind un nor mare de praf. În razele de soare ale acelui aprilie de neuitat, ce intrau prin luminatoarele în formă de pleoape de uriași, norul de praf închipuia spiritul unui duh din poveștile arabe ale Șeherezadei. Nu atât imaginea aceasta înfricoșătoare m-a impresionat, cât sunetul, ca răgetul tigrilor din pădurile siberiene, ca șirul de tunete din timpul ploilor de vară de la muntele Semenic sau de la Gărâna, unde o barză a intrat pe ușa izolatorului taberei de copii în care mă aflam cu o febră de amigdalită, tocmai când murmuram cântecelul: *Barza cu picioare lungi / A plecat la moară. / O minune vede-atunci, / Dă sfară în țară. / Măi, nene, măi, nene, / Să vezi ce minune!* Ca vuietul prăvălirii unei avalanșe de zăpadă sau tropotul hergheliei de-o mie de cai de la Mitoc, peste colinele din preajma Rădăuțiului. Când mi-am luat inima în dinți și m-am apropiat, am întins mâna să-l ating, așa cum obișnuiam cu câinii cei răi care puteau fi îmblânziți doar prin omenie sau printr-un desăvârșit noroc. Colosul din podul profesorului era ca o fiară de lemn, rănită, culcată la pământ. Privindu-l cu atenție, avea forma unei viori. Era, mai degrabă, un soi de contrabas, dar de vreo trei ori mai mare. La trecerea arcușului peste groasele-i corzi, acestea vibrau într-un dans lent, unduit, cumva în *slow-motion*, asemănător șerpuirii reptilelor care stăpâneau tărâmul de dincolo de muzică.

— Este un octobas, dragul meu! mi-a șoptit profesorul, cu ochii înlăcrimați. În toată lumea nu există decât șapte exemplare înregistrate. Acesta este al optulea, făcut acum o sută de ani de însuși Jean-Baptiste Vuillaume, lutierul, pentru *Te Deum*-ul lui Hector Berlioz.

La scurtă vreme după această întâmplare, o scânteie rătăcită din coșul de fum al unui apartament din clădirea profesorului a produs un incendiu devastator, întreținut de sticlele de diluant și de vopseluri ale atelierului său de contrabărbii. Pompierii povesteau îngroziți despre un sunet teribil, grav, infernal, izvorât parcă din hăul unei prăpăstii fără fund. Vecinii povesteau și ei despre mugetele unor spirite care cu siguranță sălășluiau de sute de ani în pod. Profesorul meu de vioară mi-a spus însă că era vorba despre piesa lui Bottesini *Fantasia sulla Norma di Bellini*. Octobasul, în plin incendiu, reușise să cânte singur această tulburătoare piesă, printr-un complicat sistem de pârghii, roți dințate și arcuri de orologiu, inventat de către profesor, în micile sale răgazuri sau mai lungi întreruperi de la copierea cu toc, peniță redis și tuș a sutelor de știme necesare filarmonicii și operei. Se mai spune că doi pompieri au reușit să salveze din incendiu colosalul octobas și că i l-au dat spre păstrare unei doamne în pardesiu vișiniu cu o pălărioară cochetă, iar ea, la rândul său, l-a vândut unui acordor de piane care iubea mirosul de mere și cuișoare. Dar lumea vorbește pe la colțuri vrute și nevrute.

Ștroșnaider și ceasul-păianjen

Ceasul cel mare din Piața Traian era cel mai ciudat ceas pe care-l văzusem vreodată. Părea o sferă captivă într-un cub ce plutea în nefirească și veșnică imponderabilitate la câtiva metri deasupra tuturor oamenilor, balcoanelor, cariatidelor, căruțelor cu cai și tramvaielor, grație unei puteri nepământene. Multele cabluri subțiri, nevăzute, care-l susțineau, prinse de zidurile clădirilor intersecției, erau întinse spre cer ca un năvod uriaș sau ca nemiloasa pânză a unui păianjen ce se hrănea cu clipele aspirate de voalul străveziu al timpului, împreună cu oxigenul timișorenilor și mai ales cu gândurile celor care treceau nefericiți pe sub el. Eram convins că vatmanii și controlorii de bilete erau atât de răi cu copiii și cu oamenii sărmani care tușeau, furau, înjurau și fumau chiștoace, tocmai pentru că-și pierduseră cu-ncetul sufletele, trecând zi de zi pe sub monstruosul ceas. De pildă, clipa nefastă când vatmanul cobora să schimbe macazul cu un levier. Se auzea un *clanc!* puternic, repetat în ecou, de-a dreptul satanic. Era hăul despărțit de alt hău cu forța. Negura despărțită de altă negură. Cine-ar fi avut curajul vreodată să se uite în deschizătura de prăpastie dintre șinele macazului? „Niciun om întreg la cap n-ar face așa ceva", comenta domnul Codreanu, vecinul nostru de la subsol, frizer la frizeria din colț, spre Piața de Fân, zăngănind ușurel, repetat, rapid, din foarfeca sa pentru perciuni și breton. Vatmanii își scuipau în sân înainte de a-și scuipa în palme, apucând levierul și bolborosind cu infinită speranță câte-un „Piei, Satana!" Cum să nu meargă mai apoi, la sfârșitul turelor, direct la birtul Ciocârlia de lângă Gara Mică și să nu bea un țoi de mastică sau de tescovină, dacă era clar că blestematul de ceas din Piața Traian o să le-aducă scandal și certuri acasă cu nevestele, uite-așa, fără niciun motiv?

Multă vreme am crezut că acrobatul pe sârmă, care venea o dată pe an în oraș, se numea *ștroșnaider* pentru că acela nu putea fi decât un cuvânt magic nou, ce putea înlocui cu succes prea uzitatele *abracadabra* sau *hocus-pocus-preparatus*. La serbările câmpenești de la Pădurea Verde sau de prin piețele din cartier, prilejuite de 1 mai, 23 august și 7 noiembrie, șvabii dansau un dans popular tirolez care se numea chiar astfel: *ștroșnaider*. Cine să știe însă ce putea însemna acel cuvânt? Perechile de dansatori, fete și băieți, imitau cumva lamele mari și zgomotoase ale foarfecilor de retezat legăturile de paie pentru legarea snopilor de grâu, vara, la seceriș, făcând semicercuri ample cu picioarele, și-apoi se tot roteau în mici hore și își învârteau pe deget sau cot la cot partenerele, pronunțând acel cuvânt fermecat: *ștroșnaider*. Și tot cu acest cuvânt se fereau și de nemilosul ceas din Piața Traian. Cred că magia vocabulei respective le reușea, pentru că șvabii erau mereu foarte veseli, foarte harnici și roșii în obraji de sănătate. *Schneid-a, schneid-a / a Schipperl Heu a Schipperl Stroh-schneid-a, schneid-a / a*

Schipperl Heu a Stroh. / Mei Huat, mei Huat / mei Huat der steht ma sakrisch guat / mei Huat, mei Huat / mei Huat der steht ma guat. / Hupf hin, hupf her/ hupf eini in mei Federnbett / hupf hin, hupf her / hupf eini in mei Bett. Vasăzică, acrobatul pe sârmă, de faimă europeană, își spunea *ștroșnaider*, ca să se ferească și el de puterile malefice ale mașinăriei cu cabluri de oțel care le fura oamenilor timpul, aerul și gândurile. Cel puțin așa credeam eu și prietenul meu Gole, care locuia lângă depoul de tramvaie din apropierea celor *Șase Case.*

Mai târziu am aflat însă că *ștroșnaider* era chiar numele acrobatului, pur și simplu. Îl chema pe de-a-ntregul Arturo Strohschneider. Dar ce de lume se-aduna în piață! Erau mii și mii de oameni. El își întindea cablul de oțel cu ajutorul unei echipe de specialiști. Era totul ca la carte. Străbătea apoi la mare înălțime întreaga piață, fără nicio plasă dedesubt, fără niciun cablu de asigurare. Doar cu prăjina cea lungă în mâinile sale, pentru a-și menține echilibrul. Dădea senzația de multe ori că e pe punctul de a cădea. Un truc de mare efect, pentru că se auzeau atunci vocalizele lungi de emoție ale publicului și aplauzele, dar și fluierăturile de bucurie când ajungea la capătul cablului. La fel ca uluitorul Josef Eisemann — care uimea Viena la sfârșitul războiului cu traversarea canalului Dunării, fără pic de emoție, fie alergând sau țopăind pe sârmă la 40 de metri înălțime, fie purtând-o pe umeri pe propria fiică de numai 16 ani, pe toată lungimea celor 120 de metri, în fel de fel de acrobații amuzante și spectaculoase — Strohschneider se dădea peste cap, stătea pe scaun și bea bere, mergea cu bicicleta, fuma, jongla cu făclii aprinse, ba chiar scotea flăcări pe gură, picta icoane pe sticlă și tablouri renascentiste pe care le și înrăma fixându-le cu mici cuișoare de cizmărie în rame sofisticate, rococo, citea și scria ceva într-un caiet, mereu în echilibru pe sârmă, făcea portrete la comandă în cărbune și creioane colorate, alcătuia astrograme, prorociri, prognoze meteo și seismice, levita discret și prudent și dirija fanfara ITAS care cânta valsuri vieneze. Se maimuțărea, declama, cânta la acordeon, bandoneon, drâmbă și vioară, împărțea sărutări suflate din palmă femeilor leșinate de admirație. Cu un cuvânt: era un maestru. Totuși, totuși. La sfârșitul reprezentației, coborând din desișul sârmelor de oțel și trecând liniștit pe sub ceasul-păianjen, în ovațiile mulțimii, a alunecat pe șina de tramvai unsă din belșug cu păcură și a căzut cât era de lung pe caldarâm. S-a ridicat însă în numai *o clipită*, sprinten precum Chaplin în filmele sale mute, și a făcut numeroase reverențe către miile de admiratori. Iată! Astfel de ceasuri se fabricau în acele vremuri îndepărtate.

Se spune că Arturo Strohschneider ar fi obținut aprobarea, pentru o singură noapte, să traverseze întreg canalul Bega de-a lungul său, de la Turbina Veche din Timișoara până la Podul Modoș și mai apoi până la ecluzele de la Sânmihai, la înălțime de o sută de metri. Domnul Suciu, cel de-al doilea croitor al curții, fără a o socoti și pe mama mea, mai spunea că au fost alocate sume foarte mari de la primărie în acest scop, dar că proiectul nu s-a realizat pentru că era nevoie de o cantitate de cablu mult prea mare și de foarte multe semnături. Alții au bănuit că Strohschneider era prea bătrân și că-și pierduse antrenamentul sau că îl apuca subit amețeala, *gin cie miri șie, poacie ș-pântru că să-mbăta miereu ca un porc*, adăuga Sucioaia, soția croitorului. Cei mai mulți au dat vina totuși pe ceasul din Piața Traian, *fiindcă*, *orișâcum s-ar zâșie, uodată șie ci-ai luniecat chiar sub iel, să nie-nțăliejem, nu măi ai șie căta la-nălțâmie cu prăjâna ș-cu tot fielul gie jmiechierâi.*

Eu și Gole am întins a doua zi o frânghie de rufe la o înălțime de jumătate de metru, pe lângă bătătorul de covoare din curtea noastră, și-am început să ne antrenăm intens, pentru a deveni acrobați pe sârmă. Cineva, rău la suflet, ne-a furat frânghia peste noapte. Ce-i drept, și noi uitaserăm să murmurăm înainte de-a pleca pe la casele noastre cuvântul magic *ștroșnaider*. În schimb, la prima oră a dimineții, am văzut cu toții pe deasupra caselor din cartier un cablu de oțel nesfârșit de lung, care traversa curțile dincolo de Turnul de Apă și Fabrica de Mănuși spre canalul Bega. Hermann-baci, portarul, și-a dat cu presupusul că ar fi vorba despre un proiect militar secret, care-ar întări prietenia cu țările din jurul nostru și care ne-ar apăra de imperialism. Blumm-baci, tinichigiul-cămătar, a tras însă concluzia cât se poate de scurt: *O triecut Ștroșnaider prăstă Biega az-noapce. Și-atât îi tot.*

Arie pentru cutie de vioară și pian

Traversam pasarela de la Gara Mică, ocolind cu grijă și cu mare teamă locurile unde lipseau scândurile, ținând în mâna dreaptă cutia viorii. Eram foarte bucuros că era goală. Nu pentru că dacă ar fi fost vioara înăuntru ar fi atârnat cine știe ce, ca greutate. Cred că eram pur și simplu fericit că voi aduce de la Băbuca, bunica mea care locuia în cartierul Între Vii, aproape de pădure, vioara cea veche a unchiului Florian, pe care el mi-a promis-o în dar în timpul uneia dintre pașnicele sale beții.

— Știu ai tăi că ai plecat? am întrebat-o pe Beatrice.

— Cum adică? m-a privit ea încordată.

— Adică le-ai zis că mergem împreună la bunica mea?

— Nu le-am zis. Eu fac ce vreau.

— Tu vorbești serios?

— Da.

— Și nu ți-e frică să n-o încasezi?

— Nu. Oricum o încasez. Așa e viața la caravană.

— Și-or să mă bată și pe mine?

— Bineînțeles. Doar tu ești de vină. M-ai răpit, așa că o să dai socoteală.

A izbucnit în râs. Nu se mai oprea, râdea cu tot sufletul, până la lacrimi. Mi-a tras o palmă scurtă după ceafă, potolindu-și încet râsul, apoi mi-a zis:

— Știe mama. I-am spus, stai fără grijă.

Aveam de ales traseul, fie pe strada Stuparilor, fie pe Albinelor, către Ion Ionescu de la Brazi. Părea mai scurt drumul pe Albinelor, numai că pe-acolo erau câinii foarte răi. Așa că alegeam de cele mai multe ori micul ocoliș pe strada Stuparilor, cu case mai rare și curți îngrădite temeinic cu sârmă ghimpată. Altă primejdie erau câinii lui Brânzei, vecinul mătușii mele Jeni, prin curtea căruia era obligatoriu să trec, pe lângă fântâna cu apă sălcie din stânga și tufele de trandafiri. Erau mulți, cred că vreo zece și, asemenea tuturor câinilor de curte din Timișoara, erau foarte-foarte răi, după cum avertizau și plăcuțele de la porți, pe care erau desenate capete mari și negre, de-a dreptul diavolești, rânjind încruntate, cu colții la vedere și pupilele sticloase. Cimitirul era în stânga, mă învățasem să trec cu ochii închiși pe lângă gardul lui, ca să nu fiu ademenit de strigoi, până dădeam de primele case ale micii așezări cu aspect de sătuc. Îmi plăcea și cuvântul *stupi*. Părea mai blând decât cuvântul *albine*, care mă ducea cu gândul la un posibil atac al acelor insecte zburătoare, foarte rele și ele, care-ar fi putut să creadă că vreau să le fur mierea. Paza bună trece primejdia rea, mi-am zis. Așa că n-am mai bătut la poarta casei cu aspect de conac al lui Brânzei, ci am dat ocol pe lângă ferma de curcani albi și ferma de porci, care-și cumulau mirosurile pestilențiale. Instinctiv, strânsesem protectiv cutia viorii la piept, chiar dacă era goală. Nu m-am abținut să provoc curcanii la dialog și-am fluierat. Mii și mii de *glu-glu-glu*-uri răsunau instantaneu din gâtlejurile păsărilor cu înfățișare ciudată și nu se isprăveau, secunde întregi, după care fluieram din nou. Beatrice nu știa să fluiere, scotea doar, printre buzele țuguiate, un soi de pufăit, înciudată. Porcii dormitau în mocirla lor din ograda imensă a crescătoriei, fără nicio reacție la stridentul cor păsăresc, tresărind în răstimpuri și alungând muștele prin mișcarea urechilor și a cozilor răsucite în spirale precum cârceii viței-de-vie de-abia înflorite de prin curțile oamenilor.

Nu știu de ce mi se părea atât de frumos câmpul care se întindea până la liziera pădurii. De-abia fusese secerat grâul, ici-colo stăteau adunate paie grămadă, numai bune de lenevit pe ele, cu mâinile sub ceafă, privind trecerea norilor pe cerul albastru, ca niște cete de îngeri care pluteau lin precum berzele, zburând nu se știe nici de unde, nici încotro și nici de ce. Mereu m-am gândit că atât îngerii, cât și berzele pot zbura peste ape și păduri, pur și simplu, pe negândite, ascultând vreo muzică celestă pe care numai ei o pot percepe și înțelege.

— Îngeri pe cer! i-am arătat fetei cu degetul.

Am dat la o parte claia de paie, cu gând să ne întindem un pic și-am rămas înmărmurit. În spatele paielor era o mitralieră de război, un Kalașnikov. Văzusem doar la cinematograf așa ceva, în filmele cu hitleriști nemiloși și soldați ruși foarte curajoși. Un obiect straniu din metal lucios, sprijinit pe cutia sa de muniție cu o sută de cartușe. M-am așezat lângă mitralieră, privind din când în când în jur. Nici țipenie de om. Vor fi fost la instrucție soldații ruși pe-aici și au uitat-o? Vor fi fiind încă în pădure, la umbră, și-au ațipit? N-am îndrăznit s-o ating, dar am studiat-o cu atenție, ca și cum m-aș fi aflat în fața unui animal ireal, un balaur pe care îl văzusem în filme scuipând pe gură flăcări nesfârșite, cu o hărmălaie de nedescris, și care avea darul de a ucide zeci și zeci de oameni, dintr-o singură rafală. Doar îmi povestise tatăl meu cum a fost la război. Și-acum, iat-o, în fața mea! Un soi de greier, o lăcustă, un cosaș sau un rac uriaș din oțel, cu picioare subțiri sub formă de trepied și coada din lemn lustruit. Până și banda încărcată de cartușe avea ceva din aspectul unei carcase de crustaceu. Țeava, complicată ca un flaut de argint, avea ștanțate în ea câteva litere și cifre. Am întins mâna, să o ating. Chiar în clipa aceea s-au auzit dinspre pădure niște strigăte. Mi-am ridicat privirea. Erau vreo șapte-opt soldați care alergau spre noi, făcându-ne semne disperate cu mâna. Ajungând la numai douăzeci de pași distanță, s-au oprit ca hipnotizati, cu mâinile ridicate.

— *Ne prikasai! Ne striliai!*[4] au strigat în cor.

Mi-am retras încet mâna dinspre țeava mitralierei, m-am ridicat în picioare, am întins brațul drept ochind către ei cu degetul arătător, rostind cu hotărâre: *Pff-pff-pff!* Trei dintre soldați au căzut spectaculos la pământ, în mișcări dezordonate, ca secerați de gloanțe. Beatrice mi-a luat de pe jos cutia viorii și m-a cuprins încet după mijloc, speriată.

— Ești complet nebun, mi-a șoptit.

Dar soldații au început să râdă înveseliți. Ne-au îmbrățișat, sporovăind pe rusește, numai ei știau ce anume. Unul dintre ei era ofițer, pentru că avea chipiu și pistol la centură. Mi-a explicat ceva îndelung, repezit și serios, probabil tehnic, apoi a strigat foarte supărat către tovarășii lui, care-au luat-o brusc la fugă. Ofițerul

4 Nu atinge! Nu trage! (rus.).

s-a trântit dintr-o singură mișcare lângă mitralieră, a apăsat pe trăgaci și a tras către ei o rafală. Camarazii lui erau acum căzuți la pământ, fără suflare, tot ca-n filme. Am simțit-o pe Beatrice tremurând din tot corpul, strângându-mă pe după mijloc. Ca prin farmec însă, soldații s-au ridicat sprinteni de la pământ și s-au pornit din nou să râdă. Cel care trăsese rafala mi-a întins un cartuș. Voia să mi-l dăruiască, era clar.

— Nu, am refuzat hotărât.

Mi-am dat seama destul de repede că erau doar cartușe de manevră și totuși, ca și Beatrice, tremuram de spaimă. În cele din urmă, rusul cu chipiu a scos din buzunar câteva creioane.

— *No, vot! Nescoliko karandași v padarok. A tî znaieș, malcika, eti ne bîli nastaiașcie kartridji. Spasibo i da svidania!*[5]

Au luat mitraliera și-au urcat într-un camion cu prelată, răsărit ca din pământ, care a demarat în trombă, lăsând în urma lui un nor mare de praf.

Le-am povestit întâmplarea mătușii mele Jeni și verișorilor Laura și Nicu-Mic, care ne-au ascultat tăcuți, complet neîncrezători. Singura care ne-a crezut a fost Băbuca.

— Nu-i nicio problemă cu rușii-aiștia amu', ne-a spus ea. Mai la-nceput, după război, s-or ținut de ticăloșii, da' după ce unu' o violat o femeie tânără la Gara Mare, pe sub podul de pe Bega, o vinit un ofițer și l-o-mpușcat fix în cap cu pistolu' de i-o zburat toți creierii și-amu' zice lumea că-i gata, tot. Or să se-ntoarcă în Rusia de unde-or vinit, cu tot cu ceasuri și cu ce-or mai prădat. Da' fătuca asta frumoasă cine-i, hm?

---

5 Uite, ia câteva creioane, cadou. Dar să știi, băiețaș, astea nu erau cartușe adevărate. Mulțumesc și la revedere. (rus.)

— O prietenă de la Luna Park, de la Piața de Fân, i-am explicat.

— Beatrice, s-a prezentat fata, făcând o reverență cu privirea în pământ, ca în fața vreunei contese.

Și Băbuca, zâmbind, i-a oferit o pungută conică, lunguiață, răsucită dintr-o foaie veche de caiet școlar, plină cu semințe de dovleac, sărate și prăjite pe plita din fontă a cuptorului, dintre cele pe care ea le vindea uneori la colț de stradă cu douăzeci și cinci de bani cornetul.

— Uite ce scrie-aici, în interior, i-am arătat fetei fanta în formă de F de pe burta viorii, care era exagerat de ridicată, precum un deal abrupt în mijlocul unei câmpii. *Jacobus Stainer ex Absam propre Oenipontum fecit Cremonae 1665*. Dacă te măriți cu mine, ai dat lovitura, pentru că sunt un om bogat. Sunt moștenitorul acestei viori care costă cât palatul Lido de pe Corso.

— Dar și eu sunt bogată, mi-a tăiat Beatrice elanul, ridicând ușor dintr-o sprânceană. Voi moșteni caravana întreagă, cu tot cu bărcile uriașe. Iar ceea ce nu știe absolut nimeni e faptul că aceste bărci, sub vopseaua lor verde, sunt cu totul și cu totul de aur.

Am făcut drumul de întoarcere spre casă tot pe la ferma de porci și pe la curcanii cei albi. Am deschis cutia în care se afla acum vioara unchiului Florian și-am dat să o acordez. Și la fiecare trăsătură de arcuș pentru acordaj, curcanii făceau larma aceea infernală: *Glu-glu-glu! Glu-glu-glu*. Porcii se înghesuiseră și ei la gard, curioși nevoie mare. Am început să cânt ușor, cu ochii închiși, Aria din Suita a treia în Re major, de Bach. Ca prin minune, miile de curcani au amuțit. Stăteau nemișcați, tăcuți, cu gâturile ridicate, rotindu-și doar capetele din când în când spre dreapta și spre stânga, să mă vadă mai bine cântând. Aș putea jura că se-auzea alături de vioara mea doar vântul suflând ușor prin firele de iarbă și florile de câmp. La sfârșitul piesei am auzit un șir rar, ritmic de aplauze. Am deschis ochii. Era ofițerul rus, cel cu mitraliera de pe câmp.

— *Bravo, Maestro!* mi-a spus, înclinând scurt capul spre piept și a salutat militărește, ducându-și degetele strânse și întinse perfect la chipiu.

Mi-a strâns mâna energic, a făcut militărește stânga-mprejur și a dispărut îndărătul barăcilor de muncitori de la ferme. După ce i-am povestit acasă de-a fir a păr totul, tatăl meu mi-a spus cu un ton sec:

— E chiar ofițerul care l-a împușcat pe nemernicul ăla de la Gara Mare. Să nu te mai prind niciodată pe câmp!

Zona

Încă nu-mi devenise soție femeia cea frumoasă cu părul lung, arămiu și câteva șuvițe blonde pe-alocuri, cârlionțat în inele desprinse parcă din picturile lui Botticelli, cu pielea sidefată precum marmura, degetele lungi, firave, ca de violonistă și ochii albaștri-verzui, tiviți în umbre aurii de catifea, precum pietrele prețioase ale turcoazului antic de Persia. Am revenit în aprilie anul trecut în Toscana, la Florența, la distanță de câțiva ani de la prima noastră vizită, mult prea scurtă, tocmai pentru că atunci nu înțelesesem mare lucru din toată splendoarea acestui oraș care păstrează atât de vii umbrele veacurilor renascentiste și medievale. Data trecută se nimerise o vreme rece, cu ploaie măruntă. Acum cerul era senin, iar vremea caldă și plăcută, tocmai bună pentru escaladat colina ce urcă dinspre râul Arno către piața Michelangelo. Ne făceam fotografii pe lângă dubițe vintage și trăsuri cu cai, căutam mici restaurante, cafenele și înghețată, cu gândul la Hemingway și viața sa tihnită de la Paris, alături de adorabila lui soție, cutreierând cartierul latin, pe lângă Abbaye de Saint-Germain-des-Prés, poposind adesea pe la Closerie des Lillas din Montparnasse sau, mai rar, pe la Les Deux Magots și Café de Flore ori cumpărând pur și simplu câte-o sticlă de vin roșu și ieftin pe care aveau să-l bea în cămăruța lor modestă. Îi povesteam despre Beatrice a mea din copilărie, dar ea îmi știa deja pe dinafară toate poveștile amoroase sau de viață, fie ele mai vesele sau mai triste. Nu conteneam să ne minunăm de frumusețea palatelor, vilelor, anemonelor și florilor de tot felul de prin grădini. De data aceasta era clar că vom intra în fiecare muzeu, vom privi pe îndelete fiecare detaliu al fiecărei picturi sau sculpturi. Ne vom opri la statuile din Loggia dei Lanzi, vom vizita piatră cu piatră Domul, pictură cu pictură Galeriile Uffizi, vom zăbovi minute în șir la statuia lui David din Galleria dell'Accademia, căutând a dezlega misterul lui Michelangelo care cioplea marmura direct cu dalta, fără pregătiri tehnice minuțioase, elaborate. Vom privi prin vitrine atelierele de restaurare a operelor de artă străvechi, vom intra în librării și anticariate.

Trecând din întâmplare printr-un elegant și discret cartier numit San Niccoló, m-am oprit să fotografiez prin geamul vitrinei un magazin de antichități și piese de mobilier vechi. Ridicându-mi privirea, vizavi, la nr. 91, am zărit o placă memorială din marmură albă, montată deasupra unei uși înalte, pe care scria: *Andrei Tarkovski, sublim regizor al unui cinema spiritual, exilat în Florența, și-a petrecut ultimii ani din viața sa în această casă, ca oaspete și cetățean de onoare al orașului Florența. Municipalitatea Florența și Fundația Tarkovski au pus această placă la 29 decembrie 2006.* Am rămas cu privirea ațintită în gol ceva vreme, ca într-o visare, apoi am examinat pereții clădirii, burlanele, niște etichete fără importanță lipite de ele, am făcut câțiva pași complet năuc de-a lungul străzii, căutând detalii, cumva amețit, dezorientat. Nimic altceva în afară de această placă de marmură, veche de doisprezece ani. Niciun avizier, niciun afiș, niciun număr de telefon, niciun orar de vizitare al acestei posibile case memoriale. Nimic. Așa ca am părăsit locul tăcuți, de parcă am fi găsit un spațiu bântuit de stafii, cu sentimentul straniu că deveniserăm figuranți într-o filmare tarkovskiană. Urcam spre Piața Michelangelo și încercam să-mi amintesc eventuale referiri la casa de-aici, din Florența, în cartea *Sculptând în timp*. Nu. Nimic nu-mi trimitea memoria.

Abia mai târziu, cercetând, am aflat că acolo se află poate cea mai importantă instituție dedicată marelui regizor rus, Institutul Internațional Andrei Tarkovski, condus de către fiul acestuia, Andrei Tarkovski jr., moștenitor al unei arhive impresionante de scenarii, proiecte de film, jurnale personale, mai bine de cinci mii de fotografii și polaroide realizate de tatăl său, mai ales după exilul în Italia, cu o cameră foto primită în dar de la celebrul regizor italian Michelangelo Antonioni prin anii 1970. Aici se organizează în zilele noastre seminare și conferințe, sunt vizionate filmele preferaților săi, Bresson și Bergman. Într-un cuvânt, o adevărată bijuterie spirituală, păstrătoare a întregii creații tarkovskiene. Și despre toate acestea noi nu știam nimic. Bine, mi-am zis. Iată un motiv în plus să vizităm din nou Florența. Poate tot cu acel prilej vom ajunge și în sudul Parisului, la cimitirul emigranților ruși din Sainte-Geneviève-des-Bois, unde e înmormântat Andrei Tarkovski, să lăsăm în semn de omagiu o ramură de mesteacăn sau o floare roșie de camelie.

Toate aceste frânturi de amintiri mi-au venit în minte într-un potop de imagini greu de stăvilit în ordinea lor firească, mai târziu, spre toamnă, când ajunseserăm la marginea stațiunii montane Cheia, de pe Valea Teleajenului, nu departe de mănăstirea aflată în vecinătatea unor gigantice antene parabolice.

— Tarkovski mi-a deschis, fără niciun cuvânt, calea înțelegerii depline a sensului artei, am început să vorbesc domol, rar, ca pentru mine. Folosim desigur metafore, adică imagini ale cuvintelor și gândurilor, care devin alte cuvinte și alte gânduri și care se pot metamorfoza în poezie, dar nu simboluri ale acestora. Ne extaziem în fața icoanei, aș zice eu azi. Niciodată în fața *icon*-ului. Am văzut de mai multe ori toate filmele sale. Ca să mă uit la *Călăuza* împreună cu copiii mei, în anii 1980, într-o sală de cinema complet goală, a trebuit să cumpăr douăsprezece bilete. Deși noi eram doar cinci, cu totul. Am luat douăsprezece bilete, ce era să fac? Altminteri proiecționistul nu avea voie să înceapă filmul. Tarkovski spunea în *Sculptând în timp* că era dezamăgit că mulți dintre spectatorii filmului *Călăuza* l-au considerat un soi de *science-fiction*, o poveste despre lucruri bizare, mistice, religioase sau care țin de paranormal și așa mai departe. În realitate însă, explica el, e vorba despre oameni obișnuiți care cred cu tărie în forța clipei, a unui crâmpei normal de viață, ce conține desigur frământări, întrebări, gânduri, mistere. *Călăuza* povestește în detaliu despre oamenii obișnuiți și despre viața lor obișnuită.

Îi spuneam toate aceste lucruri frumoasei mele femei cu părul lung, arămiu și cârlionțat, care mă însoțea tăcută prin munți. Vorbeam tot timpul cu glas scăzut și grav, precum un actor, într-un lung monolog shakespearian.

— Știi ce mai zicea? am continuat, urmându-mi cu pași rari urcușul pe colina cea domoală dinspre gardul cu sârmă ghimpată. Ne îndemna să comparăm muzica orientală cu cea occidentală. Adică exact cu muzica acelui spațiu, a acelui aer, a acelor palate, vile, grădini, statui și picturi pe care le-am văzut noi doi la Florența. Occidentul urlă: „Eu sunt! Uitați-vă la mine! Ascultați cum sufăr eu, cum iubesc eu! Cât sunt de fericit! Cât sunt de nefericit! Eu! Al meu! Mie! Pe mine!" Orientul însă nu spune niciun cuvânt despre sine însuși. Este pur transcendental.

Femeia mea frumoasă s-a oprit fără veste în fața unei tufe de camelii și m-a întrebat, mirosind o floare roșie cu ochii închiși:

— Dar Dumnezeu?

— Hm, uite, chiar asta este întrebarea pe care i-a adresat-o Tarkovski marelui savant fizician rus, laureat al premiului Nobel, Lev Davidovici Landau, pe când era doar un puștan și l-a întâlnit întâmplător pe o stâncă de pe-o plajă din Crimeea: „Ce credeți? Există Dumnezeu?" După o pauză de trei minute, savantul, privindu-l complet neajutorat și frânt de neputință, i-a răspuns: „Cred că da".

— Ce te-a impresionat, de fapt, într-atât de mult la blidele astea uriașe din munți, încât nici azi, după atâția ani, nu ți-a dispărut de pe chip strălucirea fascinației? a schimbat vorba fără veste femeia mea cea frumoasă cu părul lung, arămiu și cârlionțat, oprindu-se să fotografieze câțiva clopoței de munte verzulii, asemănători cumva cu bamele, aflați chiar la baza micului povârniș către strania pădure tarkovskiană de brazi, cu trunchiuri subțiri, înalte și despuiate de cetină.

— În primul rând dimensiunile neobișnuite, i-am răspuns. La vremea când au apărut, acum mai bine de patruzeci de ani, nu se știa mai nimic despre aceste antene parabolice, era un secret militar de mare însemnătate strategică. Uită-te și tu ce mașinării și fierătanii complicate, ce înălțime, ce diametru uriaș al farfuriilor, concurând cu cele mai mari antene parabolice ale lumii. Se spune că aici aveau loc întâlniri de taină între cei mai mari astronauți și cercetători spațiali de pe planetă. S-a presupus chiar că antenele erau în realitate destinate încercării de receptare a unor mesaje extraterestre, și nu doar o aparatură de ultimă oră care înlesnea comunicațiile prin satelit, radio, telefonie, televiziune, radar. Da, recunosc că prima dată le-am văzut într-o noapte înstelată. Știi cum se văd stelele la munte, de parcă s-ar prăvăli peste pământ dintr-o clipă într-alta, ca o ploaie de miliarde și miliarde de meteoriți mărunți sau de comete. Mă aflam într-o tabără școlară însoțind un grup de elevi de liceu care cântau seară de seară muzică folk, iar antenele astea se profilau pe cer ca niște statui imense ale altor civilizații, de-acum mii și mii de ani. Înainte de toate însă, blidele cele uriețești încheie romanul meu *Ambasadorul*, cerșind cumva certitudine Universului, cum am și scris, de altminteri. E cartea cea mai dragă pe care-am scris-o până acum, dar tu știi și lucrul ăsta de multă vreme, i-am zâmbit și-am început la rândul meu să fac fotografii antenelor de dincolo de gardul din sârmă ghimpată, profitând de faptul că paznicul centrului nu mă oprise, ci stătea de vorbă cu un domn și o doamnă ieșiți dintr-un autoturism, părând a fi interesați de bizarele instalații celeste.

În anii 1980 aveam o mașină Lada galbenă, pe care după revoluție am vopsit-o în vișiniu, la prima și ultima reparație generală a tinichigeriei mâncate aproape în totalitate de rugină. Natalia Strega, tânăra femeie cu ochii violeți care-mi poza pentru o nouă expoziție de fotografii și avea o poveste de dragoste sfâșietor de tristă pe care mi-o repeta la nesfârșit cu vocea ei plăcută și caldă de crainică de radio, se cuibărise lângă mine, sprijinindu-și capul de umărul meu. Oprisem mașina pe aleea ce ducea către antenele parabolice din munți și ascultam la radiocasetofon înregistrarea emisiunii *Teze și antiteze la Paris*, realizată săptămânal la Radio Europa Liberă, atât înainte cât și după 1989, de către Monica Lovinescu, în alternanță cu *Povestea vorbei* a soțului ei, Virgil Ierunca. Caseta provenea chiar din studioul celebrului post de radio pe care îl ascultam clandestin înainte de revoluție pe lungimi de unde scurte ce se schimbau mereu pentru că erau puternic distorsionate de stațiile de bruiaj ale epocii.

Un actor timișorean, Horia Georgescu, prieten al surorii mele Vergi, devenise colaborator permanent al Europei Libere din Germania, sub pseudonimul Ștefan Carabin. Îmi trimisese printr-un fost coleg de școală neprețuita copie a casetei audio în care puteam asculta, în sfârșit, fără bruiaj, cu limpezimea de cristal a înregistrărilor obișnuite din studiourile de radio profesioniste, glasul doamnei Monica Lovinescu — cu care corespondasem o vreme, mai ales pe tema recent publicatului meu roman *Ambasadorul*. O emisiune lungă, cu o analiză punctuală, extrem de entuziastă, în care scriitoarea așeza romanul meu în vecinătatea *Crailor de Curtea-Veche* ai lui Mateiu Caragiale și afirma că locul meu era deja asigurat în literele române, fie și de-ar rămâne în urma mea doar acest roman. Oho, ce val de emoție am simțit, ce amețeală m-a cuprins! Fusesem așezat dintr-odată în elita clasicilor! Era mult mai mult decât mi-aș fi putut imagina vreodată. Ca și în scrisori, doamna Lovinescu avea două obiecții, menționate cu rafinată delicatețe în cronica sa literară: teritoriul meu utopic Alexia și finalul cărții, ce ne aducea abrupt — după o intrigă de curți împărătești felurite ale veacului al șaptesprezecelea, fie rusești, fie siberiene, fie europene, fie din Lumea Nouă, fie asiatice — chiar în ultimele rânduri ale ultimei pagini, în plină contemporaneitate. I-am scris atunci o lungă scrisoare în care am încercat să mă explic. Mi-a mulțumit, la rândul domniei sale, într-o altă frumoasă scrisoare pariziană, afirmând că era întru totul de acord cu noile perspective de înțelegere ale mesajului meu. Și-am răsuflat ușurat, ca un copil mângâiat duios pe creștet de către mama lui.

Pe neașteptate, glasul din difuzorul radiocasetofonului s-a distorsionat, îngroșându-se, și-apoi s-a oprit. Am ejectat caseta și-am rămas fără grai. Fina bandă magnetică se deșirase cu totul, fără nicio noimă, în interiorul carcasei metalice a aparatului.

— Natalia, ăsta-i chiar un dezastru! am strigat. Trebuie să recuperăm toată înregistrarea. Hai, să nu pierdem vremea!

Am găsit la repezeală în torpedou un creion cu care și în alte ocazii recuperasem prin rebobinare mici porțiuni de bandă cu muzică pe care o ascultam în timpul călătoriilor. Doar că acum banda era în întregime ieșită din carcasa ei de plastic, revărsată ca un morman de șpan subțire din material plastic de culoare brună.

Natalia Strega, tânăra femeie cu ochii violeți, a luat un capăt de bandă și s-a îndepărtat de mașină ca plutind, în ralanti, cu grija celui care manevrează un material explozibil. După primii treizeci de pași am început să rebobinez banda cu ajutorul creionului, la fel de încet, răsucind-o milimetru cu milimetru și netezind-o pentru a o repune la locul ei. Atunci, fără veste, s-a auzit în liniștea pădurii un glas puternic, metalic, prin portavocea unui megafon de război:

— Părăsiți imediat zona! Acces interzis! Părăsiți zona! Fotografiatul și filmatul interzis! Zonă militarizată! Vă somăm să părăsiți imediat zona!

Am luat-o la fugă, haotic, în zigzag, prin hățișul de tufe de la marginea pădurii de brazi. Banda casetofonului se agățase, ici-colo, prin mărăcini, prin crengi și sclipea în bătaia vântului ușurel de vară. Desenul ei închipuia acum o pânză imensă de păianjen. După aproape o oră de migală, am recuperat toată banda și am intrat în mașină.

— Tarkovski! am îngăimat.

— Poftim? a întrebat Natalia, făcând ochii mari.

— Suntem ca într-un film de Tarkovski, am repetat, ca în zona interzisă din *Călăuza*. Hai să înregistrăm cum cântă mierlele astea pe-aici. Vreau să fac o probă, să văd dacă banda magnetică e OK.

— Suntem pe naiba în *Călăuza*! m-a zgâlțâit ea ușor de umeri. Nu ne călăuzește nimeni, tocmai asta-i problema! Demarează, omule! Cu ăștia nu-i de glumit. Nu-i lucru curat cu antenele astea, crede-mă. Poate că sunt arme cu laser, tu nu înțelegi?

Cu toate acestea, am rămas preț de trei minute, cu speranța că mierlele își vor reîncepe trilurile. N-a fost să fie. Mierlele parcă intraseră în pământ.

Trecând munții către Brașov, am oprit pe malul unui pârâu să ascultăm dacă se deteriorase înregistrarea emisiunii radio a doamnei Monica Lovinescu, dar și pentru a verifica cele trei minute din final. Emisiunea se păstrase din fericire intactă. La sfârșit însă se auzea doar un lung țiuit, un sunet bizar, distorsionat în fel și chip, greu de înțeles ca fenomen acustic.

Dinu Ciocan, profesorul nostru de teoria muzicii, decan pe-atunci al Conservatorului bucureștean, mare admirator al matematicianului Grigore Moisil și colaborator apropiat al acestuia, a ascultat cu atenție înregistrarea celor trei minute din finalul casetei mele, cu ajutorul sofisticatelor aparate ale studioului electroacustic al instituției. Am ascultat secvența amândoi la căști, de mai multe ori.

— Dragul meu, mi-a spus zâmbind blând și stânjenit totodată profesorul, îndepărtându-și căștile de la urechi și lăsându-le pe masă, antenele parabolice din munți au reușit să detecteze și să amplifice un sunet, emis probabil din cosmos cu o frecvență nemaiîntâlnită până acum, iar tu ai înregistrat acest sunet din pură întâmplare, printr-un mare noroc. În mod neașteptat, nu sunt sunete sinus. Au frecvențe care conțin armonice bogate, e o *muzică a sferelor,* cum ar fi zis Pitagora. E o organizare perfect matematică. Dacă-mi dai voie, îi voi prezenta înregistrarea ta domnului academician Moisil. Va face domnia sa calculele necesare și stăm de vorbă după aceea. Pot să iau caseta?

— Sigur, i-am spus și i-am înmânat-o, ca hipnotizat. Vă rog.

Nu l-am mai întâlnit după aceea pe profesorul Dinu Ciocan, niciodată.

Biblioteca subterană

Pentru că nimeni nu voia să-mi povestească niciodată nimic despre casa noastră Secession în care locuiam la Timișoara, am început să-i cercetez istoria de unul singur, pe când aveam vreo treisprezece ani. Văzusem încă de mic o plăcuță ruginită pe peretele din curtea interioară, către poartă, pe care scria: Societatea de Asigurări Transsylvania, 1868, Allgemeine Wechselseitige Versicherungsbank. Pe măsură ce creșteam, îmi întăream convingerea că 1868 trebuia să fi fost anul în care s-a construit clădirea. Dar greșeam. Toate casele impozante ale acestui oraș se numeau palate. Desigur, și cele din cartierul nostru, Fabric. Așa am aflat, întrebând în dreapta și-n stânga, tot felul de povești despre palate care niciodată n-au fost locuite de prințese și regine, fie ele cumsecade, fie niște maștere care le-ar fi putut asupri pe cele dintâi. Cel mai ciudat palat mi se părea Casa cu maimuțe din Piața Traian, la parterul căreia se afla un restaurant faimos, numit Carul cu bere. Casa aceasta cu cea mai lungă și impozantă vitrină din Europa se numea Palatul Ștefania, pentru că un domn care fusese patronul fabricii de lână ILSA — unde lucrase și mama mea, în timpul războiului — o cumpărase după Primul Război Mondial și o botezase după numele soției sale, pe care o iubea foarte mult. Un alt palat era numit de părinții mei Băile Neptun, unde ne trimiteau o dată pe săptămână să ne scăldăm în apa unei piscine interioare și să ne spălăm în cabinele de duș sau chiar în căzile cu apă caldă de-acolo. Pentru că locuințele din *palatul* nostru nu aveau băi. După foarte mulți ani am aflat că și alte case frumoase cu două sau trei etaje din zona Parcului Regina Maria se numeau palate: Palatul Szekely, după numele arhitectului orașului de la începutul anilor 1900, Palatul Karl Kunz, având pe coloanele sale niște femei foarte frumoase sculptate în piatră, Palatul Haymann, Palatul Anhauer, toate în stil Secession, Palatul Miksa Max Steiner, cu un turn de colț și prova unei corăbii ieșite din ziduri, amintind probabil de vecinătatea micului și pitorescului braț al Begăi, ce se afla în vremea aceea chiar vizavi de Sinagogă, construită și ea în stil Secession, în amestec cu neoromantic și neogotic. Plin de mister părea a fi Turnul de apă de pe strada Samuil Micu — aflat nu departe de casa în care m-am născut și-am locuit vreme de un an —, pe care și azi îl visez ca pe-un palat bântuit de fantome.

Numele *palatului* nostru din apropierea Gării Mici l-am aflat mult mai târziu din arhivele orașului ce păstrează planurile construirii lui în același timp cu celelalte clădiri de pe strada Kogălniceanu, pe la 1900[6], cum stă scris și pe frontispiciul celei în care locuia, de pildă, domnul Ladislau Füredi, muzicolog și profesor de vioară la școala noastră de muzică. Palatul acela se afla vizavi

---

6 În realitate, sunt două corpuri de clădire în stil Secession lipite unul de celălalt, finalizate la 19 februarie 1906 de către proprietarul lor, aurarul Eugeniu Sprang.

de o grădiniță de copii care înainte de a fi naționalizată se numea Villa Vilsmeier.

Noi, copiii, habar nu aveam însă despre toate acestea. Ne bucuram de casa scărilor pavată cu mozaic mărunt din marmură albă și vișinie de Rușchița, asemuită ades cu marmura de Carrara, încercând să deslușim în tencuiala scorojită de vreme imaginile florale de odinioară de pe pereți sau descoperind detalii botanice — pictate cu măiestrie, se spunea, de către însuși Gustav Klimt, faimosul pictor fondator și președinte al grupării Wiener Secession —, precum spinii florilor de trandafir, frunzele de arțar și de stejar sau puful tijelor de păpădie. Capete de îngerași cu fețe rozalii și păr cârlionțat completau complicata alegorie a frescei. Ne agățam de barele pătrate de fier forjat, cu răsuciri complicate, florale și ele, și ne dădeam pe balustrada spiralată din lemn de mahon lustruit, șters de praf în fiecare zi de servitoarele locatarilor mai înstăriți de la etaj, cu pămătufuri din pene lungi de aripi de lebădă și de flamingo roz, aduse tocmai din Africa sau din India. Priveam cu teamă gurile căscate ale fiarelor sălbatice, ale făpturilor mitice și ale mascaronilor ce decorau din abundență zidurile exterioare, încercam să înțelegem semnificația figurilor antice de zeități feminine și masculine sculptate de cine știe ce artiști aduși cu trenul ori cu vaporașul pe Dunăre și pe Bega din îndepărtatul imperiu.

Beatrice și familia ei se mutaseră în apartamentul de la etaj, chiar deasupra noastră, în locul familiei Gall care emigrase în Israel de curând. Mă aflam în curte, în apropierea celuilalt corp de clădire — mai mic, mai cochet și mult mai încărcat la stradă de basoreliefurile Secessionului vienez —, destinat pe vremuri proprietarilor și în care locuia acum familia Mihailovici și, deși ne despărțea desișul de crengi de-abia înmugurite ale unui tei, am zărit-o făcându-mi semn cu mâna. I-am făcut și eu semn, fluturându-mi degetele, și am coborât treptele către beciul în care locuiau cei doi frizeri, Codreanu și Blidaru — ultimul era și nașul meu —, și familia portarului Hermann, pantofar și măcelar deopotrivă. Ileana, a doua fată a nașilor mei, purtând permanent niște ochelari cu rame groase și dioptrii foarte mari, era cu vreo șapte-opt ani mai vârstnică decât mine și îmi dădea periodic cu împrumut cărți din marea lor bibliotecă de la subsol. Am ciocănit încet la ușă, cu teama veșnică de a nu-l întâlni pe morocănosul naș frizer. Din fericire, el era la serviciu, așa că, văzând că nimeni nu-mi deschide, am intrat ușurel. Dintr-un mic hol se intra într-o cameră mare, un fel de sufragerie, care avea și un pat dublu pentru nașul și nașa, în timp ce Ileana și sora ei mai mare, Mărioara, care a devenit mai apoi atașat diplomatic al ambasadei noastre din Berna, dormeau în același pat, într-o încăpere mai mică. Sufrageria-dormitor nu avea ferestre. Lumina pătrundea doar printr-un gemuleț al ușii de la bucătărie.

Deasupra patului, pe perete, se afla un tablou mare, cu ramă aurie, barocă, bogat ornamentată cu sute de ghinde și frunzulițe de lăstari de pădure. Din ramă mă privea blajin, zâmbind din colțurile buzelor sale subțiri, chipul liderului comunist din acea vreme, Gheorghe Gheorghiu-Dej, înconjurat de sute de cărți cu operele complete ale lui Lenin, Stalin, Marx și Engels, legate în piele vișinie și bleumarin, cu litere aurii pe cotor. O vitrină separată era destinată literaturii polițiste și SF, precum și cărților de povești și basme.

— E cineva acasă? am întrebat cu glas pierit.

N-a răspuns nimeni, așa că am repetat întrebarea, cu voce mai puternică. Era clar că nu se afla nimeni acasă. Și stăteau așa, cu ușa neîncuiată? Tocmai mă hotărâsem să plec, prea mă simțeam un soi de intrus, vreun hoț, vreun răufăcător. M-am oprit însă descumpănit, pentru că am avut sentimentul că tabloul liderului se mișcase. M-am apropiat și am văzut că rama se deschisese puțin, ca o ferestruică sau o ușiță secretă. Am urcat în genunchi în pat și am deschis-o de-a binelea. Sub uriașa fotografie se afla un album gros. Răsfoindu-l, mi-am dat seama că erau fotografii de mari dimensiuni, era de fapt o colecție de reviste vechi, înfățișându-i pe monarhii României, dimpreună cu familiile lor. Am desprins cu grijă din caseta cea tainică albumul și, apropiindu-mă de geamul dinspre bucătărie, pe unde pătrundea lumina, am putut vedea filă cu filă toate acele chipuri de regi, regine, prinți și prințese de demult. Știam de la tatăl meu că orice imagine din trecut era interzisă, așa că adrenalina își făcea de cap, inima îmi bătea nebunește. Am pus la loc albumul, închizând cu grijă rama din perete. Ezitând câteva clipe, am luat dintr-un raft, la întâmplare, una dintre cărțile bibliotecii pe coperta căreia era scris numele lui Lenin, am deschis-o și am citit: *Summa Theologiae*. Autorul nu era nicidecum Lenin, ci Toma d'Aquino. Am mai luat o carte, tot la nimereală, pe cotorul căreia era scris numele lui Marx. Și era chiar *Capitalul* lui Marx. O altă carte însă, pe care era scris Engels, era de fapt *Atalanta fugiens*, de Michael Maier, așadar o carte despre alchimie. Sub copertele cărților lui Stalin am mai găsit *De civitate Dei, De Trinitate, De cathechizandis rundibus, Enchiridion ad Laurentium*, ale Sfântului Augustin. Sub alte coperte vișinii și bleumarin am citit titluri din Platon, Aristotel,

Dante Alighieri, Shakespeare, Nietzsche, Schopenhauer, Thomas Mann, Genji și Sfânta Scriptură. Am auzit pași coborând treptele și-am izbutit să pun toate cărțile la loc tocmai când a intrat Ileana, fata cea mică a nașilor mei.

— Era deschis, am găsit la repezeală o scuză, bâlbâindu-mă încurcat. Să știi că am ciocănit la ușă, era... deci era deschisă ușa.

— Nu-i nimic, ești de-ai casei, mi-a spus ea, mângâindu-mă frățește pe creștet. Ai venit după o carte?

— Da, sigur, am venit. Da. Carte, da.

— Păi, hai să-ți dau *Contele de Monte Cristo*. Ai citit? Nu? Și-o să citești? Vezi că e lungă povestea, sunt trei volume! Hm?

— Da, cum să nu? Sigur că da, trei volume. Le citesc. Da.

Parterul familiei Mihailovici era înalt. De la fereastra acelui parter mă privea Bebi, fata lor cea mică, de vârsta mea, care avea un ochi căprui și unul verde-albăstrui.

„M-am îndrăgostit de ea numai din motivul acesta. Eram vrăjit de ochii ei colorați ca un caleidoscop", i-am mărturisit Beatricei într-o seară, sub arțarul dinspre grădinița de copii, lângă care se afla atelierul de bobinaj al tatălui meu.

Bebi își sprijinea capul cu dosul palmelor, stând în coate, pe pervaz.

— Vrei să-mi vezi pianul?

Am încuviințat din cap repede, de mai multe ori. De fapt eram încă tulburat de ceea ce văzusem la subsol, în biblioteca nașului meu, Mihai Blidaru, frizerul, și oricum voiam de multă vreme să văd cum arată casa unor oameni bogați.

— Și noi o să plecăm în Palestina, cât de curând, mi-a mai spus fata, clipind leneș din pleoape.

Toți cei care locuiau la etajul casei noastre Secession erau evrei. Și cu toții urmau să plece în Israel, la scurtă vreme după întâmplarea mea cu biblioteca de la subsol. Eram în curte, chiar în dreptul lungului balcon, împreună cu copiii familiilor de români, catalani și slovaci de la parter, cu privirile ațintite spre etaj. Fiind perioada Pesahului, adică a Paștelui evreiesc, Marika, fetița familiei Schnabel ne-a lansat dintr-o cutie mare de carton niște foițe de pască *matzah,* ca pe mici avioane de hârtie sau petale uscate de lotus, pe care le-am prins din zbor ori le-am cules cu bucurie din iarbă. Erau crocante și tare bune. Pluteau lent prin aer, răsucindu-se precum aripioarele-elice de arțar pe care, adesea, despicându-le ușor ni le prindeam de nas, transformându-ne în păsări mari cu ciocul încovoiat. Marika Schnabel avea ea însăși un astfel de cioc prins de nas și râdea amuzată. „Eu sunt un cioc! Eu sunt *Schnabel*[7]*!*"

Familia Goldgraber își cobora în tăcere valizele de la etaj pentru a le încărca într-o căruță mare cu platformă, trasă de cai, ce aștepta în stradă. Tocmai obținuseră prețiosul *Certificat de călătorie* pentru a emigra în Israel. În curte stăteau pe șamli toți vecinii și jucau pe mici măsuțe improvizate din lăzi de bere răsturnate fie Rummy sau domino, fie jocul de cărți 66. Pe neașteptate, ca la un semn, s-a făcut auzită piesa *Für Elise,* de Beethoven, cântată la unison de toți cei care o știam: de mine, cântând la matusalemicul nostru pian, de Beatrice, la pianul apartamentului de deasupra noastră, de curând închiriat, și de Bebi Mihailovici, la pianul apartamentului proprietarilor din vremurile de altădată. În curte, unchiul

---

7. cioc (germ.)

Florian s-a ridicat în picioare de pe șamliul său, cântând la neprețuita sa vioară Jacobus Stainer aceeași melodie. La fel și unchiul Augustin, cântând la saxofon, și vărul Nelu Pop, la trompetă. Cineva a adus acordeonul, altcineva, o mandolină. Străbunica celor două evreice Frida și Ella avea o sută de ani și se legăna într-un balansoar de răchită.

— O, Doamne! a exclamat ea. Ce-aș mai dansa un vals!

Domnul Goldgraber și-a lăsat în mijlocul trotuarului valijoara maronie de carton cu colțarele metalice nichelate și ruginite pe alocuri, i-a sărutat mâna și a ridicat-o din balansoar ușurel.

— Un-doi-trei, un-doi-trei. Un-doi-trei, un-doi-trei, o învârtea domnul Goldgraber grijuliu, elegant, pe bătrânica de o sută de ani care râdea, dându-și capul pe spate.

Ce vals duios de despărțire! Ce mireasmă de liliac de dincolo de gard, ce mutrițe mirate și curioase ale copiilor vecinilor, ale căror capete se zăreau înșirate pe uluci, precum păpușile zâmbitoare din pănuși de porumb, făcute vara, în Ardeal, pe-o lină câmpie dinspre Pomăt către Măgura Moigradului! *Ni-na-ni-na-ni, na-na-na-na. Si-do-re-mi, sol-fa-mi-re,* se auzeau pianele, vioara, saxofonul, trompeta, acordeonul, mandolina și chiar și drâmba tatălui meu, de-abia ieșit din atelierul lui de bobinaj de lângă arțar.

Cutia de palisandru

Noaptea se îngâna cu ziua. Distingeam ca prin vis o muzică și nu înțelegeam de unde se auzea: *Lascia ch'io pianga*, de Händel. Poate chiar visam. M-am ridicat în capul oaselor și m-am uitat la micul ceas deșteptător cu limbi fosforescente de lângă radioul nostru Telefunken. Era ora 4 și jumătate dimineața. Ceva mai devreme mă treziseră cocoșii lui Ștefi, fata portarului Hermann, dar reușisem să ațipesc din nou destul de repede, cufundându-mă în lentoarea aceleiași fantezii din somnul meu cel de vară, având-o ca subiect pe frumoasa Beatrice. În cele din urmă, m-am ridicat și am deschis larg fereastra. Nu se auzea decât țăcănitul continuu, mecanic al războaielor de tricotat de la fabrica de ciorapi de peste drum, precum corul unor mașini de scris dintr-un birou de copiat acte. Ștefi tocmai trecea cu caprele sale, care behăiau acum pe sub geamul nostru. Și, ca în fiecare dimineață, zgomotul războaielor de tricotat a încetat brusc. N-am dezlegat niciodată misterul acelei perfecte sincronizări a mașinăriilor, care erau cu miile în uriașa fabrică timișoreană. În liniștea deplină care se lăsase, printre țârâiturile greierilor, murmurul de șoapte neînțelese ale frunzelor de salcâmi și foșnetul cauciucurilor de bicicletă ale navetistelor care se îndreptau către fabrică pentru a le înlocui pe muncitoarele din schimbul de noapte, aria lui Händel se auzea din ce în ce mai bine, deși înfundat, ca dintr-un butoi gol, uriaș, de la Vinalcool, unde lucraserăm ca sezonieri vreo trei săptămâni la începutul vacanței de vară atât eu, cât și surorile mele. Din sufragerie l-am auzit bombănind pe tatăl meu: „Circarii ăștia sunt complet nebuni! Cântă muzică de operă la patru dimineața!" Bufniturile cu coada măturii în plafon n-au avut niciun efect. Sfâșietoarea melodie, acompaniată ușurel la pian, însoțea mai departe disperarea Almirenei din versurile compuse foarte demult de Giacomo Rossi. *Lascia ch'io pianga / mia cruda sorte, / e che sospiri / la liberta. / Il duolo infranga / cueste ritorte, / de'miei martiri / sol per pieta.*

— Cine cântă la voi, în fiecare dimineață, cu noaptea în cap? am întrebat-o pe Beatrice mai târziu, în vreme ce pășeam amândoi desculți prin covorul gros de praf al podului.

A izbucnit în râs, în suavele ei hohote pe care le-aș fi recunoscut dintr-o mie.

— Și mama, și tata, mi-a răspuns mai apoi. Mama are un fel de fotoliu înalt, ca un divan, special făcut ca să poată ajunge cu degetele de la picioare pe claviatura pianului. Nu știu de ce au făcut ei doi o fixație pentru aria asta. Dacă n-ar fi așa de tristă toată scena, sunt sigură că te-ar amuza încet-încet și pe tine. Cred că-ți dai seama că eu m-am obișnuit cu gândul că am o mamă pitică și-un tată uriaș. Dar s-o vezi pe ea acompaniindu-l la pian, în timp ce el cântă plângând, cu voce de soprană! *O, mamma mia!* E ceva...!

Podul era foarte mare. Zeci de cearșafuri albe și rufe de toate culorile erau întinse pe sârme sau pe frânghii, în mici parcele de numai câțiva metri pătrați, pe care locatarii și le împărțiseră în bună înțelegere. Mie și Beatricei ne plăcea să pășim cu picioarele goale prin praful cel gros, pe care nu-l stârneam prea tare, să nu murdărim rufele. Cu toate acestea, la nivelul gleznelor noastre se ridicau mici norișori care sclipeau în bătaia razelor de soare ce se strecurau prin ferestruicile-pleoape din acoperișul îmbrăcat într-o țiglă veche de o sută de ani. Era vară, așa că eu eram îmbrăcat doar cu niște pantaloni scurți din doc albăstrui, iar ea purta o fustă lungă cu volănașe, roșie cu buline albe, mari, și un maiou alb tetra cu bretele subțiri. Călcam cu prudență și pentru că nu voiam să fim auziți. Beatrice pășea cu sfială, ca o prințesă și ca o pisică, în același timp. În pod era foarte cald, transpiraserăm amândoi, dar Beatrice era foarte hotărâtă să-mi arate cutia ei secretă. Undeva într-un cotlon numai de ea știut, chiar către cornișa cu chipuri de zeități fioroase din exterior, se afla un scrin vechi, prăfuit, învelit în pânze de păianjen, în tovărășia unor scaune de răchită, a unei chitare fără corzi, a unor schiuri și patine cu tot cu ghetele lor înalte și zeci de șireturi și a unei rachete de tenis cu firele de nailon rupte.

— Vino aici, vino mai aproape, mi-a spus ea în șoaptă. Hai, că nu sunt păianjeni, e doar o pânză țesută demult. Am cheia de la sertar. Chiar e un mare secret. Uite!

Deschizând sertarul, a scos la iveală o frumoasă cutie din lemn maroniu, lustruit, cu incrustații florale de sidef.

— Aici sunt scrisorile lui Ludwig. Mmm, hai, miroase lemnul! a mai adăugat. E palisandru de-adevăratelea.

Uită-te doar un minut și-apoi plecăm. Mă rupe în bătaie taică-meu dacă află că te-am adus aici.

Erau câteva file de hârtie, îngălbenite de timp, strânse cu o panglică roșie, înnodată într-o fundă bogată.

— Păi, sunt scrise în limba germană, i-am zis. Nu înțeleg nimic.

— Bine. Ascultă aici, îți traduc eu. *Draga și frumoasa mea Therese.*

Beatrice s-a oprit fără veste și a dus degetul la gură.

— De ce te-ai oprit?

Mi-a acoperit gura cu degetele ei fine și am ascultat în liniște preț de aproape un minut. Doamna Laux își aduna rufele de pe sârmă, din parcela ei de pod, într-un vailing vișiniu, mare, adânc, emailat. Fredona veselă o melodie incertă, într-o germană ce părea a fi idiș. Binecuvântată fie minunata doamnă Laux! Un minut cu degetele Beatricei lipite de buzele mele depășea cu mult orice fantezie a mea de noapte, cu iz de erotism de-a dreptul nerușinat.

— Cred că trebuie să plecăm, a spus într-un târziu fata, încuind cutia cu teancul de scrisori în sertarul vechiului scrin. O să-ți povestesc despre scrisorile astea când ieșim.

Dezechilibrându-se pe neașteptate, a făcut o piruetă involuntară și a căzut în praful cel gros, agitându-și brațele ca o păpușă mânuită stângaci de păpușarul cel veșnic obosit din Piața Traian, care își pieptăna părul năclăit de briantină în dâre lungi și egale precum bobinele transformatoarelor de sonerie făcute de tatăl meu în serile lungi de iarnă, la lumina unei veioze cu abajur din hârtie verde, creponată. Sărind să o ajut, ca în marile filme mute, m-am prăbușit și eu, ridicând un praf gros ce se împletea cu norișorii stârniți de căderea ei.

Am privit-o tăcut, preț de câteva clipe. Era murdară și transpirată, dar ca un înger de frumoasă. A rupt tăcerea cu micile ei hohote de râs și, luând un pumn de praf, m-a mânjit pe față. S-a iscat o încăierare surdă, ne tăvăleam în colbul acela adunat în zeci și zeci de ani de viscole de iarnă, ce pătrundeau prin geamurile sparte ale ferestruicilor-pleoape din acoperiș, de vânturi și de ploi de vară. Mângâierile, care în fapt erau tandre dezmierdări, explorările cu mâinile tremurânde și cu ochii închiși și sărutul năucitor care le-a urmat mi-au întipărit pentru totdeauna în minte convingerea că praful catifelat din podul de-acasă avea gustul sărat, la fel ca praful cel fin care rămâne pe piele după o scaldă în bălțile sărate de la Telega sau Slănic ori în apele întinse ale lacului Techirghiol de lângă Marea Neagră.

În curte era pusă la încălzit într-o copaie mare din tablă zincată apa mamei pentru spălat rufe. N-am stat pe gânduri nicio clipă și, coborând din pod, am intrat amândoi direct în copaie, bălăcindu-ne cu mare zarvă. După ce-am isprăvit joaca, am zărit prin perdeaua de apă a ultimei mâini de stropi azvârlite aiurea spre cer chipul din ce în ce mai limpede și mai încruntat al tatălui Beatricei. Contrar sumbrelor noastre așteptări, omul s-a răsucit pe călcâie fără niciun cuvânt, îndreptându-se cu pași mari și hotărâți spre poartă. Nu l-am mai văzut după aceea niciodată. Am aflat mai târziu că în ziua aceea tocmai divorțase de pitica Rosamunda, mama Beatricei.

La scurtă vreme, Rosamunda s-a prăpădit, răpusă de tuberculoză, depresie și singurătate, în sanatoriul de la Săvârșin de lângă Arad. Beatrice îmi trimisese la începutul lui august o ilustrată în sepia cu vechiul castel construit pe la 1650 de către familia nobiliară Forray, cumpărat în timpul celui de-al Doilea Război Mondial de regele Mihai și care, devastat și prădat fără milă, devenise, după abdicarea și exilul acestuia din 1947, spațiu de locuințe sociale și mai apoi sanatoriu TBC și de boli nervoase. Beatrice locuia acum la o mătușă a sa din Săvârșin. Pe spatele ilustratei era scris cu litere frumos caligrafiate:

Salutări de la Castel, micul meu prinț! Dacă printr-o minune poți veni aici, la mătușa mea, ai o cameră în care poți dormi. Mama Rosamunda a plecat la Cer, chiar azi.

Am ajuns pe lacul întinsului domeniu regal trecând podul de lemn spre mica insulă. Ne-am îndreptat direct către foișor, unde Beatrice m-a rugat să închid ochii.

— Acum poți să-i deschizi!

Zâmbea.

— Uite-aici, toate scrisorile din casa de la Timișoara. Știi unde am găsit cutia asta de palisandru? În coada pianului, sub capac, laolaltă cu zeci de partituri. Apropo, știi că pianul acesta a fost mai întâi la parter, adică unde locuiți voi acum? Când au fost deportați în Transnistria, proprietarii de jos l-au dăruit familiei Gall de la etaj. Mi-a povestit totul de-a fir a păr doamna Lichting, vecina noastră din colț. Tata spunea că scrisorile astea sunt o comoară, că o să luăm bani mulți pe ele. Aiurea, nu ne-a dat nimeni nimic până acum, deși am încercat să le vindem, astă-iarnă, de Crăciun. Eu le-am citit și recitit de câteva ori. E o poveste de dragoste despre care lumea de-aici, din Săvârșin, vorbește de multă vreme. Erau văzuți plimbându-se pe alei, pe la sere, chiar aici pe insulă, în foișorul ăsta. Ei bine, toate scrisorile sunt destinate unei anume Therese, de către un anume Ludwig care, fiind pe-atunci doar un compozitor sărac, n-a putut s-o ia de soție, deși era foarte îndrăgostit de ea — s-au și logodit în taină, așa că i-a dedicat o piesă pentru pian, care, nu se știe de ce, se numește *Für Elise*. Iar Therese a păstrat piesa aceasta cu sfințenie. De ce te uiți la mine ca la o nălucă? Pe cuvântul meu de onoare că totul e adevărat! Te-am adus aici, pentru că tot pe-aici se plimbau și ei acum o sută cincizeci de ani. Și pentru că noi doi cântăm cu drag piesa aceasta compusă foarte de demult. Și pentru că tu ești micul meu prinț și eu sunt prințesa ta. Pentru totdeauna. Da?

Dincolo de halde

Ilustrata înfățișa clădirea albă cu șase niveluri a Sanatoriului Marila, de lângă Oravița.

Prințul meu mic, nu te supăra că nu ți-am mai scris de ceva vreme. Am plecat din Săvârșin, pentru că mătușa și unchiul s-au mutat cu serviciul la mina de la Ciudanovița, unde viața e mult mai bună și unde aerul de munte e foarte sănătos. Așa ni s-a spus și văd că oamenii sunt foarte fericiți. Sanatoriul e mare și frumos, la ultimul etaj ne dau și filme, au venit cu o piesă de teatru chiar de la Timișoara. Au și un pian acolo, cânt la el în fiecare zi. Toate terasele sunt pardosite cu pătrate mari de gresie albă și neagră, în formă de tablă de șah, iar bolnavii joacă șah pe niște mese cu pătrățele albe și negre, dar mici, așezate pe terasele astea. E foarte nostim, dacă stai să te gândești. E cumva ca într-un vis. Eu trebuie să stau o vreme pe-aici să-mi mai fac niște analize. Când vii în tabără la Poneasca, scrie-mi. O să te aștept la gard în fiecare dimineață, după ujină. Te sărut ca o nebună, chiar așa cum îmi zici tu.
Beatrice

Când i-am arătat ilustrata, prietenul meu Gole mi-a spus foarte serios:

— Eu cred că e nebună, într-adevăr. Ai grijă! E nebună, de-aia e la sanatoriu.

— Prostule! i-am zis râzând, nu-i sanatoriu de nebuni, e sanatoriu TBC.

— Tot aia-i! s-a scărpinat el după ceafă, cum îi era obiceiul. Ăștia de la minele de uraniu se zice că ar fi duși cu capul.

— Nebun ești tu, fraiere. Ea nu lucrează acolo, că are doar paișpe ani.

— Treaba ta. Să nu zici că nu ți-am zis!

Cred că am citit de zeci de ori textul ilustratei, zi de zi, noapte de noapte, până în dimineața când am urcat în autobuzul care ne ducea în tabără.

Am fost repartizat în cameră împreună cu Herbi Holtz, bun prieten și coleg de clasă, și încă doi băieți pe care nu-i cunoșteam. Era o clădire mai mică, aflată în apropierea vilei mari, unde se afla și sala de mese. Dis-de-dimineață, treziți de sunetul goarnei, ne spălam în apa rece și limpede a pârâului Poneasca, făceam înviorarea și ne aliniam în careul taberei, în mijlocul căruia se afla un catarg cu steagul tricolor, păzit cu străşnicie, permanent, de elevi desemnați special pentru această misiune. Ne-au promis o drumeție lungă, pe la nu știu ce lac și nu știu ce cascadă. Ne-au avertizat că pădurile sunt pline de vipere și scorpioni. Ne-au dat fiecăruia câte-un pachețel cu gustarea căreia îi spuneam cu toții în grai bănățean *ujină*. Și-am plecat în șir indian, însoțiți de instructorul nostru, profesor de sport.

Mai multe amănunte despre toată zona, despre minele de uraniu deschise de ruși în primii ani de ocupație de după război, până prin 1958, despre frumusețea florilor de mină și despre viața minerilor din Banat, în general, am aflat mult mai târziu, de la un personaj fabulos din Ocna de Fier, numit de către noi, cei apropiați lui, unchiul Costică. Acest simplu și onest tehnician minier a colecționat și a studiat într-o viață întreagă tone de minereu: muschitovit, cuarț pe limonit și feroligist, andradit, ludwigit, dogneceait, warthait, paligokist și multe alte minunății ascunse în pântecul pământului. Unchiul Costică a descoperit cristalizarea coaxială a cuarțului cu concreșteri radiale în dublă și triplă maclare, care îi poartă azi numele și care în fapt este o cruce creștină.

O, Doamne, Dumnezeule, cum ai dat drumul zăgazului amintirilor mele și ce bucurie fără de seamăn mă învăluie, amestecată cu-atâtea unde ale tristeții și nefericirii! Ce ținuturi înspăimântător de frumoase mi se deschideau în fața ochilor! Ce hăuri, ce prăpăstii, ce păduri neumblate de om, ce ape și lacuri, ce cascade! Cu-adevărat, ce suluri nesfârșite de mătase fină, transparentă, unduite în cascada Coronini într-un uruit al apei prăvălite peste bolovanii cei uriași! Ce taină a izbucului! De unde răsărea tot izvorul și unde dispărea toată apa asta?

M-am așezat în iarbă întins pe spate, privind mișcarea norilor albi și pufoși, care își schimbau formele cu repeziciune. Razele de soare se iveau din când în când prin aburul lor dens, orbindu-mă. Colegii mei se îndepărtaseră, nu le mai auzeam glasurile când m-am înălțat în capul oaselor și-am văzut că rămăsesem singur. M-am ridicat apoi în picioare dintr-un salt și-am urcat pe o mică potecă spre prima culme din dreapta mea, când am simțit o arsură în coapsa dreaptă. Mă urzicasem, probabil, era o durere intensă, dar continuam să urc dealul. Printre crengile de corni și aluni se întrezărea un gard din plasă de sârmă. Respiram destul de greu din cauza efortului și durerea din coapsă devenise supărătoare.

Am zărit-o la umbra unui brad înalt din apropierea gardului. Ședea în iarbă, sprijinită de trunchiul gros al copacului și mă privea cu un zâmbet trist. Fără să se ridice, mi-a spus ceva, dar n-am deslușit ce anume, din cauza zgomotului pe care îl făceau cascadele din vale.

— Ai venit, am reușit să-i citesc pe buze.

Îmi încleștasem degetele în plasa gardului.

— Beatrice! am strigat-o. Hei, Beatrice!

S-a ridicat cumva opintindu-se și s-a apropiat. Ne-am atins fețele prin ochiurile dese ale plasei de sârmă.

— Prințul meu, a murmurat ea, lăcrimând și continuând să zâmbească. Ai venit. De când te-aștept! Ai venit, în sfârșit. Ce-ai pățit la picior? De ce sângerează?

— Nu știu, cred că m-am zgâriat în ceva.

— Să văd, s-a aplecat ea, examinându-mă atent. Nu-i zgârietură, te-a mușcat ceva. Sunt niște puncte, poate te-a mușcat un șarpe sau un scorpion.

Am râs ușurel.

— Povești! N-am văzut niciun șarpe, niciun scorpion. M-am zgâriat în vreo creangă cu spini.

Beatrice a luat-o la fugă de-a lungul gardului și după un timp m-a chemat.

— E-o mică spărtură aici! Vino!

Am alergat și eu.

— Apleacă-te. E sigur o mușcătură veninoasă. Poți să mori din asta. Apleacă-te, trebuie să scoatem cumva sângele, repede, apoi fugi la infirmerie, în tabără!

A reușit să ajungă cu gura prin mica spărtură a gardului în dreptul piciorului meu și a început să sugă sângele meu otrăvit, scuipându-l din când în când.

— Nu cred că a fost viperă, mi-a mai zis. A fost mai curând un scorpion. Fugi! Ne vedem mâine dimineață, tot aici. Fugi, fugi!

Ajuns la nouăzeci de ani, unchiul Costică s-a trezit într-o dimineață fără crucea sa din cuarț cu care dormea de-o viață sub cap, așezând-o seară de seară cu mișcări lente, delicate, ocrotitoare pe perna somnului de noapte. A căutat-o îndelung pe sub pat, prin așternuturi, prin toată casa, prin pod și prin curte. Degeaba. Dispăruse. Prețiosul său nestemat, unic în lume, asigurat cândva la o expoziție în străinătate cu un milion de dolari, era de negăsit. Fără îndoială, îi fusese furat în timp ce dormea. Unchiul Costică era convins că pietrele sale aveau puteri miraculoase. Emiteau continuu energie electromagnetică, măsurabilă în hertzi, din zona undelor radio. Putea fi măsurată această energie misterioasă, spunea el, chiar de la șase metri distanță. Dormea cu piatra sub cap tocmai pentru asta. Știa că undele acelea sunt benefice și nu de puține ori afirma că sănătatea sa de fier li se datora în totalitate. Mi-a mărturisit într-o lungă noapte că el credea că pietrele acestea erau o cale de comunicare cu lumile din afara sistemului nostru solar. Nopți întregi, vara, trecea pârâul Moravița și urca dealul cel mai înalt din Ocna de Fier ținând crucea de cuarț îndreptată spre Calea Lactee, cu speranța că va primi un semn divin, fie luminos, fie sonor, fie proprioceptiv.

— Și nu vă deranjează la dormit? l-am întrebat. Vreau să zic, nu vă produce o rană la ceafă, la cap, cu muchiile astea ascuțite?

M-a privit atent.

— Auzi? Tu ce tot scrii în carnețelul ăla? Oi fi vreun informator, ceva, hm? Ești securist?

— Doamne ferește! i-am zâmbit cam strâmb, aiurit de întrebarea sa. Eu scriu tot timpul câte ceva în carnețelul ăsta, pentru că sunt scriitor. Și vreau să nu uit. De-aia scriu.

— Bun. Tanti-ta Mia, adică a mea soață, așa crede. Că ești securist și că ne spionezi, de unde am eu pietrele astea așa de valoroase și de scumpe și că poate vrei să mi le și furi, cu tot cu cărțile din bibliotecă și tablourile mele. Hm? Atunci scrie! Eu, Constantin. Scrii? Bine. Eu, Constantin, l-am cunoscut pe Dumnezeu prin această piatră din stele. Ai scris?

— Da, am scris.

— Bun. Scrie! Eu, Constantin, știu că Dumnezeu este piatra însăși. Pentru că așa mi-a spus chiar El când mi-a dat-o. Ai scris?

— Da, am scris.

— Bun. Dacă totuși ești securist, să nu scrii altceva decât ce-ți spun eu. Adică adevărul.

— Nu sunt securist, unchiule Costică.

— Bun. Așa i-am zis și eu lui tanti Mia, dară ea, știi cum se spune, ca toate femeile, e mai neîncrezătoare. Și are dreptate, pentru că pe-aici, pe la minele de uraniu, mișună securiști de când mă știu.

— Fiți fără grijă. Eu doar vă admir.

— Nu mă admira pe mine, dragul meu. Eu am primit un dar și-atât. Admiră-l pe bunul Dumnezeu care mi-a trimis un semn de dincolo de Calea Lactee. Asta poți s-o mai înflorești, dacă ești securist. Că tot n-o să te creadă nimeni.

Și s-a pornit pe-un râs înfundat, astmatic, molipsitor, așa cum râdeau mai toți minerii din satele Dognecea, Calina și Ocna de Fier de lângă Bocșa, aflate nu departe de lacurile Vârtoape-Ferendia și Dănila.

Rana mea din coapsă nu s-a vindecat, deși intraserăm în iarnă. În tot acest timp, mama mă ducea la pansat de câte două ori pe săptămână la dispensarul din cartierul Fabric. Nici până azi n-am aflat ce anume mă mușcase. Cert era că rana nu se închidea cu niciun chip. Zece ani mai târziu, la Ocna de Fier, unchiul Costică m-a așezat pe fotoliul din sufragerie, a adus cuarțul său cel prețios, mi l-a așezat peste coapsă și mi-a spus:

— Stai așa, nemișcat, o oră. Te vei vindeca.

Întors acasă, am dat jos cu teamă bandajul prins cu fâșii roz de leucoplast. Rana dispăruse complet. Rămăsese doar o fină cicatrice, ca o linie subțire de vreo doi centimetri, pe care o mai am și azi.

Câteva dimineți la rând m-am întâlnit la gardul din plasă de sârmă cu Beatrice. Îmi povestea amuzată tot felul de întâmplări cu bolnavii închipuiți din sanatoriu, spunea că mulți dintre ei sunt doar niște șmecheri care stau acolo numai pentru că duc o viață tihnită, cu mâncare bună, fără să facă nimic toată ziua, în afară de jocul de cărți, șah, biliard sau de mersul în sala de spectacole și cinematograf de la ultimul etaj. Se întrista însă vorbindu-mi despre alții, care erau loviți de boli cumplite, de suferință, de grave deformări ale mâinilor și picioarelor, mergând cu capul aplecat mereu într-o parte, toate acestea din cauza radiațiilor din minele de uraniu și din zona haldelor acoperite de o iarbă deasă, unde oile, caprele și vacile pășteau în voie peste sterilul radioactiv.

— Eu sunt mai norocoasă, îmi zisese ea ezitând. Mi-au spus medicii că am doar un TBC, probabil moștenit, și că voi trăi până la o sută de ani.

A izbucnit apoi în râsul ei suav, precum un triolet jucăuș pe clapele înalte ale pianului, pe care, după cum am mai spus, i l-aș fi putut recunoaște dintr-o mie.

Acum vreo trei ani, într-o dimineață, nonagenarul unchi Costică a găsit în cutia sa poștală de la poartă un pachet învelit în hârtie groasă maronie, legat cu sfoară de cânepă, fără vreo adresă a vreunui expeditor. Ajuns în bucătărie s-a așezat la masă și a deschis cu grijă coletul. Era crucea sa din cuarț.

Abur

Pătrunderea într-un nor de ceață mi-a creat dintotdeauna sentimentul că sunt absorbit de un fenomen cosmic înfricoșător și, în același timp, de o frumusețe ce ar putea defini sublimul, asemănător cu norii stelari și cu puzderia de stele din Calea Lactee. Nu de puține ori mi s-a întâmplat ca negura lăptoasă, imensă a ceții să vină ea spre mine, cuprinzându-mă lent, ca un piton sau ca un balaur nedefinit, având darul de a mă deconcerta complet în numai câteva clipe. Tot astfel s-a întâmplat în plimbarea noastră pe falezele de la Étretat, în Normandia, când peisajele intens colorate, albastrul oceanului și al cerului, florile de tot felul, pescărușii planând alb deasupra stâncilor de cretă, terenul de golf și jucătorii care loveau mingea cu crosele lor cumva într-o visare, în *slow motion*, pădurile și pajiștile erau înghițite de zidul molatic, alb-plumburiu al ceții și îmi evocau răzlețe amintiri de abur, care apăreau și dispăreau cu viteza unor păsări mitice, călătoare.

Ne-am așezat pe pledul cu motive florale albe și albastre și ne-am împărțit mica noastră gustare cu pescărușii. Frumoasa mea femeie cu părul lung, arămiu și cârlionțat și-a început apoi migăloasa ei vânătoare prin lumea imaginilor de poveste a plantelor minuscule, a cochiliilor, fluturilor și gărgărițelor, pe care le fotografia cu infinită răbdare și copilărească încântare, de la mică distanță. Întins pe pătură cu brațele sub cap și privirea ațintită spre linia fină care despărțea cerul senin de apele și ele desăvârșit de albastre ale Canalului Mânecii, eu eram cu mintea la marele cosmos, în vreme îngereasca făptură aflată la numai câțiva pași de mine se minuna de fascinanta lume a microcosmosului. În doar câteva secunde, aburul cel rece al ceții ne-a cuprins cu totul și ea a venit alergând la mine, speriată de pericolul de a cădea în gol de la mare înălțime, odată ce nimic nu se mai putea vedea dincolo de propriile mâini și chipuri. Așa că, înfofolindu-ne în geci și cu glugile temeinic îndesate pe cap, am început să-i povestesc din nou despre frumoasa Beatrice, ca despre un personaj dintr-un basm vechi, ce păruse a se fi cufundat în somnul nemilos al amintirilor, cel care alungă și chiar risipește curgerea clipă de clipă a unei realități trecute ce nu mai poate fi reclădită vreodată.

Tot urmărind defilarea ceții din jurul nostru ce părea fără de sfârșit, mi-am amintit pe neașteptate o întâmplare din vremea în care eram profesor de chitară clasică la liceul pedagogic din Ploiești. Spălătoria și vopsitoria chimică în care ajunsesem era cea mai mare din oraș. Majoritatea hotelurilor și restaurantelor își aduceau acolo la spălat lenjeriile de pat, fețele de masă, perdelele, draperiile și cuverturile. O femeie impozantă stătea prăvălită peste micul ei scaun de birou, ca o meduză uriașă, și mă privea peste ramele ochelarilor cu sprâncenele ridicate a mută întrebare.

— Am venit după balonzaid, i-am spus cu voce stinsă, vădit timorat.

— Și eu ce să vă fac? Nu-i aici, v-am spus și ieri.

— Deci... s-a pierdut?

— Nu știu. Dar aici nu e.

Mi-am dres un pic glasul, tușind.

— Șeful dumneavoastră e aici? am zis ceva mai îndrăzneț.

— Nuți! s-a adresat ea unei persoane aflate, probabil, în depozitul de haine spălate. Eunuca e-aici?

— Nu! s-a auzit din depozit vocea unei femei.

— Vedeți? Nu-i aici!

Cuvântul *aici,* repetat involuntar, părea a avea sonoritatea unei plesnituri de bici. M-am surprins tresărind la auzul lui, de fiecare dată.

— Bine, am spus.

M-am răsucit pe un călcâi și-am pornit vijelios pe treptele care urcau către hala spălătoriei.

— Hei! Unde mergeți? E accesul interzis! Vă spun, e strict interzis! Întoarceți-vă!

Femeia cea uriașă nu s-a urnit din scaun, dar a bătut cu pumnul în masă, înfuriată. Până la primul etaj am mai auzit zbârnâitul geamurilor prinse firav în chit peste cuișoarele ruginite ale tocurilor din lemn vopsite în verde, cu mulți ani în urmă. Avea aspectul unei uzine. De altminteri, toate coridoarele și încăperile pe care le traversam erau înțesate cu felurite utilaje complicate, cu tuburi uriașe creponate, precum burdufurile acordeoanelor, țevi de mai multe culori, unele ruginite, din care țâșnea apa în pânze subțiri, altele clătinându-se ritmic precum gurile batozelor pe miriștea de la Sinești. Am deschis larg ușa dublă din fața mea și am simțit izbitura aburului alb și fierbinte, ca de locomotivă, cu un miros puternic de săpun de rufe. Nimic altceva nu vedeam decât norul dens de apă condensată. Într-un târziu, aplecându-mă puțin, am cuprins cu privirea întreaga hală în care câteva sute de femei spălau rufele, le limpezeau și le storceau în mari cuve de tablă zincată. Erau îmbrăcate sumar până la brâu, purtând maiouri sau doar sutiene, iar unele mai tinere aveau sânii dezveliți în întregime. Când m-au văzut, au început să țipe, să fluiere și să râdă într-un cor cumva nepământesc.

— Șeful e aici? mi-am făcut mâinile pâlnie.

Vacarmul părea a fi de nestăvilit. A apărut ca o nălucă lângă mine, urcând în fugă niște trepte de fier întortocheate, un omuleț chelios, cu burtică, nervos, cu ochelarii aburiți și un creion chimic după ureche, din care se prelingeau arar, sticlos, picături de apă îmbibate în culoarea mov a minei, desenând fantasme filigranate, florale, pe gâtul său uscățiv, ridat, asudat. Avea o pâlnie mare din tablă în care a strigat:

— Încetarea! Poziția! Drepți! Alinierea la margine! La muncă!

Și, ca prin farmec, corul femeilor a încetat. Nu se mai auzeau decât zgomotele utilajelor și ale ventilatoarelor care nu reușeau cu niciun chip să facă față nesfârșitei mase de aburi.

— Dumneavoastră sunteți domnul Eunuca?

S-au auzit de jos, din hală, câteva hohote de râs.

— Dar dumneavoastră cine sunteți, hmm?

— Eu sunt de la ziar. De la *Flamura Prahovei*.

— Îhâmm, a mormăit el. Și ce doriți, hmm?

— Să fac un reportaj despre curățenia orașului, despre poluare și despre condițiile de muncă de aici.

— Păi, luați loc'mm.

M-am uitat în jur. Niciun scaun sau vreo banchetă, măcar. Mititelul a scos din buzunarul halatului său albastru o cârpă, a șters o bălțiță de pe pardoseala de ciment și m-a invitat să mă așez. Nu eram fițos. M-am așezat turcește. La fel a făcut și el.

— Da, puteți să și fotografiați. Nicio problemă'mm. *Eu-nu-c-aș* avea vreo problemă cu presa'mm, dar uitați-vă și dumneavoastră în ce condiții muncim'mm. Vă rog să scrieți la ziar. E *i-a-mi-si-bil* așa ceva. Scrieți, fotografiați. Să se știe, mie nu mi-e frică de presă'mm.

— Și mai am și o problemă cu balonzaidul, am zis.

— Ce balonzaid?

— L-am dat la spălat acum trei săptămâni și nu e gata.

— Nu se poate'mm! și-a dus el mâna la gură, făcând ochii mari.

— Ba da, uite că se poate.

— Dați-mi bonu'mm!

Omulețul s-a ridicat dintr-un singur salt, sprinten, și a strigat în pâlnia de tablă:

— Atențiune! Drepți! *Trei-șepte-doizeci-și-nouă*! La mine! Continuați!

În mai puțin de un minut a apărut o femeie tânără, purtând un maiou transparent, complet ud, prin care i se reliefau sfârcurile generoase ale pieptului său bogat.

— Mă scuzați, am copil mic acasă. Are câteva luni doar, s-a fâstâcit ea și mi-a întins o rufă diformă din care curgea apa șiroaie.

Era balonzaidul meu.

— Să știți că a ieșit foarte bine. E ca nou.

Am așezat rufa lângă mine și-am mai stat la taclale cu omulețul. Bineînțeles că *Eunuca* era doar o poreclă. Cum altfel, dacă era șef peste atâtea sute de femei? Mititelul râdea cu poftă, dezvelindu-și puținii săi dinți. Picăturile izvorâte din vârful creionului chimic se întețeau la fiecare hohot al său. Am mai aflat că era yoghin și că putea să leviteze, dar se ferea să nu fie dat în vileag și să fie socotit membru al teribilei, înspăimântătoarei și de-neînchipuitei *Secte transcendentale*, prigonită în anii aceia de către dulăii ideologiei unice.

— Vreți să vedeți'mm? Iată!

S-a aruncat fără să stea pe gânduri în hăul căscat sub noi, deasupra femeilor care de-abia se zăreau din cauza aburului ce plutea în hală precum norii de pe cer și ceața de deasupra lacului Bâlea, în cele mai frumoase dimineți de vară. Nu-l mai zăream, dar auzeam aplauzele dezlănțuite ale spălătoreselor, intensificate de forța ecoului.

— Și-ai scris până la urmă la ziar despre toată pățania asta a ta? m-a întrebat femeia mea frumoasă cu părul lung, arămiu și cârlionțat, privind cu încordare mișcarea vălătucilor de ceață de deasupra mării.

— Cum era să scriu una ca asta? Eu țineam doar cronica muzicală săptămânală la ziarul acela. Hai mai bine să-ți mai povestesc din copilărie, de la Timișoara. Da? m-am răsucit eu pe spate, privind către ecranul de nori pe care puteam vedea cel mai bine imaginile pe care le derula memoria mea, ca pe-un film, mereu în *slow motion*.

Pe timpul vacanței de vară, acasă, era cel mai greu de suportat depărtarea de Beatrice. Trecuseră doi ani și eu adormeam tot cu ea în gând. Erau acele nopți toride, sufocante, chinuitoare de vară. Citeam până noaptea târziu Tolstoi, Dostoievski, Hemingway, Thomas Mann. Ascultam la bătrânul nostru patefon muzică din perioada interbelică, pe discuri Columbia, Odeon sau Her's Master Voice din ebonită, cu permanentul hârșâit al acului — semănând întrucâtva cu torsul motanului nostru negru din copilărie — învârtind în răstimpuri manivela arcului spiralat interior. Reciteam ilustratele de la Marila, în care Beatrice îmi promitea că ne vom revedea curând. Le învățasem pe dinafară. Dimineață de dimineață mă trezeam cu speranța că o voi auzi iar în apartamentul de deasupra noastră, cântând la pian sonate de Beethoven și muzică de Bach.

Și, cu-adevărat, într-una din zilele de la sfârșitul lui august, Beatrice s-a mutat din nou în curtea casei noastre, împreună cu mătușa, unchiul ei și o mulțime de verișori mai mici. De data aceasta li s-a repartizat de la spațiul locativ apartamentul de odinioară al familiei Lichting, emigrată în Israel. Din motive greu de înțeles pentru mine, mă evita. Mătușa ei era foarte severă, n-o lăsa aproape deloc în curte, la micile noastre bârfe adolescentine de seară, ca între vecini. Cânta mult la vioară acum, cele douăzeci și patru studii de Rudolf Kreutzer, sonate de Händel și *Ciaccona* din Partita în Re minor, de Bach. Într-una din dimineți, coborând treptele spre subsol, am auzit-o fredonând un cântecel în spălătorie. Am întredeschis încet ușa și m-a izbit acel miros puternic al săpunului de rufe, amestecat cu o mireasmă florală greu de definit. Prin aburi i-am distins silueta. Stătea în picioare în cada străveche de cupru care semăna atât de bine cu o cristelniță și se spăla, cu ochii închiși. Am intrat și-am închis nebunește ușa în urma mea cu micul zăvor, înlemnit, admirându-i frumusețea. Era ca o statuie de zeiță dintre cele care străjuiesc palatele Secession de lângă cinematograful Apollo. A tresărit văzându-mă, fără să spună nimic. Și-a acoperit goliciunea cu mâinile, deschizând un zâmbet, iar apoi s-a lăsat în cadă cu mișcări lente.

— Vino, mi-a zis. Vino lângă mine.

Eram doar într-un șort așa că am intrat cu totul în apă lângă ea. Tremuram, mi-era imposibil să-mi pot controla acel tremur.

— Beatrice, am dat eu să spun ceva.

Dar ea mi-a acoperit gura cu palmele sale firave și mi-a zis:

— Nu trebuie să spui nimic. De ce tremuri? Ține-mă în brațe, atâta doar.

Totul s-a întâmplat foarte repede. E-o amintire de abur, o stare de vibrare, o golire de mine însumi. Nimic altceva. Un tremur continuu, o teamă și-un val de căldură vecin cu moartea. Mi-a șoptit la ureche: „Cred că murim".

— N-o să murim, Beatrice, doar ne iubim, asta ni se-ntâmplă, doar asta.

Apoi mi-a mușcat gura pe neașteptate, dureros. Două picături de sânge mi-au căzut din buze cu-ncetineală în apă, în mișcare lentă, spiralată.

— Dacă totuși vom muri, i-am spus, vreau să știi că te iubesc și dincolo de moarte, Beatrice.

— Și eu te iubesc ca o nebună, prințul meu mic. Tot până dincolo de moarte.

Corabia de pâslă

Desele certuri între noii locatari de la etaj, care aveau o familie numeroasă, se auzeau uneori până noaptea târziu. Unchiul și mătușa Beatricei erau oameni liniștiți, dar rudele lor, care aveau opt copii și cu care își împărțeau neîncăpătorul apartament, ajungeau foarte repede la scandal. În cele din urmă, după insistentele reclamații ale vecinilor, cei de la spațiul locativ au rezolvat problema atribuindu-le nepoatei, unchiului și mătușii o locuință separată, aflată la subsol. De-acum, în pivniță locuiau aproape nevăzuți, neauziți: Mimi Müller, onorabila prostituată despre care toată lumea avea numai cuvinte de laudă, pentru că era o femeie foarte curată și educată și îi avea în grijă pe Toni Nebunul, fratele ei schizofrenic, poet și pictor copist, și pe bunicul lor, Ferdinand, care fuma țigări ieftine de foi chiar și în timp ce dormea; familia pașnică a Beatricei; croitorul Dinu, care își avea deasupra plafonului din beci prăvălia și atelierul înțesat de manechine din lemn; Roji Neni, micuța brodereasă cu voce răgușită, fumătoare înrăită de țigări Mărășești, care avea o bibliotecă impresionantă cu cărți bogat ilustrate în limba maghiară, germană, italiană, franceză și română, pe care mi le împrumuta cu duioșie, și care respingea cu hotărâre avansurile nocturne ale unui admirator ungur înalt cât prăjina; Băbuca, bunica mea care vindea semințe de dovleac în cornete din foi de caiete școlare, și Jeni, mătușa noastră, împreună cu copiii ei de seama mea, Nicu-Mic și Laura, sosiți cu toții din Ardeal odată cu exodul altor moigrădeni, care-și făcuseră sălașuri pe câmpul cel mare din îndepărtata colonie Plopi Kuncz-Telep.

Coridorul care conducea labirintic spre aceste apartamente, având un singur bec cu lumina slabă, gălbuie, se deschidea imediat după baia cu cada antică de cupru și veceul comun și se îngusta brusc, înspăimântător, astfel încât, chiar la cotitura către dreapta a beciului, aveam sentimentul că zidurile casei mă vor face prizonier, încleștându-mă, sufocându-mă și blocându-mă între ele pentru tot restul vieții, senzație pe care am retrăit-o ani în șir în cele mai nenorocite coșmaruri. Tocmai pentru a evita calvarul acestui labirint, de cele mai multe ori intram în beci pe-o scurtătură, pentru a-i cere câte-o carte micuței broderese răgușite, sărind pe geamul de sub mica terasă a bătrânelor Frida și Ella. Tot pe-acolo și ieșeam, când nu era Decsi-baci-biciclistul prin preajmă, să mă certe că stric fereastra beciului și sparg geamurile.

Până să bat la ușa broderesei Roji, o ascultam cu urechile ciulite pe Beatrice făcând vocalize și cântând cu vocea ei catifelată de mezzosoprană studii de Giuseppe Concone și mici piese de Nicola Vaccai. Era impresionant mai ales studiul pentru octave *Quell'onda che ruina*, dar mă lua cu leșin de emoție când auzeam *Semplicetta tortorella*, *Vorrei spiegar l'affanno* sau *Siam navi all'onde algenti*, în aria Amintei din opera *L'Olimpiade* de Vivaldi, compusă cu mult înaintea piesei lui Vaccai. *Siam navi all'onde algenti / lasciate in abbandono / impetuosi venti / i nostri affetti sono! / Ogni diletto è scoglio, / tutta la vita è un mar.*

Alteori mă așezam în iarba de pe strada Drăgășani, sprijinit cu spatele de zidul scorojit al casei noastre Secession, chiar lângă fereastra beciului cu gratii din fier forjat, meșteșugit împletite de către artizanii fierari angajați de arhitectul impozantei clădiri, la început de veac douăzeci. Ea cânta așezată în ținută dreaptă, elegantă, cu un aer solemn și dramatic deopotrivă, pe un scăunel cu tăblie rotundă, acompaniindu-se singură la o pianină veche Hoffmann, dezacordată, cu sunet dogit, sec, de țambal. Deși armoniile pianului erau chinuite de pâsla tocită a ciocănelelor uzate, vocea fetei părea pogorâtă chiar din cer. Unchiul și mătușa stăteau pe două scaune Thonet cu speteze curbate, ținându-și palmele pe genunchi și privind-o cu ochii în lacrimi. Cele două scaune vieneze păreau a fi înfrățite cu fotoliile, măsuța cu blat de marmură, bancheta și dulapul de antreu din apartamentul nostru aflat la parter. În scurtă vreme, Beatrice a dat admitere la liceul de muzică din vechea mănăstire franciscană unde învățam și eu și a intrat cu brio la clasa de canto.

Strădania vecinului nostru Blumm, cizmarul cămătar, de a construi o corabie cu care să poată trece ecluzele canalului Bega aflate la Sânmihaiu Român părea a se transforma cu încetul într-o corvoadă sisifică și, în același timp, asemănătoare legendei Meșterului Manole. Ceea ce reușea să construiască în câteva zile, cu mare dificultate, se prăbușea din diferite motive peste noapte, fie din cauza furtunilor și ploilor de vară, fie din calculul greșit al rezistenței materialelor, fie din răutatea caprelor lui Ștefi, fata portarului Hermann, ce s-ar fi putut freca de scânduri toată noaptea, până s-ar fi prăbușit întreaga navă. Eu eram asistentul cizmarului-cămătar-corăbier. Îl mai ajutam din când în când, ținând de scânduri când le tăia cu fierăstrăul, dându-i la mână piroanele de fier sau văcsuind cu păcură diversele grinzi și panouri uriașe care, asamblate, ar fi trebuit să devină în final corabia mult visată. Într-o frumoasă dimineață de iulie, domnul Blumm s-a instalat în mijlocul curții și, după obiceiul tuturor vecinilor care aveau de comunicat ceva important, și-a făcut mâinile pâlnie, anunțând cu o voce puternică, baritonală:

— Gata corabia! Haideți s-o ducem la apă!

Vreo zece-doisprezece bărbați destoinici și săritori l-au ajutat să care ambarcațiunea pe o platformă făcută din patru cărucioare, dintre cele cu care se făcea cărăușie la Gara Mică și la Piața de Fân, strecurând-o prin gangul care dădea spre marea poartă a clădirii. Doar doi centimetri au lipsit să poată ieși minunata construcție cu catarg în stradă. Așa că au întors-o în curte, au ridicat din umeri, s-au așezat fiecare pe câte-un scăunel de lemn, au aprins țigări, au scos rotocoale bogate de fum ce păreau a transforma corabia într-un vapor cu aburi și au decis că, oricum, până îi va veni o idee salvatoare cizmarului, toată construcția de lemn ar putea fi amplasată lângă dudul din fundul curții, pentru a fi folosită ca magazie pentru lemne.

Cuprins de febra invențiilor de tot felul și având un model atât de iscusit ca domnul Blumm, am meșterit un vaporaș-miniatură, în curtea prietenului meu Gole, din placaj traforat și câteva scândurele de lemn tăiate din șipcile gardului cel vechi care separa depoul de tramvaie de mica proprietate în care familia sa locuia cu chirie. L-am lansat în havuzul de peste drum, care avea în mijlocul lui o broască de fontă din gura căreia țâșnea fără întrerupere o arteziană asemănătoare celei cu pești de bronz de pe Corsoul timișorean. N-am reușit să determinăm în vreun fel o mecanică tainică, subtilă, precisă, necesară plutirii optime a machetei noastre, așa încât am intrat amândoi în apă, împingând-o de la unul la altul și stropind-o cu apă din belșug, printre hohotele de râs ale copiilor care se adunaseră să privească invenția noastră. Însă am izbutit să mă tai într-un ciob de sticlă de bere, care mi-a produs o rană destul de serioasă în talpa piciorului drept. Beatrice, care mă salvase la Poneasca după mușcătura cea ticăloasă a unui scorpion, m-a oblojit și de data aceasta, legându-mă cu micul ei batic de mătase vopsit într-un frumos albastru de Prusia, pe care-l purta uneori la gât.

Directorul Operei din Timișoara, Adrian Beldi, era tatăl colegei mele de bancă, Daniela. Ea era o fată cu părul castaniu, buclat, cu nasul ușor coroiat și buzele mereu roșii, răsfrânte ca petalele unei flori de trandafir. Mi-era ca o soră, îmi povestea toate iubirile și suferințele ei. Îmi dădea sfaturi dintre cele mai deocheate, bazate pe experiența ei de viață care mă umplea de invidie și de uimire. Adrian Beldi era un bărbat arătos, cu părul cârlionțat și început de chelie. Învățase să cânte la fagot oarecum autodidact, fiind copil de trupă. Cânta în orchestra Operei și, pentru că era un om cu suflet, a înlesnit intrarea noastră gratuită la spectacolele de operă și balet, ca elevi ai școlii de muzică, pe bază de liste, cu condiția să ocupăm locurile de la *cucurigu*, adică de la galerie.

Ce sală de spectacole uluitoare! Ca un muzeu! Ca un palat, de-adevăratelea! Nu conteneam să ne minunăm eu și Beatrice privind detaliile arhitecturii, basoreliefurile aurite, stucatura, marmura de pretutindeni, fotoliile din pluș vișiniu, lojele, mai cu seamă loja centrală, picturile murale, foaierul. Se pusese în scenă *Bal mascat*, de Giuseppe Verdi. O încâlcită și tragică poveste, cu un libret scris de Antonio Somma, care i-a adus compozitorului la vremea sa multe necazuri din partea cenzurii. Sala, arhiplină ca de obicei, proiecta pe pereți din când în când luciri stelare, mici fulgere ce țâșneau din lentilele sutelor de binocluri de fildeș sau acoperite de sidef. Fără programul de sală n-aș fi înțeles în ruptul capului întreaga intrigă.

Beatrice stătea neclintită, în acea poziție dreaptă, semeață, pe care o avea în timp ce cânta la pian, uitându-se în jos către cutia magică a sălii uriașe de teatru, ca un clopot imens de biserică, deschizându-se privirii precum cilindrul Zidului Morții din Piața de Fân. Spre finalul operei, personajul numit Amelia încearcă din răsputeri să-l îndepărteze pe contele Riccardo din balul mascat, implicit de soarta crudă prorocită de prezicătoarea Ulrika Arvidsson. Acesta însă, mânat de onoare, mai presus de orice, își acceptă destinul. În clipa în care pumnalul lui Renato, soțul Ameliei, l-a străpuns pe Riccardo, am auzit în dreapta mea cel mai sfâșietor oftat din viața mea, urmat de șirul suspinelor de plâns ale Beatricei, mici și tăcute, stăvilite cu greu de batista sa albă de mătase, brodată pe margini în motive simetrice cu flori de crin, frământată de degetele delicate ce-i tremurau în spasme ușoare.

Departe, într-o lojă din fața noastră, am zărit ca o străfulgerare de nestemată lucirea unui binoclu care părea că ne urmărise în tot acest timp. Am scrutat întunericul și am distins silueta unei fete foarte tinere, îmbrăcată într-o rochie de catifea verde smarald, cu mânecile albastre, și cu un batic din dantelă crem venețiană, care-i acoperea buclele castanii. O ținea de mână un balerin celebru la vremea aceea, purtând o pălărie neagră cu boruri largi și un sacou violet-închis, tivit cu o discretă blăniță de jder. Fata în verde era Daniela Beldi, colega mea de bancă. Acum abia, cu trecerea anilor, mi-am dat seama că scena părea ruptă din compoziția *Soții Arnolfini* a flamandului Jan van Eyck. Încă și astăzi mai caut înțelesul acelei întâmplări.

Domnul Blumm s-a gândit trei zile și trei nopți. În a patra dimineață a hotărât să-și închidă soția în cabina de comandă a corabiei sale, să-i dea apă de băut și merinde și mai apoi să căptușească în pâslă mica încăpere și să bată scânduri peste ușă. Odată treaba făcută, cei zece-doisprezece vecini au reușit în mod miraculos să treacă foarte ușor de poarta cea mare a clădirii și au lansat pe canalul Bega ambarcațiunea. Trecând de ecluzele de la Sânmihaiu Român, nava a ieșit pe Tisa, apoi în Dunăre, apoi în mare. Doamna Blumm a supraviețuit, ajungând purtată de curenți, în Turcia. M-am bucurat, în primul rând pentru că era turcoaică, dar și pentru că ea făcea cele mai bune prăjituri în partea aceea de subsol a casei noastre Secession și nu o dată mi-a dat și mie să gust din ele, așa cum am mai povestit și altădată.

Balza. Rufe albe

Ce-ar mai putea aprinde privirea, odată ce ea s-a stins? Ce se mai află dincolo de ecranul sticlos al ochilor, de vreme ce ei nu mai transmit nimic? Cum s-ar putea traduce zâmbetul amar — care încearcă să camufleze rușinea tristeții, într-atât de apăsătoare precum rușinea bolii, a sărăciei sau a dezonoarei —, când nu mai e împodobit de strălucirea stelară a luminii izvorâte din interiorul carcasei de os ce adăpostea odinioară dragostea, fericirea? Mama limpezea rufele în apa rece de la unicul robinet aflat la parterul casei noastre Secession și-apoi le storcea, răsucindu-le, cu-aceleași mișcări energice cu care frământa aluatul de pâine, pe care îl duceam la fiecare sfârșit de săptămână la cuptoarele brutăriei de pe malul Begăi, către Piața Traian, într-un coș mare de răchită, acoperit cu un ștergar alb de in, țesut de bunica mea de la Sinești. În mod straniu, în loc de dragoste, de seninătate sau de bucurie, simțeam un fel de ură în toate acele mișcări ale mâinilor sale. Chiar și când lua rufele ude din vailing și le scutura înainte de a le întinde pe sârmă, fixându-le cu mici cârlige de lemn, simțeam energia descătușării unei forțe tainice, nevăzute. Era, cumva, o lepădare de Satana. O exorcizare a cămășilor, cearșafurilor, ciorapilor, rochițelor, salopetelor și pantalonilor. Izbăvea rufele, scuturându-le. Murmura o rugăciune, niciodată n-am înțeles care anume. Părea mai curând un fel de descântec. Auzeam doar cuvinte răzlețe printre opintiri, icneli, împletindu-se cu foșnetul frunzelor de tei și cu vânticelul adiind printre crengile arțarului. *Doamne, Iisuse Hristoase... Îndură-Te... Maică Preacurată... Pâinea noastră... Sfântul Soare... Ai milă de noi... Și ne izbăvește de...* Curăța rufele nu doar prin apă și săpun și prin forța brațelor, ci și prin puterea gândului și a crezului său. Eu eram pe-atunci un puști de vreo cincisprezece ani și făcusem rost de un aparat foto rusesc, pe film lat, Liubitel, cu doar douăsprezece cadre, în format pătrat de șase centimetri.

Dincolo de labirintul rufelor întinse la uscat pe lungile sârme prinse între copacii curții, puteam cuprinde de la etaj întregul univers al copilăriei mele, mărginit de zidurile clădirii în formă de L, de gardul misterios al vecinilor care aveau câini mulți și răi și de grădinița de copii a întreprinderii de tramvaie. Fotografiile de-atunci le socotesc un binecuvântat depozit și tezaur al memoriei. Da, cu-adevărat, vecinii se adunau la câte-o umbră și ședeau pe micile lor șamli, fumând tăcuți, jucând 66, Rummy, șah sau table. Copiii alergau fără odihnă printre maturi, chicotind în hohote subțirele de râs sau zbierând fără veste într-un plâns ce părea nesfârșit, când se împiedicau și cădeau în țărână, și-ți rupea sufletul.

O priveam pe mama cum taie în tăieței subțiri, cu mișcări rapide, foaia de aluat gălbuie, aproape transparentă, ca o bluză de borangic de-abia despăturită din cufărul de zestre al mătușii Mărioara de la Sinești, întinsă devreme pe-o față de masă albă din in peste tapițeria florală a recamierului din sufragerie, aflat lângă pianul cel mare cu capacul ridicat, și așteptam să se așeze la odihnă pe bancheta vieneză din antreu, sprijinindu-se într-un cot și privind în gol spre perdeluța din dantelă olandeză a ușii de la intrare, în fața căreia pendulau ușurel în bătaia curentului de aer cald câteva benzi translucide și lipicioase de prins muște.

— Când au început bombardamentele cele mari, aici, în Timișoara, a pornit să murmure mama, ca pentru ea, tu nici nu erai pe lume. Nicu, fratele tău, era la țară, la Sinești, iar eu fugeam pe străzi ca nebuna când se dădea alarma aeriană, dimineața, cu noaptea în cap, către fabrică, împingând căruciorul, pentru că surorile voastre, Viorica și Vergi, erau foarte mici. Și nu se vedeau din negura cerului decât luminile rachetelor și trasoarelor, care cădeau ca ploaia de foc din Apocalipsă peste pământ, și se auzeau bubuiturile bombelor de la Gara Mare și dinspre Pădurea Verde. Și *taicăl* tău era undeva la ruși, la război, și nu mai știam nimic de el. Șase ani de război a făcut *taicăl* tău, dar am avut noroc cu toții și bunul Dumnezeu ni l-a adus acasă teafăr.

Micul Trianon de la Florești e un palat ridicat la începutul anilor 1900 de vestitul om politic Gheorghe Grigore Cantacuzino, poreclit Nababul. Ion D. Berindey, arhitectul edificiului, inspirat de Micul și Marele Trianon de la Versailles, a dat naștere acestei bijuterii în stil rococo și neoclasic. Habar nu aveam de existența sa până acum câțiva ani, când, aflând despre un spital TBC din Prahova unde un prieten medic auzise despre o bătrână doamnă pe nume Beatrice internată acolo, am decis să-mi încerc norocul. Trecuseră mai bine de douăzeci de ani de când nu mai știam nimic despre fata de care fusesem îndrăgostit în copilărie și adolescență.

Ruinele — căci doar ruine au mai rămas din palatul de altădată — se profilau pe cerul câmpiei cu o demnitate pe măsura faimei și bogăției Nababului, care din nefericire n-a apucat să vadă măreața și ambițioasa sa lucrare, murind subit chiar în timpul lucrărilor de finalizare. O complicată istorie a domeniului și a întregii moșteniri cantacuzine a făcut ca, în timp, fie din cauza nemților care au furat tabla acoperișurilor de cupru în vremea celui de-al Doilea Război Mondial, fie a rușilor care-au jefuit ce se mai putea jefui după aceea, fie a oamenilor locului care au furat cărămizi, piatră albă și fier, Micul Trianon de la Florești să ajungă într-o stare de degradare greu de învins. În zona anexelor palatului funcționează de foarte mulți ani un mare spital TBC. Deși se spune că terenul ar fi infestat de bacilul Koch, iar ruinele ar fi atacate de o ciupercă litofagă, fostul palat exercită în continuare o irezistibilă atracție turistică. Însă eu, unul, nu pentru turism mă aflam acolo.

Prietenul meu din tinerețe Niti Cordoș devenise un reputat medic specialist în chirurgie toracică. N-aș fi putut pătrunde niciodată în acel spital fără telefonul lui către director. Am intrat în salon însoțit de o asistentă foarte tânără, care părea intimidată de vizita mea.

— Aici, mi-a spus ea și mi-a arătat cu degetul fișa medicală de pe tăblia patului. Vă rog să încercați să scurtați vizita. Nu vă supărați, acestea sunt dispozițiile. Vă rog mult să nu vă supărați. Sunteți rude?

— Sigur că da. E o verișoară.

— Foarte bine. Înțeleg. E ceva oarecum sentimental deci. Dacă se trezește, să nu fiți surprins. Nu vă va recunoaște.

— De ce?

— Nu are doar probleme la plămâni. Are și Alzheimer.

— Nu știam, am spus, foarte tulburat.

— Îmi pare rău, asta-i situația, s-a scuzat asistenta și a ieșit. Îmi pare tare rău.

I-am citit numele literă cu literă. Da, Beatrice. Da, Wittgenstein. Era ea. Doar că foarte bătrână.

— Ai putea face un film, inspirat din romanul meu *Ambasadorul*, i-am spus într-o zi bunului meu prieten, regizor de film, Cătălin.

— E nevoie de foarte mulți bani pentru un asemenea proiect, mi-a zis el trecându-și mâna prin părul său creț, mereu răvășit. Personaje multe, figurație, cascadori, scenografie, butaforie, costume, corăbii, cămile, cai, călătorii foarte costisitoare în Rusia, Italia, Franța, Siberia, Mongolia, China. Multe aprobări, multă birocrație, mulți, mulți bani. Ar fi o bucurie pentru mine să facem împreună un film inspirat de *Ambasadorul* tău. Știi cât de mult îmi place cartea ta. Dorm cu ea la cap, pe noptieră, ți-am mai zis. Dar finanțarea ar fi de domeniul fanteziei, crede-mă.

— Nu-i nevoie chiar de-așa de mulți bani, Cătălin. Cartea mea nu-i o călătorie reală peste mări și țări. E o călătorie mai degrabă inițiatică, spirituală, într-un spațiu relativ mic. Eu încerc să redefinesc, să reconstruiesc metaforic universul concentraționar în care am sălășluit cu toții atâta amar de vreme și din care nu prea reușim să ieșim nici azi. Ar fi suficient un parc mai mare sau un spațiu cu multă vegetație, pentru plimbări, pentru recreere, pentru refacere, al unui sanatoriu. Poate ceva ca la Institutul de Geriatrie și Gerontologie „Ana Aslan“. Sau la Grădina Botanică din București. Pe alei, prin sere. Sau pe domeniul cel mare al Micului Trianon de la Florești.

— Îmi place ideea. Hai să facem un scenariu! m-a bătut el pe umăr, entuziasmat ca un copil, și-am ciocnit un păhărel de vin împreună.

Am ieșit pe poarta spitalului cu convingerea că fusese doar o coincidență de nume. Nu putea fi Beatrice. Adică acea Beatrice, a mea. Era prea nedrept, era ca un vis urât.

Am scrutat panorama din fața mea, ca și cum aș fi vrut să filmez. Da, ruinele acelea. Da, turnul de apă, podețul, bazinul, resturile unor statui căzute prin ierburi. Copacii bătrâni de sute de ani. Toate acestea ar putea fi decorul ideal în care, într-o bună zi, aș putea recompune povestea tuturor întâlnirilor mele ratate. Zeci de oameni importanți, artiști, scriitori, filosofi, muzicieni pe care i-am cunoscut fugitiv, cu care aș fi putut vorbi mai mult în tot timpul ce-a trecut și care și-ar fi putut arăta fața obișnuită, chipul real, sufletul adevărat de oameni simpli. Da, omul simplu, ce bine spunea Tarkovski! Omul simplu. Ce monument dumnezeiesc! Ce frumusețe! Omul fără masca rolului pe care se străduiește să-l interpreteze, cât mai bine, o viață întreagă. Fără ambiții deșarte, fără pariuri cu eternitatea. Așa. Simplu. Adevărat.

Femeia mea cea frumoasă cu părul lung, arămiu și cârlionțat mă aștepta la umbra unui platan imens, foarte, foarte bătrân. Citea *Tractatus Logico-Philosophicus*, de Ludwig Wittgenstein.

— De ce zâmbești? a ridicat ea privirea către mine.

— Nu zâmbesc. Chiar nu zâmbesc, i-am spus, zâmbind.
— Ba da, zâmbești. Cum a fost? Ați vorbit?
— Nu, n-am vorbit.
— De ce?
— Pentru că nu era ea.
— Cum adică nu era ea?
— Adică era altcineva.
— OK, mai căutăm. Mergem la turn? s-a ridicat dintr-un salt și m-a luat în brațe, strângându-mă la piept, cu ochii închiși. Mi-a fost dor de tine, a adăugat apoi și-a luat-o la fugă pe aleea care ducea spre turnul de apă.

Bazinul de-acum o sută de ani era gol. Într-o baltă adunată din apa ploii din urmă cu câteva zile săreau totuși niște broscuțe. Pe neașteptate, am auzit o melodie foarte cunoscută. Era una dintre piesele vocale în octave de Nicola Vaccai. *Quell'onda che ruina, / balza, si frange e mormora, / ma limpida si fa, / balza, balza, balza, balza, / ma limpida si fa.* Mi-am întors ochii spre gardul sanatoriului. Din căruciorul cu rotile, o femeie în vârstă cânta cu privirea senină îndreptată spre mine, zâmbind. Mi-a făcut semn cu mâna, apoi asistenta a răsucit în loc căruciorul și au dispărut amândouă după tufele de camelii de lângă gard.

Întâmplări prin micul Macondo

Se spune că domnitorul Vlad Țepeș ar fi construit în curtea sa domnească de la Târgoviște Turnul Chindiei, cu care se aseamănă foarte mult cel de la Micul Trianon din Florești, ridicat peste câteva veacuri de către Nababul cantacuzin. Plimbarea noastră de-acum câțiva ani printre ruinele cele străvechi ale Târgoviștei e legată în amintirea mea de un frig nemilos cu vânt în rafale și-o ploaie mocănească, rece, care dădea Turnului Chindiei o strălucire de smalț perfect transparent, curgând necontenit într-o fină cascadă, tremurată precum izvoarele din munții Semenicului ce făceau să mustească sub pașii mei de copil călcând temător, cu tălpile goale prin iarba și firele subțiri ale mușchilor care țeseau covorul vegetal al verii, în zilnica noastră drumeție către Lacul Vulturilor.

Ceața de octombrie a dimineții dădea acum aceeași strălucire sticloasă de email uriașului turn de apă de la Florești, a cărui tencuială căzută pe alocuri sau crăpată în zigzaguri și desene aleatorii lăsa la vedere roșul stins al cărămizilor încadrate de albul nisipos al mortarului, peste care verzeala zidurilor și-a așternut la rândul ei umbre de pictură murală de biserică veche, părăsită și uitată.

Nu ploua, era doar o bură care umezea totul. Până și fumul de peste coroanele copacilor din vale, iscat de focurile din crengi și frunze uscate aprinse de localnici, ca în fiecare toamnă, părea tot o ceață. Cu toate acestea, nu era deloc un miros înecăcios, dimpotrivă, era un aer curat, proaspăt, de munte, cu iz de rășină de brad și tămâie din livan de India, care ne întreținea speranța că, la capătul micii noastre explorări de octombrie în natură, se va fi găsind vreo cabană, o pensiune sau măcar un mic sălaș în care să fie cald și bine și unde să bem ceaiul fierbinte din fructe de pădure pe care luaserăm în termos de-acasă.

— Dacă te-ai vedea! a izbucnit femeia mea cea frumoasă în râs. Ai părul inele-inele!

— Păi, și ce-i așa de comic? am privit-o eu peste ramele ochelarilor, ale căror lentile erau încărcate de o pulbere fină de apă.

— Parc-ai fi un clovn, a chițăit cu râsul ei subțirel.

— Bine că ești tu o zână. Cum crezi că ți-e părul? Lung și creț, ca de oaie.

— Hm, oiță, da-da-da! Mie-mi plac mult oițele! nu contenea ea să se amuze.

— Uite, oițe, acolo! i-am arătat cu mâna. Du-te și fă-le fotografii! Nu te-apropia prea mult, că sunt și câinii ciobanilor printre ele.

— Oițe! a bătut entuziasmată din palme, în zgomotul surd al mănușilor.

Și a dispărut îndărătul platanului uriaș, care părea să aibă o mie de ani.

La doar câteva secunde după aceea am zărit prin ceață silueta unei fete care se apropia în liniște, cu pași rari, zâmbind. Când s-a aflat la doar un singur pas de mine, a întins mâna și mi-a mângâiat fața, duios. „Ai îmbătrânit“, mi-a spus. „Dar ești la fel de frumos.“ „Beatrice?“, am murmurat. „Va fi o călătorie uimitoare. Mergi drept, vorbește drept. Va fi bine, dar vei uita aproape tot. Rămâi cu bine, iubitul meu nebun!“ A dispărut la fel de misterios precum apăruse. Și, da, era clar că mă aflam într-un vis. Sau cel puțin așa mă încurajam singur să sper, scuturând energic din cap, ca pentru a alunga o nălucă.

Soarele se ridicase ușor spre amiază, iar ceața se risipea și se întorcea în valuri. Cerul se zărea, în răstimpuri, într-un albastru de carte poștală ilustrată de pe vremuri. Începând dinspre ruinele palatului până spre vale, dincolo de bazinul pentru artezienele de-acum o sută de ani, dincolo de podețele care încă se mai zăreau peste fostele canale, se vedeau, răzlețe, zeci de scaune și mese albe din fier forjat, cu umbrele mari, în dungi albe și albastre — asemănătoare celor de pe plaja de la Deauville, între Boulevard Cornuché și mare —, unde stăteau de vorbă bărbați și femei elegante, în fața unor platouri cu gustări reci, prăjiturele, băuturi răcoritoare și vin roșu în carafe de sticlă de Murano. Pe-alocuri, pe câte-un pled, unii stăteau lungiți, goliți de gânduri, alții, odihnindu-se sau citind. Printre ei circulau cu multă agilitate și sprinteneală chelneri și picolițe în uniforme negre cu gulere, baticuri, șorțuri albe și prosoape scrobite din doc subțire, alb ca spuma laptelui. Zeci de megafoane agățate în desișul crengilor copacilor seculari amplificau o muzică interbelică latino-americană emisă de pâlnia unui gramofon care nu se vedea. O picoliță s-a oprit zâmbind politicos în fața mea, cu o tavă de argint în mână, încărcată de păhărele de cristal de Boemia, în care se afla o băutură gălbuie. Am sorbit o înghițitură, era un lichior de caise și mentă, răcoros, foarte potrivit acelei atmosfere de tihnă, contemplare și visare.

În preajma unei tufe mari de gutui japonez încărcat de zeci de fructe mici și parfumate, stătea la o masă, singur, un domn vârstnic cu mustață, care privea absent în zare.

— Señor Gabriel García? l-am abordat cu precauție.

— Depinde cine întreabă, mi-a răspuns după câteva clipe, fără să-și dezlipească privirea de acea nălucă a zării.

— Juan Miguel, i-am zis, înghițindu-mi cu greu nodul emoției din gât după neghioaba traducere a numelui meu în spaniolă.

M-a măsurat din cap până în picioare de câteva ori.

— Știți că nu dau autografe. Aveți un singur minut, señor Juan Miguel. Spuneți.

L-am privit atent, ca și cum aș fi vrut să-i citesc pe chip pagini întregi din tulburătoarele sale cărți, pentru a le recunoaște autenticitatea.

— Macondo, aproape că am șoptit.

— Așa, Macondo. Ce-i cu el?

— Macondo chiar a existat?

Dumnezeule, ce inepție! Câtă prostie! Să mă aflu în fața marelui scriitor și să nu fiu în stare să port un dialog firesc cu el! Cine-mi furase mințile? De ce?

— Mai pe scurt, señor Juan Miguel. Am fost informat de la ambasadă că doriți să folosiți numele imaginar al satului meu real Aracataca din Columbia într-o povestire a dumneavoastră despre mitologia dictaturii. Și vă spun fără să clipesc: faceți-o! Sunteți un scriitor talentat. Voi fi bucuros și foarte curios să vă citesc în paradis prozele. După cum știți, acolo avem cu toții atât de mult timp la dispoziție!

— Vă mulțumesc, señor Gabriel García. Nu e despre dictatură cartea mea. E despre niște oameni simpli, când mai triști, când mai veseli, când mai proști, când mai deștepți, care s-au născut într-un foarte mic univers concentraționar, pe care — de voie, de nevoie — l-au acceptat ca pe un adevăr de netăgăduit, de nezdruncinat, ca pe o nouă religie. Și-ar mai fi ceva, fără nicio legătură cu aceasta. Când l-am întâlnit acum ceva vreme pe señor Mario, am vrut să-i reproșez că mi-a furat un titlu de carte.

— Nu mai spuneți! A făcut asta? O-ho-ho! Mario, vulpoi bătrân! a hohotit ușurel, gutural columbianul.

— Da-da-da, prin anii 1970, am realizat un mic film, „Peștele în apă“ și...

— Iertați-mă că vă întrerup, señor Juan Miguel. Văd în apropierea turnului o femeie extrem de frumoasă, cu părul lung, arămiu și cârlionțat. Aveți idee cine-ar putea fi?

— Sigur că da! i-am spus cu glasul ceva mai întremat. E chiar soția mea. Stați un pic să o chem, să facem o fotografie împreună.

— Mi s-a spus la ambasadă că obișnuiți să faceți fotografii cu celebrități, ținându-le după umăr, a zâmbit genialul scriitor.

— Tot ce e posibil, m-am bâlbâit. Mărturisesc, nu prea ratez ocazia.

— Ei bine, de data asta o să vă țin chiar eu după umăr, Juan Miguel! a izbucnit el din nou în hohotele sale ușor astmatice.

— Gabito! am exclamat eu, lăcrimând, prins de avântul șansei nesperate de a-l îmbrățișa.

— Miguelito! m-a bătut el pe spate duios, îmbrățișându-mă la rândul său.

Păstrez înrămată, cu un soi de evlavie, fotografia aceasta făcută de la mare depărtare de către frumoasa mea femeie cu părul lung, arămiu și cârlionțat, astfel încât dincolo de coroana cea bogată a platanului multisecular, pe colina ce deschide priveliștea către pădurea de nuci argentinieni, se pot distinge două mici siluete neclare ale unor bărbați care se îmbrățișează, ca doi buni prieteni de când lumea. În prim-planul fotografiei se vede, în schimb — cu limpezimea de rouă de dimineață a detaliilor dintr-un album de artă —, un fluture *Polygonia comma* uriaș, care poposise pe-o floare albăstrie de begonia.

Aburul nemilos al ceții a învăluit într-o singură clipă totul, încât și astăzi, uneori, mă-ntreb dacă s-a petrecut aievea această întâlnire sau doar am visat. Perdeaua de ceață plutind ca o năframă imensă de borangic peste capetele noastre s-a risipit iarăși, așa că întregul decor dimpreună cu toate personajele s-au arătat privirii mele în toată splendoarea lor. În felul acesta am avut șansa de a vorbi cu multe din acele personalități pe care le-am ratat impardonabil la o primă întâlnire, cândva, foarte demult, și despre care, tocmai de-aceea, voi povesti mai pe îndelete, la timpul potrivit.

Trebuie să vă fac o mărturisire oarecum intimă. Vorbesc la telefon destul de rar, din două motive. Cel dintâi este faptul că primul telefon la care am vorbit vreodată era din ebonită neagră, culoare pe care eu o asociam întunericului deplin al nopții și poveștilor cu strigoi care se datorează acelui mediu atât de prielnic coșmarurilor. Aveam numai patru sau cinci ani și Tomi Baci, portarul clubului ICOT din Timișoara, împreună cu toți cei prezenți la acea întâmplare s-au distrat teribil văzându-mă atât de speriat după ce am auzit o voce zumzăind metalic în receptor. Al doilea motiv este urmarea timidității mele excesive, aproape bolnăvicioase. Nu de puține ori mi-am dat seama că, la capătul unei discuții telefonice, ori am vorbit pălăvrăgind cu maximă stângăcie, ori am uitat să spun, punctual, ceea ce aveam de spus. Cu toate aceste obstacole greu de depășit, îmi place totuși să aud la telefon vocea prietenoasă a fratelui meu care, o dată pe săptămână, mă întreabă aproape invariabil: *Ce mai e nou în Macondo?*

Această paranteză cred că e de-acum pe deplin lămuritoare în privința felului în care l-am abordat la Florești pe marele scriitor columbian. Pentru că, într-adevăr, ce altceva este micul univers al copilăriei mele din casa Secession, decât un fel de sătuc Macondo? Păstrând cu onestitate proporțiile, întreg acest microcosmos timișorean, deși nu descrie amploarea, farmecul, rafinamentul și misterul destinelor unor familii și personaje fabuloase și nu are nici pe departe conotațiile social-politice ale capodoperei ieșite din pana strălucitului romancier, nu este de fapt nimic altceva decât sămânța roditoare a unei realități ce definește omul simplu, obișnuit, pus și somat în fața prospectului stufos al vieții, fără acces la modul ei de utilizare.

Și-acum parcă o văd prin ferestruica din pod pe mama mea, întinzând rufele pe sârmele dintre tei și nuc, ajutată de Beatrice, care le ridica și ea, una câte una, din vailing, le scutura energic și murmura ceva, asemenea femeii istovite de muncă de lângă ea:

— ... carele ești în ceruri... Facă-se voia Ta... Și nu ne duce pe noi în ispită... Eu sunt mic, Tu fă-mă mare... Eu sunt slab, Tu fă-mă tare... Sfântul soare... Acum și pururea și-n vecii vecilor... Auziți? s-a oprit ea fără veste din trebăluit, cu o cămașă albă în mână, întorcându-se spre mama. Ce înseamnă, de fapt, *amin*?

— În toate limbile pământului, *amin* înseamnă *așa să fie*!

— Atunci, *amin*! a spus râzând șăgalnic fata.

— Ce să fie *amin*, Beatrice? a iscodit-o mama, urcându-se pe un scăunel pentru a ajunge chiar la trunchiul teiului, unde mai avea loc de întins rufe.

— E secret, tanti Florica, i-a făcut ea semn cu ochiul. Numai eu și îngerașul meu știm secretul ăsta.

— Hai să fim trei care știm, i-a făcut mama la rândul ei semn cu ochiul.

— Bine. Dar să nu mai spuneți nimănui. Când eu și băiatul dumneavoastră o să avem un copil, o să-l botezăm Florian.

Mama, făcând ochii mari și dezechilibrându-se, a azvârlit la întâmplare în ramurile teiului cele trei perechi de chiloți tetra pe care le avea în mâini, iar aceștia s-au agățat printr-un mare noroc, în bătaia caldă a vântului.

— Auzi, fătucă? Ia vezi, că ai ceva pe la nas!

Beatrice, încurcată, s-a șters la repezeală cu dosul palmei.

— Ce am?

Mama a coborât de pe scăunel, s-a apropiat de ea și a mângâiat-o pe cap încetinel, zâmbind.

— Nu știu. Tu ce zici?

Ursul

Lângă caravana cu animale sălbatice se adunase multă lume, mai ales că prezentatorul hârșâia în pâlnia sa de aluminiu, cu voce de patefon, promisiunea că va aduce pe podium, într-o mică demonstrație, șarpele boa, care va înghiți sub ochii spectatorilor un uriaș urs carpatin, cu tot cu blană și lanțuri. Mai promitea că spectacolul de după perdeaua de la intrare va fi prezentat în totalitate de papagalul vorbitor din Sumatra, în șapte limbi și rusește — precum declamase un poet al vremii —, ajutat de femeia-păianjen, care locuiește într-un butoi de sticlă de Murano plin cu apă din Marea Moartă, și de omul-jaguar din jungla de foioase amazoniană, pentru suma de un leu de persoană, iar femeile gravide, copiii, bătrânii și cerșetorii invalizi de război, pentru numai cincizeci de bani. Taraba de tir a prietenului meu Gole era la doar doi pași de caravană, așa că puteam privi în voie prezentarea, cocoțat pe una dintre mesele de beton cu mozaic vișiniu din Piața de Fân. Ceva mai departe, către labirintul cu oglinzi, Beatrice se afla în vârful unei piramide înalte clădite din trupuri de acrobați, închipuind o zeitate romană indefinită, cu flori artificiale, frunze de viță-de-vie și ciorchini de struguri în păr, purtând o armură și o lance. Patru saltimbanci scuipau către ea flăcări, cu o forță și o mărime impresionante, astfel încât întreaga scenă dădea impresia unui rug în care firavul corp al Beatricei ardea ca o torță, drept ofrandă pentru zei. Fiecare cort sau tarabă avea propria muzică, așa că, dimpreună cu mica fanfară a caruselului cu lanțuri, sonorul învălmășit cu ovațiile mulțimii dădea o măreție onirică, suprarealistă, întregii piețe.

— Cu alte cuvinte, acolo, în piață, erau în plină desfășurare și începutul și sfârșitul lumii. Ce ziceți de una ca asta? Nu pare a fi o secvență dintr-un film de-ale dumneavoastră?

Regizorul cu părul argintiu mă privise în tot acest timp zâmbind blajin. Translatoarea se înroșise la față de efort, încercând să suplinească detaliile istorisirii mele prin gesturi ample, cu ambele mâini, asemenea copiilor care își spun poezioarele la câte-o serbare de sfârșit de an.

El a rostit o singură propoziție în final, într-o limbă cu desăvârșire necunoscută mie, probabil în dialectul Sabino din Lazio, cu sonorități de străveche latină. S-a ridicat apoi cu încetineală de la măsuța cea albă din fier forjat și s-a îndepărtat, intrând în vălul de ceață din vale, către râul din apropierea Micului Trianon de la Florești.

— Ce-a spus? am întrebat-o nerăbdător pe translatoare.

— Maestro Vittorio a spus că regretă, dar nu a înțeles absolut nimic.

— Cum așa?

— Părerea mea este că s-a întristat că l-ați confundat cu Maestro Federico, cu ai săi Zampano și Gelsomina din *La strada*. Dar este o părere pur personală, iar dumneavoastră știți că noi, translatorii, nu avem dreptul la opinii pur personale.

— Ah, ce stângăcie din partea mea! am exclamat mâhnit. Data trecută când ne-am întâlnit la Conservatorul de muzică din București, aș fi vrut să-i spun că toată atmosfera din jurul meu îmi pare o proiecție continuă a filmului său, *Miracolo a Milano*. O luptă pe viață și pe moarte pentru un strop de lumină și de căldură. Iar Beatrice ar fi putut fi porumbelul cel magic sau o pasăre Phoenix, îndeplinitoare a viselor și speranțelor ce pot renaște din propria cenușă. De neiertat, ce stângăcie!

— Mi-a mai spus că fiul său, Manuel, vă transmite cele mai calde și prietenești salutări, în amintirea acelei întâlniri din laboratorul de cineficare al Conservatorului.

— Și-a amintit de acea întâlnire? mi s-a luminat privirea.

— Cum să nu? Corul Madrigal a cântat atunci o lucrare compusă de Manuel, pe versurile poetului Eugen Jebeleanu. *Ce ceață, vai ce ceață deasă / Nu mai cunoaștem drumul către casă, / Suntem ușori și ceața e ca fumul, / Vai, unde-o fi, unde s-ascunde drumul?* Să știți că e un om bun, nu e ranchiunos. O să-i treacă supărarea. Când se va întoarce din pâclă, veți vedea. O să ciocniți un păhărel de împăcare. Vă spun, pentru că îl cunosc.

Și, cu-adevărat, de-ndată ce primele raze de soare au croit un spot de lumină perfect rotund peste poiana umbrită de nori de lângă uriașul platan, l-am zărit pe regizorul italian cu păr argintiu mergând sprinten și sporovăind cu veselie alături de marele dirijor român și de blânda sa soție, care trăiau de-o viață în exil și care sosiseră din München imediat după Revoluție pentru un concert la Ateneul din București, cu poemul *Don Juan*, de Richard Strauss.

— Mă bucur că te-ai ținut de cuvânt și-ai închis reportofonul când te-am rugat, m-a luat pe după umeri dirijorul. Am citit textul tău din *Contrapunct*. E-n regulă, mi-a plăcut, chiar dacă ai făcut din mine un fel de sperietoare grosolană, grobiană, un mistic exotic, un soi de geniu cam dus cu capul. Poate că ai dreptate.

— Maestre, eu nu, deci, eu... credeți-mă! am bâiguit încurcat. Eu, deci... nici vorbă! Micul meu text din *Contrapunct* a fost doar un modest omagiu adus seninătății cu care ne îndemnați să primim mesajul dumnezeiesc al muzicii. Eu...

— Dragul meu, nu trebuie să te explici, și-a așezat dirijorul cu blândețe palma sa uriașă, caldă, peste mâna mea. Uneori mă gândesc și eu că într-o lume complet nebună, tâmpită, plină de idioți și de analfabeți, e imposibil să rămâi întreg la minte fără să înjuri birjărește. L-ai auzit vreodată pe Cioran înjurând? O, Doamne, e un spectacol, crede-mă!

Soția dirijorului a-nceput să râdă ușurel, iar Maestro Vittorio și-a deschis gura râzând și el, etalându-și în toată splendoarea dinții cei perfecți și albi ca perlele, care l-au consacrat, deopotrivă, ca actor de film.

Ursul, dând din cap de câteva ori ca într-un dans ritual, a scăpat din belciugul lanțului prins de scândurile podiumului scenei improvizate în piață pentru prezentare. Un val de vocale s-a dezlănțuit atunci din mulțimea de spectatori înspăimântați, dar bietul animal, de altminteri foarte blând și purtând o botniță de piele strâns legată în jurul maxilarelor, rămăsese pe loc, într-o poziție oarecum câinească, șezând pe labele din spate, sprijinit de o baracă. Am sărit de pe masa de beton și am apucat prăjina cu care fusese adus. I-am prins cârligul din capăt de lanțul din jurul gâtului și l-am împins către trepte.

S-a lăsat condus fără niciun fel de împotrivire. Lumea începuse să aplaude, mă simțeam deja un mic erou, când, pe neașteptate a apărut o matahală de om despuiat până la brâu, cu un șarpe boa încolăcit în jurul gâtului și cu o carabină de vânătoare în mâini. Ochind către animal, a tras un foc fără să șovăie. Ursul s-a prăbușit pe loc, fără suflare. Vocalele mulțimii au reînceput. Se simțea în aer panica, unii o luaseră la fugă mâncând pământul. Alții începuseră să înjure și să blesteme cruzimea omului. Cei mai mulți făcuseră însă o coadă pe un singur rând și intrau cu-ncetul, unul câte unul, la spectacolul cu animale sălbatice, aruncând câte-o privire de dezgust către trupul lipsit de viață al ursului. Beatrice s-a ivit în numai câteva salturi din piramida ei invadată de trombele de flăcări ale saltimbancilor. S-a aplecat peste trupul animalului și a început să plângă încet, neauzit, mângâindu-i cu duioșie blana. Gole, prietenul meu, negru pe dinți din cauza plumbului pe care îl mesteca neîncetat, a mormăit cu o privire întunecată: „Nenorocit de om!"

— Cred că e momentul să fac niște limpeziri, señor Mario. Toate palatele timișorene, într-atât de pompoase la fațadă, în interior erau niște locuințe modeste, de închiriat, pur și simplu. Desigur, existau și excepții, mai cu seamă în ce privește apartamentele luxoase ale proprietarilor sau în privința familiilor mai răsărite, de regulă funcționari la bănci, ingineri, medici sau profesori. Palatul Secession în care locuiam era, în fapt, o casă obișnuită, cu oameni de-abia scăpați de un război absurd, de neînțeles pentru cei mai mulți dintre supraviețuitorii care se străduiau să facă față cu greu sărăciei, lipsei alimentelor, frigului, bolilor. Așa că mi se pare mai potrivit să numesc clădirea noastră casa

Secession, decât palatul Secession, pe de-o parte pentru a respecta realitatea socială, dar, pe de alta, pentru a păstra și numele stilului arhitecturii vieneze de la început de secol douăzeci.

— Mi-a spus señor Gabriel García că sunteți supărat pe mine că v-aș fi furat titlul *El pez en el agua*, utilizându-l pentru cartea mea autobiografică, în care povestesc și despre lupta cu Alberto Fujimori pentru președinția țării mele dragi, Peru, a zâmbit cu îngăduință scriitorul peruvian. Cred că sunteți la curent cu toată încâlceala care a urmat după aceea.

— Bineînțeles, s-a scris mult despre corupția de proporții a lui Fujimori. Cum să fiu supărat, señor Mario? am deschis și eu un zâmbet de împăcare. E doar o copilărie, un întârziat și penibil teribilism. Îmi cer iertare pentru prostescul și absurdul meu orgoliu. La rândul meu, atunci, în 1970, am parafrazat tautologic excelenta peliculă a polonezului Roman Polanski, *Cuțitul în apă,* alegând pentru un film de-al meu titlul *Peștele în apă.* Iată, acum, de exemplu, mi-am permis să vorbesc despre universul copilăriei mele ca despre un mic Macondo. Și înțeleg că señor Gabriel García nu s-a supărat.

— Nu, nu s-a supărat, stați liniștit.

— Atunci, bine, m-am ridicat în picioare, înclinând capul în semn de salut. Ne mai vedem pe-aici.

— Totuși, înainte de a pleca, señor Juan Miguel, ați putea să-mi spuneți cine este frumoasa femeie cu părul lung, arămiu și cârlionțat care face fotografii la Turn?

— Sigur că da. Este soția mea. Aș putea să o chem, să ne facem o fotografie împreună, toți trei?

— Mi s-a spus de la ambasadă că obișnuiți să faceți fotografii cu celebrități, ținându-le după umăr. Nu văd de ce n-am putea face o fotografie, un pic mai târziu. Cu multă plăcere. Omagiile mele, doamnei!

— N-am găsit prilejul, data trecută, la librărie — când erați asaltat de admiratori — să vă mulțumesc pentru autografele pe toate cărțile dumneavoastră, pe care le-am adus din biblioteca mea special pentru acel memorabil eveniment. Așadar vă mulțumesc. Să nu uit: am fost extrem de impresionat de expoziția de fotografii a fiicei dumneavoastră, Morgana! E foarte talentată, să știți. O spun tocmai pentru că mă pricep un pic la fotografie.

Marele scriitor peruvian a rămas o clipă tăcut, ezitând să-mi răspundă, apoi mi-a zis, la rândul său, pe un ton prietenos:

— Mi s-a spus la ambasadă, de asemenea, că vă pricepeți la foarte multe lucruri, inclusiv la film, fotografie, pian, vioară, chitară și caiac. Sunteți și scriitor. Iată, ce dăruit de Dumnezeu sunteți! Vă felicit, señor Juan Miguel! Vă mulțumesc pentru generoasele cuvinte la adresa fotografiilor făcute de minunata mea fată, pe care, într-adevăr, o prețuiesc atât de mult! Poate luăm cina, odată, împreună cu frumoasa dumneavoastră soție. Ce ziceți?

— *Como no, señor Mario? Con mucho gusto. Estoy muy agradecido contigo!*[8] mi-am încercat și eu norocul cu spaniola mea aproximativă.

De-abia ce s-a ridicat Beatrice de lângă urs, ștergându-și lacrimile, că s-a ridicat și el vioi, dintr-un singur salt, scuturându-și îndelung blana și intrând în cușca sa de după perdeaua tarabei. A tras singur zăvorul ușii zăbrelite, a încuiat lacătul cel mare din fier ruginit și s-a

8 Cum să nu, domnule Mario? Cu multă plăcere. Vă sunt foarte recunoscător! (sp.)

tolănit în rumegușul din lemn de brad. A ațipit repede, tresărind din urechi din când în când. În vremea aceasta, papagalul vorbitor din Sumatra tocmai le spunea spectatorilor: „Nu atingeți crocodilul! Pare a fi mort, dar nu e mort. Nu atingeți lupii! Par a dormi, dar nu dorm. Nu atingeți femeia-păianjen! Mușcătura ei este mortală. Nu vă jucați cu apa din butoi! Apa din butoi este otrăvită. Nu atingeți firele de curent electric, chiar căzute la pământ! Pericol de moarte. Nu mă atingeți! Pericol de moarte. Sunt împăiat. Împăiat. Împăiat. Împăiat. Împăiat. Vizionare plăcută! Plăcută! Plăcută! Plăcută! Plăcută!“

Șarpele de aer

Pe neașteptate, ceața s-a risipit cu totul, asemenea unei magii în care o uriașă năframă e dată la o parte dintr-o singură smucire de către un prestidigitator îndemânatic, visător, melancolic și ludic, deopotrivă. Munții se zăreau peste apa îndepărtată a Prahovei cu o limpezime de fotografie interbelică, iar cerul părea că definește albastrul cel mai pur cu putință, aflat la granița negrului desăvârșit al nesfârșirii cosmosului. De-abia acum se putea cuprinde dintr-o singură privire întreaga măreție a domeniului de la Florești. Forfota chelnerilor, a picolițelor părea că e opera de figurație minuțios pusă la punct de secunzii vreunui regizor de film, pentru că avea darul de a da viață unui tablou altminteri perfect static, înțesat de umbreluțe de soare alb-albastre, de pleduri pe care stăteau la picnic nemișcați, răzleți sau în grupuri mai mari, bărbați, femei și copii, ca într-un stop-cadru fără limită de timp.

— Domnule, priveliștea asta îmi amintește de grădinile Monserrate din Sintra, se auzi cu claritate vocea doamnei Zoe, care stătea la depărtare de vreo sută de pași, la umbra platanului, într-un șezlong, lângă musicosoful autoexilat din țară imediat după cutremurul din 1977, înființând la St. Peter-Schwarzwald, în Germania, o școală internațională de știință spirituală a sunetului numită Musicosophia.

Vocea doamnei Zoe a avut darul să dezrobească încremenirea generală, astfel încât sutele de personaje au revenit la viață, ca la un semn.

— O, da, *mea oceánida!*[9] Acele edenice grădini portugheze! Da-da-da. Ascultați puțin! s-a ridicat pe neașteptate în capul oaselor musicosoful. Nu vi se pare că tot acest foșnet al frunzelor, toată această atmosferă se potrivește perfect cu Berlioz?

— Dragul meu George, dumneata ai o problemă cu Byron, mai curând, decât cu muzica lui Berlioz.

— Iar dumneavoastră, Zoe, sunteți mereu de partea terestrului, precum muzica lui Beethoven. În vreme ce eu sunt absorbit de spiritual, de eteric, de Marele Cosmos, de filosofia lui Mahler și Bruckner, a zâmbit musicosoful și s-a lăsat din nou în șezlong, închizând ochii.

— Cine ți-a spus dumitale că Beethoven ar fi terestru? s-a ridicat de spate în șezlong doamna Zoe, icnind din pricina durerilor de șale și sprijinindu-și podul palmei în mânerul bastonului din lemn de cireș. Bach o fi fost și el terestru?

— Nu, a zis musicosoful fără să deschidă ochii. Bach a fost matematician. La fel ca Dumnezeu însuși.

— De unde-ți vin ideile astea, dragul meu George?

Musicosoful a ridicat din umeri fără să mai adauge niciun cuvânt. Cu-adevărat, gramofonul emitea prin uriașele difuzoare instalate în crengile groase ale platanului

9 Referire la oceanide, nimfe ale mării, fiice ale Titanilor Oceanus și Tethis din mitologia greacă.

serenada concertului pentru violă *Harold în Italia,* de Hector Berlioz.

Mă oprisem în fața nonagenarului preot Manu pe care-l cunoscusem în urmă cu niște ani la Biserica Sfântul Vasile din Ploiești, pe vremea când făceam fotografii la nunți și botezuri pentru a-mi rotunji modestele venituri de profesor de pian, și care, tras la umbră, stătea pe un fel de jilț tapițat cu catifea vișinie, roasă de vreme, și murmura o rugăciune. Îl priveam ca pe un sfânt. Masiv, brăzdat de riduri, cărunt, împietrit în propriile trăiri trecute, cu o privire încețoșată de vreo miopie sau de vreo cataractă, el a tresărit când m-a recunoscut.

— Mi-am nenorocit picioarele în minele alea de plumb, de demult, am mari dureri, dragul meu. Dar va trece și asta și chiar și eu voi trece. Nu-i urăsc, dar nici nu-i iubesc pentru ceea ce mi-au făcut. I-am iertat, sunt împăcat. Dar dumneata, răzvrătitule, ce-ai mai făcut? Ai mai scris? Ai mai făcut filme și fotografii?

Au apărut, ținându-se de mână și coborând nenumăratele trepte de piatră dinspre ferigile uriașe, Beatrice și frumoasa mea femeie cu părul lung, arămiu și cârlionțat. Chicoteau ca două adolescente fără griji, urmate de o femeie de vreo patruzeci de ani, care părea că le supraveghează cu duioșie și cu un zâmbet de blândețe tras înspre tristețe din colțul drept al gurii sale.

— Hristos a înviat! ne-a spus aceasta trecând pe lângă noi, cu ochii închiși.

Preotul Manu a desenat prin aer cu trei degete împreunate o cruce, ca pe-o binecuvântare și a răspuns:

— Adevărat a înviat!

Mi-am făcut și eu semnul crucii, cumva formal, la repezeală și-am îngăimat:

— Adevărat a înviat!

După ce toate cele trei femei au trecut de noi, preotul Manu mi-a luat mâna între palmele sale și, căutându-mă din priviri fără să izbutească să mă găsească, mi-a zis:

— Nu, nu așa. Trebuie să spui frumos, nu la repezeală. Pentru că e foarte frumos că a înviat Mântuitorul nostru, luând asupra-și păcatele noastre. Cruce ți-ai făcut?

M-am aplecat puțin și i-am examinat cu mai multă băgare de seamă ochii, răsfirându-mi degetele prin fața lor. Era orb.

— Nu sunt orb de-a binelea. Nu-i întunericul de nepătruns în fața mea. Disting lumini, umbre. Văd mișcare. Știu că te-ai apropiat. Nu-i cea mai mare nenorocire. Adevărata nenorocire e să-ți pierzi credința.

— Iertați-mă! m-am pomenit bolborosind ca pentru mine.

— De ce să te iert? a râs el ușor. Au trecut trei femei pe lângă noi. Aș putea să ți le descriu, doar după felul în care pășeau sau după mireasma fiecăreia. Iată așadar, poți vedea și numai cu sufletul.

— Și cum le-ați descrie? l-am iscodit, foarte curios.

— Una dintre ele mirosea a petale de trandafiri și avea mersul săltat. Ea era și cea mai tânără. A doua mergea agale, precum balerinele și mirosea a lavandă și iasomie. Râdea cu poftă în timp ce vorbea. Avea cumva părul lung, arămiu și cârlionțat?

— Da, chiar așa era. Dar de unde știți, dacă sunteți orb?

— A treia, a continuat preotul fără să ia în seamă întrebarea mea, era o femeie cumpătată, resemnată și foarte tristă. De-abia de se-auzea când călca, parcă era doar în ciorapi de mătase.

— Și cum mirosea, aceasta?

— Nu mai avea niciun miros. Pentru că femeile triste își pierd mireasma.

La mare distanță în timp după ce-am părăsit definitiv casa Secession, am revenit la Timișoara cu gândul să revăd locurile copilăriei. Din nefericire, poarta cea mare era încuiată, era nevoie de un cod de acces sau să cer permisiunea prin interfon vreunui locatar mărinimos. Așa că, la fel ca pe vremea când mă strecuram împreună cu Beatrice pe fereastra de la beci pentru lemne și cărbuni, aflată pe latura dinspre strada Drăgășani, doar pentru ciudata plăcere de a simți sub tălpile noastre goale moliciunea de catifea a prafului adunat în strat gros și pentru a ne ține de mână sau pentru a-i adulmeca respirația caldă, apropiată de gura mea care nu îndrăznea să o sărute, am dat la o parte grilajul de fier și am intrat. Am ieșit la lumină, urcând melcul de piatră al scărilor, trecând pe lângă spălătoria comună cu cada de aramă și am ajuns pe platforma scării care urca la etaj. Aici am coborât cele trei trepte și iată-mă în curte!

Cât de bine se potrivea starea mea sufletească de-atunci cu relatarea lui Francis Ferdinand Cook, nepotul omului de afaceri Francis Cook, cel care reabilitase acum mai bine de-o sută cincizeci de ani grădinile și palatul Monserrate din Sintra! Francis Ferdinand Cook povestea într-o emisiune de televiziune că palatul de odinioară, încărcat de lucrări de artă și obiecte decorative de mare valoare, de mobilier rafinat, era complet gol, după vânzarea domeniului, ca urmare a decăderii financiare a marelui baron. La una dintre vizite, după vânzarea palatului, a reușit să se strecoare în interior printr-o fereastră a beciului, știută doar de el și a rămas cu un gust amar văzându-l în întregime golit. Grădinile din Monserrate sunt acum poate cele mai impresionante din întreaga Portugalie. Statul a cumpărat domeniul cu tot cu povestea sa atât de zbuciumată, astfel încât aici pot fi admirate tot felul de plante exotice, hrănite printr-un sistem de irigații subteran foarte minuțios gândit. Palmieri, yuccas, nolinas, agaves, cycardes, wisteria, iasomie, cactuși, ferigi imense, arborele de cauciuc din ruinele străvechii capele și cel mai mare ficus Pohutukawa, *Metrosideros excelsa*, văzut vreodată — cu crengile împletite, șerpuitoare, prin aer, cu rădăcini aeriene atârnând ca niște fuioare de cânepă, ca niște frânghii în bătaia vântului — vestit pentru floarea sa purpurie, *Kahika*, pomul de Crăciun al Noii Zeelande. Pohutukawa, șarpele de aer.

Curtea noastră din Timișoara era însă departe de a se fi transformat în timp în vreo grădină imperială. Năpădită de o vegetație buruienoasă, casa Secession avea tencuiala jupuită și cărămida roasă de ploi și de geruri. Chiar și apartamentul nostru, sumar mobilat, zugrăvit în culori stridente și renovat după gustul noilor proprietari, era de nerecunoscut. Doar ușile înalte, albe, cu mânere din alamă și soba de teracotă din sufragerie erau aceleași.

Adio, țărmul meu natal / Te pierzi din clipă-n clipă; / Suspină vânt, se sparge val / Și pescărușii țipă. / Când astrul zilei, rumenit, / E gata-n val s-apună / Zic lui, și ție, țărm iubit, / Adio! Noapte bună!

Am tresărit auzind versurile lordului Byron din lungul său poem „Childe Harold's Pilgrimage“, scris după o vizită memorabilă la Palatul Monserrate. Părea a fi doamna Nagy, de la ultimul apartament dinspre gardul vecin cu căminul de copii al IET. Mică de statură, uscățivă, adusă de spate. De-abia ce declamase versurile lui Byron, că mi-a făcut un semn de rămas-bun cu mâna și a intrat în casă.

M-am apropiat de cele șase trepte care urcau spre apartamentul familiei Nagy, în care nu intrasem decât o singură dată, în copilărie, când, într-o iarnă cumplit de geroasă, rătăcisem cheia de la intrarea în apartamentul nostru și am bătut la ușa lor. Domnul Nagy m-a invitat cu o mutră posacă și a dispărut în dormitor. Era unul dintre cele mai mici apartamente, așa că nu avea antreu, se intra direct în bucătărie. Acolo, în fața unei mașinării ciudate de fier, cu o pedală aproape de podea, care avea drept componentă principală o mână din tije de oțel și lungi fâșii de tablă, ca niște panglici închipuind zeci de tendoane răsucite, îmbinate astfel încât degetele să poată avea o spectaculoasă mobilitate de robot, stătea doamna Nagy și cosea cu multă pricepere o mănușă îmblănită. Prăpăditele mele mănuși de lână, rupte, ude de la zăpada cu care mă jucasem toată ziua și înghețate bocnă îmi adăposteau degetele aproape degerate de frig.

— Stai aici pe șamli. Ia de-acolo niște mănuși să te încălzești și uite niște ceai pe sobă, mi-a spus femeia fără să se oprească din munca ei.

Au fost cele dintâi mănuși îmblănite pe care le ținusem în mâini vreodată în viața mea. O, Doamne! Mi s-au părut dumnezeiesc de calde și de pufoase. Erau miraculoase. Sângele îmi revenise cuminte prin degete, frigul se topise ca prin farmec.

Doamna Nagy lucra la domiciliu, fiind angajată la Fabrica de mănuși cu o jumătate de normă și cu altă jumătate, la Fabrica de țigări. Prin urmare, tot la domiciliu, ea făcea niște trabucuri de tip cubanez, dar dintr-un tutun mizerabil. Am aflat, cu multe detalii, că unele mănuși erau făcute din piele de pisică, altele din piele de câine, unele din blană de miel, altele din blană de capră și le-am azvârlit cât colo. Din dormitor s-a auzit vocea domnului Nagy care râdea, când în hohote, când pe înfundate, văzându-mi prin ușa întredeschisă mutra terifiată de cele auzite.

— Nu vrei un trabuc? m-a îmbiat el, tot râzând.

Iar acum, după atâta amar de vreme, mi-am făcut curaj și-am intrat în casa familiei Nagy, să-mi dau seama dacă văzusem o nălucă sau era chiar doamna Nagy. Mă gândeam că ar fi putut fi mai curând fata ei, Moni, îmbătrânită. Că doar trecuse atâta timp! Am ciocănit încet la ușă și, neprimind niciun răspuns, am întredeschis-o ușurel. Mașinăria de fier pentru confecționat mănuși era tot acolo. O mănușă îmblănită era în lucru, cu acul și ața groasă înfipte într-o perniță de catifea verde. Dar pe scaunul din fața mașinii nu se afla doamna Nagy, ci un șarpe care părea că moțăie. Lângă șarpe, în apropierea sobei, stătea lungită o pisică. A ridicat capul, mi-a aruncat o privire indiferentă, bătând din pleoape arar și s-a culcat la loc. Am întins mâna să iau mănușa, dar, într-o fracțiune de secundă, șarpele și-a ridicat capul și m-a mușcat. N-am pățit nimic, nu era veninos. Am aflat mai apoi că acest fel de lighioană se numește șarpele casei.

Zânele de absint

Cei patru stăteau la o masă albă din fier forjat la umbra foișorului din pânză de cort și sorbeau în răstimpuri, în liniște, din paharele lor de sticlă verde un vin rozaliu de *Isabella*, slab, acidulat, parfumat, din soiul inferior, dar foarte rezistent, adus în Europa cu vreo două veacuri în urmă tocmai din Carolina de Sud și numit pe la noi *căpșunică*. Priveau cu interes apariția primilor cai ai herghelei, care se apropiau cu repeziciune în galop, stârnind un nor cărămiziu de praf, mânați din urmă de trei femei tinere care călăreau fără șei, cu părul despletit și fustele largi din mătase de China, fină, înflorată, fluturând în bătaia vântului, cu coapsele, pulpele și gleznele dezvelite, desculțe, strunindu-și animalele cu călcâiele, și ale căror voci și hohote de râs se împleteau cu nechezatul cailor și tropotul copitelor acestora. Când m-am apropiat de foișor, Tonino, scenaristul, m-a poftit politicos să mă așez pe un taburet.

— N-aș vrea să deranjez, am spus și eu la fel de politicos.

— Nu-i niciun deranj, mi-a zis Andrei, scundul regizor rus, fără să mă privească cu ochii săi albaștri, neliniștiți și triști, țuguindu-și pe sub mustață buzele în gură de pește și scoțând un rotocol de fum perfect rotund din țigara sa.

Julio, scriitorul, zâmbind prietenos, mi-a turnat vin într-un pahar.

— Ăsta se bea rece, la fel ca vinul alb, mi-a explicat belgianul argentinian, stabilit la Paris de foarte multă vreme. Nu știu de ce se spune că-i un vin slab, pentru că pe mine, unul, m-a cam amețit.

Andrei și-a ridicat aparatul Polaroid către cai și a făcut o fotografie. Michelangelo, italianul, a făcut la fel cu Polaroidul său. Au scos amândoi hârtiile foto din aparate și le-au vânturat o vreme în adierea călduță a boarei de aprilie, până când au apărut, ca prin magie, imaginile. Andrei surprinsese în mișcare silueta primeia dintre cele trei călărețe. De fapt, îi surprinsese cu limpezime doar chipul, mai exact gura larg deschisă, râzând. În fotografia lui Michelangelo se zăreau cu claritate silueta bătrânului platan și două trunchiuri de brad trăsnite de fulgere cu ani în urmă și albite de ploi și zăpezi, făcându-le să semene cu niște oase de dinozauri. Palatul Nababului de la Florești era însă șters în planul îndepărtat, ca o pictură impresionistă.

— Să prinzi clipa! Da! Iată, Michelangelo! Asta e ceea ce-mi place cel mai mult la jucăria pe care mi-ai dăruit-o! Timpul captiv! Măcar o clipă din eternitate e zăvorâtă aici, pe peticul ăsta de hârtie colorată într-atât de spălăcit.

— Hm, a mormăit italianul. Îți amintești, Tonino, de cei trei bătrâni musulmani pe care i-am fotografiat cu Polaroidul în Uzbekistan, pentru filmul nostru, pe care nu l-am mai făcut niciodată?

— O, da! a exclamat scenaristul.

— Au privit cu mirare fotografiile și le-au refuzat categoric. Cum adică? ne-au zis. De ce să oprim timpul? Dacă oprim timpul, de ce n-am opri și Pământul și Soarele și universul întreg? Aceste imagini sunt o minciună și o blasfemie. Ptiu! O, da, chiar le-au scuipat! Da, da, da!

Italianul a izbucnit într-o cascadă de hohote de râs și și-a băut pe nerăsuflate paharul cu vin. Julio, care tăcuse în tot acest timp, și-a turnat vin în pahar și a vorbit ca pentru sine:

— Am mai spus. Timpul e *Diablo*. V-a plăcut ce-am zis atunci, ați făcut și-un film, Michelangelo. *Blow-Up*. Timpul nu construiește, ci distruge. Macină realitatea. Iată, noi credem că stăm la o masă și bem un vin cu un prieten mai tânăr, care tace și-ascultă ce spunem noi, maeștrii lui. Poate fi și adevărat că stăm aici, la Florești, lângă ruinele palatului. Poate nu. Dar mai adevărat decât toate acestea este ceea ce se povestește continuu, fără odihnă, în mintea noastră. Nu-i așa, tinere domn? m-a privit el numai o clipă direct în ochi, ca o străfulgerare de bliț.

Din senin, gramofonul a pornit o muzică fado cântată de Amália Rodrigues, pe versurile unui poem de dragoste de Manuel Alegre.

Tu és meu vinho. Tu és meu pão. / Guitarra e fruto. Meu navio, / este navio onde embarquei / para encontrar dentro de ti, o país de Abril.

Ajungând lângă noi, femeile au sărit sprintene din spinările cailor. Cea dintâi era Beatrice. A doua era frumoasa mea femeie cu părul lung, arămiu și cârlionțat, iar a treia, femeia de patruzeci de ani. Herghelia se oprise ceva mai departe, spre Turn, în poiană, iar caii pășteau liniștiți.

— Am auzit că se bea și suc aici, a spus Beatrice îndreptându-și semeață spatele. Puteți chema un chelner, vă rog?

Tonino a sărit din scaunul său ca un ostaș la raport.

— Desigur, domnișoară, a spus el, vizibil emoționat. Îl chem chiar acum. Ce fel de suc? De lămâie? De portocală?

Era momentul cel mai drag mie: secundele în care imaginile foto ieșeau la iveală cu încetineală de miere și-apoi se conturau la fel de lent de-a lungul întregii panglici de film de nuanță gri, cufundate în tancul spiralei de plastic a lichidul revelator. După spălare, la slaba și obositoarea lumină roșie sau verde din laborator, pelicula se limpezea în baia de fixare și devenea transparentă ca sticla, pe marginile sale cu perforații și între imagini. Lumina galben-verzuie pentru developat hârtia foto era însă mult mai plăcută, iar spectacolul apariției miraculoase a imaginii pe suprafața hârtiei din tava cu revelator era la fel de fascinantă. Cel dintâi laborator foto îl văzusem în studenție. Avea un bec de un roșu intens atârnat din plafon și răspândea în întuneric o lumină dureroasă ce mă scotea din minți. Gigi Florescu, fotograful Conservatorului de muzică, deranjat și el de roșul cel agresiv al lămpii, obișnuia să-și developeze filmele foto la lumina jarului de țigară. Ca mai toate obiceiurile proaste care par a scurta calea către succes, am deprins îndată și eu acest nărav rudimentar, astfel încât primul meu laborator foto nu avea nicio sursă de lumină în bezna deplină a încăperii, ci numai jarul cel roșiatic al unei țigări aprinse. Nu eram fumător, așa că doar pufăiam țigările. Mă usturau ochii din cauza fumului, dar, odată ce se isprăveau minutele necesare limpezirii și fixării imaginii cu tiosulfat de sodiu dizolvat în apă, puteam aprinde în sfârșit becul cu lumină alb-gălbuie al băii de la mansarda internatului școlii unde fusesem repartizat ca profesor, ce-mi servea drept laborator.

— Am văzut de mai multe ori filmul dumneavoastră *Blow-Up*, i-am spus maestrului Michelangelo. De fapt, vă știu toate filmele. Dar *Blow-Up* are o legătură specială cu experiența mea de fotograf începător.

— Ce vreți să spuneți? m-a privit o clipă cu interes regizorul.

— Era o iarnă cu nămeți mari și ningea fără întrerupere de vreo câteva zile. Eu și prietenul meu mai vârstnic, Dan, un grafician excepțional specializat în xilogravură, ne hârjoneam cu niște colege profesoare stagiare, gălăgioase, zăpăcite, prin nămeți. El era mai reținut, dar eu mă tăvăleam prin zăpadă ca în copilărie, cu o bucurie de nestăpânit. Cumpărasem o pâine rotundă, caldă, dulceagă, din făină neagră în amestec cu mălai, din apropierea cârciumii Pelicanul și o mâncam goală. Într-un fel, ne ținea și de cald la mâini. Am intrat cu toții în salonul terasei Trandafirul și am cerut vin fiert. Atunci am făcut fotografia despre care vreau să vă vorbesc.

Personajul principal, aflat în prim-plan, era un bărbat de vreo șaizeci de ani care, îmbrăcat într-un palton și cu o pălărie ponosită îndesată pe cap, stătea singur la o masă acoperită cu o față albă de pânză groasă din bumbac, scrobită. Deși în fața lui avea o halbă de bere pe jumătate golită, mi-am zis că ar putea fi un personaj care bea absint și că titlul fotografiei mele ar fi foarte potrivit să fie, prin urmare, *Absintul*. Dar eu habar nu aveam pe-atunci ce era absintul. Nu văzusem și nu băusem niciodată așa ceva. Gândul mi-era doar la celebrul tablou al lui Edgar Degas *Băutorii de absint,* și-atât. Mult mai târziu am aflat că această băutură, numită și Zâna Verde, la fel de tare ca pălinca de Ardeal, putea să ducă la nebunie. S-a dovedit în timp a fi doar un mit, științific vorbind, dar obsesia unei băuturi diavolești care te poate face din om neom nu m-a părăsit nici în ziua de azi.

Încăperea era încălzită cu un mic godin, al cărui burlan traversa o bună parte a salonului și care nu reușise să topească pojghița de gheață de pe suprafața de ciment a podelei. Era puțină lume în cârciumă la ora aceea a după-amiezii, când deja începuse să se însereze. Într-un colțișor, îmbrăcată în costum popular și purtând șoșoni negri de gumă, o solistă mai vârstnică, mică de statură și foarte slabă, cânta fals și cu voce spartă la un microfon piesa *Trandafir de la Moldova,* acompaniată de un acordeonist și de un toboșar care avea un singur băț cu care încerca să susțină ritmul pe suprafața unei tobe mici, alternând cu un cinel vechi, zdrențuit, de alamă. Toți trei zâmbeau însă cu voioșie, arătându-și danturile în care predominau dinții de metal, iar femeia, aproape complet știrbă, părea cu toate acestea cea mai veselă dintre ei.

— Imaginați-vă, Maestro Michelangelo, în toată această atmosferă — pe care am încercat să o descriu în cât mai puține cuvinte, ca să nu vă plictisesc —, fără veste, bărbatul cu pălărie și palton de la masa cu față albă și scrobită din pânză groasă din bumbac a ridicat halba și a izbit-o cu putere de cimentul podelei. Câteva cioburi au sărit în obrazul solistei care, deși sângera abundent, continua să cânte cu o mutră veselă, acompaniată de acordeonist și toboșar, foarte veseli și ei.

Developând în aceeași seară fotografia în laboratorul meu de la mansardă, am observat în partea stângă a personajului principal, în plan mai îndepărtat, silueta unui bărbat tânăr care stătea întors cu spatele la noi, lângă godin. Am mărit imaginea de câteva ori, succesiv, am expus hârtia de tot atâtea ori și am introdus-o în revelator.

— O femeie îl îmbrățișa pe-acest bărbat într-un fel în care numai femeile îndrăgostite în luna aprilie o pot face. Ce spuneți?, l-am întrebat pe Julio, scriitorul.

— Tinere domn, noi nu putem ști asta. Nimic însă, dar absolut nimic nu ne împiedică să presupunem ce s-ar fi putut întâmpla. Aici e toată frumusețea. Iar, ca să fim onești, dumneavoastră vorbiți despre femeile îndrăgostite în luna aprilie, în timp ce totul s-a întâmplat iarna.

Tonino, scenaristul, și-a dat cu părerea mai apoi că absintul poate avea un asemenea efect de escaladare a violenței.

— Dar omul băuse doar bere, i-am amintit.

— De unde știți? Poate că în halbă era absint.

— Nu vom ști niciodată, a adăugat Andrei, regizorul rus. Și iată! Ce bine că ați făcut fotografia! Nu ați surprins acțiunea, în toată complexitatea. Ați încătușat însă clipa ei, pentru veșnicie. Bravo! Aceasta este arta!

Un cal alb a trecut în galop chiar prin fața foișorului. Andrei a ridicat de pe masă aparatul Polaroid și a apăsat pe declanșator. A vânturat în bătaia boarei călduțe a după-amiezei hârtia foto și a privit cu atenție imaginea proaspăt developată. Calul cel alb părea un șal de mătase, unduitor, străveziu, bătut de vânt, în spatele căruia se desenau cu claritate chipurile senine și zâmbitoare ale celor trei femei.

Azulejos la porțile paradisului

Domnul Herbert Hermann, portarul, s-a trezit într-o dimineață cu următoarea revelație, după un vis cu Sfântul Anton de Padova — cel născut la Lisabona sub numele de Fernando Martins de Bulhões —, protectorul atelierului său de cizmărie și de reparat pantofi: va trebui fără întârziere să predea soției sale, doamna Johanna Hermann, toate îndatoririle administrative, legătura cea mare cu douăzeci și una de chei ale tuturor apartamentelor, cheia uriașă de la poartă, despre care se spunea că era făcută în întregime din aur, ascuns de privirile hoților de un strat de nitrolac brun, și care avea fix un kilogram, cheia de la pod și Cartea de imobil.

— De azi, draga mea Johanna, i-a spus el soției sale, deschizând cufărul cel mare aflat pe holul beciului de sub apartamentul familiei Mihailovici, tu vei fi doamna portar. Băiatul nostru, Ioji, a crescut și pleacă în armată. Fata noastră, Ștefi, se descurcă singură foarte bine cu caprele, iepurii și găinile. Eu mă voi ocupa de-aici încolo numai de cizmăria mea din Piața de Fân și de tăierea porcilor de Crăciun din curtea noastră, în fiecare an. Așa mi-a spus azi-noapte Sfântul Anton, fie numele lui lăudat în vecii vecilor, amin.

— Dacă așa a spus Sfântul, așa vom face, dragă Herbi, a încuviințat femeia.

L-a luat de mână pe vlăjganul său fiu, Ioji, și a ieșit în mijlocul curții, făcându-și palmele pâlnie și anunțând locatarii cu voce puternică:

— Ioji are un costum nou! Azi pleacă în armată, la Lipova, la tancuri. De-acum, eu sunt doamna portar! Așa să știți! Bună să vă fie ziua și inima!

După-amiază a ieșit din nou în curte și ne-a adunat pe toți copiii care ne jucam lângă bătătorul de covoare *Țările*, cu mici cuțitașe de bucătărie pe care le înfigeam în pământul umed de după ploaia de vară, trasând hotare peste hotare ale unor țări imaginare, cucerite și pierdute, până spre seară, când bărbații începeau să joace cărți și Rummy, așezați pe scăunele, sub coroana celui mai bătrân nuc. Atunci bătrâna doamnă portar ne-a spus povestea curții și a casei noastre Secession.

În urmă cu vreo șaizeci de ani, pe când Johanna Hermann era doar o copilă de șaisprezece ani, casa aceasta de forma literei L, zugrăvită în alb și galben, avea zecile de ornamente exterioare reprezentând tot felul de figuri mitologice poleite cu foiță de aur, aidoma Villei Vilsmeier de lângă Parcul Ocsko, spre cârciuma Ciocârlia de lângă Gara Mică. Țigla era roșie, asemănătoare celorlalte case, care erau unele mai frumoase decât altele. La intrarea în casa Secession, chiar deasupra uriașei porți din lemn masiv incrustat cu motive florale, alături de care grilajul de fier al ferestruicilor lunguiețe întregea aerul de noblețe al sofisticatei compoziții, se afla o monogramă în basorelief — florală și ea, caligrafiind elegant literele E și S — oferind cheia aflării numelui celui dintâi proprietar, vestit artist aurar al orașului.

Dar minunea adevărată a cartierului era Marea Grădină Botanică a casei Secession. I se spunea, mai simplu, Botanica. De-ndată ce ieșeai din tunelul umbros al holului de la intrarea casei noastre se deschidea o priveliște desprinsă parcă din paradis. Neexistând pe-atunci niciun fel de garduri care să despartă curțile vecine de mai târziu, grădina se întindea pe o suprafață de zece hectare, până în vecinătatea depourilor de tramvaie, apărute în Timișoara prin anii '60 ai veacului al nouăsprezecelea, odată cu iluminatul electric stradal datorat primei hidrocentrale de pe Bega, numită La Turbine. Zeci de arțari, pini, tei, tuia și stejari bătrâni de sute de ani desenau umbre largi pe gazonul perfect tuns, din frunzișul cărora se auzeau păunii cu țipetele lor stridente, dar și ciripitul mierlelor, papagalilor și canarilor. Cu veacuri în urmă fuseseră aduși aici, de departe, cu vaporul pe Bega, copaci exotici, palmieri, ficuși uriași Pohutukawa — din Polinezia, cactuși și ferigi tropicale înalte și felurite flori, mai ales petunii ce răspândeau un miros dulceag-amărui, atrăgând sute de fluturi multicolori, bondari și albine, și împodobeau luminișurile brăzdate de câteva alei cu piatră albă și măruntă de marmură. Un sistem hidraulic ingenios de fântâni arteziene împrăștia continuu perdele de apă din gurile unor vietăți de bronz, broaște-țestoase sau de baltă, pești și delfini, în mici havuzuri placate cu ceramică azulejos în desene albastre închipuind scene de vânătoare, încărcate de nuferi albi și galbeni. O cascadă bogată își revărsa printre bolovani și frânturi de stâncă voalul înspumat de ape repezi într-un iaz mai mare, aflat pe locul actualei grădinițe de copii din strada Drăgășani, ce avea lotuși și nuferi amazonieni, pe frunzele cărora se odihneau rațe, gâște, nutrii, lișițe și lebede.

În serile calde de vară, în foișorul construit prin rețeaua deasă de rădăcini aeriene a ficușilor Pohutukawa, o mică orchestră interpreta discret tangouri, având-u-i ca soliști pe-aceiași frați gemeni Sepi și Pepi Iancovici, descendenți, se spune, ai marelui lăutar Nicu Iancu din Cerneteaz, de lângă Timișoara, care cântau și la terasele restaurantelor Carul cu bere, din Piața Traian, Lido, de pe bulevardul Corso sau Ciocârlia, din cartierul Fabric. Unul era stângaci, altul dreptaci. Desenau cu arcușurile lor prin aer și din propriile unduiri elegante ale corpurilor mișcări perfect simetrice, iar doamnele cu rochii vaporoase, locuitoare ale palatelor Secession din vecini sau ale vilelor din împrejurimi, erau invitate la dans de bărbați chipeși cu mustăcioară, în ritmuri de bossa-nova, cha-cha-cha, bolero, rumba și conga.

Întregul cartier Fabric era împânzit de case de toleranță cu lămpașe roșii aprinse la porți. Se bucurau însă de mare respect toate domnișoarele din aceste pensiuni. Aveau o educație aleasă, erau manierate, curate, știau să danseze și să cânte, fie ca soprane sau altiste, arii din opere, fie la câte un instrument muzical, precum mandolina, flautul, oboiul, pianul, chitara portugheză, țimbalul, drâmba și frunza de păr. Domnii care își petreceau uneori serile aici se bucurau înainte de toate de atmosfera de restaurant stilat, de conversațiile plăcute, artistice, literare și chiar filosofice care precedau urcarea sau, după caz, coborârea în camerele destinate fanteziilor erotice. Mimi de la subsolul casei noastre descindea dintr-o astfel de tradiție interbelică.

Doamna portar și-a coborât privirea senină din vârful arțarului unde două turturele se zbenguiau și ne-a spus cu glas posomorât:

— Din nefericire, Mimi este doar o curvă, așa că feriți-vă de ea! Zice lumea că ar fi fata Anei Persida Cumpănaș din Lunga, de prin Comloșul Mare, făcută cu unul, Pescariu. Așa scriau ziarele de demult. Pot să vă arăt poze, am niște ziare prin cufărul nostru cel vechi. Da, Ana Cumpănaș, care, după ce-a ajuns în America, l-a dat pe mâna poliției pe iubitul ei, marele Dillinger, gangsterul american, dar cine poate ști care-a fost adevărul? Mimi! O nenorocită care aduce numai boală și nefericire!

Bătrâna Johanna și-a trecut palmele peste fusta făcută de curând de mama mea la mașina ei de cusut Singer și i-a netezit pliseurile, cu privirile în pământ.

— Vă rog să mă iertați că am vorbit atât de urât. Știu că nu se cade să mă exprim așa, eu fiind o femeie educată la pensionul franțuzesc din Cetate. *Dară-însă Mimi, futu-i muma iei gie șoaldă șî gie loază șî nerușânată, ni-o adus număi năcazuri. Das ist die bloßer Wahrheit, țucu-vă nana, bistoș-igoșag.*[10] Mă scuzați, Doamne, iartă-mă! a încheiat doamna Johanna, făcându-și cruce de trei ori, cu ochii ridicați spre cer.

Ne era teamă, mergeam ținându-ne de mână, prin întunericul subsolului. Beatrice s-a oprit și a dus un deget la gură. Se auzeau zgomote ciudate, respirații întretăiate, o femeie râdea, apoi părea că plânge. Am apăsat pe clanță și am deschis ușa.

— Ești complet nebun! Dacă vine, ce-o să-i zici?

— Îi cer o carte, cu împrumut. Mi-a mai dat și-n alte dăți, nu-i o femeie rea. Eu cred că se exagerează foarte mult. Are grijă de tatăl ei, care e foarte bătrân, de-un

10 Ăsta-i, sigur, adevărul gol-goluț (germ., repetat în magh.); în Banat exista obișnuința de a se trece cu ușurință de la o limbă la alta, dintre cele vorbite în zonă, în aceeași frază.

frate nebun și de o soră paralizată de la mijloc în jos. Isabella, așa o cheamă. Mimi o scoate la aer în fiecare zi, într-un căruț cu roți mari de bicicletă. E foarte bună la suflet, îmi dă ciocolată.

— Te ademenește, asta face. O să te îmbolnăvească și-o să te otrăvească într-o zi. Doamna Hermann are dreptate. E o nenorocită!

— Te-am adus să vezi ce de cărți are. Nu știu cum se face, dar locuințele astea din beci comunică între ele, cumva. E un fel de labirint subteran aici. Mimi are o bibliotecă imensă, a primit-o de la stat, să dea cărți cu împrumut prin cartier. Se numește *bibliotecă voiajoare* și se unește dincolo de pivnița croitorului Dinu cu biblioteca lui Roji Neni, care este tot o *bibliotecă voiajoare*.

— Nu cred, a zis Beatrice schițând un zâmbet, la lumina palidă a unicului bec atârnat deasupra veceului comun.

— O să vezi.

Am intrat cu un curaj nebun, pentru că dincolo de micul hol, în dormitor, se afla Mimi cu un client de-ai ei, pe care încerca să-l bucure cu cât mai multă pricepere. Și, într-adevăr, pereții holului erau căptușiți de cărți foarte vechi, cu miros dulceag de mucegai, iar pe suprafețele zidurilor rămase libere erau rânduite plăci alb-albastre de azulejos cu scene erotice și muzicale.

— Spunea doamna Hermann, i-am zis în șoaptă fetei care era din ce în ce mai uimită, că și Botanica avea plăci de azulejos, peste tot, la fel ca și casa scărilor spre etaj, până când, în preajma războiului, au fost pictate peste ceramica originală portugheză scene florale și îngerași.

Am avansat de-a lungul coridorului ciudatului apartament de la subsol până într-un loc unde acesta se ramifica în altele două, ticsite cu mai multe vitrine cu cărți, înșiruite ca vagonetele cele vechi și ruginite din minele de sare părăsite de la Slănic Prahova. Alte și alte ramificații ne-au condus în beciul croitorului, a cărui voce se auzea cu claritate prin tavanul de scânduri căptușit cu trestie tencuită. „Doamnă, vă recomand această stofă în carouri pe care am primit-o săptămâna trecută din Belgia, de la un prieten sârb, din Zagreb. Uitați-vă, numai, ce calitate! Ce fir, ce finețe! Ce spuneți?"

Ca prin minune am ajuns în cămăruța cu gherghefuri pentru broderiile lui Roji Neni, care era încărcată de jos până în plafon de rafturi cu cărți. Plăcile de azulejos din această încăpere reprezentau chipul unei tinere și frumoase femei care purta o rochie de vară, din mătase, cu multe volănașe și cu un decolteu generos, îmbrățișată de un bărbat matur, cu aer protector.

— Ei, ce spui? Ai mai văzut așa ceva în viața ta?

— E ca un vis. Chiar ca un vis! a șoptit fata ținându-mă de mână și mai strâns.

Din camera alăturată se distingeau șoapte și zgomote asemănătoare cu cele din dormitorul lui Mimi.

— Tu ce crezi? O fi împreună cu iubitul ei? m-a întrebat Beatrice, abia stăpânindu-și râsul.

— Da' de unde! E cu mama-mare! am dat și eu în râs, pe înfundatelea. Tu cam ce crezi? E cu soldatul ăla care-i îndrăgostit de ea până peste urechi!

Ne aflam, într-adevăr, la doar doi pași de locuința de la subsol a bunicii mele, care prăjea continuu semințe de dovleac pe plita cuptorului ei din cărămidă, spoit cu var alb la începutul fiecărui anotimp.

Cocoțându-ne pe înalta și îngusta fereastră a beciului ce dădea chiar sub mica terasă a apartamentului surorilor Frida și Ella Fischer, am salutat-o pe străbunica lor centenară care, fără să contenească a se legăna în balansoarul ei de răchită, a înclinat din cap în semn de răspuns, zâmbindu-ne prietenos cu gura sa știrbă larg deschisă. Lângă chiuveta din curte ședea moțăind pe pardoseala de mozaic a casei scărilor bătrânul tată al lui Mimi, trăgând în somn din trabucul său mizerabil. L-am mișcat un pic, pentru a-l trezi.

— Nu vă supărați, i-am zis de-ndată ce a mijit ochii. Vă numiți cumva Pescariu?

A început să râdă ușor, tușind astmatic.

— Nu, copile, nu mă numesc Pescariu. Numele meu este Dillinger. Dar nimeni nu mă crede.

Și, instantaneu, a adormit, pufăind ușor din trabucul său.

Pod către nuferi

La scurtă vreme după cutremurul din Timișoara de la sfârșitul anilor 1950, care a creat panică printre locatarii ieșiți buimaci în miez de noapte din apartamentele lor, doar în pijamale și papuci de casă, cu comentarii repetitive precum ecoul: *E linia Radna-Parța-Șag ...arța-Șag ...ța-Șaag ...aag... ...aaa!,* s-a iscat un incendiu în pod, din cauza unui scurtcircuit electric inexplicabil, spontan, chiar deasupra apartamentului de lux de la etaj al familiei Lichting. N-a fost nevoie de pompieri. Tatăl meu a întrerupt siguranța generală de la stâlp și, împreună cu doi vecini, a aruncat câteva găleți de apă prin pod. A rămas însă o gaură neagră în streașină, ca gura rânjită a balaurului răsărit din umbrela noastră din antreu ce-mi stârnea coșmaruri, deschisă continuu la vreme de ploaie, mârâind și clănțănind către mine cu dinții săi negri, de oțel, precum câinii din cartierul Între Vii, când mă încumetam să trec pe lângă ea spre bucătărie, să beau o cană cu apă.

La scurtă vreme, a apărut o echipă de muncitori care a instalat în trei zile schele din trunchiuri lungi de brad și scânduri, de jur-împrejurul clădirii. Au dat jos toată tencuiala din curtea interioară, au răzuit picturile cu îngerași din casa scărilor, iar mai apoi au scos cu migală și pricepere străvechile plăcuțe de ceramică portugheză azulejos acoperite de pictură prin anii 1930, pentru a le vinde cu bucata prin piața de vechituri de lângă arena de fotbal Progresul a IET, talcioc cunoscut sub numele de Ocsko-Piatz. Dar, fie vorba între noi, cam fiecare dintre locatari a luat cu acea ocazie măcar o plăcuță-două de azulejos ca suvenir, iar unii și-au decorat bucătăriile, montând deasupra sobelor de gătit Vesta sau a celor mai sărăcăcioase, din cărămidă văruită în alb, câte-o mică scenă de vânătoare sau o întâmplare erotică avându-și eroinele și eroii pe jumătate despuiați, pictați de artizani lusitani cu veacuri în urmă, în desen albastru naiv, explicit, pe alocuri chiar expresiv, cu multă tristețe pe chipuri și ochii larg deschiși a mirare, teamă sau trezire din vis.

Într-o dimineață, până să ajungă la cotețul caprelor de lângă dudul din fundul curții, Ștefi, fata familiei Hermann, s-a oprit, atrasă de o firidă destul de largă, apărută după îndepărtarea tencuielii crăpate de cutremur deasupra tocului ușii de la intrarea în subsol. A urcat pe prima treaptă a schelei instalate în dreptul bucătăriei familiei Mihailovici și a încercat să zărească ceva în bezna acelei firide. Nu se vedea mai nimic, așa că și-a vârât mâna până la cot. Oho! Ce ditamai gaura! A scos din buzunarul halatului ei din doc albastru, ponosit, o lanternă Elba Focus și, aprinzând-o, a cercetat curioasă deschizătura.

A coborât în holul beciului și a luat uneltele potrivite din lada cea mare a domnului Hermann: ciocane, dălți, clești, leviere, burghie, fierăstraie și două cuțite pentru înjunghierea porcului. Boc-boc! Cioc-cioc! Boc-boc! Cioc-cioc! Prima cărămidă a cedat ușor, la fel următoarea, apoi a reușit să facă o spărtură destul de mare, dar în toată munca ei neîntreruptă și plină de elan, Ștefi și-a prins medalionul de aur pe care îl avea la gât într-o bucată ascuțită de tencuială și acesta a dispărut, înghițit de negura misterioasă, într-o lunecare lină, urmată de un sunet sec după câteva secunde, întărind presupunerea că ajunsese undeva, pe vreo pardoseală a tainicei ascunzători. Plină de nervi, Ștefi a început să țipe și să se tăvălească prin praful din fața leandrilor plantați în câteva ghivece mari lângă gardul vecinilor.

Doamna Hermann a ieșit înspăimântată din beci, făcându-și din mers nod la baticul său maroniu cu trandafiri galbeni și a încercat să o liniștească.

— Medalionul meu! Medalionul meu! se văita biata fată, zvârcolindu-se prin colbul nisipos amestecat cu fărâme de cărămidă și de tencuială.

Pe scurt, în medalion Ștefi păstra chipul logodnicului ei, Șandor, care dispăruse cu desăvârșire chiar în noaptea în care o cunoscuse și îi luase virginitatea, promițându-i o nuntă ca-n povești și o călătorie cu trenul tras de o locomotivă uriașă cu aburi, numită Pacific, și cu autobuzul, la Buziaș, Băile Herculane și Văliug. Era unica fotografie a iubitului ei și-acum fusese înghițită în hăul misterioasei firide. Ce altceva mai avea de făcut decât să se tăvălească prin țărână? Cum, altminteri, să-și astâmpere apriga durere din suflet? Ca și în alte dăți când își vedea fata în suferință, doamna portar Hermann a dat drumul căprițelor care, zărindu-și stăpâna tăvălindu-se pe jos, au țopăit într-un suflet lângă ea și au început să-i lingă fața. Ștefi le-a cuprins în brațe cu duioșie.

— Căprițele mele dragi! Doar voi mi-ați mai rămas! a suspinat ea printre hohotele de plâns și printre lacrimile grele care-i șiroiau pe obrajii murdari de praf, lăsând dâre cristaline precum apa de izvor, la fel ca desenul ploii torențiale șiroind în rafale pe micile noastre geamuri, pe care-l urmăream cu nesaț vara, ca pe un film, cocoțat pe un scăunel în fața ușii antreului.

Fiecare pod de peste râul Bega își avea povestea lui. Mie îmi plăceau podurile toate, în egală măsură, fără vreo legătură cu legendele lor. Pe de altă parte, Bega îmi inspira o teamă greu de stăvilit. Un frate al mamei murise înecat în apele nemiloase ale canalului multisecular. Îmi era în același timp teamă de cursul cel iute și învolburat al apei, de vârtejurile care, se spunea, puteau înghiți o căruță cu tot cu cai cât ai clipi, de-ar fi căzut din nesăbuință de pe mal, la Turbine sau la Podul Modoș. Cu toată această frică de apă, podurile îmi inspirau încredere. Erau construcții care făceau posibilă legătura dintre maluri și peste care treceau tramvaie, vagoane de tren cu marfă, trase de Muki, locomotiva electrică. Erau semnul trainiciei. Erau semnul siguranței că nu te vei pierde, nu te vei rătăci, mergând de-a lungul malului cine știe câți kilometri, fără vreo șansă să poți traversa râul.

După ce am învățat să înot la bazinul sportiv al Fabricii de lână ILSA, am încercat de mai multe ori să-mi fac curaj să intru în apele Begăi, dar de fiecare dată urcam îndărăt dinspre albie spre mal, deznădăjduit, umilit, lipsit de îndrăzneală. Cu-atât mai nebunească mi s-a părut ideea de a-i spune Beatricei cu o gură care parcă nu fusese a mea:

— Hai să sărim de pe podul de lemn dintre parcuri!

Fata a dus mâna la gură, parcă pentru a-și stăvili râsul.

— Sau n-ai curaj? am continuat, cu-aceeași nesăbuită gură.

— Am, a zis ea hotărâtă, devenind foarte serioasă.

— Atunci, hai!

Mi-am lăsat pantalonii cei scurți și maioul în iarbă. Ea și-a tras peste cap dintr-o smucire rochița roșie din bumbac, cu buline albe și mâneci scurte și bufante, rămânând doar în chiloții tetra. Am tras cu coada ochilor, privindu-i trupul slăbuț și delicat. Hm, așadar era adevărat că fetelor li se umflă pieptul, la un moment dat. Foarte bine, ăsta nu era un motiv să ne pierdem vremea. M-am privit o clipă, coborându-mi mult bărbia. Pieptul meu nu suferise niciun fel de modificări, iar trupul meu era la fel de costeliv și firav ca al ei. Am urcat sprinteni pe balustrada podului și eu am zis:

— La unu-doi-trei, sărim. Da?

— Da, a spus ea.

Bărbia îi tremura ușor, dar am pus asta pe seama faptului că adia un vânt în mici rafale.

— Bine. Unu, doi, trei!

Cea dintâi a sărit ea. Am văzut cum spintecă apa cu vârful degetelor de la picioare, ca o balerină înălțată pe pantofiorii ei de mătase albă cu poante în vârfuri, intrând dreaptă ca o lumânare, fără să stârnească prea mulți stropi. Nu se mai zărea. Doar câteva cercuri concentrice unduiau în apa râului. N-a mai ieșit, deși trecuseră destul de multe secunde. Cu toată teama mea de apă, am sărit fără ezitare, deschizând ochii, în căutarea ei. E adevărat că alesesem un loc mai liniștit, un golf către mal, în care apa părea a fi un mic heleșteu plin de nuferi, dar n-am reușit să văd mai nimic în adânc. Am ieșit, am tras aer în piept și m-am scufundat din nou. I-am zărit părul unduindu-se lin printre câteva rădăcini, alge, tulpini de nuferi și tot felul de plante de apă.

Am reușit să o apuc și să o trag afară. Nu respira. Cu greu, am întins-o în iarba de pe mal. Auzisem că trebuie să li se apese pieptul înecaților, să li se facă respirație gură la gură. Am apăsat-o de câteva ori, fără niciun rezultat. Stătea nemișcată în iarbă, fără să respire. Din ochi îmi șiroiau lacrimi nestăvilite.

— Beatrice! Te rog, trezește-te! Te rog mult, respiră! Beatrice! Te rog, nu muri, Beatrice!

Mi-am făcut curaj și mi-am apropiat gura de buzele ei. Nu voi uita niciodată acel zâmbet deschis precum cel mai frumos soare al vieții mele și ochii ei mijiți pe jumătate.

— Spune-mi drept, tu voiai doar să mă săruți? m-a întrebat, izbucnind în râs și sărind vioaie în picioare.

Am alergat după ea până la hainele noastre, care dispăruseră. Pe malul celălalt doi băieți și o fată cam de vârsta noastră le fluturau ca pe niște trofee, râzând fericiți și făcând hărmălaie și mare haz de isprava lor. Nu ni le-au înapoiat, au dispărut cu tot cu ele. Am ajuns acasă doar în chiloți, amândoi. Și amândoi ne-am ales cu o sfântă mamă de bătaie, așa, ca în familie, după obiceiul vremii.

— Tu ești sigur că nu inventezi toate chestiile astea? m-a întrebat ridicând din sprâncene femeia mea cu părul lung, arămiu și cârlionțat.

— Mă jur pe ce vrei tu că n-am inventat nimic! i-am spus, cu aerul cel mai convingător cu putință, aruncându-i o felie de pâine pescărușului care se apropiase de pătura noastră cu dungi albe și albastre pe care o întinsesem pe iarba falezei înalte de la Étretat.

— Jură-te pe iubirea noastră! a continuat ea cu voce alintată.

— Ești nebună? Cum o să jur pe așa ceva? am izbucnit în râs, iar pescărușul, speriat de râsul meu, și-a luat zborul planând peste stâncile la baza cărora valurile se spărgeau cu zgomot de zaruri. *Jamais!* am adăugat, iar ea s-a aruncat peste mine, în joacă.

— Ești numai un mare mincinos! Spui povești mincinoase, asta faci. Așa le-ai vrăjit pe toate, cu povești dintr-astea. Crezi că nu știu?

— Nu spun mereu povești mincinoase.

Trei muncitori s-au oferit să spargă zidul casei cu mai mult profesionalism decât fata familiei Hermann. Au scos la iveală, unul câte unul, nu doar medalionul lui Ștefi, ci încă patruzeci de medalioane de aur, fiecare cu alte chipuri, aparținând altor fete care locuiseră în casa Secession, de-a lungul anilor. Apoi au mai scos câteva casete cu bijuterii și o statuetă din fildeș, reprezentând o zeitate romană. Șeful lucrărilor a hotărât să cheme pe cineva oficial de la Muzeul Banatului și în zilele următoare au fost inventariate sute de obiecte prețioase, antichități felurite, monede grecești, hărți și manuscrise, partituri muzicale și alte cutii de palisandru cu scrisori semnate de același Ludwig către iubita sa, Therese.

— Poate ar trebui să adaug că acel incendiu din acoperiș, de deasupra apartamentului cel luxos al familiei Lichting, fusese urmarea unui experiment pe care îl făcusem în seara respectivă pentru a-i dovedi prietenului meu Gole că, dacă bag cu patentul o sârmă groasă din cupru în formă de potcoavă în cele două găuri ale prizei aflate pe panoul cu siguranță automată din atelierul de bobinaj al tatălui meu, maneta de bachelită a siguranței va cădea păcănind și va întrerupe micul nostru scurtcircuit. N-a căzut. Iar nefericitul meu experiment a produs un incendiu de toată frumusețea.

— Când îți spun că ești un mincinos!

— Nu, chiar nu mint. Dacă vrei, îți arăt că, printr-o singură mișcare energetică a mâinilor mele, pot face întuneric în plină zi chiar aici, pe faleza asta de la Étretat.

— Să văd! a bătut din palme copilărește iubita mea cu părul lung, arămiu și cârlionțat.

— Bine. Tu ai vrut!

Am ridicat mâinile deasupra orizontului, concentrându-mă. Și o ceață densă a coborât brusc peste noi, întunecând totul, ca în timpul unei eclipse totale de soare.

— Hei, adu lumina înapoi! a strigat ea, descumpănită.

— Mai vedem! i-am zis. Dacă vei crede poveștile mele, va fi iar lumină.

Mi-a trecut mâna prin păr, în mângâiere lină.

— Nu te mai las să te tunzi. Uite ce cârlionți ai! Parc-ai fi un poet, un scriitor, o zeitate grecească!

Hoțul

Să fii închis într-un beci poate părea o pedeapsă neînchipuit de aspră, mai ales privită prin ochii unui copil de doisprezece-treisprezece ani. Tocmai de-aceea mama l-a certat pe tatăl meu preț de o seară întreagă pentru nesăbuita sa hotărâre, cu brațele ridicate și degetele mâinilor vânturate prin aer, cu lacrimi în ochi — în căutarea unor aliați în trista expresie a icoanei celei mari a Maicii Domnului cu Sfânta Inimă, agățată într-un cui pe peretele din dreapta al sufrageriei, deasupra recamierului, sau în privirea stinsă a Mântuitorului, aflat la Cina cea de Taină, pe peretele alăturat, opus ușii de la intrare, deasupra pianului cu coadă și capacul veșnic deschis —, cu nesfârșite și neobosite fraze rostite pe ton ridicat și în contrast cu glasul de-abia auzit al capului familiei, doborât de sentimentul vinovăției.

— Ce suflet de câine să ai, omule, pentru a face una ca asta? Cu ce să fi greșit bietul copil? Ce spaimă o fi tras, dragul de el? Și dacă-l mușca vreun poțoc, vreo dihanie, ceva? Dacă-l lua cu leșin la inimă de frică? O, Doamne, Maica Domnului! Sfinte Iisuse Hristoase, apărătorul nostru! Nu ne lăsa!

Oricât de greu ar fi de crezut, pentru mine n-a însemnat însă vreo pedeapsă înfricoșătoare, înfruntând bezna deplină și tovărășia șoarecilor, șobolanilor, gândacilor și liliecilor, cât mai curând un prilej de a explora și mai bine universul plin de mister al labirinticului subsol care mă fascina și pe care îl asemuiam catacombelor de sub Parcul Clinicile Noi, pe care le explorasem zile în șir la începutul vacanței de vară împreună cu colegi de clasă și alți prieteni de-o seamă cu mine.

Legendele despre aceste catacombe întreceau cu mult imaginația noastră. Se spunea că ele legau Timișoara cu Imperiul, pe sub pământ, prin tuneluri atât de largi, încât soldații puteau trece în galop, călare. Se mai spunea că, după ce au fost abandonate, pe alocuri acumulaseră gaze otrăvitoare și că mulți oameni își găsiseră sfârșitul intrând acolo în căutarea unor comori ascunse. Elevi de prin clasele mai mari povesteau că au văzut prin catacombe schelete de oameni care țineau strâns în brațe câte un pocal de argint, câte un colier de perle sau câte o sabie, un pumnal ori un iatagan cu mânerul din aur și fildeș filigranat, bătut în diamante, smaralde și lapislazuli, dar că erau imposibil de străbătut bălțile, pâraiele și lacurile sulfuroase care despărțeau scheletele acelea încărcate de nestemate. Mulți dintre exploratorii cei îndrăzneți își găsiseră sfârșitul, sufocați de aerul cel rău și de apele blestemate. Așa încât toate intrările în tunelurile orașului au fost blocate cu scânduri bătute în piroane, iar mai apoi zidite cu cărămidă.

— Eu, unul, sunt convins că toate subsolurile palatelor Secession comunică între ele cu întregul sistem de catacombe săpate pentru apărare în cazul unui atac armat din partea vreunui dușman, i-am spus de dimineață

Beatricei, care mă privea blajin, cu o milă amestecată cu admirație prin gratiile din șipci vechi de brad, putrede, poroase ale ușii pivniței noastre.

Locuind la subsol, în vecinătatea apartamentului dubioasei Mimi, pentru Beatrice era o nimica toată să ajungă la boxa noastră. De altminteri, locul acesta devenise un fel de lăcaș de taină al întâlnirilor noastre din ultima vreme.

— Ce faci aici, domnișoară? o luase la rost tatăl meu apărut din senin și, deschizând lacătul, a împins-o ușurel de la spate către mine. Ia, hai, să-i ții de urât, dacă ești așa de vitează!

Am asigurat-o de îndată ce el a plecat că tatăl meu nu e un om rău și că sunt convins că era doar o strategie a lui de a mă face curajos, de a deveni bărbat, nu o cârpă de șters pe jos, cum adesea obișnuia să spună. L-am auzit urcând treptele și, după ce ultimul zgomot al pantofilor săi s-a stins, i-am zis fetei:

— Sper că ai adus lanternele și bateriile, da?

— Da. Ți-am adus și pâine cu marmeladă.

— Foarte bine. Mâncăm acuși. Să-ți arăt cât am săpat în zid.

După socotelile mele, întreg culoarul subteran al acestui corp de clădire măsura vreo treizeci și cinci de metri în lungime. Lângă pivnița noastră mai era o mică boxă, în stânga, sub scări, în care domnul Decsi își ținea bicicletele. Dar după ușa pivniței noastre, pe toată distanța aceea destul de mare, nu se mai afla nicio ușă. În schimb, vizavi de ușa pivniței noastre se înșirau unele lângă altele toate ușile vecinilor de deasupra. Hm, oare de ce după ușa noastră nu mai erau uși? Ce ascundeau zidurile în acele încăperi fără uși sau ferestre?

Această întrebare sâcâitoare, suprapunându-se peste lecturile mele — frecvente în acea vreme — din cărți celebre de aventuri, în care copiii-eroi găseau comori și trăiau întâmplări dintre cele mai palpitante, m-a făcut să încep să sap în zidul vecin, încercând să scot o cărămidă măcar. Acum reușisem să disloc una, cu totul, și să i-o dau Beatricei, care a așezat-o pe capacul de lemn al butoiului cu murături. Am aprins lanterna, îndreptând fasciculul de lumină spre încăperea misterioasă de alături. N-am putut vedea mare lucru, când, pe neașteptate, din gaura făcută în zid, a răsărit o mână, până la cot, care ținea strâns în podul palmei un pistol.

— *Hände hoch!*[11] s-a auzit vocea înfundată a unui bărbat, dincolo de zid.

Am lăsat lanterna aprinsă pe capacul butoiului cu murături, lângă cărămidă și am ridicat brațele, ca și Beatrice, care tremura ca varga de spaimă, în spatele meu.

— *Gib mir das Brot! Ich bin hungrig!*[12] s-a mai auzit.

Nu tremuram doar noi. Și mâna aceea tremura, vizibil. „Vrea pâine“, mi-a șoptit Beatrice. „Păi, dă-i odată pâinea aia cu marmeladă, să nu ne omoare.“

— *Sofort*[13], a spus fata și a atins mâna cu feliile de pâine învelite în ziar.

— *Bewegen Sie sich nicht! Und Hände hoch!*[14]

Beatrice era evreică, dar înțelegea destul de bine limba germană, pe care o învățase de la bunica ei, deportată în vremea războiului în lagărul de la Ahmetcetka

11 Mâinile sus! (germ.)

12 Dă-mi pâinea! Mi-e foame! (germ.)

13 Imediat (germ.)

14 Nu vă mișcați! Și mâinile sus! (germ.)

din Transnistria, de unde scăpase cu viață ca printr-o minune.

„O poveste ca-n filme, crede-mă. Pentru că nici mie nu-mi vine să cred că a fost chiar așa cum îți spun", i-am zis frumoasei mele cu părul lung, arămiu și cârlionțat, în vreme ce coboram prin ceața deasă dealul dinspre falezele de la Étretat, vecin cu nesfârșitul teren de golf, unde în răstimpuri jucătorii își loveau cu crosele în ralanti bilele albe, de parcă vălul lăptos al aburului ceții nici n-ar fi existat.

Mai bine de două săptămâni i-am dus de mâncare bărbatului din beci. Am lărgit gaura din zid, cam cât o ferestruică. Ne puteam vedea. Avea barbă, era tras la față, cu ochii adânciți în orbite. Cu încetul, am aflat uluitoarea sa poveste, pe care ne-o spunea plângând, uneori în hohote. Cerea iertare întruna, mai ales Beatricei.

Era ofițer german. Se adăpostise în apartamentul familiei Suciu în timpul bombardamentelor de la Gara Mică, în vreme ce vecinii noștri se refugiaseră la țară, la Nădlac, de unde era doamna Suciu, slovacă de fel. Descoperise beciul cel larg, compus din două încăperi, în care se putea ajunge coborând printr-un chepeng ascuns privirii de un covor vechi persan, ros de molii. Odată revenită de la țară familia Suciu, germanul a reușit să trăiască în subsolul acestora fără a fi dibuit, furându-le peste noapte foarte puțină mâncare și apă. Tot noaptea reușea să se strecoare printr-un mic tunel la veceul comun. Ne-a arătat pistolul, era complet descărcat, nici măcar încărcătorul gol nu era vârât în lăcașul său. Vreo cincisprezece ani a stat germanul ascuns în acest beci, rupt de orice știre despre ceea ce se întâmplase după război.

— Tu zi mai departe, acolo! mi-a zâmbit neîncrezătoare femeia mea cea frumoasă, culegând dintr-o vale largă flori purpurii de măzăriche. Chiar am sentimentul că am mai văzut filmul! E un subiect, cum să spun, destul de comun.

— Nu, nu-i niciun film. E doar adevărul.

— Atunci, bine, a rostit împăciuitoare. Povestește-mi mai departe.

Într-o după amiază, germanul a scos dintr-o valijoară veche din piele maronie o cutie de carton plină de fotografii cu margini zimțate. Erau copiii lui, familia, prietenii, rudele. Era casa lui. Grădina lui. Pomul de Crăciun. Poneiul. Rățuștele. Cățeii din curte. Gramofonul și o petrecere la iarbă verde. O înmormântare, oameni care jeleau. Fotografii cu camarazii, în război, în cazărmi. Un carusel cu călușei, plimbări cu barca pe un lac, împreună cu iubita sa.

— Te rog mult, Beatrice Wittgenstein, să mă ierți. Niciunul dintre noi n-am știut că va fi așa.

— De ce să vă iert eu? i-a spus fata, deschizând un zâmbet luminos pe chip. Dumnezeu, în marea lui bunătate, deja v-a iertat. Mama mea și bunica mea spuneau doar că nu se poate uita. Așa că sunteți iertat. Nu mai plângeți, pentru că e nebărbătesc să plângeți. Luați și mâncați și, dacă puteți, faceți la fel ca noi: nu uitați! Vedeți ce simplu lucru? Și știți ce? Mai bine, ascultați și priviți!

Beatrice s-a urcat pe butoiul cu murături și a început să cânte cu voce de înger un lied de Schubert.

Du Doppelgänger, du bleicher Geselle! / Was äffst du nach mein Liebesleid, / Das mich gequält auf dieser Stelle / So manche Nacht, in alter Zeit?

După ce a isprăvit piesa, s-a ridicat în mâini, s-a răsucit într-o piruetă, desfăcându-și picioarele într-un șpagat perfect, apoi s-a azvârlit peste cap și a aterizat în praful cel catifelat al pivniței, stârnind cu degetele de la picioare mici norișori fumurii.

Bărbatul a aplaudat acrobația, cu încântare.

— *Bravo, Fräulein! Oh, Schubert ist mein Favorit! Was für eine spektakuläre Akrobatik! Wunderbar! Bravo! Und vielen Dank!*[15]

În beci s-a iscat fără veste o rumoare îndepărtată care s-a amplificat rapid, în numai câteva clipe. Se auzeau glasuri, pași alergând, bufnituri. Erau trei soldați ruși care ieșeau în fugă de la Mimi, cu vestoanele descheiate și pantalonii în vine, încercând să escaladeze fereastra pentru lemne și cărbuni, vreme în care, din stradă, prin pâlnia de aluminiu a difuzorului unei stații de amplificare mobile se auzeau somații ferme din partea unui echipaj de miliție, sosit cu un IMS.

Eu și Beatrice am așezat la repezeală cărămizile, astupând ferestruica din zid. În scurt timp însă au dat buzna peste noi doi câini dresați de-ai miliției care au început să latre fioros către zidul spart.

— Ieșiți în stradă, nu faceți prostii! ne-au strigat milițienii.

Mama mea dădea declarații pe strada Drăgășani, scria ceva cu creionul chimic pe o coală albă de hârtie, așezată pe o ladă de sifoane aflată în iarbă. Se jura că ea a văzut hoțul chiar când ieșea din beciul domnului Dinu, croitorul, care reclamase furtul mașinii sale de cusut Singer în urmă cu doar o zi. Germanul, scos din beci de echipajul

15 Bravo, domnișoară! Ah, Schubert este favoritul meu! Ce acrobații spectaculoase! Minunat! Bravo! Și mulțumesc mult! (germ.)

de miliție repeta întruna ceva, dar nimeni nu părea a-l lua în seamă. În cele din urmă, Beatrice, uluită de întreaga întâmplare, mi-a tradus cu voce scăzută ce spunea acesta: „N-am furat nicio mașină de cusut! Noi avem deja acasă, în Germania, o mașină de cusut Singer. De ce-aș mai avea nevoie de alta?"

Mirona. Ceasul din iaz

Mimi Müller, odioasa prostituată de la subsol, nu avea nici treizeci de ani și era foarte frumoasă, mai frumoasă și decât Marilyn Monroe tolănită în pat într-o fotografie matinală extrem de senzuală din revista *Pageant* în care diva declara că bea dimineața, după duș, în timp ce se îmbracă și își dă cu ruj pe buze, doar o cană cu lapte fierbinte în care bate două ouă crude.

Sora mea Vergi, care avea pe-atunci vreo doisprezece-treisprezece ani, o privea extaziată pe Mimi cum stătea la poartă, în stradă, și își aștepta clienții — cei mai mulți, soldați ruși din garnizoana aflată la Pădurea Verde —, admirându-i buclele aurii, strălucitoare, date cu briantină și ceasul Doxa de care nu se despărțea niciodată.

— Aș vrea și eu un ceas dintr-ăsta, îi spunea inocenta mea soră, legănându-se de pe un picior pe celălalt. Cum aș putea să fac rost?

— Ehe, fetițo dragă, nu-i ușor deloc. Trebuie să muncești foarte mult, crede-mă!

Și râdea cu gura larg deschisă, dezvelindu-și printre buzele cărnoase, roșii, dantura perfectă, albă, precum mărgelele de perle ale mamei, pe care le ținea într-un sertăraș al oglinzii cu dulăpior din sufragerie, într-o cutiuță hexagonală de carton, cu nisip și scoici lipite de jur împrejur, lângă pastiluțele de Luminal ale tatălui meu și cele de Antinevralgic, Sulfamidă și Piramidon, ale ei.

La fiecare hohot, buclele aurii ale frumoasei și odioasei Mimi îi tremurau în perfectă sincronizare cu sânii dezveliți pe jumătate, grație decolteului generos al sarafanului de vară, înfoiat de juponul cel bogat de dedesubt. Mă oprisem cu trotineta în mijlocul trotuarului și le priveam tăcut, măsurând-o din cap până în picioare pe Mimi, despre care mama noastră ne vorbea ca despre cea mai rea dintre toate vrăjitoarele pământului, capabilă să înghețe cu otrăvuri și descântece sau numai dintr-o privire sângele din vinele tuturor bărbaților care o vizitau, hrănindu-se mai apoi, lacom, cu carnea acestora și dându-le resturi de oscioare și bucățele de inimă nenumăratelor ei pisici.

— Niciodată să nu o priviți în ochi! Niciodată! era porunca mamei. L-am văzut chiar de Înălțare pe preotul bisericii noastre prăvălindu-se la pământ după ce nenorocita l-a privit drept în ochi. *Odioasa* e necuratul, ucigă-l toaca. Piei, Satana!

Și își făcea de fiecare dată trei cruci mari, la repezeală, murmurând și o rugăciune. *Odioasa Mimi,* îi spunea mama, sau numai *Odioasa*. Și așa i-a rămas numele, pentru noi toți, cei din familia noastră. Ar fi putut să-i spună *Mülleroaia*, după cum își botezase alte vecine sau femei periculoase care ar fi încercat să-i fure mințile tatălui meu, precum *Sucioaia, Brătianca, Moldoveanca, Olteanca, Droloșoaia* sau *Gănioaia*. Mimi se pricopsise însă cu porecla cea mai nemiloasă: *Odioasa*.

De data aceasta nu a apărut niciun bărbat dornic de vreo întâlnire amoroasă cu odioasa Mimi. În schimb, de după colțul casei dinspre strada Drăgășani, venea zâmbind către noi, păcănind din pantofii ei roșii de lac cu toculețe metalice, o femeie tânără, blondă, cu bucle strălucitoare, izbitor de asemănătoare la chip cu Mimi, de parcă i-ar fi fost o soră ceva mai mare. Cele două s-au îmbrățișat și s-au sărutat cu drăgălășenie, îndoindu-și în aer în aceeași clipă, cu grație, perfect simetric, câte-un picior la fix nouăzeci de grade și ridicându-se apoi ușor în vârful celorlalte două rămase pe trotuar, în deplin echilibru.

Necunoscuta m-a mângâiat pe cap.

— Și eu eram pistruiată ca tine când eram mică, mi-a zis. Și iată ce frumoasă m-am făcut când am crescut! Nu te mai uita așa la mine, aș putea să-ți fiu mamă. Hm?

Am ridicat din umeri, rânjind prostește fără să spun nimic și holbându-mă în continuare cu nerușinare, hipnotizat, la sânii și picioarele ei. I-a întins după aceea mâna surorii mele, prezentându-se:

— Mirona.

„În zilele următoare", i-am povestit frumoasei mele cu părul arămiu, lung și cârlionțat, în vreme ce ne savuram micul dejun în Montmartre la Café Deux Moulins din Rue Lepic, „Mirona a făcut turul vecinilor casei noastre Secession și și-a câștigat repede simpatia tuturor prin felul deschis de a comunica, prin afișarea unor vădite bune maniere și a unei educații alese, care nu păreau a avea nici cea mai mică legătură cu reputația proastă a prietenei sale de la subsol."

Oprindu-se la atelierul de bobinaj al tatălui meu, Mirona a ciocănit ușurel în ușa din scânduri de brad spoită cu păcură.

— Deranjez? i-a zâmbit prietenoasă.

— Nu, nici vorbă. Luați loc, domnișoară, a invitat-o el pe unul dintre scăunelele așezate în jurul unei mese scunde, rotunde, din lemn, făcută după modelul celei din bucătărioara de la Sinești pe care erau rânduite bucatele, țuica, blidele și mămăliga.

— Mirona, s-a prezentat ea, strângându-i mâna ușurel.

— Florian, s-a prezentat și el, sărutându-i politicos, atent, protector delicatele degete înmănușate în dantelă fină olandeză.

Iar apoi, de parcă s-ar fi vorbit dinainte, și-au spus în același timp numele de familie. Și tot ca la un semn, au izbucnit în râs.

— Nu se poate! i-a spus tatăl meu. E o glumă?

— Nu, e chiar numele meu de familie, i-a zis femeia, potolindu-și cu încetul veselia.

— Suntem rude? a întrebat-o el, puțin încordat.

— De unde să știu? a ridicat ea din umeri. Ai mei sunt de lângă Potcoava.

— Cumva din Sinești?

— Da. Știți locul? M-am născut acolo. Dar toată familia mea s-a mutat în București, după război.

— Și eu sunt din Sinești. Din Valea Merilor, dacă știți cătunul Barosești.

— Într-adevăr? a făcut ea ochii mari.

— Da. Am plecat de-acasă când eram copil și, după mai multe peripeții, am ajuns în București. Am făcut războiul și iată-mă aici, în Timișoara.

— Extraordinar! a bătut ea din palme, entuziasmată. În Barosești, spre Gârlă, locuiește bunica mea, Ioana. Chiar în capul uliței. E mama tatălui meu. Așadar suntem consăteni. Dacă nu cumva neamuri. Pentru că e un nume destul de... cum să spun, rar, neobișnuit. Nu?

Și chiar atunci a apărut de după ușa din lemn de brad a atelierului mama mea, încruntată, cu mâinile în șolduri.

— Dumneata, domnișoară, o să pleci imediat de-aici!

— Îmi pare rău, dar...

— Niciun dar! Acum! Imediat!

Mirona s-a ridicat stânjenită de pe scăunel și s-a îndepărtat. În zilele următoare n-a mai văzut-o nimeni. Dispăruse la fel de discret precum apăruse.

S-a răspândit după plecarea ei, cu viteza fulgerului, zvonul că odioasa Mimi și Mirona erau lesbiene. Că în realitate Mirona era în egală măsură voyeuristă, după cum și sugera numele ei, tradus din spaniolă. Roji Neni afirma de pildă că Mimi făcuse un avort ajutată de enigmatica Mirona de la București. Ștefi, fata familiei Hermann, susținea însă că bucureșteanca o sugrumase pe Mimi și îi furase toate ceasurile. Se jura că le-a văzut pe cele două umblând într-un cufăr „unde erau câteva mii de ceasuri de aur" și că se jucau cu ele aruncându-le în sus ca pe niște mingiuțe, ca pe niște podoabe pentru bradul de Crăciun. Tot ea spunea că după aceea le-a văzut călărindu-se una pe cealaltă, mușcându-se, trăgându-se de păr, lovindu-se, părând că vor să se sufoce reciproc și că, în cele din urmă, Mimi a rămas întinsă fără suflare pe pardoseala odăiței ce își avea geamurile spre strada Drăgășani.

— Eu cred că a făcut săpun din ea, în cada de aramă din spălătoria din beci, a mai adăugat Ștefi, privind mereu în lături, ca și cum n-ar reuși să scape de obsesia acelor imagini terifiante. Cine nu mă crede, atunci să meargă să vadă. Sunt peste două sute de săpunuri mari acolo. Le-am văzut cu ochii mei și le-am numărat. Nu mint.

Tatăl meu stătea abătut în fața unui motor mare de macara, desfăcut, care părea un soi de miriapod cu zeci de sârmulițe în loc de picioare, ivite din bobinele statorului cel uriaș, de curând rebobinat. Privea în gol când a simțit că îl bate cineva ușor pe umăr. Era Mimi, care zâmbea trist din colțul gurii.

— Mirona v-a lăsat acest pachețel și o scrisoare. Bună ziua și spor la treabă!

Domnule Florian, scria în mica ei epistolă Mirona, *regret din suflet dacă v-am pricinuit neplăceri din partea soției, care probabil a interpretat în mod greșit prezența mea în atelierul dumneavoastră, motiv pentru care încep cu toate scuzele necesare și foarte sincere. Am venit în Timișoara la invitația prietenei mele Mimi Müller, cu care întrețin de mai multă vreme relații strict profesionale, mai exact în domeniul comercializării ceasornicelor, pentru că ea deține numai produse de calitate, la un preț rezonabil. Poate ați auzit de domnul Max Wiessblueth din București, care s-a ocupat înainte de război de distribuția producătorilor de ceasuri Doxa, Hamburg-Amerikanische UhrenFabric, Rosskopf System și Louis Roskpf Reconvilier, Kollmar & Jourdan și alții, la fel de faimoși. După ce am devenit prieteni, domnul Max m-a desemnat pe mine să-i preiau afacerea, cu-atât mai mult cu cât sunt sigură că aveți cunoștință despre consecințele persecuției evreilor din anii 1942-1943 și înțelegeți de ce dânsul a renunțat la afacere aproape cu totul. M-am ocupat o vreme de importul ceasornicelor Longines, mai ales de cele destinate avioanelor produse în România la faimoasa întreprindere IAR. Vă mărturisesc că Mimi mi-a scris într-o scrisoare că are un vecin cu numele de familie identic cu al meu. Acesta a fost cel de-al doilea motiv pentru care am ajuns la atelierul dumneavoastră — dintr-un impuls, desigur nesăbuit, dictat de curiozitatea specific feminină. Acum regret. În semn de împăcare și cu nădejdea că veți accepta un mic dar, ca simbol al bunei mele credințe, și anume cel din urmă ceas comandat de mine în Germania, în anul 1943, având marca Longines. Cu deosebită stimă și respect, Mirona.*

Semnase caligrafic cu numele ei, în întregime.

Trecând în căruciorul ei de infirmă, împins de o asistentă îmbrăcată în halat alb și capot mov, pe sub coroana bogată a arțarului de lângă poarta principală a sanatoriului din vecinătatea Micului Trianon din Florești, bătrâna Beatrice Wittgenstein ridicase în bătaia soarelui micul ei ceas, al cărui geam a trimis o săgeată de lumină către mine, orbindu-mi privirea. Mai apoi, aplecându-se ușor către apa iazului, încărcată de plante acvatice felurite, și-a trecut ceasul peste oglinda apei, ca și cum ar fi mângâiat-o, și l-a lăsat să-i alunece lin din podul palmei. Legănându-se lent, ceasul s-a afundat în mâlul iazului, desenând în caligrafie subțire la suprafață câteva cercuri concentrice tremurate, care s-au risipit cu încetul, precum stingerea ultimului acord al unui preludiu de Bach.

Madame Colette

Cea dintâi călătorie a mea la Paris, imediat după Revoluția din 1989, când s-au deschis granițele României pentru țările din Occident, a pus capăt în mod miraculos obositoarelor mele vise de levitație care îmi permiteau să ajung, fără pașaport și fără să fiu împușcat de grăniceri, fie plutind pe deasupra zgârie-norilor newyorkezi în cartierele cele mai obișnuite ale capitalei americane, fie peste colina pariziană din Montmartre, în zona La place du Tertre din vecinătatea bazilicii Sacré-Cœur, unde nutream speranța că se află centrul cosmic al artei universale. Și pentru că atunci m-am întâlnit la o bere pe o terasă din Place Saint-André-des-Arts cu un critic literar român foarte important de la Radio France International — care îmi citise romanul *Ambasadorul* de-abia scăpat de cenzură, eliberat precum o pasăre cântătoare din colivia unui nedrept prizonierat —, mi-a plăcut mult locul și a rămas în obiceiul meu, cumva involuntar, să revin acolo, în apropierea fântânii Saint-Michel și a librăriilor Gibert Jeune din cartierul latin, la fiecare nouă vizită pariziană.

Mai mult chiar, cutreierând străduțele ce se ramificau ca niște fuioare de rizomi izvorând din rădăcina-mamă dinspre vintrele subterane, altele decât cele evocate de Émile Zola, către ieșirea stației de metrou, cu stâlpii ei metalic-vegetali și gardurile sofisticate turnate în fontă și literele verzi caligrafiate în stil Art Nouveau, mă imaginam ca scriitor anonim interbelic, în căutarea unei cafenele și a unei măsuțe ceva mai retrase, unde să pot nota febril și genial într-un carnețel ponosit, cu hârtie ieftină, impresii de călătorie sau trăiri erotice dintre cele mai intense și mai sordide, împletite cu erezii, angoase și reverii. La urma urmelor, într-un fel chiar izbutisem punerea în scenă a fanteziei mele livrești.

Acum vreo șapte ani, în august, către miezul unei nopți toride, după ce lenevisem întins pe spate pe plajele de nisip fin amenajate de primărie pe cheiul Senei, în mijlocul unei mulțimi de copii care nu se dădeau duși acasă și țipau necontenit și cu mare voioșie pe lângă părinții lor aflați în șezlonguri, privind, absent ca și mine, lenta mișcare a norilor pe cerul vinețiu, m-am ridicat dintr-un salt, mânat de ideea sprințară de a scrie ceva memorabil, chiar în clipa aceea.

Zis și făcut. Mi-am luat obișnuita cafea lungă de la barul aceleiași braserii La Gentilhommière din urmă cu treizeci de ani, în Place Saint-André-des-Arts, și m-am așezat lângă fereastra larg deschisă, ca o vitrină, care dădea spre grădina înțesată de umbreluțe în dungi albastre și albe, ce îmi aminteau de atmosfera plajelor de la Deauville și de domeniul cantacuzin pe care se află ruinele Micului Trianon de la Florești. Am deschis laptopul și telefonul mobil aproape în același timp. Nimic nou în mesaje, în postări, în e-mailuri. Am sorbit o gură de cafea și am respirat adânc, închizând ochii cu lăuntrica bucurie că, în sfârșit, voi scrie. Da, chiar acum voi scrie acea frază uluitoare. Păcănitul înfundat al tastelor! Flap, flap, flap! Da-da-da! Ca o claviatură de pian vechi căruia îi lipsesc corzile, afundându-și clapele surd, până la granița pâslei din cutia lor tocită de vreme și roasă de molii, dar care tocmai de-aceea poate cânta în deplină tăcere cea mai inspirată sonată imaginată vreodată de un compozitor și neașternută pe liniile și între spațiile nesfârșit de lungi ale portativelor unei partituri.

Așadar am scris fără nicio ezitare această propoziție: *În beciuri, până și Satana se teme de întuneric.* Doar atât. Zâmbetul datorat gingașelor și devotatelor mele sinapse nu mi se ștersese de pe chip, când am simțit o mână care mă bătea pe umăr, delicat și exact deopotrivă, ca aripa unui înger din poemele lui Rilke sau tristețile metafizice din scrisorile Marinei Țvetaeva.

— Nu vi se pare că e un nonsens? mi-a spus femeia care răsărise în spatele meu, pe neauzite.

— De ce-ar fi? i-am întors întrebarea, ridicându-mi privirea către ea.

Era tânără, semeață, îngrijită, îmbrăcată într-o ținută impecabilă de chelneriță: sarafan negru cu guler alb din dantelă olandeză și un șorț alb și scrobit, cu volănașe bogate care îi fluturau pe umeri ca niște aripi mari, în suflul cald al brizei ușoare dinspre Sena, ce șerpuia lin printre case, străduțe, crengi și frunze de platan, precum ceața dimineților venețiene coborâtă pe caldarâmul pieței San Marco în dreptul cafenelei Florian sau aburul răsărit din pământul miriștii de grâu după ploile repezi de vară, spre marginea pădurii de salcâmi de la Sinești. Femeia ținea în mână o tavă pe care se aflau un biscuit și un pahar cu apă.

— Le-ați uitat pe tejghea. Sunt româncă și sunt chelneriță aici, de vreo zece ani. Locuiesc într-un subsol. De-aceea știu foarte bine ce vă spun. Beciul e raiul Satanei, așa că nu se teme de el. Dimpotrivă, fuge de propriul său regat, din adâncuri. În beci, care se află mai sus de adâncuri, Satana are sentimentul și speranța izbăvirii, credeți-mă. Pentru că în beci își recunoaște vina. Așa că v-aș sugera să reformulați: *În beciuri până și Satana plânge*. Ce ziceți, hm?

Am tăcut câteva clipe, descumpănit, apoi am încercat să-mi revin, înghițind vizibil nodul din gât.

— Dumneavoastră trageți întotdeauna cu ochiul la ceea ce scriu clienții, în intimitatea lor?

— Sincer? Da.

A râs ușurel și m-a bătut pe spate la fel de delicat ca prima oară.

— O seară frumoasă! Iertați-mă dacă v-am deranjat.

— Nu-i nicio problemă, i-am zis ceva mai degajat. Când m-ați bătut pe umăr, am avut senzația că e o atingere de înger, am adăugat, cu ceva mai multă îndrăzneală.

— Păi, ce să zic? Eu chiar sunt un înger! a continuat femeia să râdă încetișor.

Am apăsat, cu băgare de seamă, tasta *delete* a laptopului, până ce pagina virtuală a redevenit complet albă. Mi-am ridicat ochii din ecran și chiar în clipa aceea am zărit prin rama cea mare a ferestrei o doamnă în vârstă, elegantă, purtând pe umeri o năframă din mătase albăstrie, care traversa strada cu sfială, oprindu-se în mijlocul pieței, derutată.

Părea că vorbește cu cineva imaginar și își privea din când în când ceasul cu brățară aurie. Era limpede că aștepta pe cineva. Preț de câteva minute s-a plimbat agale prin piață, oprindu-se în răstimpuri și privind cu luare-aminte de jur împrejur. După vreo jumătate de oră, vreme în care n-a încetat să vorbească de una singură, doamna cu năframă din mătase albăstrie a plecat.

Am lăsat pe măsuța mea o bancnotă de cinci euro și am ieșit valvârtej, urmărind-o. Intrase în cochetul bar-restaurant Café Latin din apropiere și se așezase la o masă. Părea a fi o clientă obișnuită a localului, chelnerul îi vorbea familiar, chiar păreau că se cunosc de multă vreme și că stau la taclale, mai cu seamă că era foarte puțină lume în restaurant.

— Și, de fapt, ce te-a atras, la toată întâmplarea? m-a întrebat femeia mea frumoasă cu părul lung, arămiu și cârlionțat, potrivindu-și cu grijă coronița de păpădie pe creștetul capului.

— Povestea! Întotdeauna povestea! i-am răspuns fără să stau pe gânduri. Era o poveste de dragoste, sunt sigur. Părea că își așteaptă iubitul, de vreo jumătate de veac. Și el nu mai venea. Înțelegi?

Coronița era făcută din păpădii mari, cu sute de fire de puf, având fiecare câte o sământă în vârf, care se puteau împrăștia la cea mai mică adiere de vânt.

— Fă-mi o fotografie chiar acum, până nu zboară puful și cât mai e soarele deasupra lacului!

S-a întâmplat ca în clipa declanșării aparatului foto să se iște din senin o adiere, astfel încât puful păpădiilor s-a desprins în mici norișori albi.

— Cu-atât mai frumoase sunt fotografiile, vei vedea! am asigurat-o, mângâind-o pe creștet. Ascultă-mă, am continuat, doamna aceasta cu năframă din mătase albăstrie ascundea, sunt sigur, o mare enigmă.

Soarele de deasupra lacului cu nuferi din Giverny își arunca ultimele raze roșietice peste coroanele copacilor.

Ieșind din restaurant, doamna cea vârstnică s-a îndreptat către clădirea unui hotel din capătul străzii și a intrat. Până spre sfârșitul lui noiembrie n-am mai văzut-o.

Am revenit în același restaurant, chiar din prima zi a noii mele călătorii pariziene, pe înserat, când localul era pustiu. Chelnerița s-a apropiat de măsuța mea și s-a așezat tăcută lângă mine, trăgându-și un scaun cu încetineală.

— Aș putea să vă ajut. Aș putea, de pildă, să vă prezint administratorului hotelului Vieux Paris. El știe foarte multe lucruri, dacă tot sunteți atât de îndârjit.

— Mulțumesc, sunteți foarte amabilă, mă voi descurca singur.

— Vă mai bântuie întunericul beciurilor? a mijit ea ochii zâmbind.

— Sigur că da. La cât l-am bântuit eu în copilărie, bineînțeles că mă bântuie și el acum, i-am zâmbit, la rândul meu.

Și, fără veste, am zărit-o prin geamul ferestrei. Am sărit din scaun și, în timp ce ieșeam pe ușa localului, i-am strigat chelneriței:

— Da, mă puteți ajuta! Vă rog să-mi faceți o fotografie cu această doamnă.

— Nu știu să fotografiez cu aparatele profesionale. Doar cu telefonul mobil știu să fac poze.

— Fotografii, nu poze, am corectat-o cu blândețe. Vă învăț acum. E un buton declanșator argintiu lângă vizor, aici în dreapta. Trebuie doar să vă uitați cu un ochi prin vizor și să apăsați pe buton. Atâta tot. Haideți, să n-o pierdem!

Când am oprit-o m-a privit cu cei mai blajini ochi văzuți vreodată.

— De ce-ați vrea să faceți o fotografie cu mine? mi-a zâmbit doamna cea vârstnică. *Je suis vraiment moche. Je suis vieille, maintenant.*[16]

Chelnerița ne-a făcut vreo douăzeci de fotografii neclare. Una singură avea limpezimea unui portret profesionist. Părea o imagine ruptă dintr-un film de Michelangelo Antonioni sau de Alain Resnais. Chelnerița mi-a înapoiat aparatul de fotografiat și a dispărut, discret, îndărătul unui zid înalt de piatră.

Doamna cu năframă de mătase albăstrie mi-a cuprins mâinile între degetele ei ciolănoase, calde, fine și străvezii, care semănau foarte mult cu mâinile mamei mele, înainte de a trece la stele. Nu, nu era nicidecum doamna Rachou, proprietara Beat Hotel de odinioară. Nu, nu era nici fiica acesteia. Mi-a spus că se numea Colette Jespère și că nici măcar nu era pariziancă. Locuia de fapt, temporar, lângă hotelul Vieux Paris, într-un modest apartament. Nu, nu vorbea singură. Cum să vorbească singură? Doar nu era nebună! Dimpotrivă, era psihoterapeut. Fredona doar o mică melodie din repertoriul lui Charles Aznavour. Se bucura că vin din România, pentru că avea acolo o bună prietenă, din vremea ocupației naziste în Franța. Da, chiar din Timișoara. „Sunteți din Timișoara? Ce coincidență! Nadia Wittgenstein se numea. Nu, nu cred că are vreo legătură cu filosoful!" Doamna cu năframă de mătase albăstrie s-a pornit să râdă, copilărește. „Cu siguranță nu are legătură, cel puțin așa sper. Ce altceva v-ar mai interesa? Atunci, noapte bună, domnul meu! Puteți scrie în revista dumneavoastră numele meu cel adevărat: Colette Jespère. Nu uitați, vă rog. Colette.

16 Sunt cu-adevărat urâtă. Acum sunt bătrână. (fr.)

Eu sper din suflet asta, vă spun sincer. Să nu-mi uitați numele."

Administratorul hotelului mi-a adus o mulțime de fotografii, de cărți despre personalitățile care s-au perindat de-a lungul timpului pe-acolo. Am înregistrat chiar un interviu cu el, cu intenția de a-l publica într-una dintre revistele noastre literare.

— Hm, *Colette Jespère*? Nu înțeleg de ce-ar spune așa ceva. E pur și simplu Madame Rachou, proprietara hotelului nostru. Soțul ei a murit într-un accident de mașină în 1957, în condiții suspecte. E adevărat însă că persoane foarte apropiate de Madame Rachou pretind că, după moartea lui, Monsieur Rachou ar fi devenit înger și că ar apărea din când în când prin zonă luând forma unei chelnerițe foarte frumoase.

Gongul

Era un *ritual*. Așa mi s-a spus. Totodată era un cuvânt nou pentru mine, care de-abia împlinisem cinci ani. Avea o sonoritate cumva muzicală. *Ri-tu-al*. Suna ca trompeta cu surdină a orchestrei restaurantului timișorean Carul cu bere din Piața Traian — cel care avea spre acoperiș un șir de statui-maimuțe —, la care ajungeam în câte-o sâmbătă de vară împreună cu părinții mei, care dansau tango într-un fel magic și lent, cu ochii închiși, precum marionetele Teatrului de păpuși din cartierul Iosefin, ce se adânceau într-un somn lung și molipsitor alături de o prințesă, vreme de o sută de ani, cu tot cu cai, câini, porumbei și alte viețuitoare. Nu înțelegeam prea bine semnificația cuvântului, dar tatăl meu era foarte serios când îl spunea. De altminteri mi l-a șoptit abia auzit la ureche: *ri-tu-al*. Și a dus degetul la gură, îndemnându-mă să respect tăcerea deplină a sălii de spectacol, complet goală la ora aceea a după-amiezii. Întreaga clădire a Clubului IET din Aleea CFR semăna cu un vapor uriaș cu cinci mari hublouri, era un fel de Titanic, care plutea lin, cu tot cu străzi, oameni, fanfară, stadion, sală de popice, tramvaie, biciclete, mașini și cu întreaga Pădure Verde pe deasupra unui ocean care nu se zărea niciodată și din care izvorau fără nicio îndoială, țâșnind ca niște gheizere, canalul Bega, pârâul Behela și ștrandul Uszoda din Parcul Central, de lângă Catedrală.

În mijlocul scenei, nesfârșit de largă, se afla pictorul. Pe podea erau întinse viitoarele decoruri ale piesei de teatru *Hänsel și Gretel,* regizată de tatăl meu pentru teatrul muncitoresc al orașului: pereții căsuței, ferestrele, ușile, casa din turtă dulce a vrăjitoarei, trunchiurile de copaci, coroanele lor, tufișurile făcute din rame de lemn învelite în pânze, pe suprafața cărora el picta cu multă migală nervuri, detalii de frunze și scorburi, umbre și lumini scânteietoare. Isprăvise de pictat pe o pânză specială trei căprioare și un căprior, urmați îndeaproape de puii lor, lupul care stătea la pândă cu ochi lucitori și colți albi de sidef, abia distingându-se totuși prin desiș, tot felul de păsări cântătoare, arici, câțiva iepuri în plin salt și un șir de vulpi care adulmecau aerul cu niște mutrițe șirete.

— Pot să pictez și eu o stăncuță? am întrebat cu voce tare, proțăpindu-mă în fața artistului cu mâinile la spate.

— De unde știi tu să pictezi o stăncuță? m-a întrebat încruntat, scărpinându-se la ceafă.

Am citit pe buzele tatălui meu silabele: *Ri-tu-al!*, dar am ridicat din umeri.

— Am un caiet plin de stăncuțe, mierle și porumbei, acasă. Într-o zi am pictat o sută de turturele. Întrebați-l pe tatăl meu. Pot să vă arăt.

— Bine, a acceptat pictorul. Pictează! Una singură!

Am luat pensula și m-am apropiat de cea mai mare pânză albă întinsă pe jos, care avea o lungime de vreo patru-cinci metri. Am înmuiat pămătuful în găleata cu vopsea neagră și, fără să stau nicio clipă pe gânduri, am făcut conturul unei păsări uriașe, apoi i-am dat nuanțe, am luat un pic de albastru din altă găleată, i-am făcut ciocul. Era o stăncuță perfectă.

— Asta e regina stăncuțelor! am spus și m-am înclinat ușor, ca după recitarea unei poezioare.

Pictorul a examinat lucrarea mea cu atenție, preț de un minut, și s-a întors spre tatăl meu care rămăsese mut de uimire în fața îndrăznelii mele.

— E foarte talentat copilul! a spus cu voce tare.

S-a scotocit prin buzunare și mi-a întins o bancnotă de zece lei.

— Uite aici, de la mine. Ai făcut treabă bună. Ia banii și cumpără-ți un caiet și ciocolată sau ce vrei tu. Pe cuvântul meu de onoare că e cea mai frumoasă stăncuță din câte am văzut în viața mea.

Și atunci am auzit, pe neașteptate, gongul. Pictorul a lăsat pensula pe dușumea și s-a apropiat încetișor de culise, călcând în vârful picioarelor.

Piticul Vasile Grui, electricianul, stătea cocoțat pe un scaun de bucătărie ținând în mână un băț, la capătul căruia era înfășurată o mică sferă din pâslă, și se pregătea să lovească gongul din nou.

— Ia, ia stai! Stai așa, măi, Vasile! Stai să mă așez, a spus pictorul. Acum poți să începi, Vasile. Dar ia-o așa, ușor, ca într-o vrajă, ca într-o taină, un mister. Ca-ntr-o poveste. De-abia să-l atingi, la început. Și doar la sfârșit să începi nebunia aia nepământeană de lovituri repezi! Da?

— Se face! s-a pornit să râdă piticul cu bucurie.

Lângă gong se afla stativul proiectorului pentru lumini colorate. Am urcat pe scăunelul proiectorului și am început să învârt încet discul cu cele șapte cercuri din celofan colorat.

— Prima bătaie de gong mi-a vibrat dintru început chiar în stomac și abia apoi s-a răspândit în piept și în cap. Am rămas nemișcat, ca și cum n-aș fi vrut să tulbur acel sunet atât de neobișnuit. Nu numai că era nepământean, dar venea, clar, din stele, cu tot cu armonia lor, i-am spus Beatricei în timp ce ne legănam noaptea într-una din bărcile cele noi din Piața de Fân.

Familia ei vânduse caravana în urmă cu doi ani. Acum își instalaseră corturile, barăcile, remorcile și labirintul niște italieni, care aduseseră pentru prima oară în Timișoara guma de mestecat sub formă de bile colorate, în automate frumos nichelate, și niște mici macarale aflate în vitrine de plexiglas, care îți puteau transporta într-un sertar, cu un pic de noroc și de îndemânare, o jucărie de pluș, o ciocolată, un stilou cu peniță de aur, o mașinuță americană, un pix cu pastă, un ceas de mână foarte scump. Sau nimic, dacă erai un om fără de noroc.

Ce sentiment ciudat! Să-ți amintești doar o prezență! Nu făptura, în detaliile ei, nu chipul, nu expresivitatea. Bunicul meu sosit în vizită de la Sinești, stând în sufrageria noastră din Timișoara cu spatele la mine și scriind ceva într-un caiet. Eu, copil, aflându-mă la somnul obligatoriu de după-amiază, întins pe divanul cel cu arcurile veșnic rupte dinspre ușă, prefăcându-mă că dorm. Dar unde-i este chipul bunicului? De ce m-a părăsit amintirea? De ce s-a risipit claritatea acelui timp? De ce a rămas doar o nesfârșită ceață peste o vale ce nici măcar nu se ghicește? Glasul îi era oarecum nazal, ca de popă care glăsuiește într-o biserică *Doamne miluiește!* Nu avem, nimeni din familie, nicio fotografie cu el.

Bunicul meu era complet surd. Se spune că ar fi explodat în timpul războiului un obuz lângă el. Se mai spune că l-ar fi provocat la duel pe unul dintre vecinii lui cu care avea o veche răfuială amoroasă și că i-ar fi explodat pistolul lângă ureche. Uneori, bunica mea îl privea atentă și-i striga ceva, de la mică distanță.

— Eu cred că se preface, spunea ea, ridicând din sprâncene, neîncrezătoare.

Pendula noastră cu cifre romane era potrivită să bată la ora patru. M-am ridicat tiptil și am mișcat limbile din alamă traforată în motive florale exotice ale pendulei în avans cu o oră. M-am îngrozit când a început să bată gongul. Însă nicio tresărire a bunicului. Scria netulburat, mai departe. Păi, dacă era surd! Cum să audă?

— Gongul pendulei noastre avea ceva din sunetul unei tigăi sau al unei oale sparte, i-am spus Beatricei. Nici urmă de bătăile rare, melodioase, ale pendulei celei mari din sufrageria boierească a Danielei Beldi. Sau de catifelarea într-atât de armonioasă a gongului din sala de spectacole a Clubului IET.

La numai câțiva ani după premiera piesei de teatru *Hänsel și Gretel* a venit un ordin *de sus*, cum se spunea pe-atunci, și trupa s-a desființat. Activitatea din sala de spectacole s-a limitat după aceea la proiecții de filme documentare și artistice, dansuri populare, taraf, cor și fanfară.

Cabinele de machiaj de la demisol s-au golit rapid de mobilier, becuri, oglinzi, rujuri, farduri, manechine și costume. Fiecare membru al trupei a luat câte ceva la plecare, drept suvenir. Vasile Grui, piticul, de pildă, a luat proiectorul cu cele șapte celofane în culorile curcubeului. Pictorul a desfăcut din rama de lemn stăncuța uriașă pictată de mine, a împăturit-o cu grijă și a luat un tren spre Moldova, unde s-a călugărit. Nimeni, niciodată, n-a mai auzit după aceea nimic despre el. Tomi Baci, paznicul, în prag de pensionare, a luat gongul și l-a dus în casa lui de la Gărâna sau Wolfsberg — cum le plăcea pemilor să-și numească satul cu căsuțe albe și acoperișuri din țiglă roșie, răsărit în calea lupilor, spre munții Semenicului — unde și-a dus zilele și nopțile vreme îndelungată, alături de devotata lui soție.

Trecând acum câțiva ani pe lângă Vila Belona din Eforie Nord, i-am spus femeii mele frumoase cu părul lung, arămiu și cârlionțat:

— Uite, ăsta-i un hotel făcut înainte de război de George Matei, un arhitect de neam cantacuzin, care a proiectat și blocul Carlton din București, prăbușit la marele cutremur din 1940, despre care scrie în însemnările din caietele și cărțile lui de rugăciune bunicul meu și despre care mi-a povestit și mama mea. Pe-atunci ea locuia în București. Arhitectul a fost arestat la vremea respectivă, pe nedrept, chiar din ordinul mareșalului. Pentru că blocul a căzut din cauza constructorului, nu din cauza arhitectului.

— Seamănă cu un vapor, mi-a zis ea, făcându-i o fotografie. Îmi plac geamurile astea rotunde tare mult.

— Păi, chiar despre ele voiam să-ți vorbesc. O să sune cam bizar, dar eu le-aș numi geamuri-gong. Nu doar pentru că sunt în formă de cerc. Ci pentru că am sentimentul că toate hublourile lumii au fost inventate pentru a atrage armonia universală. Un soi de condensatoare, de traducătoare ale undelor electromagnetice din cosmos.

La fel ca lentilele aparatelor foto, ale microscoapelor sau ale telescoapelor. Sunt un fel de ochi ai îngerilor păzitori.

— Geamuri-ochi-de-îngeri, a murmurat ea. Nu sună rău deloc. Poate de-aceea își fac culcuș porumbeii acolo.

— Poate. Casa noastră Secession avea și ea hublouri, mai ales la apartamentul foștilor proprietari. Acolo își făceau cuib rândunicile. Acolo zăream din când în când chipul cu zâmbet trist al fetei cu un ochi căprui și unul verde-albăstrui, ca în goblenul străveziu lucrat de ea, fără odihnă, pe mătase de China, prins în rama rotundă a gherghefului. Dar nu asta voiam să-ți spun. M-am întâlnit nu demult cu Puba, un fost coleg de liceu care s-a stabilit în Germania prin anii 1970 și care merge an de an la Gărâna, la festivalul de jazz. El este cel care a interpretat rolul toboșarului într-un film de-al meu, făcut în adolescență, despre care ți-am mai zis. Mi-a povestit ceva absolut tulburător despre Tomi Baci și soția lui, pe care îi cunoștea la fel de bine ca și mine și cu care s-a întâlnit la începutul anilor 1990.

Puba era baterist într-o trupă de jazz din Germania. Aflându-se pe-atunci în vizită prin România, în zona Văliugului, se apropia agale dinspre Trei Ape către Gărâna și asculta șuierul vântului de deasupra firelor de iarbă „care întotdeauna mi-a dat senzația că sună peste fâneață ca mângâierea lentă a periuțelor de sârmă pe suprafața de piele bine întinsă a tobei mici, într-un ritm de blues". În vale, peste întinderea pășunii, o femeie între două vârste, îmbrăcată în alb, învârtea deasupra capului un obiect ciudat, care sclipea în bătaia soarelui, cu intensitate de fulger.

Apropiindu-se, colegul meu și-a dat seama că obiectul respectiv era un gong destul de mare. Femeia era chiar soția lui Tomi Baci și, în vreme ce făcea rotocoale mari prin aer cu gongul agățat de un cablu subțire de oțel, cânta ceva, spunea niște cuvinte, ca un descântec sau ca o rugăciune. După un timp s-a oprit din învârtit și, scoțând la iveală un băț cu o mică sferă de pâslă în vârf, a început să bată ușor în gong, apoi din ce în ce mai tare. Ecoul amplifica sunetul, repetându-l la nesfârșit: *aaaeiou-ua-ua-uaaa! aaaeiou-ua-ua-uaaa! aaaeiou-ua-ua-uaaa!*

De după culmea dealului, una câte una, au apărut în zbor niște mierle răzlețe, care s-au înmulțit ca prin magie în doar câteva clipe, compunând mai apoi un stol imens, ca un roi de albine, ca un nor ce-și preschimba cu iuțeală nu doar forma, ci și direcția de deplasare. Erau mii, poate chiar milioane de păsări care redesenau fulgerător stolul, plimbându-l mai apoi de colo colo ca pe-un balon de săpun uriaș, lin plutitor prin lumina scânteietoare de miere a apusului și umplând văzduhul cu trilurile lor. Odată cu ele, bateristul a zărit în vale și silueta unui bărbat care urca fără grabă culmea. Era Tomi Baci, care, ajungând lângă femeia sa, a cuprins-o pe după mijloc cu o mână și au pornit amândoi un vals ușurel, blând, ca mângâierea vântului din iarbă. Un-doi-trei, un-doi-trei, un-doi-trei, precum ritmul cel ternar al inimii. Câteva mierle au planat lin și li s-au așezat pe umeri, prin păr, pe brațe, gângurind ușurel ca guguștiucii. Iar gongul continua să-și cânte singur, în ecou, armonia sa celestă.

— Nici nu știu cum să-ți spun, dragul meu prieten, mi-a mai zis Puba, bateristul. Era o imagine sfâșietor de frumoasă și de stranie în același timp, pentru că Tomi Baci plecase la cer de mai bine de șapte ani.

Fulgerul

Fără veste, în sala noastră de joacă de la etajul Căminului de copii ICOT dăduseră buzna câțiva bărbați tăcuți care s-au pornit să fotografieze tot ce le ieșea în cale, folosindu-și fără întrerupere blițurile pentru fiecare cadru. Câțiva de la grupa mică, speriați, s-au pus pe plâns. Noi, ceilalți, ceva mai mari, îi priveam în liniște, cu ochii mari, ferindu-ne cu dosul palmelor de fulgerele lămpilor cu bliț, ce izbucneau din cele mai neașteptate locuri. Educatoarele și îngrijitoarele șușoteau între ele, dar nu îndrăzneau să-i oprească. Erau jurnaliști de la ziarul regional timișorean *Drapelul Roșu.* Ziua era miercuri, 11 ianuarie. Anul, 1956. La scurtă vreme a apărut și directoarea, tanti Svetlana, bandoneonista, o femeie blondă cu ochi albaștri, foarte tânără și foarte frumoasă, pe care o iubeam cu toții când ne cânta la armonica sa, lăcrimând, melodii rusești de-acasă, din țara ei îndepărtată.

— Aveți și un ordin de serviciu, presupun, li s-a adresat cu o voce neobișnuit de severă jurnaliștilor, tușind de câteva ori pentru a-și drege glasul.

— Bineînțeles, i-a vânturat sub nas un tip — mititel, chelios și rotofei, cu cotiere negre peste halatul său albastru — o hârtie bătută la mașina de scris, având o ștampilă violet și o semnătură indescifrabilă dedesubtul lozincilor de încheiere uzuale: „Trăiască lupta pentru pace! Trăiască prietenia româno-sovietică!"

— Și care ar fi scopul vizitei dumneavoastră, vă rog? a întrebat tânăra directoare.

— Sabotaj! a ridicat un deget în sus mititelul dolofan. Avem informații că un copil a pictat aici, la dumneavoastră, un desen cu un incendiu la depoul de tramvaie. Trebuie să deslușim cine este copilul cu pricina. Dușmanul nu doarme, înseamnă că a auzit el ceva pe-acasă legat de un posibil incendiu! Vă rog, lăsați-ne să ne facem treaba!

Ziariștii găsiseră câteva dosare cu desenele copiilor. Le împrăștiaseră pe dușumea și le fotografiau. Curând s-a lămurit totul. Cu o zi în urmă ni se dăduse ca temă *Desenează un vis*. Avusesem în noaptea aceea un coșmar teribil. Da, luase foc depoul de tramvaie în visul meu. Și, Doamne, ce vâlvătăi uriașe desenasem cu creioane colorate pe foaia mea! Și cât de izbutit, de lăudat, de frumos fusese desenul meu! E drept că desenasem în prim-plan și o mașină de pompieri, care stingeau focul cu eroism. Colegul meu, Mircea Etineanțu, invidios pe micul meu succes, mă pârâse acasă, plângând de mama focului. Educatoarele l-au chemat pe tata de la atelierul său de bobinaj din depouri, care, zâmbind, le-a spus ziariștilor:

— E un desen foarte frumos! Care ar fi problema?

— Problema e că poate fi interpretat, a ridicat din sprâncene dolofanul chelios. Iată! Poate fi dovada unui sabotaj.

— Ferească-mă Dumnezeu! s-a încruntat tatăl meu. Nu-i niciun sabotaj. Sunt niște pompieri care-au stins focul iscat în urma unui scurtcircuit accidental. Copilul meu a fost impresionat de un eveniment real, de-acum un an. A fost și o anchetă a procuraturii atunci, s-a stabilit clar că a fost un accident. Noi locuim chiar lângă depouri. Băiețelul meu a visat azi-noapte un incendiu, probabil ca urmare a acelui eveniment de demult și l-a desenat. Vreau să zic, l-a desenat chiar foarte frumos, cred că sunteți de acord. Asta-i tot. Bună ziua!

— Deci așa, s-a îmbunat mititelul cu cotiere negre, zâmbind. Atunci, copilaș frumos, m-a mângâiat el pe creștet, hai să facem niște fotografii pentru *Agenda Zilei* din ziar. *Copiii, bucuria vieții* — un titlu perfect, hm?

Și, uite-așa, i-am spus frumoasei mele femei cu părul lung, arămiu și cârlionțat, am apărut eu în ziar, împreună cu pârâciosul meu coleg și Silvia Vasiade, o fetiță care se juca fără odihnă, cu unica ei păpușă, pe care o numise Svetlana, de dragul frumoasei noastre directoare care cânta la bandoneon melodii duioase rusești.

Era drum lung din cartierul Fabric până în colonia din răsărit a Timișoarei numită Plopi Kunz-Telep, către Ghiroda și Moșnița — străbătând pe jos nesfârșiți kilometri pe malul Begăi, de la Podul Dacilor din Piața de Fân spre străvechea hidrocentrală *La Turbină* —, iar mie, care spre sfârșitul acelor ani 1950 aveam doar cinci-șase ani și obosisem, îmi era foarte sete și îi ceream întruna tatălui meu, văicărindu-mă, să mă ia în cârcă.

— Ești băiat mare de-acum, îmi spunea el foarte serios. E mare rușine, doar copiii mici cer să-i iei în brațe!

Dar din când în când, făcându-mi cu ochiul, mă sălta dintr-o singura mișcare și mă așeza pe umeri. Și toată lumea era a mea, de la acea amețitoare înălțime.

Curând însă, mă lăsa iar să merg pe jos și cerșitul meu cel miorlăit reîncepea.

Când, în sfârșit, am ajuns la casele ridicate direct pe pământ, în plin câmp, de către multele noastre rude moigrădene ce emigraseră din Ardealul de Nord la vreme de război, m-am prăbușit la umbră, rupt de oboseală, direct pe prispa casei și am băut pe nerăsuflate două căni cu apă de la fântâna cu lanț din preajma livezii cu pruni. Durerea mea din gât s-a întețit pe dată, la fel și febra datorată amigdalitei cu care mă luptam de câteva zile, părinții mei încercând să o țină în frâu cu Piramidon, albastru de metil și ceai din coji de ceapă. Am înfulecat, înghițind cu mare greutate dumicații, o felie din pâine dulceagă de mălai, dată cu usturoi și untură de porc și prăjită pe plita cuptorului de pământ din mica bucătărie a gazdelor, și-am adormit pe loc, în murmurul vorbelor de-a valma și al râsetelor bărbaților și mătușilor mele — Droloșoaia, Victorița, Marișca, Florica și Jeni — care ședeau pe scăunele la umbra deasă a unui nuc bătrân din vecinătatea cocinilor de porci, a grajdului pentru bivolițe și a curții păsărilor.

M-a trezit pe neașteptate o muzică diafană, ce părea că izvorâse subit chiar din cer, dimpreună cu uruitul vântului și al furtunii, care se auzea plesnind fulgere și bubuind departe, prin vălătucii de nori plumburii ce se rostogoleau cu iuțeală deasupra Moșniței. M-am ridicat în capul oaselor și am văzut o imagine de vis: dincolo de zecile de autobuze care apăruseră în timp ce dormeam chiar în mijlocul miriștii, fusese improvizată o scenă pe care cântau o orchestră simfonică și un cor, dirijate de o doamnă care părea a avea vreo șaizeci de ani. În fața scenei priveau în deplină liniște, așezați pe mai bine de trei sute de scaune, o mulțime de spectatori sosiți special cu autobuzele din oraș pentru acest neobișnuit eveniment.

— E doamna Antonia Brico din America, mi-a suflat la ureche unchiul Augustin, căruia îi spuneam cu toții când Gusti-acordeonistul, când Gusti-saxofonistul și care cânta pe la nunți și botezuri muzică ușoară și populară ardelenească, dar era fascinat de-a dreptul de muzica clasică. E prima femeie dirijoare din lume. Iar orchestra e din Berlin, nu-i de-a noastre. Ascultă atent, poate te faci și tu dirijor într-o bună zi. Acum, că s-au oprit instrumentele, o să auzi doar corul. Ascultă foarte atent, o să-l auzi pe bunul Dumnezeu din ceruri. E o muzică de Claudio Monteverdi.

Era l'anima mia già presso al' ultim' hore / E languia come langue alma che more / Quand' anima più bella e più gradita / Volse lo sguardo in sì pietoso giro / Che mi ritenne in vita. / Parean dir que' bei lumi / Deh, perché ti consumi? / Non m'è sì caro il cor ond' io respiro / Come sei tu, cor mio! / Se mori, oimè / Non mori tu, / Mor' io!

L-am privit atent pe Gusti-acordeonistul, care, nedespărțit vreodată de acordeonul său, își mișca acum degetele pe clapele instrumentului fără să scoată niciun sunet, în același timp cu muzica lui Monteverdi ce se auzea dinspre scenă.

— Știi ce-nseamnă asta? a adăugat el, tot șoptit. *Sufletul meu era pe-aproape de sfârșit. Și tânjea, cum numai sufletul tânjește când moare. Când, ființa cea mai frumoasă și mai plăcută mie și-a întors privirea către mine cu-atâta duioșie că am rămas în viață. Și ochii aceia frumoși păreau că-mi spun: de ce te frământi? Nu mi-e atât de dragă propria-mi inimă cu care respir, precum îmi ești tu, iubirea mea! Dacă mori — o, Doamne! — nu mori tu, mor eu.*

— Și chiar a murit? l-am întrebat înlăcrimat.

M-am uitat la el cu luare aminte. Îi curgeau și lui lacrimile, șuvoi.

Curând mi-am dat seama că tuturor ne șiroiau lacrimi pe obraji. Furtuna de la Moșnița ajunsese la noi și pornise fără veste o ploaie năprasnică de vară. Spectatorii o luaseră la fugă spre autobuze, dar corul continua să cânte. Orchestranții nu se mișcau din fața pupitrelor. Dirijoarea americană își legăna lent bagheta, cu mișcări de balerină, zâmbind, ținându-și ochii închiși.

Am frânt o crenguță din primul prun de la marginea livezii și m-am apropiat de scenă. Am început să dirijez și eu corul, cu nuiaua mea de prun, când am simțit o smucitură puternică. Tatăl meu m-a ridicat într-o clipă cu totul și a rupt-o la fugă cu mine în brațe. Nu s-a oprit decât în odaia unchiului Aurelian. Un fulger a brăzdat cerul și a despicat nucul exact în două. Prăvălirea trunchiului a iscat o bufnitură, ca un ecou surd al trăsnetului, precum căderea porcului la înjunghiere, înainte de Crăciun. În câteva clipe s-a înseninat. Antonia Brico, dirijoarea, însoțită de câțiva bărbați îmbrăcați în costume negre, ieșiți cu umbrele mari din mașinile lor Buick și Volga, a fost invitată de rudele mele la o strachină cu jumări, ceapă, brânză, slănină, usturoi, pâine din mălai și-un pahar de țuică. Și-a frecat părul cu prosopul adus de mătușa Marișca și a spus înveselită:

— Dumnezeule, ce trăsnet! Ca-n filme!

— Iar noi vom avea la iarnă lemne pentru foc, a râs încet și Gusti-acordeonistul.

Ne aflam din nou la un picnic, eu și frumoasa mea femeie cu părul lung, arămiu și cârlionțat, la umbra uriașului platan de pe domeniul Cantacuzino din Florești, la doi pași de ruinele Micului Trianon și de Turnul Nababului de-acum o sută de ani.

— Erai frumușel, a spus ea privind fotografia tăiată cu o ghilotină zimțată, după moda acelor ani de demult. Câți ani aveai?

— Încă nu împlinisem cinci. Desenam și pictam fără să mă opresc. Înălțam castele uriașe din piese de lemn lucioase, multicolore. Nici nu știu cum de n-am devenit pictor sau arhitect. Să-ți mai povestesc fotografii?

— Da, povestește-mi. Nu sunt fotografii. Sunt chiar filmul vieții tale. Eu îl văd cu o limpezime incredibilă, ori de câte ori te-ascult.

— Ți-am povestit despre bradul de Crăciun și căprioarele din Pădurea Verde? Nu? Fii atentă. Tata, împreună cu unchii mei Florian, Gusti, Alexandru, Todor și soțul mătușii Jeni, Cosovan, ne luaseră la pădure pe mine și pe verișorii mei, Laura și Nicu-Mic, să vedem cum se taie brazii cei mari din adâncul pădurii. Era ajunul Crăciunului și zăpada ne scârțâia sub picioare de ger, m-am pornit a-i povesti.

Într-una din capcanele cu lațuri din sârmă de oțel pentru iepuri, de lângă primii brazi, se prinsese o căprioară. Nemilosul Cosovan era de-a dreptul fericit. Impresionant era faptul că toate celelalte cinci sau șase căprioare, întovărășite de căpriorul lor, îi dădeau ocol, încercând fără sorți de izbândă să o elibereze. Nu se temeau de noi, n-au zbughit-o la fugă, așa cum se întâmpla de obicei, când simțeau prezența omului. Păreau că, dimpotrivă, așteaptă ajutorul nostru.

— Hai să o eliberăm, i-am șoptit vărului meu, Nicu-Mic.

— Ești nebun? Ne omoară în bătaie Cosovan. Pentru că, dacă luăm căprioara și-o aducem acasă, avem de mâncare tot Crăciunul.

Cosovan îi era tată vitreg, așa că Laura și Nicu-Mic nu-l aveau la suflet. Era un om rău, mai ales la beție. Altminteri era un bun gospodar și om de casă, cum se spune.

Odată intrați în insula coloniei de brazi bătrâni din marele codru de foioase, bărbații s-au apucat de treabă. Trei dintre ei s-au cățărat din creangă în creangă în primul brad și ancoraseră funii groase din cânepă împletită temeinic, ca pentru odgoanele vapoarelor. Ceilalți trei s-au apucat să lovească trunchiul la bază, cu topoarele. În mai puțin de o oră, cei care țineau frânghiile au strigat într-un cor:

— Cadeee!

La primul scrâșnet al fibrelor bradului tăiat, căpriorul și-a ciulit urechile și a țâșnit nebunește chiar în direcția trunchiului de copac ce urma să cadă. Căprioarele încremeniseră lângă surata lor prinsă în lațul de oțel al capcanei, urmărindu-l din priviri. Căpriorul s-a oprit brusc și s-a proptit îndârjit, amenințător pe picioarele din spate, întinzându-le pe cele din față și lăsându-și bărbia în piept, cu coarnele în poziție de luptă. Și-a sincronizat saltul de atac cu căderea trunchiului de brad, care desena lent un nor curb, spiralat, din fina zăpadă ce-i cădea printre crengi ca o ninsoare. Copacul s-a prăvălit în omăt, chiar peste căprior, stârnind un al doilea nor de fulgi de nea, care pentru câteva clipe a învăluit totul într-o ceață groasă, lăptoasă.

— O, Doamne! a făcut ochii mari frumoasa mea femeie, ducându-și mâna la gură. Bietul animal!

— Vârful bradului, mare, semeț, puternic, a izbit tufele de corn în care Cosovan își întocmise vicleana capcană și a smuls nodul sârmei de oțel, eliberând căprioara, am continuat eu. Iar căpriorul a ieșit viu și nevătămat de sub crengile trunchiului căzut la pământ și din numai câteva salturi și-a ajuns din urmă mica turmă de căprioare, care a dispărut printre brazi cât ai clipi. Cosovan, negru de supărare, a izbit în zăpadă cu toporul. Tatăl meu însă a izbucnit în hohote de râs și a tăiat dintr-o singură lovitură de secure vârful bradului, în lungime de trei-patru metri, numai bun de instalat pentru sărbătoarea Crăciunului, chiar în dreapta pianului vienez cu coadă, lângă tabloul cu Cina cea de taină și icoana Maicii Domnului, după și peste lada recamierului, ocupând cam jumătate din sufrageria noastră destul de mică, dar foarte înaltă, din casa Secession.

— Mai vrei fotografii din iarna copilăriei mele? i-am întins eu un strugure, zâmbind, frumoasei mele femei cu părul lung, arămiu și cârlionțat.

Castelul de apă

Mergeam ținându-ne de mână pe strada Telegrafului, fără să luăm în seamă privirile lungi și șușotelile femeilor vârstnice cu baticuri negre pe cap care, la ora aceea a după-amiezii de vară, stăteau pe la porți, pe băncuțele lor din lemn, în fața cărora se întindea prin iarbă covorul nesfârșit de petunii și flori mărunte de piatră, de toate culorile. Beatrice, la rândul ei, le arunca cu coada ochilor priviri arogante, cu o figură foarte serioasă. Nici mie nu-mi păsa. La urma urmelor, aveam treisprezece ani și o statură destul de înaltă, așa că eram îndreptățit să am o prietenă așa de arătoasă și de frumoasă ca Beatrice.

Trecuserăm de depozitul de colectare a metalelor și de halele înalte de trei sau patru etaje ale topitoriei de fier vechi din partea stângă a străzii, iar mai apoi, de grădinița germană din dreapta. Ne îndreptam spre strada Samuil Micu, la colțul căreia am oprit-o pe prietena mea și i-am spus cu un aer melancolic:

— Uite, aici m-am născut eu.

S-a încruntat puțin și mi-a zis:

— De-aici cumpărăm noi ouă de găină și carne de gâscă și de porc.

— Da, e și-o ghețărie mare într-un beci care dă spre catacombe. Noi locuiam deasupra lui, într-o cămăruță, dincolo de cocini. Un fel de mic apartament. Să-ți spun un secret, m-am întors spre ea zâmbind. Eram uriaș când m-am născut, aveam aproape cinci kilograme.

— Nu te cred.

— Zău, că da. Așa zice mami a mea.

— Păi, erai cât doi. Cum de ești așa de slăbănog acum?

Mi-a tras una după ceafă văzând că m-am întristat, a izbucnit în râs și m-a sărutat pe obraz.

— Ești slăbănog, dar eu te iubesc de mor, tocmai de-aia.

Și mi-a făcut semn cu ochiul. Am cotit spre strada Lorena și, când am ajuns în dreptul Turnului de Apă, i-am zis:

— Uite, ăsta-i castelul nostru. Aici o să ne facem cununia, tu și cu mine, într-o bună zi.

Câinele paznicului Ivan, un ciobănesc german căruia noi, copiii, îi spuneam cu respect *câine-lup*, rânjea mârâind lung, amenințător, arătându-și colții la fiecare lătrat.

— Am venit să-i aduc sufertașul cu mâncare tatălui meu, i-am zis paznicului, privind cu teamă către animalul cel fioros.

— Da, mi-a spus că o să vii. Hai, intrați, nu-i rău câinele, dacă sunt eu aici. Doar latră, n-a mușcat pe nimeni până acum.

Și, cu-adevărat, de îndată ce am intrat în curte, câinele a început să dea vesel din coadă și să alerge prin iarba înaltă, culcând-o la pământ.

Turnul de Apă, clădit din beton și cărămidă roșie, semăna cu o tură imensă din jocul de șah sau cu turnul singuratic al unui castel medieval. Avea mai bine de cincizeci de metri înălțime, iar Ivan, paznicul, împreună cu soția sa, locuia chiar acolo, în interiorul lui, de dinaintea războiului. Tatăl meu, care lucrase dintâi la ITAS, era angajat acum la ICOT, dar și la IET. Deși sunau diferit și foarte enigmatic pentru noi, inițialele astea însemnau de fapt munca la uzinele de apă și la întreprinderea de tramvaie.

Am urcat cele șase trepte ale movilei, apoi încă două, năpădite de o iederă deasă care cucerise aproape o jumătate din turn. Ne-am oprit în fața ușii duble de lemn cu arcadă masivă, vopsită în turcoaz scorojit de vreme, și cu două ferestruici ca de colivie, în arce alungite de cerc, cu vitralii zăbrelite, precum pleoapele triste ale unui arlechin. Ne-a deschis soția paznicului, o femeie mică și slăbuță, dar cu o privire luminoasă.

— Liudmila, s-a prezentat și ne-a strâns delicat mâinile cu degetele sale fragile de aer.

— Frumusețe omenească. Asta înseamnă în limba rusă numele ei, ne-a explicat Ivan, ridicând un deget în sus, în același timp cu sprâncenele.

Din hol se deschidea un salon larg, mobilat cu tot felul de vitrine pline de cărți vechi legate în piele, etajere cu pahare și vase de cristal Moser & Sohne de la Karlovy Vary și porțelanuri albastre Kangxi, dulapuri masive, fotolii, măsuțe rotunde cu tăvi de argint filigranat și console rococo, bogat ornamentate cu melcișori, pești exotici și ghirlande de lotuși și frunze de ginkgo biloba. În stânga bătea rar o pendulă uriașă. În dreapta, chiar la fereastră, lângă un gramofon cu pâlnie de alamă, se afla un pian cu coadă, cu capacul deschis, din lemn de mahon, semănând izbitor de mult cu pianul din casa noastră Secession.

Ceea ce era bizar și straniu în același timp era faptul că nu exista un plafon. Privind în sus, se vedea cochilia nesfârșită a treptelor care urcau pe lângă zidul circular al turnului către bazinul-rezervor din vârf, în permanență plin cu peste cinci sute de metri cubi de apă, și balustrada de fier care întărea senzația de infinit a uriașei spirale. Din cauza întunericului tot mai adânc înspre înalt, nu se puteau distinge nici bazinul, nici tavanul care era de presupus că se află la capătul sutelor de țevi de plumb ce traversau marginal edificiul, în desene șerpuite, închipuind un imens labirint.

Dar piesa cu desăvârșire fascinantă care trona în mijlocul salonului paznicului și al firavei sale soții era o masă rotundă cu diametrul de patru sau cinci metri. Era și ea din lemn de mahon lustruit, cu incrustații florale de fildeș și cu desene geometrice închipuind un fel de roză a vânturilor, împărțită exact în douăsprezece arce de cerc. O bilă mare de aramă, asemănătoare oarecum celor pentru jocul de popice, perfect șlefuită, cu luciu de oglindă sferică, având un vârf ascuțit la bază, era atârnată printr-un cablu subțire de oțel de capătul central al bazinului cu apă din vârful turnului. Ne-am apropiat cu băgare de seamă de masa cea lustruită. Bila de aramă balansa aproape imperceptibil, făcea un dans lent de du-te-vino, trasând linii lungi și fine pe stratul de nisip aflat într-o tavă mare de argint, asemănătoare celei de lângă fotoliile rococo.

Atunci am auzit prin negura dinspre bazinul cu apă de deasupra noastră vocea limpede a tatălui meu care se adresa unui interlocutor, deocamdată invizibil: *Nulla dies sine linea!*, urmată de hohotele de râs ale aceluia.

— Formidabil! a exclamat necunoscutul. De unde știi dumneata vorba asta?

— Domnule Mikloși, i-a spus tatăl meu, am auzit-o de la căpitanul Dobrescu, pe vremea războiului, la est de Nipru, în plin bombardament. Infernul pe pământ era acolo, domnule profesor, la Don, Donețk, Mariupol și Melitopol. Ce turn frumos de apă aveau la Mariupol! Chiar ca un castel, ehe! Căpitanul Dobrescu era nu doar un ofițer remarcabil, ci și profesor de filosofie, un pictor strălucit al generației sale. Mi-a zis în tranșee, în timp ce simțeam bulgării de pământ ai exploziilor acoperindu-ne: Florian, până la urmă, și războiul este o artă. Și anume arta de a supraviețui. Nu uita asta niciodată. Pentru a supraviețui, trebuie să exersezi zilnic. Să fii un profesionist. Povestea Plinius cel Bătrân despre marele pictor grec Apelles, care ar fi spus: *Nulla dies sine linea!* Florian, uite aici calculele pentru antiaeriană. Fugi la telefon și transmite, după ce se termină infernul ăsta. Spune-le să ne trimită întăriri, să trimită și aviația, tancurile, tunurile, tot ce au. Nu-i de glumit. Altminteri o să murim ca șoarecii aici, în gropile astea cu noroi!

— Cine era acest Mikloși? m-a întrebat femeia mea cea frumoasă cu părul lung, arămiu și cârlionțat, în vreme ce ne plimbam cu vaporașul pe canalele din Bruges și admiram căsuțele cele vechi, cu structuri de lemn vizibile la fațadă și mansardă, înșirate de-o parte și de alta a apei, fotografiind în rafale rățuștele și lebedele ce înotau și chiar zburătăceau vioaie de colo colo.

— Un mare inventator, i-am răspuns. Un inginer vestit, savant și profesor universitar. A fost o vreme director al întreprinderii de tramvaie din Timișoara. Se întâlnise atunci, la Turnul de Apă, cu tatăl meu, pentru că el era cel mai priceput bobinator din vremea aceea și pentru că apăruseră mari probleme la pompele de apă ale orașului.

— Tu chiar o iubeai pe Beatrice? m-a cercetat ea pe neașteptate, cu un zâmbet ștrengăresc.

— De ce?

— Pentru că mai tot ce povestești are legătură cu ea.

— Nu știu. Nu m-am gândit niciodată la asta. Bună întrebare. O să mă gândesc.

— Ai învățat-o și pe ea să bobineze transformatoare?

— Să știi că da, am început să râd. Dar a reușit să înfășoare la repezeală doar un ghem de sârmă subțire de cupru, ca pe-un ghem de lână, tocmai bun de împletit pulovere sau mănuși de iarnă.

Profesorul îi desena tatălui meu cu stiloul său Pelikan cu peniță de aur, frenetic, pe deplin entuziasmat, pe niște foi rupte dintr-un caiet prăpădit, schițele unui proiect îndrăzneț „în care vom folosi pentru prima oară în lume plasma pentru sudura universală, pentru că vorbim aici despre forța stelelor, despre magnetismul terestru — da, eu am agățat acest pendul al lui Foucault aici, o să vă spun imediat și de ce —, vorbim despre forța materiei *in nuce*, vorbim despre forța fuziunii nucleare pe deplin stăpânite și veți vedea, domnule Florian, în cele din urmă, vom putea suda materiale complet diferite din punct de vedere structural, atomic, electric, biologic, nu știu cum să vă explic, ah, nici măcar nu-i prea complicat. Chiar și în chirurgie se vor face suduri universale, uitați aici, sunt schemele foarte simple, am prezentat și la academie vinerea trecută un studiu amănunțit. Toate formulele, toate calculele, știți cum e, ce vor ăștia, academicienii adică. Deci cu aprobări și știți și dumneavoastră".

— Și eu cu ce aș putea să vă fiu de folos? a întrebat calm tatăl meu.

— Dumneavoastră, domnule Florian, veți face bobinele.

— Toate?

— Da, toate bobinele. Pentru că sunteți un maestru desăvârșit al bobinelor. Vă urmăresc activitatea de multă vreme, toate inovațiile, invențiile. Sunteți un mare bobinator, domnule Florian. Vă felicit!

— Mulțumesc, domnule profesor. Și când vom începe?

— Curând. Foarte curând. Noutatea este aceea că veți face bobinele chiar aici, în Turnul de Apă, cu ajutorul acestui pendul al lui Foucault. Practic, va trebui să construiți un dispozitiv de bobinat foarte complex, compus dintr-o serie de roți dințate, relee și motorașe, calculate de mine pur matematic și fizic. Pe parcursul unei zile siderale de aproximativ 30 de ore se va realiza cu această mașinărie exact una dintre cele douăzeci de bobine de care avem nevoie. Mă urmăriți?

— Desigur, a spus tatăl meu rotind în mână creionul său chimic, scos din buzunarul salopetei. Vreți să spuneți că și pe dumneavoastră, domnule profesor, ca și pe mine, vă obsedează faptul că o particulă fără masă este obligată să rămână, într-un sistem virtual, pe un plan ce se rotește înclinat în raport cu axa de rotație, deci pe o orbită circulară, exact pe principiul legănării pendulului lui Foucault? Spuneți că v-ați gândit la spațiul Minkowski, în care viteza poate fi tratată ca o sferă?

— Da-da-da! a bătut din palme încântat, profesorul. Exact. E-același lucru cu rotația de balansare datorată mișcării paralele a unei sfere în spațiul euclidian. Dacă vom avea bobinele noastre făcute așa, adică împletind sârmele în funcție de balansul pendulului pe timpul exact al unei zile siderale, vom obține energia necesară sudurii universale, care în cele din urmă va fi nu doar complet mixtă, ci și cu efecte antigravitaționale.

— Imposibil! a bătut tatăl meu energic cu creionul în caietul inventatorului. Nu poate apărea un efect antigravitațional, dar cu siguranță va fi ceva spectaculos, din punct de vedere electromagnetic. Deci? Când începem?

— Mai întâi să reparăm afurisitul ăsta de hidrofor. Apoi vom vedea. Domnule Florian, sunteți sigur că sunteți doar un bobinator? l-a privit o clipă încordat profesorul, cu o undă de suspiciune în glas.

— Cum să fiu doar bobinator? a râs tatăl meu în hohote, dându-și capul pe spate. Sunt și acrobat. Am lucrat la circul Kludsky înainte de război, ce Dumnezeu?

Eu și Beatrice am urcat treptele cele multe până am ajuns, gâfâind de efort, pe platforma circulară cu o suprafață chiar mai mare decât salonul de la intrare al paznicului Ivan și al soției sale, Liudmila.

Aici, la înălțime, părea a fi micul regat al porumbeilor sălbatici gulerați care intrau și ieșeau în voie prin hublourile din acoperiș, dar care erau limitați în zborul lor printr-o plasă deasă, ce despărțea partea de dedesubt a turnului de zona rezervorului de apă. Am deschis ușa de plasă și am salutat.

— O fată frumoasă și un băiat frumos, în vizită la castelul porumbeilor sălbatici! ne-a întins mâna un domn elegant, cu mustață, ochi albaștri și părul blond, răvășit și cârlionțat, ușor grizonant, semănând întrucâtva cu Einstein. Ca într-o poveste de Frații Grimm, a adăugat cu vocea sa plăcută.

— Cu de mâncare pentru tata! am zis și eu, zâmbind cam încurcat.

— Frați? a întrebat domnul cel elegant.

— Nu, a răspuns în locul nostru tata și a adăugat făcând cu ochiul: prieteni.

— Foarte frumos, a spus netulburat domnul elegant. E cea mai minunată vârstă. Această prietenie, acest nestemat nu se poate cumpăra cu tot aurul lumii.

De jos se auzea o mică sonată pentru pian de Mozart, cântată de slăbuța și micuța soție a paznicului, Liudmila cea cu degete de aer. În clipa aceea s-a produs cu zgomot de trăsnet marea spărtură a rezervorului, care și-a azvârlit spre acoperiș discul său metalic superior cu diametrul de aproape zece metri, ca pe un capac de conservă sau ca pe acoperișul unui carusel de jucărie din tablă, iar apa a țâșnit într-o arteziană circulară imensă, împrăștiind stropi asemănători unei ploi de vară.

Porumbeii au ieșit zburând prin hublouri în stol, cu sutele. Afară s-a pornit fără veste o ploaie de vară adevărată, cu tunete și fulgere. În primele secunde, atât profesorul, cât și tata rămăseseră parcă pironiți locului. Cel dintâi care a dislocat vraja nemișcării a fost profesorul, care a început să țopăie, râzând:

— Așadar, atât de simplu! Totul! Atât, atât de simplu!

Tatăl meu a ridicat din umeri și a dat din cap afirmativ de mai multe ori. S-a alăturat profesorului sărind și el prin băltoace și prinzând cu limba picăturile repezi de apă ce cădeau din plafon, cu-aceeași bucurie copilărească. Tropăiau amândoi ca într-un fel de horă, pe muzică de Mozart, printre hârtiile cu calcule ale profesorului împrăștiate pe podeaua de lemn, ale căror litere de cerneală se scurgeau în fine pârâiașe albăstrui.

Eu și Beatrice am rupt-o la fugă pe scări în jos. Ivan, paznicul, stătea pe fotoliul de lângă pendula cea mare și își sorbea liniștit cafeaua dintr-o ceașcă albastră Kangxi. Stropii de apă picurau neîntrerupt din înaltul turnului, ca printr-o sită cu ochiuri mari. Bila cea mare de aramă a pendulului își continua dansul deasupra tăvii de argint, desenându-și liniile în nisip, care dispăreau sub stropii de apă și se recompuneau miraculos, ca într-un vis cu *perpetuum mobile.*

Cascada din buncăr

— Și-atunci, ce mai rămâne? După ce se vor fi șters din memoria mea toate acele chipuri, care purtau trupuri vii cândva și își duceau cu grijă, duioșie, blândețe și uneori cu spaimă gândurile, trăirile și amintirile, oriunde ar fi pribegit în lumea cea mică sau lumea cea largă, cum se vor mai putea recompune ele, vreodată, în mintea mea? Ce se va alege, dacă se vor fi învălmășit? Și chiar dacă eu le voi descrie acum, aici, în caietul acesta, cui îi va păsa și cui îi vor fi de folos vreodată? o întrebam cuprins de disperare pe femeia de lângă mine.

Om în toată firea, plângeam în hohote, trezit dintr-un vis de război pe care nu-l trăisem cu-adevărat niciodată, în care toate fuseseră atât de limpezi — raiduri aeriene, bombardamente, mitraliere, tunuri, grenade, țipete, scrâșnetul șenilelor de tancuri, morți și răniți în șanțuri noroioase, coloane de prizonieri tăcuți, cu fețe triste, nebărbierite și capetele aplecate, tatăl meu, îndepărtându-se de mine și spunându-mi: „Salvează-te cum poți! Războiul ăsta e o mare porcărie!" —, dar care s-au șters la prima clipă a dimineții, cu încetineală de abur, în dâre cleioase diforme, schimbătoare, ca pielea pătată și otrăvitoare de salamandră pe întinsul unei oglinzi de hotel în care am înnoptat cândva, demult, într-o Târgoviște a anilor optzeci, nici eu nu mai știu de ce și nici pentru cine anume. Degetele tremurânde ale femeii cu ochi violeți, Natalia Strega, care mă însoțea pe-atunci în călătoria mea de ceață, îmi mângâiau obrajii și îmi ștergeau lacrimile, oarecum matern, la acel ceas de dimineață. „Ai visat urât. Hai să bem o cafea pe terasă. Apoi vom bântui printre casele mici, printre tarabele cu pălărioare, mănuși și portofele de piele, printre prăvălioarele cu rochii de mireasă, merceriile, croitoriile, frizeriile și cârciumile cele nenorocite. Și-apoi ne vom întâlni cu Puiu, care mă iubește și vrea să mă ia de nevastă. Și care te urăște, pentru că eu te iubesc doar pe tine, iar tu ești numai un mare ticălos, care nici măcar nu bei de-adevăratelea în cârciumile alea și nici măcar nu știi să fumezi, de nenorocit ce ești."

— Cum adică? Avea cu adevărat ochii violeți? m-a întrebat femeia mea frumoasă cu părul lung, arămiu și cârlionțat, îndesându-și degetele firave în mănușile mele foarte mari și dârdâind de frig, înghețată de crivățul care bătea în rafale, amestecat cu ploaia rece de decembrie, peste ruinele dinspre Turnul Chindiei.

— Un violet atât de pur, încât părea pictat pe porțelan de Sèvres sau de Limoges, am zis.

— Cât de pur?

— Ca tine de pur, i-am zâmbit lingușitor și ea mi-a spus:

— Așadar ai fost cu acea Natalia într-un hotel, aici, la Târgoviște, și ați băut cafea.

— Da, acum o sută de ani am făcut asta, am râs ușurel.

— Nu-i nimic de râs, și-a suflat ea aer cald în mănuși.

— Geloasă?

— Cum să fiu geloasă pe-o femeie care acum precis e o babă?

— Nu-i deloc o babă. E chiar o femeie frumoasă, mi-am forțat eu norocul.

— Natalia Strega. Hm, *strega* nu înseamnă în italiană *vrăjitoare*?

— Nu, nu era o vrăjitoare. Și, oricum, s-a măritat în cele din urmă cu Puiu.

— Ce bine! a șoptit ea în mănuși, încruntându-se. Acel Puiu a făcut un lucru foarte înțelept și util că ți-a luat vrăjitoarea de pe cap.

Eu și prietenul meu Tibi Brătianu aveam vreo șapte-opt ani. Coboram în fugă prin zmeuriș valea abruptă a muntelui Semenic, dinspre steaua în cinci colțuri ridicată pe stâncile vârfului Gozna, având înscrisă lozinca *Trăiască 7 noiembrie!*, pe sub cablul de oțel al funicularului ce funcționa cu un motor de submarin german, capturat de soldații ruși și dat în folosință familiilor de muncitori de la Uzinele de Fier și Domeniile Reșița, imediat după război.

În spatele nostru coborau ceva mai potolit părinții mei și sora mea mai mare, Vergi, culegând zmeură în cornete de hârtie, însoțiți de un grup de prieteni, printre care și Madam Brătianu, mama lui Tibi, o frumoasă blondă platinată cu pieptul bogat, ținut oarecum în frâu de un mic maiou alb, perfect mulat, și purtând un șort foarte scurt, ce oferea privirii, cu generozitate, pulpele sale bronzate, către care alunecau cu nedisimulată lăcomie ochii tuturor bărbaților din grup. Erau gălăgioși cu toții, mama mea se rostogolea la vale din când în când prin iarba dintre brazi, râzând în hohote și se clătina apoi amețită, ridicându-se. Tata era însă permanent îngrijorat de primejdia urșilor. O doamnă mai în vârstă își cioplise un toiag dintr-o creangă de brad, pe care o ornamentase în șerpișori, roza vânturilor și motive florale rombice, mânuind cu dibăcie un briceag cu plăsele metalice în formă de pește. Afirma că nu se teme de urși, fiind înarmată cu toiagul cel măiestrit incrustat. În răstimpuri se auzeau strigăte de *io-la-la-ri-ooo!* repetate în ecou.

— Aici e! mi-a arătat cu degetul Tibi, oprindu-se fără veste. Și jură că nu vei spune nimănui ce-ai să vezi!

— Jur! am promis, cu o mutră foarte încordată.

— Zi așa: să mor în chinurile iadului, ciugulit de vulturii de la lacul Vulturilor, dacă spun! Cu ochii scoși și mațele încâlcite...

— Nu spun, Tibi, că mi-e frică de vulturi. Dar jur pe toți rulmenții mei din pivniță, pe pistolul ruginit, sabia și cătușele găsite de mine la depozitul de fier vechi de peste Podul Decebal. Să le pierd pe toate, fără să le mai dau de urmă vreodată! Așa să-mi ajute Dumnezeu!

— E bine și-așa. Hai! m-a împins el de la spate către clădirea stranie care se zărea în fața noastră, la vreo sută de metri.

— Ce-ar putea fi atât de misterios? l-am întrebat. O casă părăsită, bântuită de fantome?

— Ssst, vorbește în șoaptă! E o grozăvie mult mai mare.

Părea a fi ceea ce mai rămăsese dintr-un refugiu bizar, după năpustirea cumplitului zid de apă al torentelor și viiturilor în calea cărora nimic nu putea rămâne întreg. Pe de altă parte, clădirea era făcută din beton armat, semănând mai curând cu un buncăr militar abandonat. Doar acoperișul îi lipsea. Fundația îi era placată cu dale mari de piatră, netede, chituite în chenare subțiri și negre, închipuind un desen perfect geometric din pătrate și dreptunghiuri care nu se repetau niciodată ca dimensiune (abia de curând, cercetând vechi fotografii de epocă, mi-am dat seama că desenul acela, cumva mondrianian, era identic cu desenul gardului care împrejmuia vila colonelului Georgescu din Cotroceni, a cărui familie se aflase în grija mamei mele, la vreme de război).

Ferestrele erau mici și rotunde, ca niște hublouri de batiscaf. Ușa masivă, metalică, perfect închisă era ruginită de ploi și zăpezi. Un pârâu cu ape limpezi și repezi trecea ca o pânză străvezie, vălurită continuu, peste întreaga clădire devenită un uriaș bazin și formând o cascadă impresionantă, ce se vărsa într-o albie de râu mai mare, plină de bolovani rotunzi de mărimi felurite, printre care se zăreau sărind în răstimpuri păstrăvi mari, cu solzi strălucitori, în bătaia soarelui de amiază.

— Trebuie să ne târâm prin iarbă pe coate, să ne furișăm pe după tufele de afine, să nu fim văzuți sau auziți, mi-a șoptit la ureche prietenul meu. Dacă ne dăm de gol, suntem pierduți. Nu glumesc.

Am reușit să ajungem la primul hublou și am aruncat o privire în interiorul clădirii inundate complet de apa acelui pârâu. Printre fotoliile și mobilele greoaie din lemn masiv, păstrăvii înotau lin, în toate direcțiile. Erau și câteva dulapuri metalice, un ceas de perete, o lunetă din aramă strălucitoare, pe-alocuri înverzită de alge și mici plante de apă. Pe o sobă din fontă se afla un ibric de cafea. Biblioteca avea uși cu geamuri, prin care se zăreau o mulțime de cărți mari, probabil atlase și dicționare legate în piele.

— Am văzut. E chiar ceva misterios. Acum hai să plecăm, i-am spus în șoaptă prietenului meu.

— Ai răbdare. O să vezi acuși ceva și mai și, mi-a zis el, tot în șoaptă.

Și, într-adevăr, prin cadrul ușii camerei alăturate a apărut, înotând pe sub apă cu mișcări lente ale brațelor, o fată frumoasă, cu ochii închiși ca într-o visare, cu părul lung și despletit și cu picioarele unite într-o lungă și unduitoare coadă de pește. Nu știu cum de n-am dat un țipăt de uimire.

— Cine e? am îngăimat, după ce mi-am revenit, cu-ncetul.

— Sirena pădurii, mi-a spus Tibi. Acum, da, haide să plecăm. Se spune că are puteri de zână. Dacă ne vede, ne poate împietri. Sau ne poate fura inimile pentru totdeauna.

Ringhișpilul cu lanțuri așezat în Piața de Fân din Timișoara, vizavi de magazinul de vinuri, de cofetăria Miorița și Alimentara din colț, era atracția principală a caravanei de bâlci Luna Park. Băieții mai mari aveau tehnici speciale de a se așeza în scaune, ținând strâns lanțurile prietenelor lor chiar înainte de pornirea mașinăriei. În aer, reușeau să facă tot felul de piruete în tandem, era o veselie generală, peste care se suprapuneau valsurile vieneze ce se auzeau asurzitor, cu timbrul sonor metalic, spart al megafoanelor atârnate prin copaci.

Deși ne împrieteniserăm cu familia de circari ai Beatricei, pentru că pitica Rosamunda, mama ei, își comanda în continuare rochii și fuste la micuța croitorie a mamei mele, iar tatăl meu repara adesea motoarele electrice ale diverselor atracții, nici mama, nici surorile mele nu voiau să urce în ringhișpil, în ruptul capului.

— Păi, să-ți explic de ce, i-am spus prietenei mele. Cu niște ani în urmă, venise o altă caravană în piață. Surorile mele erau destul de mici, iar mama le-a dus la ringhișpil, să le facă o bucurie, în prag de vacanță. Se întorseseră de la serbarea de sfârșit de an școlar, pentru care mama le făcuse rochițe cu volănașe din hârtie creponată. Jurai că sunt din pânză, atât de bine arătau. Ei bine, mama a prins mai întâi micul lanț de asigurare al scaunului surorii mele mai mari. Când să prindă și lanțul pentru cea mică, a pornit fără veste ringhișpilul. Mama s-a agățat de lanțuri, ca s-o protejeze pe sora mea. Și-a făcut praf și ciorapii de nylon, și genunchii, târâtă pe podeaua ringhișpilului. Cu toate țipetele celor din jur, hărmălaia era mult prea mare ca să poată auzi manipulatorul, așa că s-a învârtit mașinăria mult și bine cu mama agățată de lanțuri, prin aer. Și, uite, s-au lecuit pe viață de distracția asta toate trei.

— Era tot caravana noastră, a spus cu privirile în pământ Beatrice. Ne-au suspendat autorizația timp de șapte ani după acel incident nefericit.

— Nu știam, îmi pare rău, am murmurat încurcat.

— De ce să-ți pară rău? Au plătit pentru o prostie, atâta tot. Putea să se termine chiar tragic toată povestea. Hai să te dau cu barca! a zis schițând un zâmbet de împăcare.

— Nu, în niciun caz. Trebuie să-ți mărturisesc că mi-e o frică de mor de bărcile astea ale voastre.

Scriind într-un caiet vechi toate acestea, pentru a nu le da uitării, mi-am încălcat jurământul față de prietenul meu, Tibi. Așa că niciodată nu mi-am mai găsit rulmenții din pivniță, pistolul ruginit, sabia și cătușele de la depozitul de fier vechi de lângă Podul Dacilor. În vremea studenției, într-o vacanță de iarnă, la revelionul organizat de cei de la cineclubul timișorean pe care-l iubeam atât de mult, Beatrice s-a oprit chiar în timpul unui dans lent, mi-a trecut degetele prin păr, m-a mângîiat pe obraji zâmbind și mi-a zis:

— Nu ți-am spus niciodată. Sirena din pădurea de la Semenic eram chiar eu.

Zbor de hârtie

Am găsit halta Sinești neschimbată. Doar mai dărăpănată decât în anii 1950-1960 și cu aerul trist al părăsirii pe care-l au toate clădirile peste care trece timpul. O mică tăbliță prinsă de zidul fațadei avertiza cu litere șterse pe-alocuri de ploi, de zăpezi și de vânturi: *Zonă de siguranță feroviară (20 de metri de la axul căii ferate). Accesul interzis persoanelor neautorizate!* Tencuiala coșcovită peste ziduri, pereții mâzgăliți de râvna generației mai noi de vandali graffiti, ferestrele micii săli de așteptare și ale casieriei zăbrelite de o plasă cu ochiuri largi din fier-beton desăvârșeau aerul dezolant al tabloului. Literele pulverizate cu spray roșu într-o caligrafie tremurată, grăbită compuneau cuvinte nevinovate totuși, precum evocarea unor vloggeri în vogă astăzi, *5Gang # Power*, sau a mai bătrânilor *Bad Boys*, *Family* și *Street*.

Dar scările cele multe care urcau la peron erau aceleași ca în trecutul îndepărtat, la fel și balustradele din fier. Șeful de haltă, îmbrăcat în uniformă albastră cu chipiu, și un tehnician feroviar, cu vestă reflectorizantă portocalie, au răsărit ca din pământ dintr-o clădire mai nouă, alăturată, să salute un mic tren cu două vagoane, încărcat și el de inscripții graffiti ronde și intens colorate, care a apărut și a dispărut în mare viteză, ca o fantomă.

Eram un grup de șase oameni în această călătorie de familie. Încercam să descoperim, după mulți ani, urme ale rădăcinilor noastre. Deocamdată, tot ce se putea auzi pe peronul haltei era doar un murmur, o rumoare, cuvinte răzlețe ce se întorceau în ecou sau micile hohote de râs ale femeii mele frumoase cu părul lung, arămiu și cârlionțat. Însă nici școala veche, magazinul sătesc, monumentul eroilor din Primul Război Mondial, nici pajiștea răsărită după un gard, în locul casei bătrânești, nici fântâna cu cumpănă de odinioară — săpată de bunicul meu împreună cu familia și cu vecinii lui, în anii de dinaintea războiului —, greu de recunoscut după încercările de reabilitare suferite de-a lungul anilor, nici ulița care ducea spre gârla Plapcea, nici podețul peste apă nu ne dădeau vreo speranță că vom găsi ceea ce căutam.

Eu și femeia mea cea frumoasă ne-am oprit la mijlocul punții, cu aparatele de fotografiat în mâini. Ceilalți trecuseră deja gârla și se îndepărtaseră pe drumul prăfuit care ducea către loturile de pământ ale bunicilor, cultivate cândva cu grâu și cu porumb. Am arătat cu degetul deasupra gârlei, undeva, destul de departe:

— Tu vezi ce văd și eu? Cârdul ăla de păsări albe! Îl vezi?

Am dus aparatul la ochi și am declanșat, chiar în clipa în care și-au luat zborul.

— Lebede! a exclamat ea, bătând din palme uimită și veselă ca un copil. De unde lebede, aici, pe gârla asta dintre coline?

— Habar nu am! i-am zis și i-am arătat ecranul aparatului foto. Uite, am prins două în zbor!

Am privit mai apoi cu încântare plutirea lină a păsărilor pe cerul senin. Le-am numărat pe toate și-am izbucnit în râs, amândoi, ca la un semn. Erau unsprezece. Ca în basmul Fraților Grimm.

Am căutat prin cimitirul satului, ceva mai târziu, firave rădăcini ale vechii noastre familii. L-am părăsit destul de repede, cu sentimentul unei mici izbânzi, după ce am descoperit două morminte în care erau îngropați câțiva străbuni și, în cele din urmă, am ajuns, destul de abătuți, obosiți și însetați, în curtea singurelor noastre rude rămase în sat.

Ne-am așezat la umbră, pe scaune răzlețe. Pe o masă acoperită cu mușama înflorată erau pahare cu suc și apă rece. Rudele au depănat amintiri. Niște oameni desprinși parcă din *Moromeții* lui Marin Preda. Așa cum erau, de altminteri, și cei de demult, din urmă cu mai bine de cincizeci de ani. Păstrau fragmente de mobilier de pe-atunci, un bufet verzui de bucătărie, cu vitrine de sticlă decorată cu trandafiri opaci, în spatele cărora țineau pahare și cești de cafea. În curte, lângă gardul de culoare verde, un cadru metalic pentru ligheanul de spălat. Un fier de călcat cu cărbuni. O bicicletă veche, o banchetă vopsită în verde și ea, acoperită cu o velință oltenească din lână vopsită în culori galbene și maronii.

Ne-au adus fotografii vechi, de la o nuntă, apoi bărbatul casei ne-a arătat cu mândrie niște medalii de război, bancnote și monede vechi, din vremea regilor. Dintre toate chipurile fotografiate, m-am oprit mai atent la cel al fratelui mai mare al tatălui meu, căruia i se spunea nenea Matei. Purta un costum din stofă ieftină, cămașă albă și cravată, iar pe cap avea o pălărie din fetru, înclinată puțin spre stânga. Am cerut câteva detalii despre el. Bărbatul casei a ridicat un deget în sus și a spus:

— Așteptați un pic. O să vă aduc ceva din pod.

Era un caiet gros, cu tot felul de mici texte scrise când cu cerneală, când cu creionul chimic, poezioare și desene colorate sau decupate din cărți din vremea copilăriei și adolescenței autorului lor, urmate pe la mijloc de un titlu frumos caligrafiat: *Amintiri (Povestiri?) din războiul împotriva Rusiei sovietice, 1941-1944.*

Cea dintâi pagină era un Cuvânt-înainte:

> *Aceste amintiri le-am așternut pe hârtie în anul 1976, adică la 35 de ani de la declanșarea războiului împotriva Rusiei sovietice și la 32 de ani de la evacuarea Crimeii. Am scris mai mult din memorie, deoarece pe front eu n-am avut timp și posibilitatea de a ține la zi un jurnal de război, așa cum făceau o parte din ofițeri. De asemenea, am uitat numele multor ostași și ofițeri cu care am luat parte la unele acțiuni pe câmpul de luptă. Am redat aici numai adevărul, adică așa cum s-au petrecut faptele.* Semnat: *Matei M.C.*

Întreg acest uluitor jurnal se întindea pe aproape o sută de file de caiet. Am rămas înmărmurit. Țineam în mână nu doar un document prețios. Era viața unui om care a traversat măcelul ultimului război. Era o mărturie. Secvențe întregi erau nu doar impecabil caligrafiate, dar păreau a fi ieșit din mintea și talentul unui adevărat scriitor.

Sigur că eram foarte emoționat. Femeia mea cea frumoasă cu părul lung, arămiu și cârlionțat m-a cuprins ușor după umeri.

— De ce plângi?

Am negat, dând din cap energic. Mi-am turnat în pahar un lichid brun, dulce și acidulat și l-am băut pe nerăsuflate, deși ne promiseserăm de multă vreme să nu mai bem chestii chimice dubioase, care produc boli extraterestre, topesc ghețarii, determinând încălzirea globală și ucigând planeta.

— Nu plâng. De ce-aș plânge? Sunt doar bucuros! Uite, în cele din urmă, toată călătoria asta a avut un sens. Știi ce mi se pare cu-adevărat uimitor? Nenea Matei și-a scris în 1976 jurnalul lui de război. La numai un an după aceea, eu am ajuns în Sinești, am vorbit cu ei toți, cei care mai trăiau pe-atunci, dintre care cel mai glumeț era Etor, fratele mai mic al tatălui meu, ofițer în miliție. Am făcut fotografii casei bătrânești, am fotografiat gârla, ne-am fotografiat cu toții. Purtam părul destul de lung, în plete — aveam o trupă folk pe-atunci, cu elevele mele de la liceul pedagogic —, deși oficial era interzis. Și, da, cum mă știi, n-am rezistat tentației și mi-am făcut o fotografie cu cascheta și vestonul de milițian al lui Etor. Așa, cu tot cu pletele mele rebele, disidente și decadente.

Am început să râd.

— Am vorbit mult atunci cu nenea Matei, am continuat, oprindu-mă din râs. Mereu am spus asta: semăna cumva cu Moromete, cel din închipuirea mea. Deși l-am întrebat și despre perioada războiului, el, la fel ca și tăl meu, nu mi-a spus decât câteva propoziții sumare, convenționale, cumva lipsite de conținut. Și, uite, de fapt, în tot acel timp scrisese o frumusețe de jurnal de război, despre care am aflat de-abia azi.

Erau cuvinte cu semnificații magice pentru mine, care am crescut cu țăcănitul mecanic al mașinii de cusut

Singer, cu zgomotul pedalei ei și cu discuțiile tehnice pe teme de croitorie pe care mama le avea cu clientele sale: suveică, pompiță de ulei, foarfecă, cretă și metru de croitorie, ață, ace cu gămălie, șurubelniță mică, rejansă, degetar, ciupercă de retuș, tiv, însăilare, surfilare, pense, elastic, jupon, balene, umeraș, manechin, pliseuri, vatelină, muselină, poplin, molton, diftin, tergal, damasc, tafta, borangic, mătase, dantele, voal, șifon, nasturi îmbrăcați în pânză, probă, fier de călcat.

Pitica Rosamunda privea fascinată către costumul de balet al surorii mele Vergi, pe care mama tocmai îl isprăvise.

— Doamna Florica, i s-a adresat pitica, visul meu este să dansez într-o bună zi, într-un mare balet, pe o scenă! De exemplu, mi-aș dori rolul lui Odette din *Lacul lebedelor*, de Ceaikovski! oftă ea, ridicând ochii în plafon, către rozeta cea mare de ghips, amplu decorată floral și zugrăvită cu humă alb-gălbuie, din cârligul căreia era atârnat un bec. Vă imaginați?

Martor la scena aceasta, impresionat de neașteptata dorință a piticei fără mâini și stârnit de sămânța imaginației, tatăl meu a decis în acea după-amiază să o ducem pe mama Beatricei la una dintre repetițiile pentru piesa de teatru *Hänsel și Gretel* pe care el o punea în scenă la Clubul ICOT.

Trupa de balet era instruită chiar de eminentul profesor de coregrafie Carol Valkay, care conducea la Timișoara faimoasa *Școală de dans și bune maniere* de pe strada Alecsandri, colț cu strada Gheorghe Lazăr, și fusese desemnat de către conducerea Operei de Stat să se ocupe personal de această activitate a clubului muncitoresc.

L-am găsit în sala de spectacole, șezând într-un fotoliu în fața scenei, sprijinindu-și podul palmei în elegantul său baston din lemn de palisandru, care răspândea în jur o mireasmă exotică, amărui-dulceagă, ca tutunul cel rafinat de pipă. Lângă el, așezat pe un taburet tapițat cu catifea vișinie, celebrul maestru René cânta valsuri vieneze la un acordeon Hohner cu patru octave și o sută douăzeci de bași. Trupa de balet a Clubului ICOT, printre balerinele căreia se afla și sora mea, era în plină repetiție. Tatăl meu s-a apropiat de profesorul Valkay și i-a spus:

— *Maestro*, această distinsă doamnă din cărucior vă roagă să aveți amabilitatea de a-i acorda câteva minute, pentru o scurtă prezentare dintr-un „pas de deux" din *Lacul lebedelor*. Rolul Odettei, desigur.

— Are și partener? a ridicat din stufoasele-i sprâncene profesorul.

— Am putea apela la mașinistul nostru, Vasile, de la lumini. Sunt cam de aceeași statură, iar el seamănă un pic la chip cu Siegfried. Ce spuneți?

— Aș spune că... să mă bată Dumnezeu dacă am mai primit în viața mea așa o cerere! a răspuns politicos profesorul, zâmbind cu privirea luminată de inedita propunere. Vasile ăsta al tău seamănă mai curând cu blestematul de Rotbart. Dar, fie!

Și, răsucindu-se spre dreapta, a adăugat:

— Dragul meu René, Ceaikovski, te rog! *Lacul lebedelor*!

Spotul de lumină potrivit de piticul Vasile a desenat un cerc alb și strălucitor pe podeaua scenei. Rosamunda a dansat cu o grație de balerină profesionistă, plutind aidoma unei lebede pe luciul neguros al unui lac de celofan din decor, iar Vasile a executat câteva salturi și piruete care au iscat dese tresăriri pe figura încordată a profesorului Valkay.

În final s-au auzit aplauzele corpului de balet aflat în culise, iar profesorul și maestrul acordeonist au bătut din palme entuziasmați, mai bine de un minut. Beatrice, lângă mine, îmi strângea brațul cu putere și avea fața în lacrimi.

— Florian! s-a auzit din sală vocea profesorului. Îi voi propune chiar mâine colegului și prietenului meu Adrian Beldi, directorului Operei de Stat, o montare a baletului *Lacul lebedelor* cu o trupă exclusiv de pitici. Mi se pare o idee de-a dreptul genială. Bravo, Vasile! Vă sărut micuțele dumneavoastră mâini și picioare, doamnă Rosamunda. Respectul și prețuirea mea! Felicitări! Ați dansat ca o prințesă!

Beatrice s-a aplecat spre mine, șoptind: „Dar mama mea chiar este o prințesă!"

Două lebede se iviseră departe, dinspre sălciile de pe malul gârlei de la capătul uliței din Sinești, plutind ca niște avioane mari de hârtie. Femeia mea cea frumoasă cu părul lung, arămiu și cârlionțat s-a lipit de mine și le-a făcut semn cu mâna, zâmbind.

Pendulul

În săptămânile care au urmat exploziei uriașului capac al rezervorului din Turnul de Apă, eu și Beatrice ne-am împrietenit atât cu paznicul Ivan și soția sa Liudmila cea cu degete de aer, cât și cu câinele-lup numit, simplu, de stăpânii lui: *Câine*. Acestuia îi cumpăram de la Alimentara din colț, aflată vizavi de Piața de Fân, biscuiți Eugenia, pentru că îi plăcea foarte mult crema de ciocolată cu iz de esență de rom din interior și o lingea întotdeauna cu răbdare și cu meticulozitate, de parcă ar fi fost cel mai bun os de ros din lume.

O echipă de muncitori reușiseră să scoată prin ferestrele din turn, una câte una, bucățile mari de fier ale capacului plesnit și armătura acoperită de tencuială cu care era învelit întregul rezervor, inventând un sistem foarte complicat și ingenios de scripeți, frânghii și cabluri de oțel, subțiri ca niște corzi de vioară, ce vibrau în adierea vântului și păreau a desena o pânză de păianjen, neînchipuit de mare.

Muți de uimire cu toții, am observat că rezervorul era construit dintr-o sticlă foarte groasă, de culoare verzuie, semănând întrucâtva cu un bol imens de sticlă sau cu un acvariu. Nu mică ne-a fost mirarea să vedem că, într-adevăr, prin bazinul de sticlă chiar înotau o sumedenie de pești, mai ales pui de somn, caras, știucă, roșioară și vreo câțiva pești ornamentali *Betta splendens*, mandarin, symphysodan, xipho, zebra și guppy.

Deși echipa era condusă de trei ingineri, de un proiectant și de arhitectul-șef al orașului, niciunul nu a găsit o explicație. În cele din urmă, unul dintre muncitori a ridicat în mâinile sale noduroase o sită de mari dimensiuni și a spus:

— Normal! Dacă o sărit filtru', or urcat prin țevi, carecum, de prin Bega, Behela, Timiș, Tisa, Dunăre și mare și din casele oamenilor, că peștii au aripi și înoată și-n sus câteodată, de zici că zboară.

După câteva clipe de tăcere, arhitectul-șef a înclinat din cap aprobator:

— Fix așa! apoi a adăugat: No, haidem la muncă băieți, că ne-apucă noaptea!

Uneori, Beatrice cânta la pian împreună cu doamna Liudmila, la patru mâini, mici piese de Mozart, Schumann, Chopin și Liszt. Când ajungeau la *Rondo alla turca,* de Mozart, mă strecuram și eu pe lângă ele, improvizând cu o singură mână în zona ultimelor două octave din dreapta claviaturii. În cele din urmă, accelerând tempoul, se transforma totul într-o veselie generală, pe ritmuri de jazz, pentru că până și Ivan, paznicul, cânta cu mâna stângă partea de bas a unui foxtrot. Alcătuiam un cvartet perfect.

Ultimele zile ale acelui blând august ne prinseseră acolo, ascultând poveștile de dinainte de război ale paznicului și soției sale, care ne spuneau cu lacrimi în ochi că „pe-atunci lumea era normală și oamenii mureau de bătrânețe sau de vreo boală, nu din cauza bombelor, gazelor ucigașe din lagăre sau a deportărilor". Așteptam cuminți sandviciurile din pâine neagră prăjită și frecată cu usturoi, unsă cu untură de porc și sare și decorată cu felii subțiri de castraveciori murați, făcute de minunata doamnă Liudmila. Șerbetul de zmeură ni-l servea în pahare de cristal, cu apă rece de la gheață.

Ivan se mai apropia din când în când de bila mare a pendulului lui Foucault care atârna din îndepărtatul plafon și își nota ceva într-un caiet, cu creionul chimic pe care îl purta veșnic după ureche. Pe coperta caietului se putea citi, într-o caligrafie cu litere mari: *Important și strict secret. Observații științifice despre pendul. Pentru domnul profesor Corneliu Mikloși, personal.*

Într-una din după-amiezi, pe când Ivan moțăia într-un divan alături de soția sa, sforăind ușurel, eu și Beatrice am deschis caietul și am citit însemnarea cea mai recentă: *Azi noapte la ora trei, patruzeci și opt de minute și douăsprezece secunde, pendulul s-a oprit complet, fix un minut. Apoi a început foarte încet să se rotească în sens invers și să deseneze pe nisip câteva linii dezordonate, care după trei minute s-au liniștit. Exact la ora patru, pendulul s-a oprit din nou, a desenat iarăși linii tremurate și a revenit la rotația inițială. Acest fenomen nu s-a mai întâmplat niciodată până acum.*

Ne-am privit în ochi fără niciun cuvânt. Am închis caietul și l-am așezat cu grijă la loc, pe măsuța de lângă gramofon. Afurisită mașinărie! De-abia ce am atins-o din nebăgare de seamă, a început să hârșâie sub acul ei de oțel un disc de ebonită Odeon, în sonoritate puternică, stridentă, metalică. Era o bucată muzicală pe care o cânta prin anii 1940 vestitul tenor Cristian Vasile cu inconfundabila sa voce vibrată, la bomboneria Lafayette din București. Cei doi, Ivan și Liudmila, au sărit buimaci din divan în aceeași clipă, treziți de muzica gramofonului. *Când noaptea-i cu lună / Iubita-ți jură cu fraze parfumate, / Iubirea-i nebună, / Dar minte cum mințiră toate celelalte. / Minciună, minciună, / De n-ai fi tu, iubirea n-ar avea cuvânt, / Tu ești durerea, ești mângâierea, / Tu farmeci totul pe pământ. / Pe boltă când apare luna / Printre șoapte, când e noapte, / Atunci apare și minciuna / Cu cununa ei de vis.*

— Mi-ai dat telefon să vin de urgență, a spus profesorul Mikloși de îndată ce a pătruns în sufrageria cea largă și rotundă. Iată-mă! Ce s-a întâmplat?

În loc de răspuns, Ivan i-a înmânat caietul cu însemnările sale secrete. Profesorul a citit cu privirea încordată îndărătul ramelor sale de ochelari.

— Mda, da, da. Asta e chiar ceva foarte, foarte interesant, a murmurat ca pentru sine, isprăvind de citit. Aș vrea să-mi povestești pe îndelete, dragă Ivan. Liudmila, te rog mult, poți să ne faci o cafea?

Nimeni nu părea a ne băga în seamă, așa că eu și Beatrice am urcat melcul nesfârșit al scărilor către rezervorul de apă al turnului.

— Ce-ai zice de o baie? am întrebat-o.

— Cum adică?

— Ce-ai zice să ne scăldăm în frumusețea asta de bazin?

— Aș zice că ești complet nebun, s-a pornit ea să râdă, încetișor.

La drept vorbind, rezervorul cel mare din sticlă avea aspectul unei piscine. Am intrat în apă fără să ezit, așa cum eram îmbrăcat în copilărie mai tot timpul: vara, doar în chiloți și maiou. Fata m-a urmat, mai ales că și ea era îmbrăcată la fel de sumar ca și mine.

Pești de felurite culori și dimensiuni ne inspectau curioși sau se fereau din calea noastră. Înotam amândoi pe sub apă cu ochii deschiși, ne amuzam făcând tot felul de grimase, scoțând limba, încercând să atingem acele vietăți multicolore, vioaie și strălucitoare, care dansau pe lângă noi. Apa era destul de adâncă. Ajungând pe fundul rezervorului, ne-am lipit frunțile de sticla cea verzulie și am privit în hăul care se căsca sub noi, către sufrageria de dedesubt.

Ce imagine stranie! Toate obiectele păreau deformate, se lățeau într-o perspectivă circulară, indefinită, neclară, iar profesorul și Ivan, cu trupurile mult turtite, gesticulau cu nervozitate în smuciri rapide ale brațelor, plimbându-se confuz, haotic, de colo colo. Cum era și firesc, nu se auzea absolut nimic, din cauza grosimii mari a peretelui de sticlă. Doar mișcarea Liudmilei, aducând pe o tavă cafeaua în două cești de porțelan albastru Kangxi, cu pași delicați de balerină, părea mult încetinită, ca o filmare în *slow motion.*

Am ieșit la suprafață să tragem o gură de aer. Abia atunci am auzit glasurile celor doi, repetate în ecou. Se certau, într-adevăr.

— Eu îți spun, Ivan, poate a fost doar un nenorocit de cutremur! Încetează cu toată aiureala asta!

— Iar eu vă spun că nimic nu s-a clintit de la locul său! Nici măcar o carte sau un pahar! N-a fost niciun cutremur! Domnule profesor, a fost o schimbare de rotație a Pământului în jurul Soarelui! A durat minute întregi. Credeți-mă!

— A fost pe dracu'! Ești nebun, atâta tot! Și o să mă înnebunești și pe mine!

— Se răcește cafeaua, a zis cu glas blând Liudmila cea cu degete de aer.

— Se răcește pe dracu'! a strigat profesorul, trecându-și mâinile prin păr și răvășindu-l într-un desen aiuritor, închipuind deopotrivă un clovn și un dirijor de orchestră la finalul unei simfonii mahleriene.

— Vă rog mult să nu-l mai amintiți pe necuratul, a spus femeia, frângându-și mâinile și frământând cu degetele sale străvezii șorțul de bucătărie tivit în dantelă măruntă de Flandra. Eu și Ivan suntem creștini, cu frica lui Dumnezeu. Nu se cade să vorbiți așa, vă rog frumos.

— Iartă-mă, Liudmila, s-a potolit ca prin farmec profesorul. Mi-e imposibil să nu mă enervez, când aud că Pământul și-a schimbat direcția de rotație.

— Poate că și-a schimbat-o, spuse femeia, cu ochii înlăcrimați. Ivan e un om bun. Nu minte niciodată.

— Da, cine știe, s-ar putea să aveți amândoi dreptate. Iertare, Liudmila, iertare, pentru vorbele mele urâte, a repetat savantul, aranjându-și părul răvășit. Voi calcula la noapte.

A sorbit din ceașcă o înghițitură.

— Ce cafea bună! a zâmbit el, cu mintea complet aiurea.

Ușa de la intrarea în Turnului de Apă se dăduse la perete cu zgomot. Câinele lătra în curte fără încetare. Doi oameni îmbrăcați în haine lungi și negre de piele au dat buzna, îndreptându-și puștile automate către cei trei.

— Nu mișcă nimeni! s-a răstit unul dintre cei doi îmbrăcați în haine de piele. Ieșiți cu mâinile ridicate!

Ivan, Liudmila și profesorul au intrat fără niciun cuvânt într-o mașină Volga neagră, care a demarat cu zgomot, stârnind praful pe strada Samuil Micu. Ecoul vocilor și zgomotul mașinii s-au stins odată cu ultimul lătrat al câinelui-lup din curte.

Beatrice a tras adânc aer în piept și s-a scufundat în apa rezervorului de sticlă. Am urmat-o imediat. Am înotat o vreme alături de peștii cei colorați care se zbenguiau prietenoși pe lângă noi.

Dincolo de Turbine, canalul Bega era un râu obișnuit, cu ape line și maluri neregulate. Nu departe de clădirea micii hidrocentrale cu aspect de fortăreață era amenajat un ștrand al cărui bufet se afla în administrarea părinților mei. Pe timp de vară era o afacere destul de bună. Mama își făcuse o pușculiță în care aduna bani din vânzarea siropului de lămâie cu sifon și gheață, pentru a-și cumpăra un palton de la Consignația.

Am urcat-o pe Beatrice într-un bătrân caiac *clinker* dublu și am vâslit amândoi din greu împotriva curentului, aproape un kilometru, până am ajuns la un mic golf cu ape limpezi. Am acostat și ne-am aruncat în râu, la scăldat.

Pe sub apă, cu ochii deschiși, i-am dat un ocol fetei, privind-o atent. Își mișca lent brațele și picioarele, unduindu-și trupul ca o sirenă. Părul lung, despletit îi plutea ca într-o visare în scânteierea de jar a razelor de soare, aflat la apus, ce se proiectau jucăuș pe ecranul prundișului de pe fundul râului. Ieșind la suprafață amândoi, am rămas tăcuți o vreme.

— Știi ceva? am rupt eu tăcerea în cele din urmă. Aici e un loc magic. E singurul loc din Timișoara în care se poate vedea cum răsare și apune soarele.

După câteva clipe am adăugat:

— Cred că Ivan, paznicul, spune adevărul. Am observat și eu, câteodată, la munte, la Văliug, că apele se întorc spre izvoare. Pe cuvântul meu că nu te mint! Așa că e posibil ca și Pământul să se oprească și să se învârtă invers. Dar știi de ce?

Beatrice a rămas cu privirea ațintită spre mine, ridicând din umeri.

— Ca să nu amețească. De-aia!

Am izbucnit în râs amândoi și ne-am aruncat din nou în apa cea limpede a golfului. Ajungând în dreptul nuferilor, simțeam pe coapse, înfiorându-mă, atingerea delicată, legănată a algelor. Se spunea că pot fi lipitori printre rădăcinile plantelor, așa că pășeam prudenți prin mâlul cel fin al albiei râului, ca prin pulberea de mătase a prafului din podul casei noastre Secession. Beatrice mă ținea de mână cu vârful degetelor. A alunecat brusc pe-o piatră vâscoasă și s-a dezechilibrat. Am prins-o la timp și-am tras-o spre mine. S-a lipit strâns de trupul meu, tremurând. M-a privit cu cei mai frumoși și strălucitori ochi din câți văzusem vreodată. Buzele ei roșii, cărnoase, s-au deschis cu-ncetul într-un zâmbet, tremurând ușor.

— Mi-e frig, mi-a spus dârdâind în răstimpuri. Hai să ieșim.

Ne-am întins lângă bătrânul nostru caiac pe-o platformă din beton de pe mal, încălzită bine de razele soarelui pe timpul întregii zile. Fata a luat un fir lung de iarbă cu spicul ca de grâu și l-a petrecut, în mângâiere, peste fața mea. Am tresărit și l-am dat la o parte, ca alungând vreun păianjen, o libelulă sau o lăcustă.

— Dacă Ivan are dreptate, a zis Beatrice reluând amuzată mângâierea cu firul de iarbă, înseamnă că, uneori, soarele răsare de la apus, iar acum, chiar acum, în loc să vină noaptea, începe o nouă zi. Așa că, bună dimineața, iubitul meu nebun! a râs ea ușurel și, fără veste, și-a lipit buzele fierbinți de buzele mele, vreme de câteva clipe, lungi cât toate visele ce au reluat apoi la nesfârșit întâmplarea, cu lentoarea încremenirii timpului, însoțindu-mă de-a lungul vieții, pentru totdeauna.

S-a ridicat sprintenă dintr-un singur salt și a luat-o la fugă prin iarbă, de-a lungul apei, către discul uriaș, roșiatic al soarelui.

Un triptic pe muzică de Rahmaninov

Îl isprăvisem. Era un triptic de un metru douăzeci și doi de centimetri înălțime și doi metri șaptezeci și doi de centimetri lungime, așezat pe trei șevalete de lemn în atelierul de pictură al artistului Sergiu Rugină, profesor la liceul de artă din Ploiești. Îl priveam acum cu ochi obosiți, dar plin de bucurie și de încântare. La urma urmelor, era primul tablou pe care îl pictasem în viața mea, fără a fi pictor.

De-abia acum avea sens totul. De-abia acum încheiam cum se cuvine pagina de revistă în care îmi făcusem debutul ca tânăr prozator la sfârșitul anilor 1960, când eram doar un puștan slăbănog, prin clasa a IX-a de liceu. Se numea *Argeș* și era o revistă literară serioasă, în care își reînviase tot în vremea aceea celebrele *Bilete de papagal* chiar Tudor Arghezi. Graficianul revistei era pictorul Lucian Cioată, despre care nu știam nimic pe-atunci.

— Mult mai târziu, cred că prin 1986, l-am cunoscut foarte bine, în niște împrejurări pe care ți le voi relata mai încolo, i-am spus frumoasei mele femei cu părul arămiu, lung și cârlionțat, în vreme ce ne plimbam cu caiacul printre lotușii Snagovului, la începutul verii.

Ocupându-se de prezentarea artistică a întregii reviste, Lucian Cioată a folosit ca ilustrație pentru povestirea mea, *Tabloul*, o compoziție avangardistă din perioada interbelică a elvețianului Paul Klee, violonist și pictor deopotrivă, cunoscut pentru lucrările sale în guașe și acuarelă, „care avea o soție pianistă, Lilly Stumpf. Așa că trăiau într-o armonie la propriu, asta voiam să zic, de fapt", i-am mai spus frumoasei mele femei. Trecuseră mai bine de zece ani de la apariția textelor mele în revista *Argeș*, dar încă mă urmărea tabloul suprarealist al elvețianului, ce însoțise povestioara mea despre un pictor care era bântuit de teama obsesivă că ușa de la intrare avea să-i sfâșie o lucrare de-abia terminată, precum un balaur. Dacă mă gândesc bine, și astăzi sunt mândru de ideea de a asemui ușa atelierului — ca ultimă redută a apărării proprietății, identității, credinței, inspirației și libertății artistului aflat în pragul celui de-al Doilea Război Mondial — cu un balaur.

Tripticul meu voia să îngemăneze vegetalul, teluricul și solarul, cu mijloace de expresie cât mai simple, într-un desen nesofisticat și în culori pastelate, armonizate. Mentorul meu, profesorul Rugină, îmi pusese la dispoziție toate vopselurile pe care le avea frumos rânduite în dulapul său, în special guașe și acuarele, dar și acrilice, combinate în zemuri cu gălbenuș și un lichid secret, în foarte multe griuri și tușe rapide, spontane, hotărâte.

— Adică, pe undeva, dragul meu, să nu ne *căcăcim* pe noi în tot felul de ezitări metafizice! îmi trântise un îndemn în bine-cunoscutul său limbaj frust, adesea vulgar, deplin colorat. Vrei teluric? Ascultă Beethoven, Wagner! Vrei ceva mai miorlăit, mai mâțâit, mai cârcâit? Du-te la

Jean Baptiste Lully, la Monteverdi sau Pachelbel! Știi cum îi zicea Dali la trebușoara asta? Un pârț de domnișoară! Un fâsâit, așa, pe tăcutelea. Hehehe! a râs el tușind gros, astmatic. Vrei vegetal, vrei solar sau dumnezeiesc? Ehe, pe undeva, dragul meu, trebuie să pui culorile ca și cum ai fi Bach, Mahler, Rahmaninov sau Debussy! Noi nu dăm aici din pensule pe-o pânză a naibii de mare, să ne aflăm în treabă. Noi cântăm la pensule, dacă înțelegi ce vreau să zic. Cântăm la piane, viori și tube, pe undeva, chiar dumnezeiește. Adică, pe undeva, e o simfonie aici, pe pânza asta.

„De-a lungul anilor, tripticul meu devenise un fel de refugiu al echilibrului pe care încercam să-l redobândesc, după multele ezitări, trădări, evadări și neverosimile prostii de-ale tinereții", continuam relatarea mea în vreme ce vâsleam cu padela caiacului printre nuferi și lotuși. „Mă așezam în fotoliul din sufragerie, în fața tabloului, cu speranța că soarele central al compoziției, cu protuberanțele sale roșietice încremenite într-un stop-cadru cinematografic, va retrimite către mine razele nevăzute ale unei energii miraculoase pierdute și resimțite continuu ca o vlagă irosită, ca o stare de nesfârșită mahmureală în urma unor nopți petrecute pe-aiurea în câte-o beție prin casa vreunui poet de la cenaclul Palatului Culturii, pe care o uram încă dinainte de a avea loc, trezit în patul vreunei femei străine cu aceeași întrebare aiuritoare a dimineții: Ce caut eu aici?"

Repetatele mele plecări de-acasă și reveniri aveau aceleași suporturi firave de încredere că totul se va sfârși, miraculos, ca un vis urât. Îmi adunam în saci de plastic cărțile, le urcam în mașină, așezam pe portbagajul de deasupra capotei două-trei rafturi de lemn, pentru a rândui mica mea bibliotecă la un nou domiciliu și plecam, ca într-o hipnoză.

— Când mă întorceam, o făceam dintr-un dor înnebunitor de *acasă*. Și pentru că mă puteam așeza din nou în fotoliul din sufragerie, în fața tripticului meu cu liane verzi, dealuri și un disc solar solitar azvârlindu-și din viscere protuberanțele nimicului nuclear care ardea în flăcări, sferă de energie a unei constelații fără nume.

— Și totuși de ce tot plecai? s-a oprit frumoasa mea femeie din vâslit.

M-am oprit de tot din vâslit și eu. Barca aluneca încet, singură, pe undele lacului, legănată de valurile iscate de o șalupă apărută ca o nălucă, de nicăieri. Am ridicat din umeri și-am început pe neașteptate să vâslesc cu putere, cu înverșunare, ca pe vremea când ni se dădea startul la o cursă de cinci sute de metri și concuram în regatele de vară cu băieți mai mari decât noi, bine antrenați, de prin țările vecine.

Nu aveam mașină pe-atunci. N-am găsit pe nimeni să mă poată ajuta să duc acasă tabloul cel lung de aproape trei metri. Așa că m-am hotărât să fac drumul de trei kilometri pe jos, străbătând străduțele întortocheate din spatele liceului de artă, trecând cu tripticul în cârcă prin Parcul Victoria și pe lângă maidanul pe care jucau fotbal, după-amiaza, bărbații cartierului învecinat cu bătrâna rafinărie Astra.

— Ia uite-l și pe-ăsta cu deltaplanul în spate! îi auzeam pe fotbaliștii de pe teren, luându-mă peste picior.

„N-aveam eu grija lor, mi-era doar să nu mă ia vântul pe sus!", i-am spus râzând frumoasei mele cu părul arămiu și cârlionțat.

De îndată ce am instalat tripticul în sufragerie, i-am chemat pe cei mici și le-am spus: „Iată, de-acum avem soarele nostru, pădurea noastră, dealurile noastre. Să aveți grijă de ele, ca de ochii din cap. Niciodată, nimeni să nu pună mâna pe ele!" Am sărbătorit evenimentul cu ciocolată de casă și suc din sirop de căpșuni făcut cu autosifonul.

— Ce înseamnă autosifon? m-a întrebat zâmbind inocent frumoasa mea femeie.

— Un bidon de aluminiu, care avea în loc de dop un cap de sifon ce putea fi demontat prin deșurubare. Funcționa cu niște cartușe de acid carbonic. Chiar n-ai văzut niciodată așa ceva? Bun, trebuie să-ți desenez. E mai greu să-ți explic.

Palatul Nifon Mitropolitul se afla chiar pe colț, venind dinspre Cercul Militar pe Calea Victoriei și cotind către strada Doamnei. Acolo, la mansardă, își aveau atelierele mai bine de douăzeci de artiști, pictori, graficieni și sculptori.

Pictorul Lucian Cioată invitase de ziua lui mai mulți prieteni, unii dobândiți în urma unei jurizări itinerante a Festivalului Național „Cântarea României", cu care cutreieraserăm aproape o jumătate de țară. Când am sunat la ușă, tocmai se auzea vocea de tenor a pictorului Ion Sălișteanu, care încerca — și reușea — să-l imite pe vestitul cântăreț interbelic Cristian Vasile, strângându-și nasul cu degetele mâinii drepte. Erau versuri din *Zaraza*, iar mai apoi din *Iubesc femeia*.

De îndată ce s-a deschis ușa, i-am înmânat micul nostru dar: o pungă de plastic, plină cu apă, în care înotau patru peștișori guppy și xipho.

— Doamne, ce-mi faceți? Să renunți la un acvariu e mai greu decât să te lași de fumat. Abia am scăpat de pești, de-aia îi și pictez continuu. Mai ales morți. Intrați! Vă mulțumesc frumos. Un dar cu-adevărat neașteptat!

Avea o colecție impresionantă de gramofoane, toate funcționale. În plus, mai peste tot atârnau pâlnii ale unora care nu mai aveau cutiile pentru discuri. Așa că, după primele pahare de votcă, aproape toți invitații luaseră câte o pâlnie și suflau în ele ca în niște tube sau bombardoane, emițând versuri cântate spart, metalic, într-o dezordine și hărmălaie greu de descris.

De-mi place-o brună cu ochi de jăratic, / În focul căreia inima-mi topesc, / Apare-o blondă c-un surâs sălbatic / Și nu mai știu pe care s-o iubesc. / Iubesc femeia de dor nebună, / Femeia brună cu ochi de foc, / Dar și pe-aceea cu ochi verzi ca marea; / Îmbrățișarea ei mă-mbată pe loc!

Femeile râdeau cu voci stridente, după fiecare propoziție rostită de maestrul Sălișteanu. Bărbații se întreceau în bancuri porcoase, cu nebuni, cu pitici, cu ardeleni, moldoveni, olteni sau glume politice.

Spre seară se stinseseră luminile și muzica gramofonului crea atmosfera tocmai potrivită pentru dansurile lascive, între care tangoul lent părea a fi cel mai nimerit unui final de petrecere, mult după miezul nopții.

Am revenit peste o lună în atelierul pictorului din strada Doamnei.

— Uite ce mi-ați făcut! ne-a condus el de-a dreptul în salon.

Lângă fereastră, pe un suport din metal, se afla un acvariu de aproape doi metri lungime și un metru înălțime, plin de pești exotici, de alge, scoici și melci cu cochilii uriașe și bizare.

— Nu mai e cale de întoarcere. Voi trăi iar ca o amfibie! Bem o votcă?

În atelier stătea cocoțată pe un scaun înalt și fuma o femeie de vreo treizeci de ani, cu breton și părul tuns scurt.

— Pot să-i fac niște fotografii? l-am întrebat pe pictor, fără să ezit în a prinde ocazia ivită din senin.

— Întreab-o!

— Iertați-mă, m-am adresat femeii cu vocea mea timidă, introductivă, obișnuită pentru asemenea situații. Sunt artist fotograf. Aș putea să vă fac câteva studii de lumină?

— Adică? mi-a suflat ea direct în față câteva cerculețe perfecte de fum.

— Adică nud. Nu complet, adică studii de tors, de părți ale corpului, studii de expresie.

— Bineînțeles.

A coborât de pe scaun și și-a tras dintr-o singură mișcare, peste cap, tricoul.

„Atât de repede se dezbrăcau?", m-a iscodit femeia mea cea frumoasă, cu părul arămiu, lung și cârlionțat. „Într-o fracțiune de secundă. Da. Și, oricum, femeia era plătită de prietenul meu artist pentru a-i poza", am înclinat capul afirmativ de câteva ori, clătinând ușor barca, în abia perceptibile unduiri ale apei. „Nici azi nu înțeleg totuși cum de acceptau atât de repede pe vremea aia femeile — mai toate necunoscute — să-mi pozeze nud. Fără să ceară bani vreodată."

Am aflat că o cheamă Anne-Marie, în stația de autobuz de lângă Poștă. Purta o pălărioară cochetă și avea o mutriță serioasă, de studentă sârguincioasă. Chiar era, după cum mi-a spus mai târziu. I-am arătat legitimația mea de membru AAF și a acceptat pe loc năstrușnica idee de a-mi poza — ce-i drept, foarte decent — în pădurea de la Slănic, aflată fix deasupra salinei, unde altminteri accesul era interzis, cel puțin formal. *Atenție! Pericol de prăbușire în subteran!* suna avertismentul. Dar cine îl lua în seamă? Era un crâng pitoresc, venea multă lume acolo, mai ales cupluri de tineri căsătoriți, să-și facă fotografii cu aer romantic.

Aveam deja mașină și-mi legasem uriașul meu triptic pe portbagajul de deasupra capotei, strâns ancorat de barele sale metalice, pentru a-l folosi ca element de decor. Am înfășurat femeia într-o pânză lungă, albă și am rugat-o să țină tabloul în spate, ca și cum ar avea niște aripi. A făcut ceea ce i-am cerut și, chiar în clipa în care mă pregăteam să declanșez, s-a auzit un uruit surd pe sub pământ.

Stejarul multisecular în preajma rădăcinilor căruia se afla femeia s-a prăbușit cu tot cu ea în subteran, ca atras de o forță magnetică. S-a căscat în urma căderii o gaură cu diametrul de șapte-opt metri. M-am apropiat cu băgare de seamă și am privit în jos. Din fericire, copacul se oprise destul de aproape de suprafață, în colțurile unor stânci de sare. Pânza cea lungă și albă se răsucise ca o frânghie, iar Anne-Marie se legăna încet deasupra hăului de aproape o sută de metri, ținând în spate tabloul meu, care chiar îi dădea aspectul unei făpturi angelice cu aripi.

În salină luminile erau aprinse, pentru că acolo tocmai se desfășura un concert al filarmonicii, iar spectatorii, cei mai mulți cu afecțiuni respiratorii, veniți pentru tratamentul zilnic cu aerosoli, ascultau vrăjiți Concertul numărul 3 pentru pian și orchestră, de Rahmaninov, interpretat de o elevă eminentă a liceului de artă.

În clipa în care tavanul salinei s-a deschis și trunchiul stejarului, prăvălindu-se, a adus-o printre rădăcinile sale pe femeia care zâmbea din leagănul ei alb cu aripi de liane, dealuri și o sferă de foc, au izbucnit cu toții, ca la un semn, în aplauze și ovații.

Cosind prin cenușă și diamant

Pe măsură ce avansam prudenți printre dealuri, fânețe și pășuni pustii spre inamic, având misiunea de a aduna informații despre mișcările de trupe ale acestuia și despre eventuale cuiburi de mitralieră, tunuri, tancuri sau TAB-uri camuflate cu crengi rupte din lăstărișul de la liziera de aluni, fagi și stejari, am simțit un miros puternic de flori de câmp și de fân proaspăt cosit și i-am spus camaradului meu:

— Hai să ne așezăm să mâncăm. Oricum e o mare tâmpenie toată treaba. E doar un exercițiu de instrucție, o aplicație. O joacă stupidă de-a războiul.

— Avem de îndeplinit o misiune, nu să mâncăm salam cu chifle, m-a dojenit acesta, cu glas potolit.

Era un băiat de treabă de la țară, pădurar, de-abia ieșit de pe băncile Facultății de Silvicultură și Exploatări Forestiere din Brașov. Foarte cumpătat, foarte ordonat, săritor și generos, un om dintr-o bucată, cum se spune.

Sfârșitul lui octombrie 1975 mă găsise ca proaspăt infanterist al Școlii de ofițeri în rezervă din București, dimpreună cu câtiva colegi și prieteni de-ai mei din facultate și cu o mulțime de tineri actori și regizori, pictori, sculptori și graficieni.

Ajungând în apropierea pădurii, m-am oprit, am tras adânc aer în piept și m-am lungit pe spate în iarbă, închizând ochii, cu soarele blând al dimineții deasupra capului și o boare ușoară tremurând printre firele mici de iarbă, de-abia cosite de o ceată de oameni care își vedeau de lucru undeva în vale, departe, spre râu. Sporovăielile și râsetele lor se auzeau până la noi fără vreun înțeles, repetându-se în ecou numai vocalele cuvintelor.

— Uită-te bine, prietene, i-am zis camaradului meu, pădurarul, fără să deschid ochii. Tot ce se-ntâmplă aici cu noi e doar o joacă stupidă a oamenilor mari.

M-am ridicat într-un cot, ronțăind alene firul dulceag al unui pai verde dintre cele căzute în urma coasei.

— Acum vreo șapte ani, eram prin clasa a unsprezecea și am făcut un film de scurtmetraj pe tema asta. Despre absurditatea războiului adică. N-a ieșit rău deloc. Știi cum i-am zis? m-am răsucit spre colegul meu, care se așezase și el lângă mine și își mânca liniștit gustarea din raniță. *Când oamenii se joacă*, așa i-am dat numele.

— Se joacă de-a ce?

— De-a viața și de-a moartea. Cu gândul și nădejdea că moartea la război era, fără îndoială, acea chestie oribilă și înfricoșătoare care li se întâmpla doar altora, întotdeauna.

Mi-am mâncat și eu liniștit sandviciul cu salam, margarină și un strat subțire de muștar și-apoi m-am întins din nou în iarbă, pe burtă, mijind ochii. Știam din copilărie că, dacă fac așa, voi vedea mișcările gâzelor de tot felul, fluturi, gândăcei, buburuze și furnici ca într-un film dintr-o lume cu uriași și pitici, din isprăvile lui Gulliver.

Am auzit un foșnet ca de pași. Aha, o fi chiar Gulliver, m-am gândit zâmbind și am închis ochii, cerșind bunăvoinței divine câteva clipe de somn, cu cerul albastru și curat deasupra noastră. Pașii se auzeau din ce în ce mai bine, înfundându-se surd în fânul cosit. Am ridicat privirea și am zărit silueta înaltă și firavă unui bărbat care se oprise cu picioarele crăcănate și își îndreptase pistolul mitralieră către mine.

Am sărit ca ars în picioare. În numai câteva clipe însă, încărcătorul acelui Kalașnikov de fabricație autohtonă și-a scuipat către mine, cu flăcări și zgomot asurzitor, toate cele 30 de cartușe. Am făcut câteva zigzaguri în aer, în *slow-motion,* ca într-un film de Andrej Wajda văzut în adolescență la cineclubul timișorean, și m-am prăbușit fără suflare în iarbă, stârnind dansul lent al firelor de iarbă tăiate de cosași și pulberea fină a pământului mărunțit de dedesubtul acestora, semănând atât de bine cu colbul mătăsos din podul copilăriei, la Timișoara, în care ne înfundam tălpile goale, râzând, eu și Beatrice. Mi s-a părut chiar că o aud mai apoi, recitând cu lacrimi în ochi, ca într-o visare, versurile poetului Cyprian Norwid: *Cenușă doar, pierdută în neant, / îți va fi urma sau va mai rămâne / să ardă-n spuză viu un diamant, / stea vestitoare-a zorilor de mâine?*

Erau doar cartușe de manevră, așa că m-am ridicat sprinten, râzând, și i-am făcut semn cu ochiul colegului cel nemilos din echipa inamică, apărut pe nesimțite din desișul pădurii, împreună cu tot plutonul nostru, condus de locotenentul Șuteu.

— Permiteți să raportez, am spus amândoi în același timp, de parcă ne-am fi înțeles dinainte, ducând mâna dreaptă la bonetă, regulamentar.

— Nu vă permit nimic! ne-a oprit autoritar locotenentul, de altminteri un om bun, pâinea lui Dumnezeu.

Eu am primit pedeapsa să-mi demontez și să-mi remontez de douăzeci de ori pistolul mitralieră. Colegul meu a trebuit să facă același lucru cu aruncătorul de grenade AG-7 și să-l care el la instrucție timp de o săptămână în locul meu, care eram *agheist*.

Arma aceasta năprasnică, semănând atât de mult cu un fagot, putea să despice fulgerător șenilele unui tanc lăsându-l imobilizat ca o jucărie, în plină luptă. Cântărea aproape zece kilograme. Nefericitul meu camarad era negru de supărare. Ce-i drept, cam sărise peste cal mitralindu-mă, fie și cu cartușe de manevră. Pe de altă parte, îmi purta o acerbă și nemărturisită invidie din civilie, pentru succesul pe care îl aveam cu formația mea de muzică folk din liceul pedagogic ploieștean, unde amândoi eram profesori de muzică instrumentală, în timp ce el își chinuia la clasă elevele cu studiul gamelor și arpegiilor la acordeon și le lăsa corijente și chiar repetente pe unele dintre cele care nu izbuteau în ruptul capului să cânte pe claviatura mai mică a instrumentului cu burduf studii pianistice pentru dobândirea virtuozității compuse de Charles-Louis Hanon și Carl Czerny.

Trenul nostru de război călătorise doar noaptea, cu viteză mică, neauzit, fantomatic, oprind în halte sau în triaje ale unor gări complet necunoscute. Vehicul al unor manevre militare internaționale ale blocului de est, de proporții impresionante, care pe timpurile acelea se desfășurau în desăvârșit secret, trenul respecta cu strictețe scenariul unui război real. Un șir lung de vagoane de marfă, cisterne și platforme transporta sub prelate de camuflaj cele mai sofisticate mașinării de război ale vremii, multă muniție reală și de manevră, o bucătărie de campanie și un spital militar cu toate dotările necesare.

Vagoanele ce transportau soldații și ofițerii erau și ele bine camuflate, arar se zărea câte-un licăr de lumină prin fereastra vreunui vagon. Se vorbea puțin și doar în șoaptă. Chiar și ordinele erau rostite de către ofițerii superiori pe șoptitelea, într-un soi de neverosimilă răstire sugrumată, reprimată, răgușită, în urma căreia aceștia căpătau sub cozoroacele chipiurilor fețe grotești, cu chipurile înroșite de efort și sufocare și-o transpirație abundentă ce se prelingea în fuioare subțiri, șerpuitoare și mici cascade strălucitoare peste ridurile frunților și obrajilor, în lumina palidă a câte unei lanterne sau a lunii pline din cerul nopții, care răzbătea în răstimpuri printre storurile pe-alocuri sparte ale camuflajului de război.

Unii dintre noi adormiseră pe jos, peste geamantane sau cufere, alții, printre care mă număram și eu, prinseserăm locuri în plasele montate spre plafon, pentru bagaje, unde reușiserăm să adormim ca și cum ne-am fi aflat în niște hamacuri. Destinația era și ea secretă, dar cum tainele nu aveau printre soldați o viață prea lungă, s-a răspândit cu iuțeală zvonul că vom ajunge în poligonul militar din dealurile Cincului, unde aveau să se întâlnească generalii și mai-marii Tratatului de la Varșovia. Prezența miniștrilor de război și a generalilor de armată sovietici părea a constitui argumentul cel mai convingător al impresionantei desfășurări de forțe a unității noastre de elită pentru a face față unui posibil atac terestru și aerian, chimic sau chiar nuclear al trupelor NATO.

Luna februarie se dovedise a fi cumplit de geroasă, iar marșurile nocturne de zeci de kilometri prin păduri au făcut încă din prima misiune victime printre cei mai plăpânzi dintre noi. Cădeau ca secerați din picioare, frânți de nesomn, înghețați de gerul de minus douăzeci de grade. Erau preluați de îndată de către brancardieri, pe tărgi, și urcați într-un autobuz special care venea cu viteză mică în urma noastră.

Atunci, pentru prima oară, m-am dus cu gândul la tatăl meu și la nenea Matei, fratele său, care luptaseră pe frontul de răsărit în vremea războiului și care povesteau despre asemenea marșuri. Călcând împleticit în zăpada care-mi scârțâia sub bocanci, amețit de oboseală și de frig și repetând în gând un crâmpei din recitativul Mariei Magdalena *Kommt, eilet und laufet* din *Oratoriul de Paști,* de Bach (*O kalter Männer Sinn! / Wo ist die Liebe hin, / Die ihr dem Heiland schuldig seid?*), am ațipit de mai multe ori, fiind ajutat să-mi revin de către bunii mei colegi de facultate Ilie Vorvoreanu și Dan Zaharia. La rândul meu, mi-am sprijinit camarazii care dădeau semne că vor cădea în timpul mersului, adormind. Era ca într-un vis urât din care nu reușeam să ne trezim niciunul dintre noi.

Vara trecută stăteam pe un scaun în mijlocul curții neamurilor noastre de la Sinești și netezeam paginile jurnalului de război scris de nenea Matei, mângâindu-le cu un fel de stânjeneală amestecată cu duioșie și uimire. File îngălbenite de vreme, scofâlcite de aburii ploilor mărunte de toamnă și de căldura din pod, încins ca plita unui cuptor sub tabla acoperișului la vremea zilelor și nopților toride de iulie, dintr-un îndepărtat sat al vacanțelor mele de vară din copilărie.

Era ca și cum aș fi ținut în mână uluitoarea Piatră Rosetta din British Museum, la Londra, sau un manuscris cu partituri muzicale copiate în caligrafie fină de Giovanni Battista, tatăl lui Antonio Vivaldi, adus mie și frumoasei mele femei cu părul arămiu, lung și cârlionțat, pentru cercetare, în marea sală de lectură a Bibliotecii Marciana din Veneția, pe-o pernă de mătase, alături de o pereche de mănuși speciale din dantelă pentru răsfoit.

Noaptea era liniștită, scria nenea Matei, unchiul meu, aflat într-o misiune de instalare a unui post de observare pe malul Nistrului. *Rușii nu se așteptau la atac. O boare caldă cu miros plăcut de flori plutea prin aer. Mă uit la ceas. E ora 1 noaptea. Mă gândesc la nopțile plăcute și liniștite de acasă, cu lună plină, când dormeam afară, pe prispa casei, în cântece de păsărele și în țârâitul lăcustelor de prin iarbă. Ce viață era atunci! Câte secole au trecut de atunci! Mă gândesc la nevastă-mea, dacă doarme sau se gândește la mine. Ce viață nenorocită! Abia suntem la începutul războiului și nimeni nu știe când se va termina. Spre dimineață s-a pornit însă infernul. O luptă cu atacuri furibunde din ambele părți, cu mulți morți, răniți și prizonieri.*

— Ți-a scăpat atunci pentru o clipă un zâmbet amar, doar din strălucirea privirii, mi-a povestit mai spre toamnă frumoasa mea femeie.

— Da, i-am spus. Putea fi așa, un zâmbet amar. Pentru că toate întâmplările mele de armată, cu bunele și relele lor, păreau a fi doar niște biete anecdote sau caricaturi, pe lângă oroarea celor ce aveam să citesc, mai târziu, în acel jurnal de război.

Am închis caietul cu mișcări încete și mi-am așezat ambele palme peste coperta lui, într-un gest care redesena, recompunea, așeza și dăruia cu blândețe memoriei mele liniștea din vremea murmurului rugăciunii de binecuvântare a bucatelor, rostită foarte demult de nenea

Matei, pe-atunci capul familiei, la o masă mică, joasă și rotundă de lemn, pe tăblia căreia bunica Ioana răsturnase din ceaun o mămăligă mare și aburindă, lângă strachina cu brânză de oaie, slănina afumată tăiată în felii subțiri și ceapa verde, și caligrafiase prin aer semnul sfintei cruci, cu trei degete lungi și fine ale mâinii sale drepte adunate ca și cum ar fi ținut în ele o pensulă de pictat.

— Și nu vă mint, domnule Andrej, m-am adresat regizorului polonez care se odihnea lungit cu fața în sus și ochii închiși în iarba parcului de odinioară al casei noastre Secession. În spotul de lumină, care proiectase prin semiîntunericul din odaia cu corlon un cerc strălucitor chiar în centrul mesei cele rotunde, fix în mijlocul mămăligii, am zărit icoana Maicii Domnului cu pruncul Iisus în brațe.

Coupe-papier

Am simțit ca prin vis că mă scutura ușor cineva de umăr și m-am trezit, frecându-mă la ochi cu dosul palmelor, plescăind din buze a sete.

— Hai! a șoptit tatăl meu. Trezește-te! Mergem la depou.

— Cât e ceasul?

— Trei.

În bucătărie ne aștepta zâmbind Beatrice. Ședea tăcută, cu un aer de școlăriță cuminte pe lada pe care dormise și clipea arar. Era chiar lada de zestre a mamei, în care își adusese de la Moigrad, după nuntă, puținele lucruri și haine, găsindu-și cu greu mai apoi o slujbă la Fabrica de lână ILSA din Timișoara, în vreme de război. Duna din fulgi de gâscă și pernele erau rânduite cu grijă peste salteaua cazonă din vatelină, acoperită cu un cearșaf alb cu dantelă, scrobit, și cu velința de lână în culori maronii, verzi, vișinii și galbene de la Sinești, țesută de mătușa Loala și de bunica Ioana în motive rombice închipuind cerbi, căprioare și crengi de brad.

Beatrice rămăsese peste noapte la noi pentru că voia și ea să vină în marea noastră aventură nocturnă cu tramvaiul cel vechi de prin anii 1920, al cărui motor electric defect tocmai fusese rebobinat de tatăl meu și ucenicul său Marcel. Ne-am băut fără nicio vorbă ceaiul din flori de tei și ne-am mâncat feliile de pâine neagră cu marmeladă. La fel de tăcută, mama trebăluia pe lângă noi, ducând cu fărașul jar din vatra cuptorului de gătit al bucătăriei în godinurile dormitoarelor, pentru pornirea focului, ca în fiecare dimineață.

La radioul nostru Telefunken se auzea o muzică blândă de estradă cântată de orchestra Mantovani. Ochiul magic al radioului, intens verzui, lumina în întuneric prin ușa dormitorului, ca o bucată de fosfor din trunchiurile copacilor doborâți de fulgere prin pădurile Semenicului, în nopțile de vară.

Acum se apropia Crăciunul, iar elevii intraseră în vacanța de iarnă. Ca în fiecare an, de ceva vreme, zăpada se așternuse în troiene mari și se circula greu prin oraș. Ne aflam la începutul anilor 1960, iar aerul era rece, tăios, în ciuda cerului cu desăvârșire albastru din timpul zilei și a soarelui cu dinți, cum îi spunea mama. Noi, copiii, ne bucuram însă de zăpada din curtea casei noastre Secession, ce ajunsese până la etaj. Ne făcuserăm un derdeluș destul de mare lângă bătrânul nuc din fața familiei Suciu și ne dădeam cu săniile de dimineața până seara.

Pe la ora patru dimineața tramvaiul a ieșit domol din depou cu farurile aprinse. Era destul de frig chiar și în cabina de vatman în care tatăl meu răsucea lent manivela de viteze din treaptă în treaptă și scruta atent bezna care se deschidea dincolo de conul de lumină ce desena umbre neregulate prin zăpada de curând împinsă de un tramvai special, cu plug pentru deszăpezire. Ceața era însă într-atât de deasă încât nici măcar clădirile înșirate de-o parte și de alta a străzilor nu se zăreau.

Tramvaiul înainta ca o nălucă, ușor. Eu și Beatrice stăteam îmbrățișați, ținându-ne de cald unul altuia. O simțeam dârdâind din când în când, semăna cumva cu vibrația torsului de pisică.

— Torci sau dârdâi? am încercat să râd, clănțănind și eu din dinți.

— Torc, torc, a murmurat ea, cuibărindu-se mai bine sub paltonul meu.

— Mie nu mi-e frig deloc, m-am lăudat încercând o vitejie prostească.

În realitate, simțeam cum îmi degeră cu încetul degetele picioarelor în ghete.

— Ia să vă văd că țopăiți! ne-a zis tatăl meu. Hai, să nu-mi înghețați pe-aici, după ce că v-am luat cu mine ilegal.

Sistemul de încălzire electric și-a făcut treaba în următorul sfert de oră. Așa că, de-acum, puteam privi în voie prin micile ochiuri făcute de noi suflând aer cald peste gheața înflorită pe geamurile vagonului. Puteam chiar să scriem pe geam cu trei degete, dintr-o singură mișcare, RPR, adică inițialele Republicii Populare Române, un truc învățat de la unchiul Florian, vatman și el pe-atunci.

Trecuserăm de Piața Traian și ne îndreptam către Primăria veche, de unde, schimbând câteva macazuri, aveam să o luăm către Mehala și Ronaț, două cartiere îndepărtate pe care nu le cunoșteam chiar deloc, mai ales că nu se bucurau de o faimă bună, deși Mehala avea o istorie onestă.

În Ronaț însă trăia pleava societății, oamenii de nimic, *csibeszarik*, adică cibezării, huliganii, golanii, haimanalele, derbedeii, hoinarii, hoții și cerșetorii. Aici bandele de vampiri, strigoii din cimitire și partizanii lui *Tito-trădătorul*, veniți de peste Dunăre, din Iugoslavia, puneau la cale răpirea copiilor și fetelor tinere, pentru a le suge sângele sau pentru a le fura sufletele și mințile. Cel puțin așa se zvonea. Cine-ar fi avut curajul vreodată să ajungă pe-acolo?

— Sunt numai niște prostii, ne-a asigurat tatăl meu în vreme ce, prin ceață, distingeam din când în când căsuțele și bisericile ortodoxe de la periferia orașului. Am prieteni buni în Mehala și Ronaț, în Freidorf și Fratelia. Sunt oameni foarte de treabă. Nu mai băgați în seamă toate prostiile astea cu vampiri și strigoi. Un prostălău aruncă o piatră în lac și zece înțelepți nu pot să o scoată. Da?

Frâna manuală a scrâșnit pe neașteptate, cu un țiuit puternic. Era un pui de pisică în zăpadă, cu blana complet neagră, printre șine. Tatăl meu a coborât și l-a vârât în bască.

— Ia uitați-vă aici, un cibezăr de-adevăratelea! a râs el. Un pui de drac, hm? i l-a întins fetei. Bagă-l sub palton, că e rupt de frig.

— Mă tot duci cu preșul de trei zile. Arată-mi ceasul, mi-a spus Beatrice fără veste, mângâind ușor, fără încetare, puiul cel negru de pisică din bască.

Am privit-o câteva clipe cu neîncredere, apoi am scos ceasul din buzunarul de la pantaloni.

— Uite-l! i l-am arătat, deschizându-i capacul printr-o simplă apăsare a remontoarului. Cred că are vreo sută de ani. Are incrustat pe capacul din față un balon cu aer cald, un dirijabil colorat în email albastru, iar pe spate, în basorelief, o scenă de vânătoare. E din argint, în întregime, cu carcasa poansonată, așa se spune, e făcut prin presare, pricepi? Mi l-a dat colegul meu, Victor Kaip, în schimbul unui briceag automat — dintre cele meșterite de tatăl meu și de Marcel, ucenicul, în atelierul din curtea noastră — cu mici fotografii color din reviste, decupate și lipite sub plăselele transparente. E elvețian, uite ce scrie aici, așa de frumos caligrafiat: *Remontoire Ancre Ligne Droite 15 rubis*. Deci are 15 rubine, așa că e o comoară, înțelegi? Are și o serie, 1798-35, K&J, deci e autentic.

— Și dacă-i o comoară, de ce-l vinzi? a ridicat ea din sprâncene.

— Pentru că am văzut ceva și mai și în piața de vechituri, duminica trecută. Și domnul care avea obiectul respectiv mi-a promis că mi-l ține până azi, doar să-i aduc șaptezeci de lei sau să-i dau ceva la schimb. Călătoria asta cu tramvaiul o facem pentru a ajunge la talcioc. Acum cred că are sens totul, da?

Puiul de pisică s-a răsucit pe spate, torcând ușor și tresărind din când în când.

— Și ce anume e acel obiect misterios?

— Un coupe-papier.

— Aha, a îngăimat ea și a suflat cu buzele larg deschise aer cald, din cerul gurii, peste florile de gheață de pe geam, făcând să răsară un cerc de limpezime spre exterior prin care am zărit câțiva oameni care țopăiau prin zăpada înghețată și ne făceau semne prietenoase cu mâinile înmănușate.

Erau femei și bărbați care așteptau în stație cel dintâi tramvai al dimineții, ce avea să-i ducă la muncă. Și nu păreau a fi, într-adevăr, vampiri, strigoi sau partizani.

— E un cuțitaș din sidef cu mâner de argint, cu care se deschid plicurile, i-am explicat.

— Știu ce e un coupe-papier, mi-a spus Beatrice. Are și domnul Lichting unul. L-am văzut într-o zi prin ușa de la sufragerie de la etaj cum deschidea o scrisoare cu un asemenea cuțitaș. S-a ridicat de la birou, a venit spre mine și l-a ridicat deasupra capului, arătându-mi-l. *Este un coupe-papier, drăguță*, mi-a zis. *Deschidem scrisori și telegrame cu el, când le primim închise.*

La întoarcere, am trecut dincolo de Piața Traian, pe lângă Prințul Turcesc și Biserica Sfântul Ilie, peste Bega, către Spitalul Victor Babeș, pentru a ajunge la stația finală de lângă stadionul Progresul.

Copacii pădurii, care defilau acum în dreapta noastră, păreau a se înclina mult din cauza vitezei mărite a tramvaiului, ca și cum s-ar fi aflat în bătaia unui crivăț puternic. Și zăpada spulberată în rafale de grilajul-plug din față, aflat la nivelul șinelor de oțel, dădea un aspect de vifor, în lumina farurilor tramvaiului. Pluteam lin printre copacii pădurii, în mare viteză, ca printr-un lung tunel vegetal, asemănător străvechii linii de tramvai dinspre Sintra portugheză către Palacio de Monserrate.

Am coborât toți trei și, după ce tatăl meu i-a dat în primire tramvaiul unui coleg vatman care de-abia intra în tură, am pornit pe jos către piața de vechituri, aflată la periferia Timișoarei pe un teren viran, între stadion, pădure și strada Lorena.

Beatrice ținea la piept puiul de pisică, în interiorul paltonului. Ne luptam la propriu cu vântul cel tăios și înaintam greu prin ceață și întuneric, orientându-ne doar după lucirile palide ale becurilor de stradă, montate din loc în loc pe stâlpii de lemn ai societății locale de telefonie.

Majoritatea celor sosiți din timp — la fel ca și noi — pentru a prinde locuri cât mai bune pentru vânzare își instalau în zăpadă, pe ziare, pleduri sau prelate, toate obiectele vechi scoase de prin poduri și beciuri și de prin casele abandonate după război: pantofi purtați, rochii, blănuri, mobilă veche, statuete de bronz, farfurii și cești de porțelan, Galéuri, lampadare, patefoane și gramofoane cu discuri din ebonită, radiouri, telefoane, măști de gaze, scule de fier ruginite, biciclete, schiuri, patine și role cu patru rulmenți.

Ceața se împletea cu fumul grătarelor pornite pentru micii de mai târziu. Sacagiii beau ceai cald din căni de aluminiu, așteptând ridicarea ceții și sosirea primilor clienți, odată cu ivirea zorilor. Lumina firavă a dimineții, părând un fel de înserare, a limpezit cu încetul imaginea forfotei celor câteva sute de vânzători, care își păzeau cu străşnicie locul obținut cu greu, de cu noapte.

Tatăl meu și-a așezat și el mica tarabă pe mai multe ziare în zăpadă, lângă niște prieteni, colegi de atelier de la depouri. A deșertat dintr-un geamantan cele câteva transformatoare, dinamuri pentru biciclete, motoare pentru ventilatoare și mici pompe de apă. A așezat apoi cu grijă, într-o ordine perfectă, două duzini de bricege și cuțite cu mânere din plexiglas și s-a așezat pe un scăunel, în așteptare.

L-am găsit destul de repede pe domnul cu coupe-papierul.

— Ei, mi-ai adus bani sau marfă? m-a întâmpinat el surâzând cu un aer de afacerist versat.

— Marfă, i-am întins ceasul. Elvețian, complet de argint, 14 rubine, am adăugat, cu un pic de emoție în glas.

— Hm! a făcut domnul. Altceva?

Beatrice și-a descheiat rapid paltonul și a spus fără să ezite:

— Și un pui de pisică. Ce ziceți?

Domnul s-a pornit să râdă, fără oprire.

— Aveți cumva acasă, din întâmplare, o fetiță? l-a întrebat Beatrice.

— Da, chiar am.

— N-aveți idee ce bucurie îi veți face!

Omul s-a potolit cu-ncetul din râs și mi-a întins mâna.

— Foarte bine. Dă-ncoa' mâța și ceasul și batem palma!

Mi-a înmânat coupe-papierul de sidef care avea drept mâner o statuetă de argint înfățișându-l pe împăratul Napoleon Bonaparte și mi-a spus:

— Să știi că e foarte valoros pentru că a fost chiar al lui Napoleon. S-a scos doar o serie mică de coupe-papieruri imperiale, cărora li s-au adăugat spre sfârșitul anilor 1800 niște ocheane cilindrice minuscule, cu diametrul de numai trei milimetri. Privește prin ochean și te minunează! Sunt patru imagini, în microdiapozitive. Și toate sunt legate de moartea marelui împărat. Hôtel des Invalides, Napoleon ca simplu caporal de Charles Emile Seurre, Arcul de Triumf și Mormântul. Un coupe-papier minunat. Stăpâniți-l sănătoși, tu și prietena ta frumoasă!

— Să știți că nu-i o mâță, a murmurat fata. E o pisică.

— Tot aia-i! a izbucnit în râs omul, înveselit. Toate pisicile-s niște mâțe!

— Nu-i adevărat, a spus ca pentru sine Beatrice, nu toate pisicile sunt niște mâțe, iar eu i-am dat un cot ca să o potolesc, să nu-mi strice afacerea.

În aceeași după-amiază eu și tatăl meu, mânați de o idee inovatoare, dar cu desăvârșire nefericită, am încercat să tăiem cu bomfaierul micul cilindru al coupe-papierului cu cele patru prețioase imagini napoleoniene pentru a-l încastra după aceea în mânerul unui briceag cu buton, nou-nouț, cu plăsele de plexiglas.

Din cauza pânzei încinse de bomfaier, mi-am smucit mâna cu care țineam minusculul ochean, iar acesta a zburat făcând un lung arc de cerc spre suprafața lucioasă a trotuarului înghețat al familiei Nagy.

— Fraiere! am auzit o voce.

Pe neașteptate, o stăncuță, scoțând din gâtlej un foarte limpede *ciac-ciac!,* a aterizat din arțarul cel bătrân de lângă gardul grădiniței de copii, a înhățat cu ciocul, fără să ezite, micul meu ochean și dusă a fost.

— Ai zis ceva? l-am întrebat pe tatăl meu.

— Nu, n-am zis nimic, mi-a răspuns el, abătut.

Îi părea rău și lui de isprava noastră cea nesăbuită.

Mult mai târziu am aflat că, dresate, stăncuțele pot vorbi.

Două surori

Părea emoționat, stânjenit și intimidat. Se uita mai mult în pământ, când îi vorbeam. Arareori își ridica privirile către mine, schițând din colțul gurii un zâmbet șiret și amar deopotrivă, prin deschizătura căruia lăsa să-i iasă în răstimpuri un fum străveziu de țigară. Își purta șapca de stofă cu cozorocul într-o parte, spre stânga, peste ochi. Era tot o strategie de a-mi ocoli privirea. Trăgea adânc aer în piept uneori, ca pentru a-mi spune ceva, dar renunța repede, ducându-și tăcut la gură țigara și trăgând cu sete din ea, stârnind roșul aprins al jarului de tutun. O ținea cu cele trei degete ale mâinii drepte, pe care le folosea și la închinat, după ce binecuvânta bucatele sau înainte de a da pe gât păhărelul de țuică sau de vin, șoptind aproape neauzit un „Doamne-ajută!". Într-un fel, părea că le spală de păcatul fumatului, cu fiecare cruce făcută.

Era nenea Matei, fratele mai mare al tatălui meu. Discreția, muțenia lui contrastau izbitor cu sporovăiala, tirada glumelor, anecdotelor, bancurilor și râsul zgomotos ale unchiului Etor, îmbrăcat în uniforma lui albastră, impecabilă, de ofițer de miliție.

— Să vii să vorbim în casă, mi-a spus după ceva vreme nenea Matei, zvârlind în iarbă mucul de țigară și strivindu-l cu vârful pantofului său scâlciat. Am să-ți arăt niște hârtii.

Apoi ne-am făcut fotografii în fața casei bătrânești, veche de două sute de ani, și a zarzărului înflorit: nenea Matei, cu un pahar de vin roșu în mână, îmbrăcat cu niște pantaloni largi și un sacou pe dedesubtul căruia purta o cămașă albă, ținând-o pe după mijloc pe Florica, soția sa. Mătușa Loala cu soțul ei, având și-acesta paharul de vin în mână. Polina, verișoara mea, fata lui nenea Matei. Etor, unchiul milițian, ridicând carafa cea mare din sticlă cu cioc, plină cu vin. Eu, cu pantaloni foarte largi, dungați și curea lată cu ținte, cum erau la modă prin anii 1970, ținând în mână, stângaci, un pahar de vin, asemănător cu cel din mâna lui nenea Matei. Masa rotundă de lemn, joasă, și scăunele din iarbă, acoperite cu piei de miel. Deasupra celor trei trepte de lemn, în odaia cu corlon, tanti Tia, soția unchiului Etor, stând cu spatele, aplecată deasupra damigenei de vin învelite în nuiele de răchită. Lângă vatră, un raft cu oale și strachini. Pe peretele alb de-afară, văruit în fiecare primăvară, o răzătoare mare de roșii. Pe stâlpul casei, într-un cui, o pălărie neagră de fetru. Patru zăbrele albe, de fier, la fereastra odăii de dormit. La capătul pridvorului, butoiul cel mare pentru borhotul din zarzăre și prune.

Un aer răcoros cu miros dulceag de lavandă, mălai, flori de tei și lână se simțea în toată casa lui nenea Matei. M-a invitat să mă așez pe o laviță.

— Și taică-tău, Florian, cie măi facie? Cum măi ieste? Ne-a uitat de tot, n-a mai venit pe-acilea, pe-acasă. Hm?

— E bine, muncă multă, pe la ateliere, la tramvaie. A zis să vă transmit multă sănătate.

— Și mă-ta, Florica, și surorile tele și frati-tu, hm? Și iel ne-a uitat, deh. Aci a copilărit, știi, când ieu și cu tac-tu iream la război și mă-ta, Florica, la fabrică la Timișoara, cu surorile tele, că iereau și ele mici. Iară iel, frati-tu, ierea micuț, cu părul creț și galbin, frumos ca o fată. Să juca toată zâulica cu cățaua noastră, o dresasă, de-i dădea noroc cu laba, a râs el ușor. Toți îl iubeam. Ierea ca și copilul nostru, pe-acilea.

— Știu, mereu îmi povestește.

— Bine. Uite de ce te-am chemat, că n-am ieu de cie să vorbesc cu ăia de-afară, că ei nu înțeleg absolut nimic, fiindcă sunt niște țărani proști, fără carte. Am auzit că tu iești scriitor, ai făcut și filme. Să știi că și ieu scriu. O să-ți arăt niște caiete. Doar că ieu scriu din viață, nu din vise, nu din închipuiri. Pricepi? Am fost primar pe-aci, am avut acces la arhive, la documente. Așa că am scris o istorie a neamului mieu. Hm? Ce zici?

Scosese dintr-un pachet mototolit o țigară pe care o răsucea cu încetineală, fără să o aprindă.

— Pentru că nu se cuvine, domnule, să fumezi în odaie, aci, de față cu icoana Maicii Domnului și-a Pruncului Sfânt. Nici la război nu fumam când citeam din cărticica asta de rugăciuni, pe care-o avem de la bunicul meu.

M-a privit țintă în ochi și după câteva clipe a adăugat:

— Iar acum scriu din memoria mea cum a fost pe front. Un jurnal de război. Și n-ai idee cât de limpede văd totul în mintea mea. Aud vorbele de-atunci din jurul meu, artileria, tancurile, avioanele, păsările prin păduri, camarazii mei răniți, dar și răniții inamicului, care se vaită și gem prin ploi, zăpezi, noroaie, coloanele cu refugiați de peste Prut și Nistru, prizonierii ruși și tot felul de tânguiri și bocete care nu mă lasă să dorm. Tot războiul ăsta a fost o nelegiuire, o minciună, un blestem. Și ieu am scăpat cu viață, dar trebuie să scriu despre toate astea. Pentru că nu măi am liniște. Și pentru ca să nu se uite. Pricepi?

Am privit cu uimire raftul de cărți de lângă lavoarul Louis Philippe cu oglindă ovală înrămată, sertar, lighean și cofer de porțelan înflorat.

— Hehe, lavoarul ăsta e din lemn de nuc, cu blat din marmură de Carrara. Are mai bine de-o sută de ani și e moștenit de la bunicul Voicu, care îl avea la rândul lui de la străbunul Dumitru Gavrilă, haiducul, care a luptat ca mercenar la ruși în 1812 și l-a cunoscut pe Alexandru Ipsilante, șeful Eteriei grecești, pe când acesta erea prieten, cred ieu, cu Tudor din Vladimirii Gorjului. Biblioteca și dulapul sunt tot Louis Philippe. Când vei avea timp, să citești biografia asta a neamului nostru, întocmită de mine după acte din arhivele Sineștiului, să vezi și tu din ce oameni de ispravă ne tragem, dar și cât de rău am decăzut.

— Dar cărțile? am murmurat eu, încă uluit de ceea ce vedeam.

— Și cărțile, tot moștenite! Uite-aici una foarte frumoasă, scoasă la Flammarion, pe la 1831: *Les feuilles d'automne*, de Victor Hugo. În coperți de piele. Ei? Sau asta: Henrik Ibsen, *Lettres a ses amis*, tradusă de Martine Remusat, în 1906, la Paris. Bunicul Voicu vorbea franceza foarte bine. De la el am învățat și eu să scriu și să citesc pe franțuzește. Știa poezii întregi de Paul Verlaine, mi le spunea în copilărie la coliba stânii, când focurile de noapte nu se stingeau niciodată și doar lupii se-auzeau urlând departe. Zice: *Rustique beauté / Qu'on a dans les coins, / Tu sens bon les foins, / La chair et l'été. // Tes trente-deux dents / De jeune animal / Ne vont point trop mal / À tes yeux ardents*. Atât îmi amintesc. Hm? Ce zici? a râs el în hohote ușurele, „pentru că așa am învățat la război, că trebuie să râzi pe șoptitelea, să nu te-audă dușmanul."

— Nimic n-a mai rămas acolo, ai văzut și tu, cu ochii tăi, i-am spus frumoasei mele cu părul lung, arămiu și cârlionțat, scrutând zarea peste platoul Bucegilor dinspre vârful Dichiu și minunându-ne de întinderea nesfârșită a pădurilor care desenau în linii fine și straturi albăstrii, ondulate, valurile înspumate ale unei mări de munți, ieșite parcă din penelul bătrânului nebun după pictură, Hokusai. De parcă nici n-ar fi fost vreodată, am continuat. E doar o iarbă înaltă pe un pământ pe care nu numai că nimeni nu-l mai recunoaște, dar nici nu-l mai vrea. Ne-am lepădat de el, ca de o amintire rea, ca de o suferință, ca de un blestem. S-au stins toate — case, plaiuri, ape, ogoare, ființe dragi — ca o orbire înceată, o cataractă sau corneea tulbure a unui glaucom. Dacă nu s-ar fi păstrat câteva fotografii de demult, dacă n-ar fi rămas caietele lui nenea Matei și scrisorile de război ale tatălui meu și ale mamei mele, aș putea spune că totul nu a fost decât o închipuire. Un mit, o legendă.

— Sunteți bogați și nici nu vă dați seama, mi-a spus femeia mea cea frumoasă, aplecându-se către o colonie de plante minuscule care viețuiau printre stânci, pentru a le fotografia. Eu nici măcar atât nu am. Sunt singură cu amintirile mele puține, stând de vorbă cu Cheluță, clovnul meu păpușă, pe-o punte lungă de lemn făcută de bunicul meu peste valea largă a pârâului ce leagă satul de casa noastră din deal, de la capătul lumii. Un pod continuu mișcător, care pulsează ritmic în balansul lent al unui leagăn de somn din copilărie pe care încerc să-l recompun în memorie și nu izbutesc.

După ce rușii au fost scoși de pe poziții, noi am mai stat o zi cantonați în satele din împrejurimile Goltei, am citit înfrigurat, mai departe, întregul episod al atacului armatei române din 17 iunie 1941 asupra fortificațiilor rusești de peste fluviul Nistru, descris de nenea Matei în jurnalul său de război. *Între Golta și cătunul unde se afla cantonat grupul de comandă se afla o fostă școală de agricultură sau așa ceva, la circa trei kilometri depărtare de pozițiile rusești și ocupată de nemți cu trei zile înainte de sosirea noastră în acest sector, după care ei s-au mutat în alte sectoare. Împinși de curiozitate, eu și caporalul Marin Ivănoaia, de fel din comuna Dienei, județul Olt, ne-am dus acolo să vedem ce este. Când ne-am apropiat cam la vreo sută de metri, ne-a izbit un miros foarte greu, insuportabil. Totuși am înaintat, să vedem de unde vine acel miros înăbușitor. Când am ajuns, priveliștea era înspăimântătoare. Nu voi uita niciodată ce-am văzut acolo. Tot beciul școlii, până sus pe scări, era înțesat de civili împușcați. Bărbați, femei, bătrâni, tineri și copii, fără deosebire, stăteau trântiți, fără suflare, în diferite poziții. Deși din fire nu sunt un fricos, ceea ce am văzut m-a îngrozit și am vrut să fug imediat. Deodată însă am văzut ceva mișcându-se într-un boschet de liliac, în stânga unei alei din spatele școlii. Cum noi aveam asupra noastră câte o carabină semiautomată cu zece cartușe capturate de la ruși, ne-am dus să vedem ce se mișcă în acel boschet de liliac. Erau două fete evreice din Chișinău, din Basarabia. Una avea șaisprezece ani, cealaltă optsprezece. Amândouă erau rănite la mâini și la picioare. Acoperite de trupurile celor uciși în beciul școlii, leșinaseră sub greutatea lor și își reveniseră cu greu, reușind să iasă până la urmă afară. Când au văzut că ne îndreptam spre ele, au căzut în genunchi, speriate de moarte. Ne-au povestit că se refugiaseră peste Nistru cu părinții și alte familii de evrei, într-un convoi de circa o sută cincizeci de persoane. Pe drum i-a ajuns însă din urmă o coloană de soldați Waffen SS, care i-au dus în școală și i-au împușcat pe toți, până la ultimul. Eu aveam în sacul de merinde un pachet de vată și fețe de tifon, pe care le găsisem într-un fost post de prim-ajutor rusesc. Le-am pansat cum am putut mai bine, le-am dat o jumătate de pâine neagră și uscată și o cutie de conserve de fasole cu carne. Le chinuia rău setea. Caporalul Ivănoaia le-a făcut rost de o oală mare pe care a găsit-o în fosta cantină a școlii, a umplut-o cu apă de la fântână și le-a lăsat-o la îndemână. Le-am sfătuit să stea ascunse acolo până seara și, o dată cu căderea întunericului, să intre în sat, unde se va găsi cineva să le ajute să se întoarcă în Chișinău. Pe unde vă mai aflați acum, dragi prietene, mai trăiți sau chiar de-atunci ați avut soarta părinților voștri?*

Stăteam pe un scăunel la umbra unui copac, citind paginile de jurnal ale lui nenea Matei. Am închis caietul, dus pe gânduri. Nu-mi ieșea din minte imaginea celor două fete îngenuncheate, cerșind cu disperare mila, îndurarea. S-a apropiat de mine unchiul Etor, care m-a bătut ușor pe spate. Nu mai zâmbea, nu mai avea aerul de om de lume, pus pe glume tot timpul. Mă privea cu ochii în lacrimi. Erau poate cei mai triști ochi pe care i-am văzut vreodată.

— Nu mai citi! Omul ăsta a fost în infern. A ieșit teafăr, dar mă mir că mai e întreg la minte. Sunt pagini care descriu chiar iadul pe pământ. Tu ești tânăr, voi sunteți altă generație. Nu mai priviți înapoi! Ce a fost a fost. Hai, mai bine să dăm noroc și să bem un pahar cu vin!

I-am înapoiat caietul lui nenea Matei, care a evitat iarăși să mă privească.

— Veți continua să scrieți? l-am întrebat.

— Bineînțeles. Sunt doar la începutul jurnalului meu de război.

— Aș vrea tare mult să-l citesc și eu, după ce-l veți isprăvi.

— Să-l termin și ți-l dau, cu drag. Mai ales că ești scriitor. Ce mai roman ar ieși din toate întâmplările astea! a râs el din nou încetișor, aproape în șoaptă.

— Le-ați mai văzut vreodată pe cele două fete?

— Nu, niciodată. Erau surori și erau tare frumoase.

— Mai țineți minte cum se numeau?

— Pe una o chema Anna-Beatrice și pe cealaltă Sarah. Anna-Beatrice avea un talent muzical deosebit, era chiar soprană. Ne-a cântat la despărțire cu voce înceată, duioasă și caldă o arie din *Traviata,* de Verdi: *Sempre libera.* Se auzeau peste pădure, în depărtare, tunurile artileriei noastre, raidurile avioanelor germane și păcănitul continuu al mitralierelor rusești. Cele două surori aveau un nume de familie mai lung. Wiegensein. Sau Wittgenstein. Cam așa. De ce întrebi?

Duel după eclipsă

Gerul acelei zile de la jumătatea lui februarie se mai îmblânzise după plecarea de la școală, la ora prânzului. Eram încă sub impresia paradoxalei scurte nopți în plină dimineață, pe la ora 9 și jumătate, ce durase mai puțin de trei minute și stârnise un val unanim de emoție printre noi, cei mai mici și, deopotrivă, printre învățătoarele care ne pregătiseră din timp cu descrierea științifică a evenimentului astral. Își aduseseră de-acasă, ca și noi, cioburi de sticlă afumate la flacăra primusurilor sau a lumânărilor, pe care le scoseseră la iveală din poșetele lor cochete de vinilin imitând pielea de șarpe, cu breteluțe împletite în fâșii lungi și subțiri din același material și având montate rame metalice cu mici bulbi lucitori, nichelați, care păcăneau ușurel la deschidere și închidere.

Eclipsa totală de Soare stârnise un frig și mai mare, iar primăria dăduse ordin ca la vremea potrivită să fie aprinse becurile de iluminat stradal. Nu, nu se zăreau zburând pe cer vârcolacii din povestirile bătrânilor, care să înșface din Soare lumina, fără milă, cu dinți nemiloși de oțel, în schimb vacile mugeau prin curțile vecinilor, alăturându-se corului de urlete de lupi ale câinilor, mieunatului pisicilor și cotcodăcitului găinilor care se grăbiseră să intre în cotețe, ca pentru a se pregăti de culcare.

Miile de oameni ieșiți pe străzi și prin piețe nu conteneau să se minuneze, cu voce tare. Ca la un semn, în clipa proiectării peste Pământ a grozavei umbre celeste, s-a lăsat o tăcere deplină ce prevestea cumva sfârșitul lumii, dar mai apoi, prima rază de lumină, ivită ca săgeata unei comete de după Luna care ne acoperise cu desăvârșire Soarele nostru cel de toate zilele, a stârnit un ropot de aplauze, chiote și fluierături, o larmă teribilă și urale, ca la defilările de 1 mai, 23 august și 7 noiembrie. Anul era 1961, iar eu eram în clasa a treia la o școală improvizată într-o clădire insalubră și mică de pe strada Renașterii din Timișoara, până la terminarea construcției școlii gimnaziale noi pe strada Kogălniceanu, vizavi de casa noastră Secession, în locul curții hanului cel rău mirositor a mucegai și urină de boi și de cai deshămați de la căruțele cu coviltire ale țăranilor veniți la piață să cumpere sau să vândă fân, găini, gâște, mălai, cartofi, ouă și mere.

Acum, că soarele strălucea din nou pe un cer intens albastru, fără pic de nori, ne adunaserăm la ceasul de fier de lângă frizeria din Piața de Fân toți băieții din ceata noastră de contraspionaj: eu, Fera-Grasul de la Ghiroda, Herbi-Neamțul, Ioță-Bătăușul, Prepe-Șurubarul, Gole-Tăcutul, Șulțe-Fotbalistul, slăbănogul Hara-Frezatul, Cornel-Rânjitul, care râdea tot timpul fără glas, și mititelul Aurică-Rulment de pe strada Telegrafului. S-au milogit să vină cu noi și trei colege: Irina-Frumoasa de lângă Șase Case, sora lui Radu-Rânjitul, Doina-Pieptoasa și Mirela-Creața, mai scunda ei prietenă nedespărțită, amândouă din comuna învecinată, Giarmata. La pasarela peste calea ferată de la Gara Mică ne așteptau Nicu-Mic, vărul meu, de-o vârstă cu noi, și surioara lui din clasa întâi, Laura, care locuiau la marginea cartierului Între Vii din vecinătatea pădurii.

Bănuiala noastră era că Pătru-Cu-Florile, amărâtul prostănac din Piața Traian care se învârtea printre florărese, era agent dublu și transmitea mesaje imperialiste, dușmănoase, strict secrete bărbatului elegant cu mâna dreaptă vizibil mai lungă decât mâna stângă, care se plimba în sus și-n jos pe strada Dacilor între Studioul de fotografie de lângă farmacia Kovacs și ceasul stradal agățat printre zecile de cabluri electrice de tramvai la intersecția cea mare a pieței, misterios și fără vreo treabă anume, botezat de noi mai pe scurt Mână-Lungă. Pătru-Cu-Florile aduna firele de trandafiri și garoafe ofilite aruncate de florărese într-un butoi de fier, făcându-le mici buchete pe care mai apoi le oferea trecătorilor, bolborosind un nesfârșit și încurcat discurs regalist, împletit cu fraze într-o limbă străină ce semăna cu franceza, și fredonând continuu un cântec american foarte popular: *Yankee Doodle went to town / A-riding on a pony, / Stuck a feather in his cap / And called it macaroni. / Yankee Doodle keep it up, / Yankee Doodle dandy, / Mind the music and the step, / And with the girls be handy.*

Amândoi fuseseră văzuți de mai multe ori de verișorii mei în zona lacului de lângă Poligonul din Pădurea Verde, fie scăldându-se la sfârșitul verii, fie mergând iarna fiecare în treaba lui pe potecile labirintice dintre copacii nesfârșitei păduri, ca și cum nu s-ar fi cunoscut. Așa că de data aceasta misiunea noastră era să-i pândim, să-i urmărim și să-i dăm pe mâna miliției pentru a fi arestați ca spioni, așa cum se întâmpla în filmele văzute de noi la Clubul IET.

Ne făcuserăm de mai multă vreme un adăpost din crengi și frunze uscate în apropierea unei răspântii din zona lacului care acum era înghețat și, odată ajunși la ascunzătoarea noastră, ne-am lăsat pe vine cu toții, tăcuți, în așteptare.

În mai puțin de un sfert de oră s-a auzit zăpada scârțâind sub picioarele cuiva și, într-adevăr, l-am zărit pe Pătru-Cu-Florile care târa după el o lungă și groasă funie. Radu-Rânjitul începuse să râdă pe tăcutelea, cum îi era obiceiul, dar Fera-Grasul s-a repezit și i-a astupat gura, până la sufocare.

— Îți vine sau nu să crezi, dar la scurtă vreme a apărut și Mână-Lungă, îmbrăcat într-un palton lung, negru și purtând pe cap o pălărie cu boruri largi, i-am spus femeii mele frumoase cu părul lung, arămiu și cârlionțat, înainte de a sări de pe puntea vaporului în apa cea limpede a Mării Ionice, de un albastru intens de lapislazuli, cu străluciri argintii și jucăușe precum bobițele mercurului împrăștiate pe pardoseala de gresie a laboratorului de chimie, după ce Doina-Pieptoasa spărsese din greșeală un borcănaș din sticlă maronie ce conținea otrăvitorul metal lichid, izbucnind într-un plâns în hohote, care a avut darul să-i salte sporit pieptul cel minunat pe care-l visam noapte de noapte toți băieții din clasă.

— Și? Ați chemat miliția? am auzit-o râzând pe femeia mea cea frumoasă chiar înainte de a despica apa mării cu palmele mele întinse, în cădere.

Am deschis ochii în apă, așa cum obișnuiam după fiecare salt și am zărit o meduză dansând elastic, translucid, la doar doi pași de mine. Nu-mi explic cum, dar aș jura că meduza aceea mi-a zâmbit, dispărând apoi în adâncuri. Revenind la suprafață, am scuturat energic din cap împrăștiind stropi de apă în jurul meu și am strigat către puntea vaporului:

— Nu, n-am chemat pe nimeni. Pentru că Pătru-Cu-Florile s-a spânzurat de un copac.

Sinucigașul nu era la prima sa tentativă de a-și pune capăt zilelor. De fiecare dată însă, ca prin minune, apărea salvatorul său, nimeni altul decât Mână-Lungă, cel elegant, cu părul său rar, îmbibat de briantină și pieptănat într-o complicată caligrafie capilară peste generoasa sa chelie. Odată l-a smuls de sub tampoanele locomotivei-tramvai Muki, ce trăgea dimineață de dimineață o garnitură lungă de vagoane de tren marfar, dinspre Gara Mică spre Fabrica de bere. Altă dată i-a dat peste mână când încerca să bea o duzină de pastile Piramidon și alta de Luminal. Cu altă ocazie, i-a scos degetele dintr-o priză a sălii de popice de lângă stadionul Progresul, prinzând exact momentul în care nefericitul se bâțâia ca un personaj gelatinos din desenele animate. Acum, în pădure, creanga de care Pătru-Cu-Florile își legase lațul fatal se dovedise a fi mult prea elastică — deși aflată la înălțime —, astfel încât amărâtul cel prostănac se prăbușise în zăpadă, cu frânghie cu tot. Mână-Lungă îl mângâia pe cap cu blândețe, ajutându-l să desfacă nodul frânghiei înfășurate în jurul gâtului, când am auzit alți pași prin zăpadă. De data aceasta erau mai multe persoane.

Între timp coborâse peste pădure o ceață ușoară, ca un fum străveziu, care plutea lin în bătaia unui vânticel blând, oarecum primăvăratic. Cei doi, amărâtul cel prostănac și domnul cu o mână mai lungă, se opriseră și ei, privind prin lăstărișul înghețat de ger către grupul de oameni care se apropiau tăcuți și care au trecut fără să ne observe nici pe noi, cei din ceata de contraspionaj, nici pe sinucigaș și pe salvatorul acestuia.

De fapt, erau cinci femei, care mergeau tăcute, în șir indian, cu privirile în pământ. Ajunse într-o poieniță, la mică depărtare de noi, una dintre ele a început să vorbească, stabilind niște reguli, fără a se înțelege prea bine ce spunea. Din când în când răzbăteau totuși cuvinte limpezi, fraze întregi cu sens, împletite cu adierea vântului prin frunzele uscate ale ascunzătorii noastre. Apoi vorbele se pierdeau, risipindu-se cumva, precum vălătucii de ceață. În valuri.

— Dragile mele, a rostit autoritar cea care se afla în fața femeilor. Voi, astea două, nu sunteți nici prințesa Pauline de Metternich, nici contesa Anastasia Kielmannsegg. Aici nu suntem la fotografie, nu facem ilustrate să le trimitem prin lume ca suvenir. Voi sunteți doar două nebune de florărese din Piața Traian care vreți să vă duelați pentru că iubiți același bărbat. Ați ales să vă duelați în florete. Voi, astea de pe margine care sunteți doar martore, nu aveți voie să interveniți. Iar voi, nebunelor, să nu îndrăzniți să muriți vreuna! Că pușcăria ne mănâncă pe toate cinci. Înțeles? Hai, dezbrăcarea! Că dacă vă împungeți prin haine, faceți septicemie. Clar?

Sub privirile noastre înlemnite de uluire, cele două rivale s-au dezbrăcat complet până la brâu, deși afară era un ger de crăpau pietrele. După primele încrucișări ale floretelor — repetând cumva miticul duel al prințeselor de-acum un veac —, una dintre ele a zgâriat-o pe cealaltă. Câteva picături de sânge au înflorit în albul imaculat al zăpezii. Învingătoarea și-a aruncat de îndată arma și s-a repezit către rănită, îmbrățișând-o.

— Iartă-mă, Alexandră! Nu muri! Sunt o proastă. Ești moartă sau ce?

— Nu-s moartă, tâmpito! Îmbracă-te naibii că răcim la plămâni. Ia-l tu pe Puiu, fie al tău pe veci și fii sănătoasă! Hai să plecăm de-aici.

— Rămâne așa, stabilit?

— Rămâne așa. Sunt femeie de onoare, ce mă-sa?

Pătru-Cu-Florile a sărit dintr-un salt în picioare și a alergat spre cele cinci femei. Învingătoarea i-a ieșit în întâmpinare, alergând. S-au îmbrățișat, rotindu-se prin zăpadă. Domnul cu o mână mai lungă s-a apropiat și el de grupul celor cinci femei, zâmbind stingherit. Le-a strâns mâna cu prietenie și i-a îmbrățișat pe cei doi îndrăgostiți care se opriseră din rotit.

— Și-acum, haidem la Carul cu bere! a propus femeia cea autoritară. Fac eu cinste!

— Știi ce mi-a zis tatăl-meu, în seara aceleiași zile? am întrebat-o pe frumoasa mea cu părul lung, arămiu și cârlionțat, în vreme ce mă ștergeam cu prosopul pe puntea vasului din Marea Ionică.

Ea m-a privit zâmbind întrebător.

— Pătru-Cu-Florile și Mână-Lungă erau frați, i-am spus. Cel dintâi era dirijorul corului Bisericii Sfântul Ilie, iar cel de-al doilea, contabil la Fabrica de pălării.

Un punct argintiu pe cerul albastru

Imaginile memoriei mele, înlănțuite și descătușate cu-aceeași viteză molcomă a trenului personal dintre Timișoara și Reșița sfârșitului anilor 1960. Cei șaptezeci de kilometri, străbătuți în mai bine de trei ore de cele câteva vagoane vechi, trase uneori de mici locomotive-motor, alteori de locomotive cu aburi. Țăcănitul roților de tren la îmbinarea șinelor și la macazuri. Mirosul de motorină din compartiment, îmbinat cu fumul amărui și înecăcios al locomotivei, și hrana cea de toate zilele a muncitorilor navetiști de la furnalele reșițene: pită, cârnați afumați și slană, brânză, usturoi și ceapă spartă cu pumnul pe mica tăblie a mesei, nuci și mere, toate întinse pe câteva foi din ziarul regional *Drapelul Roșu*. Jocul de table sau 66, cu cărți soioase, la lumina palidă a becului din compartiment. Vocea slabă, duioasă și tristă a unei femei, tânguindu-se într-o doină bănățeană de drag și de jale. *Pântru drag am ars ca pana, / m-am topit mireu ca șiara / șâ când dragu m-o lăsat, mă, / inima-n rană m-o dat, mă, / dă durerea și-am avut, / carnia dă pră mine-am rupt, / părul mi l-am dăsplecit, / moarcia m-aș fi adunit, mă.* Somnul pe furatelea, cu guri căscate și sforăituri, ca într-o partitură halucinantă compusă pentru vreo trupă bizară de percuționiști. Beatrice moțăind mai târziu cu capul pe umărul meu în autobuzul care șerpuia hurducăind prin nămeții și gropile drumului înzăpezit, către vârful muntelui Semenic.

Călătoream împreună cu un mic grup de prieteni, colegi în ultimul an de liceu, care hotărâserăm să ne petrecem sfârșitul vacanței de iarnă din ianuarie într-una din micile căsuțe de lemn din apropierea impunătoarei Cabane Centrale, aflată la mică depărtare de Biserica Sfântul Ilie și stâncile Goznei.

— Tu ai mai tras de fiare sau ceva? m-a întrebat încruntat Doru Morariu, colegul meu de clasă care cânta la clarinet, avea o voce baritonală plăcută, era pasionat de dirijat și care răpise inimile multora dintre colegele mele.

— Nu, i-am răspuns. Doar la caiacele din bacul ăla amărât de la baza sportivă studențească am fost de câteva ori, toată vacanța.

— Păi, și-atunci de unde mușchii ăștia? m-a privit chiorâș.

— De la mama natură! am râs ușurel, să n-o trezesc pe Beatrice.

— Zi, mă! Ai tras de haltere, hm?

— Fii pe pace, am trei pulovere pe mine!

Fața i s-a destins într-un zâmbet și a ațipit instantaneu.

— Am schiat a doua zi cu toții, adică e un fel de a spune că am schiat, mai mult am căzut pe Pârtia Idioților, de zeci și zeci de ori, i-am spus frumoasei mele cu părul lung, arămiu și cârlionțat, punându-i o coroniță de păducel pe cap, în poiana de dincolo de Pietriceaua, într-o vară în care am escaladat un meteorit gigant, perfect rotund, așezat parcă de o mână de uriaș acolo, în vale. Seara am făcut un foc zdravăn în mica sobă a camerei în care înnoptaserăm cu toții și am început să spunem bancuri și tot felul de nerozii, până ce, unul câte unul, am căzut în somn, răpuși de oboseala de peste zi.

La scurtă vreme, Beatrice s-a trezit. I-am simțit degetele prin păr, mângâindu-mă ușor și am tresărit.

— Dormi mai departe, băiat frumos, mi-a șoptit.

— Visez? am întrebat-o fără să deschid ochii.

— Da, visezi.

M-a cuprins din spate, înlănțuindu-mă cu brațele și picioarele goale. Am dat să mă răsucesc.

— Să nu-ți treacă prin cap! mi-a acoperit gura cu degetele ei subțiri. Dacă se trezesc ăștia, or să vadă fetele că am venit în patul tău. Dormi! Rămâi așa, visează! Eu vreau doar să te mângâi!

— Și dac-or să vadă, ce?

— Or să zică despre mine că sunt o destrăbălată.

— Și nu ești?

— Ba da! a râs ea încet. Dar asta o știi doar tu.

— Bine, destrăbălata mea frumoasă! Dar măcar să te mângâi pot și eu?

— Dacă nu respiri, da.

M-am răsucit spre ea și am cuprins-o în brațe. Tremura.

— Ți-e frig?

— Da, mi-e frig. Rămâi așa. Vreau să dormim așa. Nimic mai mult.

Dis-de-dimineață, Doru m-a zgâlțâit ușor, prin cearșaful cu care eram acoperiți.

— Hei, trezirea, până nu fac ochi ceilalți! Parc-ați fi doi copii care s-au jucat de-a v-ați ascunselea, sub cearșaf, până au adormit. Dar nu-i bine dacă vă văd prietenii noștri așa, credeți-mă. Hai, sus!

— Tot mângâindu-mă prin păr, să-mi vină somnul, Beatrice mi-a povestit o întâmplare de la Săvârșin, aproape de palatul lângă care locuise cu mătușa ei, într-o anexă a acestuia, i-am zis frumoasei mele cu părul arămiu, făcându-i o fotografie cu coronița de păducel pe cap, în lumina de miere a apusului.

— Și n-ați făcut nimic, nimic, toată noaptea?

— Nu, n-am făcut nimic.

— Juri?

— De ce aș jura? Asta a fost demult.

— Nu știu. Aș vrea să te cred, mincinosule! Jură! a zâmbit ea melancolic, în vreme ce eu apăsam pe declanșatorul aparatului foto fără să mă opresc.

— Jur! i-am spus oprindu-mă din declanșat, pe neașteptate, foarte hotărât. În noaptea aceea n-am făcut chiar nimic.

— Păi, de ce?

— Pentru că îmbrățișarea aceea, atunci, mi s-a părut a fi chiar totul.

— Stăteam pe malul râului și priveam pe cer cum se apropie de casa noastră un avion argintiu, cât un punct alb de mic, îmi povestea Beatrice, în vreme ce eu făceam eforturi mari să nu ațipesc până nu ascult toată istorioara. Avionul se apropia cu mare viteză, nici nu-mi imaginasem vreodată că un avion poate zbura, cum se spune, ca gândul de repede.

Când a ajuns în dreptul pădurii de mesteceni, avionul s-a răsucit de câteva ori în aer și s-a îndreptat brusc cu botul direct spre pământ. Era clar că se va prăbuși. S-a văzut mai întâi flacăra uriașă a exploziei, urmată de un zgomot asurzitor.

Beatrice a luat-o la fugă spre casă și a intrat în bucătărie, clănțănind din dinți de frică. Mătușa nu era acasă, dar în încăperea de alături se aflau mai mulți muncitori, zidari, zugravi, instalatori, băieți și fete tinere, vesele, care trebăluiau printre bidoane, saci și scânduri pentru schele, necesare reparațiilor palatului. Ascultau o arie din *Walkiria,* de Wagner, la un patefon care se auzea foarte tare, și dansau în jurul lui ca într-un fel de ritual magic. Cel care părea a fi șeful dirija chiar toată dănțuiala și răcnea din toți rărunchii ceva de neînțeles.

În mai puțin de un minut a apărut pe cer o parașută care plutea lin, clătinată într-un ușor balans de adierea vântului cel călduț al dimineții de august. Văzând-o pe fereastra larg deschisă, Beatrice a ieșit alergând în curte și și-a făcut mâna streașină. Pe măsură ce parașuta se apropia de pământ, dobândea o viteză din ce în ce mai mare, iar când a ajuns în dreptul acoperișului din șindrilă, a pătruns prin el ca printr-o hârtie, cu un pârâit prelung. Picioarele parașutistului străpunseseră tavanul din trestie tencuită și rămăsese agățat în hamuri, legănându-se lent, ca un candelabru uriaș, în mijlocul sufrageriei.

Celor din încăperea alăturată nu părea că le pasă de întâmplare, își continuau dănțuiala lor stranie în jurul patefonului. Beatrice însă a luat o scară din lemn, sprijinită de peretele casei, și a desfăcut-o în sufragerie. Parașutistul a privit-o înlemnit și i-a spus, ducând mâna dreaptă la tâmplă:

— Permiteți să raportez, sunt locotenent major Vlad Secăreanu, unitatea de aviație specială Deva. Am fost obligat să mă catapultez, deoarece avionul meu a fost lovit de o mitralieră a bandiților nevăzuți din munți și a suferit o defecțiune majoră la motorul din dreapta, care s-a gripat complet și a produs prăbușirea aparatului de zbor în pădure. Aveți cumva un cuțit? Deoarece pe al meu l-am scăpat undeva, pe jos, de emoție și nu am reușit să mă desham.

— Vă este foame? l-a întrebat Beatrice, de îndată ce omul a reușit să ajungă cu picioarele pe podea.

— Wagner? a întrebat pilotul, fără să-i răspundă. Cine ascultă Wagner în pustietatea asta? E compozitorul meu preferat.

— Avem ciorbă de lobodă și mâncare de cartofi, i-a spus fata, cercetându-l atent, în continuare.

— Nu mi-e foame, mulțumesc mult. Aș vrea doar să dorm, dacă se poate.

— Întindeți-vă aici, pe canapea, lângă pian.

— Cine sunt cei care ascultă Wagner? a insistat pilotul, așezându-se pe canapea.

— Sunt surdomuți, cu toții, i-a explicat fata. Unul singur dintre ei aude cât de cât, mai ales ritmul, dacă e dată muzica foarte tare. De aceea el îi și dirijează pe ceilalți și le arată cum să danseze. E foarte interesant, pentru că într-adevăr, au învățat să danseze pe orice fel de muzică, fie ușoară sau populară, fie clasică, a adăugat zâmbind Beatrice.

Dar pilotul adormise deja în poziția șezând, fără să mai apuce să se întindă pe canapea.

Am ajuns către prânz, cățărându-ne destul de ușor, în ciuda zăpezii și ghețușului, pe stânca numită Gozna, care nu mai avea în vârf steaua cu cinci colțuri din copilărie.

— Nu cred că mă mai dau astăzi cu schiurile. Îmi ajunge câte căzături am luat ieri, i-am spus Beatricei.

— Ia, uite! mi-a zis ea, arătând în înaltul văzduhului.

Pe cerul albastru se vedea un mic punct argintiu, care se apropia de noi cu mare viteză.

Am fost un golan din Fabric

Dinspre turnul de lângă Micul Trianon din Florești au apărut vijelios primele atelaje cu câte patru cai lipițani, andalusieni, mustangi și halfineri, mânați de niște bărbați voinici care trăgeau energic de hățuri și plesneau din bice, fie șezând pe capre, fie stând în picioare. Coborâseră colina domoală, lăsând în urmă platanul cel bătrân de sute de ani, havuzul părăginit și ruinele palatului și stârnind nori de praf pe aleea care ducea către spitalul de plămâni, instalat în vechile anexe ale întinsului domeniu cantacuzin.

Din sens opus, dinspre aleea cu castani, s-a ivit galopând o fată zveltă, cu părul lung în bătaia vântului. Calul, cu coama bogată și coada stufoasă, fâlfâind ca un stindard din mii de fire de păr strălucitoare în bătaia razelor soarelui de după-amiază, a trecut printre atelaje cu mare iuțeală și, după câteva clipe, s-a oprit în mijlocul arenei de antrenament, unde a început câteva exerciții de încălzire în ritm de dans, care părea a fi un vals elegant, bine strunit de călăreața dresoare. Mii de spectatori se îmbulzeau la arenele de concurs, la atracții sau în cozi mari pe la chioșcurile și corturile cu sucuri și de-ale gurii. După ce am fotografiat năvalnicele atelaje și fata cea blondă, în câteva zeci de rafale cu teleobiectivele aparatelor noastre, eu și frumoasa mea femeie cu părul lung, arămiu și cârlionțat ne-am așezat în iarbă la umbra unor castani să mâncăm sandviciurile de curând cumpărate.

— Tot atât de mari și de frumoși erau și lipițanii de la Timișoara, care trăgeau platformele cu sifoane sau cu calupuri de gheață și care ne aduceau toamna lemnele și cărbunii cocs pentru foc, i-am spus frumoasei mele femei. Era ceva de muncit la descărcat, nu glumă, pentru că ne aduceau lemne pentru toată iarna. Până să apară tatăl meu de la serviciu, eu trebuia să arunc toate lemnele și cărbunii pe gura ferestrei permanent deschise de la beciul casei noastre Secession. Uram lucrul ăsta, dar mă alegeam până la urmă cu doi sau trei lei de la taică-meu, ceea ce pentru mine, pe-atunci, era aproape o avere. Îmi puteam cumpăra o savarină și câteva bomboane amandine de la cofetăria Miorița de lângă Alimentara din Piața de Fân. Sau puteam să-mi cumpăr o carte de la Anticariatul de lângă Cartea Rusă din Piața Vasile Roaită. Tu ce-ai fi ales?

— Ce înseamnă bomboane amandine? m-a întrebat ea.

— Erau lunguiețe, cu o cremă de ciocolată în interior și tăvălite prin praf de cacao.

— A, da, cred că am mâncat și eu când eram foarte mică, îmi aducea taică-meu uneori, când venea de la muncă. Erau tare bune, da-da-da, îmi amintesc. Hm, eu mi-aș fi cumpărat pensule și culori, să pictez, a zâmbit mai apoi, cu privirea luminoasă, prinsă parcă în vraja amintirii unor clipe trecute și uitate.

De Paștele din anul trecut m-am pomenit pe neașteptate cu un mesaj pe Messenger și o fotografie veche a unei femei de prin anii 1960 — făcută în fața fabricii de ciorapi de lângă casa noastră —, de la un bărbat pe care nu l-am cunoscut în viața mea, numit Ioan Bader: *Bună și Sărbători fericite! Sper că nu deranjez. M-am uitat prin postările tale și m-am gândit să-ți trimit fotografii din cartierul copilăriei noastre, Fabric.*

Ca orice om cu mintea întreagă, n-am dat niciodată apă la moară mesajelor primite din partea unor necunoscuți. Mă pregăteam să-l blochez, când au început să curgă pe ecranul computerului imagini cu-adevărat din zona străzilor copilăriei mele. Case de pe străzile Kogălniceanu, Drăgășani, Telegrafului, Lorena, Samuil Micu, Simion Bărnuțiu, Fabrica de ciorapi *Ocsko Tereza*, Șase Case, Gara Mică, Piața de Fân, Depoul și atelierele de tramvaie, Piața Traian.

Adică din micul meu Macondo, definitiv botezat așa de fratele meu, în conversațiile noastre privitoare la recuperarea și depănarea amintirilor mele timișorene.

— Eram vrăjit, pe la unsprezece ani, de frumusețea vecinei noastre, Lia, fata Sucioaiei — cum o numea cu nedisimulată ură mama mea, văzând în orice femeie arătoasă o primejdie de moarte pentru armonia, echilibrul și binele moral al familiei noastre —, soția slovacă din Nădlac a domnului croitor Suciu, am continuat să-i povestesc frumoasei mele femei cu părul lung, arămiu și cârlionțat. Tânăra mamă a Liei avea picioare lungi și veșnic bronzate, sâni enormi și fesele perfect rotunde și albe, după cum mi le descria cu ochii ieșiți din orbite vărul meu Șandor, care le putea vedea prin câteva mici găuri făcute cu cuiul și briceagul în scândurile veceului comun de lângă apartamentul bătrânelor surori Frida și Ella.

Peretele dormitorului meu era comun cu peretele dormitorului Liei. Îndrăgostită de Puiu Mihailovici, fratele fetei cu ochi de culori diferite de care fusesem îndrăgostit la rândul meu o vreme, o auzeam pe Lia cum își plânge deznădejdea, noapte de noapte, în hohote și suspine. Îi băteam ușurel în perete, încercam chiar să o liniștesc prin mici șoapte încurajatoare bolborosite aiurea, dar ea nu mă auzea, bineînțeles, pentru că zidurile casei noastre Secession erau groase de o jumătate de metru. Pe timpul vacanței de vară, în cursul zilei, fericirea care dădea sens vieții mele prepubere era faptul că Lia îmi dădea bilețele pe care trebuia să i le înmânez odiosului meu rival cu vreo opt ani mai vârstnic decât mine.

— În locul acestei familii de oameni cumsecade s-au mutat în anii următori un domn cofetar și soția sa, am continuat să-i povestesc frumoasei mele femei, în timp ce admiram în continuare caii pe arena dintre coline a domeniului Cantacuzino. Se numeau Bader și, așa cum aveam să aflu dintr-un lung șir de mesaje telefonice, erau părinții lui Ioan Bader, straniul necunoscut cam de aceeași vârstă cu mine, răsărit în spațiul virtual prin magia rețelei de socializare. Domnul cofetar Bader era foarte de treabă, le dăruia tot felul de dulciuri copiilor mei când erau foarte mici și își petreceau o parte din vacanțe la Timișoara: pitici din pastă fondantă colorată, căsuțe, zâne, mirese și miri, ciupercuțe, flori, bomboane, prăjiturele.

Trecând ilegal granița pe la sârbi prin anii 1970, arestat și trimis în Occident ca azilant politic, după un șir de incredibile întâmplări și aventuri demne de un întreg roman, Ioan Bader a ajuns în cele din urmă în Franța, unde trăiește și azi, singur și bolnav, fără să mai aibă vreo legătură cu neamuri, prieteni sau cunoștințe din țara părăsită în urmă cu aproape o jumătate de veac.

Am fost doar un golan din Fabric, un hoț de lubenițe, un pierde-vară căruia nu i-a plăcut școala. Am fost și zugrav. Dar acum, aici în Franța, sunt pictor, sunt un artist. Am foarte mult de lucru, mi-a mai scris în zilele următoare, când mi-a trimis și vreo câteva sute de fotografii și reproduceri după lucrările sale, toate având în compoziție ecoul nostalgiei copilăriei timișorene în care, deși aflați atât de aproape unul de celălalt, nu ne-am întâlnit niciodată.

După ce birjarul a descărcat prin câteva manevre tehnice rapide mormanul de lemne și movila cea neagră de cocs în dreptul ferestrei beciului din strada Drăgășani, m-a lăsat să-i mângâi caii și mi-a urat succes. A ieșit cu platforma cea mare din covorul de iarbă de lângă casă și am auzit potcoavele copitelor izbind ritmic pietrele de granit ale caldarâmului. A cotit apoi spre stânga, după Fabrica de ciorapi, îndreptându-se către depozitul de lemne din triajul Gării Mici. De îndată ce a dispărut, și-a făcut apariția locomotiva electrică Muki, trăgând un nesfârșit șir de vagoane marfare către Piața Traian și Fabrica de bere.

Am muncit vreo trei ore azvârlind prin ochiul larg deschis al ferestrei de la subsol butucii de lemn, unii destul de mari și noduroși, alții milos de mici, perfect potriviți pentru firava mea statură. Am dat la lopată, aruncând după aceea cărbunii cei ovali prin hăul nesătul al ferestrei și, sărind și eu pe geam pentru a o lua pe scurtătură spre apartamentul nostru din curte, am intrat în casă cu gură mare:

— Mi-e foame!

Mama m-a mângâiat duios pe creștet.

— O să-ți dau și eu doi lei, pruncul mieu. Numai să nu-i spui lui taicăl tău. Ca să-ți dea și el, că el mereu are niște bani ascunși.

Am hăpăit iahnia de fasole, mâncând-o cu murături și multă pâine. Pe neașteptate am auzit cu limpezime de cristal o vioară ce cânta o piesă preclasică. Era *Ciaccona,* de Bach. M-am oprit din mâncat, cu lingura în mână. Nu putea fi radioul, pentru că nu din casă venea sunetul cel clar și puternic al viorii. M-am ridicat ușurel, ca și cum m-aș fi temut să nu sperii o pasăre.

— Unde pleci? Termină de mâncat! a încercat să mă oprească mama.

Dar eu deja coboram treptele, câte două, către pivniță. Pentru că de-acolo se auzea divina muzică.

Pe o buturugă mai mare ședea Ida-muta, hăhăind într-un fel de râs gâjâit și încercând să spună ceva într-o limbă repezită pe care nimeni nu i-o putea înțelege. Pe altă buturugă stătea tatăl meu, cu spatele întors spre ea și gemând de durere. Ida-muta era nemiloasă, îi făcea frecvent masaje tatălui meu și îi punea ventuze când era răcit. Muta era o femeie de vreo 50 de ani, slabă, brăzdată de riduri și cu doar câțiva dinți în gură. Locuia vizavi de noi, în curtea cu arcadă la poartă, în care își duceau viața niște moigrădeni, consăteni de-ai mamei, Nae și Sana Gavrilă, și care aveau două fete gemene, Doina și Emilia.

Ida-Muta îi frământa fără odihnă spatele tatălui meu, care intrase în beci pe fereastră, venind direct de la atelierele de tramvaie pentru a stivui lemnele de-abia descărcate de mine, la locul lor, în boxa noastră. Ea râdea dându-și capul pe spate, nu auzea gemetele de durere ale tatălui meu, dar își dădea seama că-l face să sufere și se bucura, tresăltând din tot trupul cu fiecare mișcare a degetelor care îl masau.

În picioare, lângă ei, cânta la vioară *Ciaccona* de Bach, cu ochii închiși, Beatrice, pe care n-o văzusem toată vara, pentru că plecase în vacanță la mătușa ei din Săvârșin, care stătea într-una din locuințele servitorilor fostului palat regal. Am atins-o ușurel cu mâna și a deschis ochii, parcă trezindu-se dintr-un vis.

— Prințul meu mic și frumos! mi-a zâmbit cu privirea ei veșnic tristă.

— Hai, lasă vioara! i-a zis tatăl meu, hotărât, ridicându-se. Avem treabă. Ne ajuți?

În spatele tatălui meu, i-am făcut fetei semne disperate cu degetul arătător, în semn că nu. Însă ea i-a răspuns zâmbind senină:

— Cum să nu? Cu plăcere!

Ida-Muta a început să aplaude, dând din cap repede, aprobator.

— *Babooo, baboo! Mudică, câdă-du mudică!*

Beatrice i-a spus însă cu vocea sa blândă:

— Nu mai cânt, tanti Ida. Îți cânt altă dată. Acum cărăm lemne. Da?

— *Dide, dide!* a spus muta ridicându-se și a început să care lemne de una singură cu un coș mare de nuiele, spre boxă.

La numărul 2 pe strada noastră a locuit nea Mitică, șoferul preferat al regelui Mihai, mi-a trimis Ioan Bader un alt mesaj, prin februarie, anul acesta. *Dar cine mai știe asta? El nu ne-a spus niciodată nimic, nouă, copiilor care făceam atâta larmă în curtea lui, jucându-ne. Era un om bun, nu se supăra niciodată pe noi, chiar dacă-i mai spărgeam geamurile cu ciudrigumi. Cu praștiile. Îți mai amintești de gumele alea de la Dermatina, fabrica de cauciuc? Îți trimit o schiță acum, un desen făcut la repezeală cu strada noastră, de-atunci din copilărie, cu parcul cu castani, cu ceasul de fier și frizeria și cu răsadurile de flori de lângă chioșcul de petrol.*

— Și chiar atunci m-a izbit violent de real din memorie mirosul petuniilor timișorene. A fost una dintre senzațiile cu-adevărat dureros de plăcute, ca să compun un oximoron. Omul a fost căsătorit, acolo în Franța. Are trei copii, deja mari, i-am spus femeii mele cu părul lung, arămiu și cârlionțat, admirând lumina de contre-jour ce-i tivea silueta pe aleea cu castani seculari, înalți, a pădurii domeniului Cantacuzino din Florești, pe care de-abia o descoperiserăm. Iar pe soția lui care a dispărut într-o zi fără urmă o chema Beatrice, am adăugat, apăsând pe declanșatorul aparatului de fotografiat.

Nim, jocul de la Marienbad

Acela a fost anul cel mai bogat în vișine. Aveam patruzeci și nouă de vișini care înconjurau toată curtea de la moșie, în cartierul ploieștean Mitică Apostol, răsăriți pe lângă careul gardului de uluci din lemn de brad și chiar și pe lângă pâlcul de mesteceni, până spre brazii cei înalți. În urma binecuvântatului asalt al albinelor, bondarilor și fluturilor prin pomii înfloriți din belșug, trăgeam nădejdea, an de an, că va fi o recoltă bogată de fructe, care de altminteri erau de soi bun, mari, dulci-acrișoare și zemoase. Dar, ca un făcut, fie venea vreo ploaie cu grindină, fie vreun îngheț de-o singură noapte, vreo ninsoare rătăcită în primăvară sau vreo vijelie și speranța se spulbera sub ochii noștri.

Acum, Doamne-ajută, în plină lună iunie, pomii erau plini de rod. Femeia mea frumoasă cu părul arămiu, lung și cârlionțat își pusese cercei de vișine la urechi și încerca să mă convingă și pe mine să fac la fel, râzând în hohote până la lacrimi, cum îi era obiceiul.

— Uite cum facem, i-am zis. Vom juca *Nim*, jocul de la Marienbad, cu vișine în loc de bețe de chibrit. Dacă pierd, voi purta timp de o săptămână cercei de vișine.

— Chiar?

— Da. Promit.

— Unde este Marienbad?

— În Cehia. O stațiune balneară foarte vestită pe timpul imperiului. Au fost pe-acolo, la vremea lor, și Wagner, și Chopin, și Goethe. Se spune că ar fi un loc tare frumos, printre dealuri, cu case nobiliare minunate.

— Arată-mi cum se joacă jocul tău.

Am așezat pe masa perfect rotundă din foișor patru rânduri de vișine în ordine crescătoare și în număr impar și i-am zis:

— Se iau câte vișine vrei, dar dintr-un singur rând. Cine ia de pe masă ultima vișină pierde. Începem?

A devenit dintr-odată foarte serioasă și s-a concentrat câteva clipe, încruntându-se.

— Pot să le iau de exemplu pe toate cele șapte, din rândul ăsta?

— Da, poți. Eu am văzut prima oară jocul ăsta foarte demult, într-un film francez. Îl jucau cu bețe de chibrit, dar și cu cărți. *L'année dernière à Marienbad* se numea filmul.

— Era frumos?

— Da, frumos. Lung, baroc, bizar și fascinant. Cu o poveste de dragoste pasională și încâlcită, al cărei deznodământ de-abia puteai să-l ghicești. Jucăm?

— Jucăm, a spus femeia mea cea frumoasă, fără să-și ridice ochii de la vișinele așezate în perfectă ordine. Deci, dacă pierzi, o să porți cercei din vișine. Nu mă minți, da?

— Nu te mint, am spus. Și dacă pierzi tu? am iscodit-o imediat.

— Un sărut foarte lung, a promis, uitându-se la mine șăgalnic.

— Și pasional?

— Pasional, firește, a râs ea.

— Rămâne așa! am bătut palma imediat, să nu se răzgândească.

Nu i-am spus că, încă de când am învățat jocul, nu pierdusem niciodată. Nu i-am spus, desigur, nici că, de regulă, cine începe pierde. Doar nu era să umblu prin oraș cu cercei de vișine, vreme de-o săptămână. Așa că am câștigat, fără probleme, vreo zece partide la rând și am așteptat cu nerăbdare răsplata, care, „fii pe pace, va veni la timpul potrivit", m-a asigurat femeia mea frumoasă, „dar numai după ce vom ajunge la cai și la parada cu mașini vechi, rochii și pălării de epocă".

Reușiserăm să ne strecurăm de dimineață, fără să fim văzuți de paznici, pe sub gardul de sârmă zincată împletită și mai apoi prin spărturile în zid ale vechiului palat cantacuzin de la Florești. Voiam să facem fotografii și chiar un mic film. Se auzea o muzică de Vivaldi repetată în ecou prin zeci de difuzoare, de departe, dinspre pădurea exotică de castani și nuci argentinieni. Era chiar partea a treia din concertul *Iarna*, care-mi plăcea cel mai mult și se potrivea tare bine cu aerul misterios al explorării noastre matinale.

O vegetație bogată năpădise bucățile uriașe de zid și coloanele grecești ce se prăbușiseră de-a lungul anilor. Iedera și ferigile înalte fremătau în mici rafale de vânt, foșnind și unduindu-se ca valurile de grâu de peste gardul de piatră al domeniului. Câte-o șopârlă ne mai tăia calea, speriată, iar mierlele ciripeau prin copacii cei bătrâni din curtea spitalului de plămâni instalat în anexele de odinioară ale Micului Trianon. Am început să filmez cu camera destul de performantă a aparatului meu foto, înaintând ușor prin desișul vegetal, urmat îndeaproape de frumoasa mea femeie.

De sub frunzele uriașe ale unei colonii de brusturi cu flori liliachii, țepoase și sferice a ieșit la iveală un șarpe lung de aproape doi metri, negru și lucios, care s-a oprit în dreptul nostru și ne-a privit nemișcat câteva clipe, fluturându-și în răstimpuri limba despicată, ca pe-o mică flamură medievală sau de procesiune religioasă. A plecat după aceea liniștit mai departe în drumul lui, pe sub brusturi.

Filmam în continuare cu mișcări line ale aparatului, încercând să cuprind dintr-o singură panoramare toată măreția de odinioară a palatului vestitului Nabab, în care acesta nici măcar nu apucase să locuiască, răpus de o pneumonie.

Dincolo de mormanul uriaș de moloz din centrul fostului salon de dans, în care se mai zăreau frânturi din sobele de teracotă italiană, glazurate într-un alb și albastru-floral peste rotunjimile sticloase ale unor basoreliefuri cu capete cârlionțate de îngerași, dinspre încăperea alăturată, am auzit câteva glasuri de femei și hohote de râs. Ne-am apropiat și am zărit un grup de tinere complet dezbrăcate, care probau rochii într-un spațiu improvizat ca studio de filmare, plin de reflectoare, ecrane, blende, trepiede, cabluri electrice și recuzită interbelică. Nu s-au sinchisit de noi, sporovăiau și chicoteau mai departe, fără să ne întrebe nimic. Pesemne credeau că facem parte din echipa de filmare. Așa că mi-am continuat neîntrerupta mea filmare, nestingherit.

Am trecut pe lângă o coloană prăbușită, pe care stătea lungită, goală, nemișcată ca o statuie, o tânără cu părul despletit atârnându-i în valuri bogate prin iarbă.

Șarpele de adineauri a trecut liniștit peste rochia de mătase vișinie a femeii, abandonată și ea prin vegetația bogată a ruinelor. Dormea sau era moartă, ucisă poate de veninul nemilos al târâtoarei? Femeia mea frumoasă m-a privit înfricoșată și mi-a șoptit:

— Hai să plecăm de-aici!

În aceeași clipă însă, femeia lungită pe coloana de piatră a sărit în picioare buimacă, frecându-se la ochi, ca trezită din somn. Șarpele din apropiere s-a speriat și a țopăit cât colo într-un salt spectaculos, dispărând rapid printre pietre. Colegele adormitei au întâmpinat-o cu râsete și chicoteli.

S-a ivit prin spărtura ușii principale a fostului palat un bărbat chipeș cu mustăcioară care a invitat-o cu un gest larg, teatral, elegant, la dans. După primii pași, cei doi s-au oprit, s-au privit intens în ochi preț de câteva secunde și s-au sărutat pătimaș, ca-n filme. În umbra unei coloane, nevăzut de nimeni, un bărbat înalt, palid și adus de spate fuma o țigară din care trăgea cu sete, încruntat. Isprăvind de fumat, a dispărut ca o nălucă. Și nimeni, niciodată, n-a mai auzit de el.

Încercasem să mă bag în seamă într-o discuție etno-filosofică aprinsă dintre mentorul meu, Dragoș Sandu, vestit cineast amator al anilor 1960-1970, și Vasile Crețu, un înfocat folclorist bănățean. Fuseserăm cazați în aceeași cameră de cămin studențesc din complexul Facultății de Agronomie din București.

Anul era 1969 și toți trei fuseserăm premiați pentru filmele noastre la primul Festival Național al Filmului de Amatori din România. Eu, pentru filmul de scurtmetraj *Când oamenii se joacă*, la care Dragoș Sandu fusese operatorul imaginii. Ei doi, pentru filmul documentar *Verticală*, având ca subiect elevii unei școli de ambliopi care învață alfabetul. Eu, fiind în clasa a unsprezecea, de-abia împlinisem optsprezece ani. Ei erau oameni în toată firea, în jurul vârstei de patruzeci de ani.

Și-au râs de mine toată seara, până să ajungem la petrecerea de după premiere, undeva într-un cartier îndepărtat, poate prin Vitan sau Titan ori poate prin Regie, la un club studențesc. Mă priveau cu un aer de superioritate îndreptățit, numai că eu eram la vârsta la care nu puteam admite o asemenea anomalie. Așa că debitam în continuare tot felul de nerozii legate de părerea mea despre folclor și despre sensul filosofic al interpretării acestuia. Din când în când, mă mai mângâiau cu un soi de milă pe cap, dar apoi deveneau necruțători, luându-mi în râs orice brumă de argument pseudoștiințific.

— Hai, prâsleo, că o să bei o răchie aici la club, o să strângi în brațe vreo mândră și-o să-ți treacă *înfumureala*! m-a bătut pe umăr ușurel Dragoș Sandu, care ținea cu sinceritate la mine și își punea mari speranțe în viitorul meu de cineast de vază al lumii.

Nu mai înțelegeam nimic, privind în jur. Văzusem în zilele trecute în sala de spectacole *Rapsodia* din strada Lipscani o mulțime de filme semnate de creatori de film din toată țara. Cineaști și critici de film de vază ai vremii purtaseră cu noi discuții aprinse pe tema „suflului nou al cinematografiei". Ceea ce vedeam însă aici, acum, în această petrecere nocturnă, era un alt film, pur și simplu. Și poate că era chiar filmul cel adevărat.

Într-o încăpere în care se fuma mult, se proiecta în liniște un film făcut de niște cineaști dintre cei prezenți în concursul de-abia încheiat. Se auzea numai susurul peliculei care trecea prin fața obiectivului aparatului de proiecție, țăcănind ca o mașină de cusut.

Un apartament la bloc. Un interior minimalist, o canapea, un șifonier, un lampadar, o bibliotecă mică. Câteva bibelouri de porțelan pe un lavoar din ceramică pe alocuri spartă. O femeie tânără intră și își dezbracă rochia. Rămâne în sutien și chiloți. Face câteva mișcări stângace de fotomodel în fața camerei de filmat, zâmbind timorată spre obiectiv. Își dă jos sutienul, rapid. Apoi chiloții. Se unduiește lasciv de câteva ori, dar viteza de rulare a aparatului de proiecție e mai mare, în mod intenționat. Efectul este de film mut. Femeia nu are mișcări feline, ci mai curând țopăie în mișcări grotești, arătându-și goliciunea. Se-ncheie micul film, iar spectatorii aplaudă minute în șir și fluieră, entuziasmați.

Protagonista este prezentă în încăperea plină de fum în care s-a încheiat proiecția. E îmbrăcată sumar, rujată și fardată strident. Pare a fi oarecum stingherită de succes. Răspunde aplauzelor înclinându-se, ca la serbările școlare, după o recitare. Au rulat toată noaptea în sala aceea zeci de filme scurte cu același subiect tabu: femeia, în goliciunea ei.

— De ce ești ipocrit? m-a luat la rost Gelu Mureșan, fecund și inspirat creator de desene animate. De ce nu recunoști că ți-a plăcut? În definitiv ceea ce vedem proiectat aici e femeia nud, minunea universului! Ce poate fi mai frumos, mai înălțător?

Am nimerit mai apoi, la cantină, în toiul unui joc cu sticla, pe săruturi. La urma urmelor, eram un soi de erou al zilei, fiind cel mai tânăr laureat al unui premiu național. Așa că mi s-a aruncat în brațe cea mai râvnită dintre fetele-gazdă, care m-a condus într-o încăpere cu desăvârșire întunecată și mi-a spus:

— Dragul meu, aici nu-i vorba nici despre metafore sau poezie, nici despre arta cinematografiei mondiale, nici despre covorul roșu de la Cannes. Nu se dau nici diplome, nici medalii. Nu se scriu cronici, nu se filmează pentru Telejurnal. Aici îmi arăți dacă ești bărbat sau nu, ce Doamne, iartă-mă?

— Știi să joci Nim, jocul de la Marienbad? am întrebat-o fără veste.

— Nu. Habar nu am despre ce vorbești.

— Hai să le propunem celor de-afară jocul meu. Și dacă mă bați cu martori, pe bune, facem tot ce vrei tu după aceea. Da?

— A fost prima oară când am pierdut jocul, i-am spus frumoasei mele femei cu părul arămiu, lung și cârlionțat, ieșind prin spărtura de zid a palatului cantacuzin, care acum un veac făcea legătura între salonul de dans, bucătărie și curtea din spate a servitorilor.

— Și ce ți-a făcut? m-a cercetat ea din priviri, curioasă.

— Nimic deocheat. A spus doar că vrea să dansăm înlănțuiți și tăcuți până dimineața. Ca și cum am fi doi îndrăgostiți.

Balonul albastru, balonul roșu

Eu și Gole, nedespărțitul meu prieten, trecuserăm o tură pe la Dermatina, fabrica de cauciuc — cu trotinetele noastre uruitoare având rulmenți în loc de roți —, să facem rost de baloane mari din containerele de deșeuri.

Eu, un băiețel slăbuț, pistruiat și plin de idei năstrușnice, el — mai rotofei, vesel și cu un suflet de aur. Ghiozdanul din placaj meșterit de tatăl meu la atelierul de tâmplărie al depoului de tramvaie, grunduit în brunroșcat și dat mai apoi cu nitrolac incolor, îl prinsesem lângă ghidon cu niște chingi din rejansă groasă, ca pe un fel de portbagaj și îl umplusem cu tot felul de elastice pentru praștii numite de noi *ciudrigumi*, cu bucăți mari de camere de bicicletă și de tractór și cu baloane mari, sferice, de toate culorile, doar puțin înțepate spre partea pe unde se sufla aer pentru a fi umflate.

La vulcanizarea de pe strada Enric Baader ni le putea umple cu heliu Marcel, ucenicul tatălui meu, care locuia într-o curte vecină cu service-ul auto și nu rata niciodată ocazia de a ne demonstra cum poate vorbi, râde și cânta pițigăiat ca o *papaioță* — așa i se spunea paiaței, în grai bănățean — după ce trăgea în piept o gură din gazul cel poznaș.

Văzuserăm de curând, la cinematograful Apollo din Parcul Poporului, filmul lui Albert Lamorisse *Le ballon rouge,* care ne impresionase cu-adevărat foarte mult, așa că ne plăcea să mergem în mare viteză cu baloanele cele mari fâlfâind prin aer, agățate de ghidonul trotinetelor, la trei-patru metri deasupra capetelor noastre, convinși fiind că ele ne erau cei mai buni prieteni din lume și că trebuie să le apărăm de netrebnicia copiilor răi, folosindu-ne și noi cu dibăcie praștiile, la o adică. Marcel, ucenicul cel veșnic râzăcios, îmi umflase mie un imens balon roșu, iar lui Gole, unul albastru. Când spun imens, nu exagerez deloc. Avea diametrul de aproape un metru.

Așa am ajuns la depozitul de fier vechi de pe strada Dacilor, cu baloanele fâlfâind în vânt ca niște pânze de corabie, trecând podul de peste Bega aflat la capătul Pieței de Fân.

De altminteri, chiar acolo, în subsolul palatului Secession Anton Nägele la parterul căruia se afla farmacia Kovács, se mutase și familia cea numeroasă a Beatricei, pe care o pândeam ore în șir, s-o văd ieșind pe poarta cea mare a clădirii, ținând cutia viorii în mâna dreaptă și partiturile într-un țecăr, în mâna stângă, pășind cu o ținută mândră, semeață, de prințesă. Prin geamul larg deschis al camerei sale de la subsol se auzea un studiu de Mazas. Mi-am vârât fața printre gratiile din fier forjat ale ferestrelor, închipuind șerpi încolăciți în spirale simetrice printre frunzele și cârceii unei vițe-de-vie.

Stătea în fața fragilului pupitru din tablă subțire, nichelată, cu partitura deschisă — ce semăna izbitor de mult cu un fluture gigant —, îmbrăcată doar în chiloți tetra, și cânta partitura, cu ochii închiși, pe dinafară. Când a deschis ochii și m-a văzut, a tresărit și, oprindu-se din cântat, și-a acoperit trupul cel subțirel cu vioara.

— Ai înnebunit? Te omoară taică-meu dacă te vede! mi-a spus cu voce înceată.

— De ce te-ai ascuns cu vioara? am întrebat-o zâmbind cu gura până la urechi. Oricum semeni cu o vioară!

— Pleacă de la geam, nărodule!

— Ți-am adus un balon roșu. Hai și tu la depozitul de fier vechi. Eu și Gole căutăm bobine mici de cupru, să facem un radio cu galenă. Vii?

— *Mamma mia*, ce mare balon! Și ce frumos! a făcut ea ochii mari. Hai, că mă îmbrac și vin. Dar pleacă de la fereastră!

Era un câmp nesfârșit, dincolo de poarta depozitului de fier vechi. Grămezile de șpanuri spiralate, legănându-se ușor în bătaia vântului și aruncând scântei de curcubeu, păreau valurile unei mări în bătaia soarelui de după-amiază. Nu intram niciodată pe poartă, pentru că era strașnic păzită de un tip musculos, cu o cicatrice mare brăzdându-i obrazul drept și un tatuaj cu sirene și ancore de vapor ce-i acopereau în întregime brațul drept. Musculosul ținea evidența intrărilor și ieșirilor autocamioanelor, notându-le după cântărire într-un registru, cu un creion chimic pe care-l purta permanent după ureche.

Eu și Gole știam o spărtură în gard de-a lungul Begăi, înaintând destul de mult pe malul stâng, până în apropierea unui teren viran pe care băieții mai mari jucau fotbal pariind pe sticle de bere și țigări și înghesuind câte-o fată mai zăpăcită, cu râs voios și zgomotos, prin tufele de răchită și salcie.

Am zărit-o de departe pe Beatrice care ajunsese înaintea noastră printre munții de fier. Ședea cuminte pe un pietroi, cu mâinile pe genunchi, îmbrăcată într-o rochiță albă, subțire, de vară. Ne-am apropiat și am rămas înmărmuriți. Avea mâinile prinse în niște cătușe. Am alergat spre ea într-un suflet.

— Nu trage de ele, te rog, că se închid și mai rău și deja mă doare! mi-a zis fata. Am făcut o prostie, continuă ea. Am găsit un pistol vechi, ruginit, niște cătușe nou-nouțe și două săbii de scrimă, chiar aici, în mormanul ăsta de cârlionți de fier.

— Șpan, i-am suflat eu.

— Nu contează. Am reușit să închid cătușele pe mâinile mele, fără probleme și-am crezut că se vor deschide la fel de ușor. Nici vorbă! Au niște zimți nenorociți ca de rechin, care nu le lasă să se mai deschidă. Ne trebuie o cheie.

— Te-au arestat? nu înțelegea absolut nimic Gole, cu ochii din ce în ce mai mari. Da' ce-ai făcut?

Beatricei îi șiroiau lacrimile.

— Spune-i ăstuia să tacă, măcar. Știu că nu mă poate suferi, dar măcar să tacă.

— Bou, de trei ori bou! m-am răsucit spre el. Taci naibii din gură! Tu nu vezi că-i albastră treaba?

Gole răsucea de pe-o parte pe cealaltă floretele de scrimă, examinându-le atent, iar eu ridicasem pistolul din țărână, cercetându-l cu teamă.

— Trebuie să încercăm cu o agrafă sau așa ceva. Ai agrafă? am întrebat-o.

— Urăsc agrafele, a dat ea din cap energic, în semn că nu.

— Hm, găsim noi ceva, prin toate mățăraiele astea. Dar cum Dumnezeu ți-a trecut prin cap așa o prostie?

Beatrice a ridicat din umeri, ștergându-și nasul cu dosul palmelor îngemănate.

De dincolo de munții și văile de fier vechi a apărut silueta unui om care pășea agale, apropiindu-se de noi. Mergea cu mâinile în buzunare și fuma o țigară, ținând-o în colțul gurii. S-a oprit la numai câțiva pași și s-a pornit să râdă încetișor.

— Nu-i pentru cine se pregătește, a zis el, ci pentru cine se nimerește.

A scos mâna din buzunar, a tras un fum și a azvârlit cât colo chiștocul de țigară. Era însuși marele magician al bâlciului Luna Park din Piața de Fân, care-și zicea Harry-Marele-Houdini, în amintirea faimosului iluzionist, prestidigitator și jucător de cărți mistic și spiritist de odinioară, Harry Houdini, care la rândul său luase numele altui magician celebru, din alt veac, Jean Eugene Robert-Houdin. Beatrice, recunoscându-l, a pornit să plângă de-a binelea.

— Harry, i s-a adresat ea printre suspine, să nu-i spui lui tata, te rog. Mă zvântă în bătaie.

— Nu-i spun, fii liniștită. Te ajut, copil drag. Cătușele nu-s pentru tine.

Bărbatul a scos la iveală din buzunarul cămășii sale din borangic vișiniu o năframă mare și verde de catifea pe care a deschis-o ca pe o capă de toreador, acoperind în întregime imaginea fetei.

— Hai! l-a îndemnat el pe Gole, zvâcnindu-și ușor bărbia în sus. Numără până la trei și bate din palme!

Gole, privind cu totală neîncredere scena, a făcut totuși întocmai cum îi spusese bărbatul. A numărat așadar până la trei și a bătut din palme. Harry-Marele-Houdini a ridicat brusc năframa. Beatrice dispăruse cu totul.

În schimb, cătușele apăruseră în mâinile bărbatului, ca niște jucării argintii inofensive, legănându-se ușor în balamaua lor. Gole, înmărmurit de uimire, a scăpat din mână balonul, care s-a ridicat încet către norii cei albi și răzleți de deasupra orașului. Eu, unul, am aplaudat, pur și simplu.

— Și totuși Beatrice unde este? i-am făcut cu ochiul magicianului.

— Beatrice? a întrebat la rândul său omul, ridicând nedumerit din sprâncene. Care Beatrice?

La mică depărtare de noi, am zărit pe după o grămadă mare de arcuri de canapea ruginite capul unui bărbat ras pe cap. Magicianul s-a apropiat de el și i-a întins o servietă de piele. Acela a scos la repezeală niște haine din ea și, după câteva minute, a apărut îmbrăcat în ele: pantaloni bleumarin cu dungi subțiri, albe, și o cămașă bej, iar în picioare niște sandale romane, foarte la modă pe vremea aceea. Și-a zvârlit cu nepăsare zeghea de pușcăriaș peste mormanul de colaci din sârmă de cupru.

Amândoi au dispărut apoi îndărătul colinei de căzi și calorifere vechi. Era clar că nu putea fi decât evadatul despre care scriseseră ziarele de dimineață, numindu-l în titluri de-o șchioapă *vândut al imperialismului american, trădător* și *dușman al poporului.*

Dar eu aveam de luat de la studioul foto din Piața Traian, de la eterna doamnă fotograf Stoicescu, fotografii mai noi și mai vechi de familie, așa că am trecut nevăzuți de nimeni pe sub gardul depozitului de fier vechi de lângă Bega, târându-ne prin iarbă trotinetele, cu gustul amar al eșecului, pentru că nu găsiserăm nici măcar o singură bobină cu sârmă subțire de cupru pentru micile noastre radiouri cu galenă.

Balonul lui Gole se zărea pe cerul senin ca un mic și neînsemnat punct bleumarin cu luciri argintii. Balonul meu roșu aveam să-l agăț de zăbrelele beciului Beatricei, ca semn că o iubesc cu aceeași pasiune și cu-același devotament. Ea cânta mai departe la vioară cu ochii închiși aceleași studii de Mazas, în fața pupitrului din tablă subțire, nichelată, pe care stătea așezată partitura deschisă precum aripile unui imens fluture, ce îi acoperea trupul cel firav, delicat și subțire.

Un pocnet sec, puternic, repetat perfect în ecou, precum o împușcătură, s-a auzit în văzduh. Balonul meu cel mare și roșu, ancorat de gratiile beciului și plutind exact în dreptul balconului acelui palat Secession care găzduia la parter farmacia Kovács, a explodat risipindu-și bucățile de cauciuc ca pe niște resturi ale unui drapel medieval sau de procesiune religioasă.

Băiețelul din balcon, cu spielhosen de catifea reiată mov și șepcuță de piele, râdea răutăcios, plin de satisfacție. Gole și-a îndreptat praștia spre el și piatra a pornit cu mare viteză, nimerind geamul somptuoasei sufragerii a *Oamenilor-Bogați-Care-Se-Ascund*, cum îi numea cu glas șoptit mama, când ne interzicea sub amenințarea unei aspre pedepse să ne jucăm vreodată cu copiii lor.

Ziarele dimineții următoare titrau cu litere mari izbânda organelor de miliție, ce reușiseră să dea de urma trădătorului, dușman al poporului, și îl împușcaseră mortal în Piața de Fân, la vremea înserării, chiar în timp ce acesta, deghizat într-un anonim din mulțime, se dădea plin de încântare într-una din bărcile uriașe ale bâlciului Luna Park.

Beatrice m-a asigurat însă câteva ore mai târziu că omul scăpase viu și complet nevătămat printr-o magie perfectă a prietenului tatălui său, pe care îl cunoscusem la depozitul de fier vechi și care își spunea cu mândrie Harry-Marele-Houdini.

Din nefericire, glonțul lunetistului serviciilor secrete, după ce își ratase ținta, se rătăcise zburând peste pod, peste case și grădini, peste topitoria de fontă și peste măslinii pitici și serele cu palmieri ale palatului Secession Anton Nägele și lovise la nimereală, fatal, balonul meu cel roșu care se afla în dreptul balconului *Oamenilor-Bogați-Care-Se-Ascund.*

După ce mi-a povestit toate acestea cu sufletul la gură, Beatrice s-a urcat pe un scăunel din camera sa de la subsol, mi-a cuprins obrajii de dincolo de gratii, mi-a zâmbit ca o prințesă și mi-a dat un sărut, cu ochii închiși, ca și cum ar fi isprăvit de cântat la vioară un studiu de Mazas.

Dantelărie la marginea cetii

Vizita cu clasa la turnătoria de peste Podul Dacilor mersese ca pe roate, ni s-a spus mult mai târziu, la careul elevilor școlii din dimineața următoare, după ridicarea pe catarg a celor două drapele, tricolor și roșu, și intonarea imnului nostru de stat, *Te slăvim Românie, pământ părintesc*, al celui sovietic, *Skvozi grozî sialo nam solnțe svabodî, / I Lenin veliki nam puti ozaril: / Nas virastil Stalin, na vernosti narodu, / Na trud i na podvighi nas vdahnovil!*, și al *Internaționalei*. A trebuit totuși să mai așteptăm în curtea întreprinderii vreo trei ore până să plece delegația sovietică aflată într-un schimb de experiență oficial.

N-am pierdut vremea de pomană. Noi eram vreo patruzeci de elevi de clasa a patra, *toa'-n'țătoare* Iovan era răgușită, își pierduse cu desăvârșire glasul în urma unei gripe care bântuia prin oraș, iar Mirela, *utemista* instructoare care ne avea și ea în grijă, îmbrăcată în uniforma ei cea sobră, austeră — o rochie lungă din stofă subțire bleumarin, închisă cu năsturei până la baza gâtului, cu guler mic, alb, rotunjit, scrobit —, era o fată plăpândă și sfioasă din clasa a zecea, așa că ne-am răspândit ca potârnichile prin curtea micii întreprinderi, explorând utilajele și fierăraiele aduse la topit de la uriașul depozit de fier vechi de vizavi, pentru a fi zdrobite cu o pară din fier de câteva tone, iar mai apoi mărunțite într-un malaxor și topite în furnale, pentru a deveni calorifere de fontă, cișmele de apă, capace și grilaje pentru gurile de canal, ceaune și oale emailate de mari dimensiuni, pentru cantinele muncitorești și de cartier.

În hala cea mare a topitoriei vuiau continuu cuptoarele, se auzeau ciocanele pneumatice ale unor instalații complicate și uruitul macaralelor care transportau fonta încinsă până în apropierea formelor paralelipipedice umplute cu un nisip special, ce conținea amprentele exacte ale obiectelor viitoare, în care urma să fie deșertat, printr-un orificiu ca o pâlnie, lichidul incandescent, asemănător lavei vulcanilor din filmele documentare care precedau proiectarea peliculelor în sălile de cinema timișorene numite Apollo, Studio, Capitol, Arta, Freidorf, Unirea, Victoria, Fratelia, Clubul CFR, Casa Studenților sau Cinema 1 Mai.

Un maistru își urla pur și simplu discursul explicativ al tehnologiei turnării fontei. Strecura din vreme în vreme, cu palmele făcute pâlnie, și interdicțiile de a ne apropia de cuptoare sau de recipientele pline de fontă topită. Muncitorii strigau unii la alții, își făceau semne cu mâinile, prin perdeaua de scântei a metalului topit care cădea lent ca o miere de foc în formele pregătite cu mult timp înainte. Ne arătaseră toate etapele de turnare. Era, pentru niște copii inocenți și neștiutori ca noi, cu-adevărat un spectacol greu de imaginat vreodată.

Ioță, Fera, Prepe și Gole, prietenii mei, se hlizeau la una dintre formele mari în care urma să fie turnată fonta topită. M-am apropiat, curios. Capacul formei se mișca din când în când, ca și cum ar fi fost zgâlțâit de cineva, din interior.

Și, cu-adevărat, pe neașteptate, capacul s-a ridicat încet, cu totul, scrâșnind sinistru „ca un sicriu din cimitirul *Între Vii*, unde strigoii bântuiau noapte de noapte, ieșind din morminte ca niște aburi și dănțuind macabru pentru a-i speria pe jefuitorii de comori, de dinți de aur și inele cu safire și rubine mari cât oul de bibilică", ne asigura în șoaptă colegul nostru Prepe, care locuia în curtea uzinei de macarale de lângă Pădurea Verde.

A ieșit din uriașa formă, țopăind ca un smintit și scuturându-și salopeta de nisip, nimeni altul decât cel căruia i se spunea Pătru-Cu-Florile, din Piața Traian. Acesta a luat-o la sănătoasa, mâncând pământul, și a dispărut pe poarta din spate, dinspre canalul Bega, trecând ca fulgerul, neobservat, pe lângă paznicul care moțăia pe scaunul de lângă ghereta sa, la umbra plăcută a unui bătrân castan. Niciunul dintre cei din marea hală n-a băgat de seamă incidentul.

Smintitul de Pătru-Cu-Florile adormise cu siguranță peste noapte într-o formă mare cu nisip, după o beție depresivă cauzată de mai vechea sa gelozie, absurdă și fără de leac, și fusese acoperit, din nebăgare de seamă, cu un capac, rămânând captiv în nisipul amprentat ceva mai devreme cu multă migală pentru turnarea unui lung calorifer. Așa că noi, cei cinci copii, ne-am gândit să-i facem un pustiu de bine nebunului de-abia scăpat de la o mare nenorocire. Ne-am opintit și-am pus la loc capacul cel greu care s-a trântit cu un zgomot puternic, stârnind praful în mici rotocoale, asemănătoare unui fum de țigară.

Privirile maistrului, ale tuturor muncitorilor, ale învățătoarei, ale instructoarei *utemiste* și ale colegilor noștri s-au ațintit asupra noastră într-o perfectă sincronizare. La fel de sincronizați, am înălțat din umeri și noi, cei cinci, și am arătat cu câte un deget către un cilindru de fier care se rostogolea către fereastră, din senin, ca un butoi de vin din cele ce-au căzut cu ceva timp în urmă de pe platforma unui camion de la Vinalcool, strivindu-l sub greutatea lui pe unul dintre vecinii noștri „care mai mult ca sigur că a și murit, bietul de el, lăsând două orfane în urma lui, Dumnezeu să-l ierte!", i-a spus mama tatălui meu, turnându-i apă cu *canta* de tablă smălțuită, vișinie, în ligheanul lavoarului din bucătărie, să se spele înainte de cină.

— Cine fumează aici? a strigat mânios prin pâlnia mâinilor sale maistrul turnător.

Zgomotul asurzitor al halei a încetat ca prin farmec.

— Absolut nimeni, a spus cu glasul ei sfios *utemista*, aflată destul de aproape de noi.

— Foarte bine! și-a rotit maistrul privirile o clipă de jur împrejur, bănuitor, cercetător. Continuați! a strigat după aceea.

Și toată hărmălaia s-a pornit din nou. Mirela a lăsat să-i cadă dintre degetele mâinii pe care o ținea ascunsă la spate un muc de țigară, pe care l-a stins discret, călcându-l cu vârful pantofiorului balerin de pânză neagră, ce se continua cu dunga subțire, maronie a ciorapului fin de mătase Adesgo, care înainta curbându-se ușor dinspre tendonul călcâiului peste gamba sa delicată, dispărând către pulpă, sub poalele rochiei din stofă subțire, bleumarin, ce-i ascundeau fără îndoială un tainic, de nebănuit, uluitor secret.

— Tu te holbezi la picioarele ei? a pufnit râzând Gole.

— Cine, eu? am făcut ochii mari. Niciodată!

— Da, da, sigur. Am văzut eu!

— Cred că Mirela fuma, am văzut-o cum își stingea țigara, i-am dat lămuriri.

— Sigur. Am văzut cum te uitai la picioarele ei! râdea el în continuare. Fuma cu picioarele, pe sub rochie, sau ce?

Așa că i-am ars una după ceafă și a amuțit. Nu s-a supărat pe mine, pentru că el dintotdeauna mi-a fost cel mai bun prieten.

Stătea aplecată deasupra unei tufe „cu bobițe roșii", cum numea generic frumoasa mea femeie cu părul lung, arămiu și cârlionțat cam toate fructele mici de la marginea pădurii. Le fotografia continuu, fără să obosească să se minuneze de frumusețea și de perfecțiunea lor.

— Sunt minunea lumii! mi-a spus, arătându-mi pe ecranul aparatului de fotografiat o macrofotografie. Chiar sunt un alt Univers.

— Iar eu mă duc să fotografiez fazanii care țipă în ceața asta, peste câmp. Hm?

— Vezi să nu stea la fotografiat! m-a luat ea peste picior, râzând cu gura până la urechi.

— Ei bine, vom vedea, i-am zis.

Și-am dispărut în ceața cea groasă a dimineții de octombrie.

Se auzeau prin tufele de măceș, printre ramurile de păducel și de corni. Erau la doar câtiva pași de mine. În câteva rânduri au țâșnit atât de aproape încât m-am și speriat și, bineînțeles, am ratat clipa declanșării aparatului de fotografiat, tocmai când treceau pe deasupra capului meu, făcând-o parcă înadins, jucându-se cumva cu mine. Cel puțin patru sau cinci fazani. Ce păsări frumoase! Însă ce zbor caraghios au! Ca niște găini care zburătăcesc peste gardurile unei ogrăzi. Și, fir-ar să fie, cât de iute dispar prin tufișuri, printre mărăcini. Se ascund, ca în gaură de șarpe.

Și-atunci, în tăcerea deplină care s-a lăsat după ultimul zbor al ultimului fazan, am zărit licărirea de safir a unor fine mărgele transparente prinse în pânza uriașă a unui păianjen. Dincolo de ceață se ghicea soarele, deasupra pădurii. Iar pânza păianjenului, încărcată de nestematele ei tremurătoare, în bătaia ușoară a vântului, părea a fi o dantelă complicată coborâtă din tabloul vreunui pictor flamand. Am alergat la întoarcere, plin de încântare.

— Să nu-mi spui că ai reușit să-i fotografiezi! m-a întâmpinat frumoasa mea femeie.

— Nu, i-am ratat pe toți.

— Și-atunci? De unde bucuria asta?

I-am arătat imaginile fotografiate.

— Vreau să văd și eu dantelăria ta de la marginea ceții! s-a ridicat ea brusc.

Pe o bancă, nu departe de noi, stătea o doamnă în vârstă, extrem de elegantă, cu o față frumoasă, destinsă într-un zâmbet blând. Purta pe cap o pălărie cu boruri largi și câteva frunze ruginii prinse în panglica cea lată a acesteia. Citea cu glas încet ceva dintr-o carte. Când am trecut pe lângă ea ne-a aruncat o privire caldă, apoi și-a continuat lectura: *O, Nerina! Forse che non sento questi luoghi / parlare di te? Sei forse cancellata / dal mio ricordo? Dove sei andata, / o dolcezza mia, che qui ormai trovo solo / il ricordo di te? La terra dove sei nata / non ti vede più: la finestra, da cui / eri solita colloquiare con me, e da cui riluce / triste il raggio delle stelle, / è vuota. Dove sei, che non sento più / risuonar la tua voce, come una volta, / quando ogni sillaba che le tue labbra pronunciavano/ e che giungesse a me era solita farmi scolorare / il volto? Era un altro mondo. Furono / i tuoi giorni, mio dolce amore.*

I-am aruncat o privire peste umăr și am întrebat:

— Leopardi?

A tresărit. M-a privit speriată, confuză, uimită. Cu încetul, căldura din priviri i-a revenit. Mi-a făcut un semn discret, fluturându-și lent mâna înmănușată în fine dantele.

— Beatrice? am tresărit la rândul meu.

Și chiar în clipa aceea s-a pornit o ploaie torențială, cu stropi mari și reci.

Cuva uriașă cu fontă luminând roșiatic, precum luna plină, toamna, la răsărit, se apropiase de cea din urmă formă amprentată pentru a deveni un calorifer. Muncitorii au deplasat vasul cu fontă lichidă lângă buza orificiului-pâlnie și au turnat lava cea domol curgătoare ca mierea unui soare la asfințit. Au țâșnit spectaculos mii de scântei, asemănătoare unui joc de artificii.

În cadrul ușii mari de fier de la intrarea în hală am zărit silueta unei fete care ținea în mâini cutia unei viori. Dârele scânteilor desenau linii subțiri și curbe de lumină prin aer, unindu-se în rețeaua complicată a unei dantelării venețiene din pânză fină de păianjen, suprapunându-se peste imaginea fetei. Ea a privit plină de uimire jocul scânteilor și a dispărut la fel de neașteptat precum apăruse.

Spre prânz, s-a lăsat treptat liniștea în turnătorie. O parte dintre muncitori plecaseră la masă. Alții, împreună cu maistrul, rămăseseră să ne arate caloriferele din fontă răcită, cișmelele, capacele pentru canale, ceaunele și oalele care urmau a fi smălțuite.

Trăgând capacul ultimei forme, ca la un semn, s-au crucit cu toții. Au scos încet din nisip obiectul de metal răcit și l-au așezat cu multă grijă pe pardoseală. Nu era nici pe departe un calorifer. Era statuia din fontă a lui Pătru-Cu-Florile. Dormind.

Sfânta Ștefi și floarea de leandru

— Și cam cât de adâncă e apa din golf? m-a întrebat frumoasa mea femeie cu părul arămiu, lung și cârlionțat, privind cu mâinile făcute streașină la ochi către clădirea bătrânei hidrocentrale timișorene, căreia cei de prin partea locului îi spuneau La Turbine.

— Acum cred că poate fi trecută în picioare, nu e mai adâncă de un metru. Canalul nu s-a mai dragat de foarte mult timp. Aici întorceau prin anii 1960 vaporașele de promenadă, care ajungeau apoi dincolo de ecluzele de la Sânmihaiu Român. Tot aici ne întorceam bărcile și noi, caiaciștii și canotorii pe schifuri, care ne antrenam și concuram între Turbine și Podul Modoș, din primăvară până-n toamnă. Dincolo de Turbine, în perioada interbelică, era o plajă vestită și foarte îngrijit amenajată pe malul stâng al Begăi, unde părinții mei, la zece ani după război, au obținut o autorizație pentru administrarea terasei și a restaurantului pe perioada verii. Tot pe-acolo, dar pe malul celălalt, ai mei aveau și o grădină de legume și zarzavaturi.

— Văd pescari. E pește chiar atât de mult?

— O, da. De necrezut cât de mult pește are Bega. Niște pescari au prins odată aici un somn de peste o sută cincizeci de kilograme, lung de trei metri.

— Fugi de-aici, că e prea gogonată minciuna!

— Nu mint. A apărut și la ziar fotografia. Era cu-adevărat un pește uriaș și bătrân, avea mai bine de o sută de ani. Zece oameni s-au luptat cu el să-l scoată la mal.

— Povești de adormit copiii! mi-a făcut semn cu ochiul, zâmbind.

— Nu-i nicio poveste. Pe vremea imperiului trăiau în Bega somni de peste trei sute de kilograme.

— Și aveau fiecare câte-o mie de ani! a izbucnit în râsul ei copilăros.

— Poate că da, am zis eu, foarte serios. Inundațiile din mai și iunie 1970 au făcut prăpăd și pe-aici, trecând vijelios peste stăvilarul hidrocentralei către oraș. Au fost cele mai mari inundații din istorie, ni s-a spus la ora de dirigenție. Banchetul de după terminarea liceului a fost anulat de către mai marii județului, iar banii strânși de noi pentru petrecere au fost virați într-un cont al sinistraților. Cu toate astea, am organizat, cumva clandestin, un banchet neoficial, la restaurantul Palace de la parterul Palatului Dauerbach de pe Corso. Nu de alta, dar fetele își făcuseră la croitorii de lux, pe comandă, rochii elegante din tafta și paiete strălucitoare și se coafaseră în pieptănături sofisticate, cu părul filat, fixat cu mult spray.

Aveam un aer îngrijorat cu toții. Ne adunam cu-ncetul, unul câte unul. Cei dintâi am sosit noi, băieții, trași la costume, cu cămăși albe și cravate, ca pentru poze, la fotograf. Comandaserăm câte-un coniac la bar — deh, dacă tot absolviserăm deja liceul, era voie, nu? — și ne aprinseserăm țigări, plimbându-ne între faimosul restaurant Lloyd, din vecinătatea Teatrului de Stat, a cafenelei și a restaurantului Palace, spre Catedrală, așteptând sosirea profesorilor și colegelor noastre.

Vorbeam despre inundații, mai ales băieții de la țară descriau scene terifiante cu case smulse din temelii de furia apelor, cu copaci doborâți ca spicele de iarbă și ogoare acoperite în întregime de apă. Telejurnalele prezentau filmări și fotografii făcute de jurnaliștii care se aflau în elicopterul presei, ce însoțea ca o umbră, pretutindeni, elicopterul prezidențial. Valul de noroi înalt de câțiva metri, amestecându-se ca o cocă, de-a valma, cu zăpada din munți și cu apa râurilor umflată de ploile nesfârșite ale acelei primăveri, încolăcise ca pe-un șarpe de sârmă calea ferată dintre Deva și Timișoara, ca pe-un melc cu cochilie diformă, gelatinoasă, un fuior colosal de oțel împănat cu stâlpi de înaltă tensiune căzuți la pământ și tresărindu-și ultimele suflări, precum balaurii răpuși de săbii viteze prin basmele copilăriei.

Făcuserăm o rezervare pentru mai bine de o sută de persoane. În cele din urmă ne-am adunat doar vreo cincisprezece-douăzeci de colegi și-o mână de profesori. La masa oficială, rezervată direcțiunii liceului, nu se afla nimeni. Mama colegului nostru Oliver Savici, fotografă la studioul foto dinspre cofetăria Violeta, ne adusese fiecăruia câte o copie după tabloul cel mare al promoției care ar fi trebuit să fie expus într-o vitrină centrală a orașului, lângă Cinema Studio, înainte de a fi agățat pentru totdeauna pe peretele culoarului de lângă cancelaria școlii de muzică, unde se aflau rânduite toate panourile cu fotografii ale promoțiilor precedente.

Daniela Beldi, colega mea de bancă, venise însoțită de frumoasa ei mamă. S-a ridicat de la masă fără niciun cuvânt și a agățat copia tabloului de spătarul scaunului pe care ar fi trebuit să stea directorul școlii. Am aplaudat îndelung cu toții.

— În felul acesta, a spus doamna Beldi, ridicând o cupă de șampanie, ne simțim cumva protejați în acțiunea noastră oarecum ilegală, prin prezența — fie și virtuală — a direcțiunii și profesorilor voștri. Aș toasta, înainte de toate, cu întristare și cu gândul la cei năpăstuiți de urgia naturii, să-i ajute bunul Dumnezeu și tovarășul Nicolae Ceaușescu să scape de nenorociri! Iar vouă, dragi copii, mult succes în viață!

Încheindu-și scurtul și pateticul discurs, femeia a izbucnit în lacrimi. Daniela, fiica ei, s-a pornit să plângă și ea în mici hohote și suspine, tremurând ușor din umeri. Nici lacrimile celor două, nici pomenirea numelui conducătorului țării n-au avut însă darul să oprească decizia primăriei de a-l demite din funcția de director al Operei de Stat pe tatăl colegei noastre, chiar începând din ziua următoare.

Până spre ziuă am colindat pe la casele profesorilor noștri, pentru a le cânta *Gaudeamus igitur* și pentru a fi omeniți cu câte-o prăjitură și o cafea sau un suc în sufrageriile acestora. Iar ei, conform unei străvechi tradiții, ne așteptau în prag, cu drag.

Am plecat pe la patru dimineața, împreună cu Beatrice, către cheiul Begheiului din spatele Catedralei. Atunci am auzit un uruit surd, care se apropia cu repeziciune dinspre râu. Era zidul de apă al viiturii. În doar câteva clipe, albia adâncă a canalului s-a umplut până la refuz, torentul înaintând cu mare viteză către port, spre Podul Modoș.

— N-am luat-o la fugă, dimpotrivă, îi povesteam mai departe frumoasei mele femei cu părul arămiu, lung și cârlionțat. Nu-mi explic nici azi de ce, eram fascinați de sublimul acelui spectacol. Ne-am apropiat încet de malul Begăi, privind curgerea furioasă, nestăvilită a apei. În mod surprinzător, apa nu era tulbure, încărcată de mâl. Era limpede, ca de izvor. În cele din urmă, ca desprinși din vraja unei magii, ne-am îndepărtat, fugind către Catedrală. Am auzit în urma noastră vuietul apei care înainta încet spre oraș, ieșind din matcă, în luciri de mercur, la lumina lunii.

Am urcat în mare viteză treptele cele multe și am intrat în catedrala care era plină de oameni, deși afară nu se luminase încă de ziuă, iar preotul ținea o slujbă, întovărășit de cântul corului instalat la balcon.

Apa cu limpezime de cristal se strecurase ușurel în incinta bisericii. Dintâi, credincioșii au privit-o cu spaimă, închinându-se și murmurând la unison *Tatăl nostru*. Mai apoi, preotul, aflat în amvonul său, a rostit cu voce sonoră, repetată în ecou, răspicat:

— Bune sau rele, toate de la bunul Dumnezeu vin, pe potriva faptelor și gândurilor noastre. Iar eu de-aceea vă spun: această apă curată este apă sfințită. Luați de vă bucurați! Curățați-vă de păcate, de boli, de himere, de spurcăciune, de necredință! Luați! Luați! Luați! Hristos a înviat!

După câteva clipe de tăcere deplină, confuzie și ezitare, s-a iscat un freamăt general și toți cei prezenți s-au lăsat pe pardoseală în genunchi, luând apa cu mâinile făcute căuș și stropindu-și fețele, hainele, trupurile. Preotul însuși, însoțit de diacon, trecea printre oameni cu agheasmatarul de argint aurit, crucea și sfeștocul de busuioc, stropind în semn de binecuvântare în dreapta și în stânga, cu sfânta agheasmă apărută în biserică, atât de miraculos. Corul de la balcon cânta fără încetare *Hristos a înviat din morți, cu moartea pre moarte călcând* și *Doamne, miluiește!*

Preotul a urcat scara interioară a clopotniței până la balcon pentru a-i binecuvânta pe cântăreții și cântărețele corului cu apa cea sfințită ce sosise dinspre izvoarele subterane și lacurile glaciare ale munților Retezat, deopotrivă cu apele topite ale zăpezilor și ploilor, purificate de sfânta credință.

Piața Libertății, Piața Kutl, Piața Unirii, Piața Traian și Piața de Fân au fost și ele inundate de apele cristaline ale acelui torent de apă sfințită, și locuitorii orașului și-au făcut provizii în sticle și borcănașe, pentru un an întreg. Apa a intrat și în sala de spectacole a Operei de Stat unde avea loc o reprezentație de matineu pentru elevi, inundând complet fosa orchestrei, ai cărei instrumentiști au cântat timp de trei minute subacvatic, iar mai apoi, ieșind la suprafață pentru a respira, au continuat să acompanieze o arie a Violettei din opera *La Traviata*, de Giuseppe Verdi. *Ah, fors'i lui che l'anima. Follie, follie! Delirio vano è questo!*

O vreme, mai ales copiii și-au improvizat mici luntri din scânduri și înaintau prin apă pe străduțele din cartierul Freidorf, sprijinindu-se de lungi prăjini, spunându-și unii altora că s-a vărsat Veneția la Timișoara, cu tot cu ape, canale și gondolieri. Minunea nu a durat însă decât șapte ore. După care apele Begăi s-au retras în matcă și au redevenit tulburi, mocirloase, purtând în unda lor tot felul de haine, de mobile, de obiecte de prin gospodării și de leșuri ale unor animale căzute pradă nenorocirii.

La scurt timp, în spatele curții casei noastre Secession, fix în mijlocul ogrăzii animalelor lui Ștefi, a țâșnit din pământ o arteziană, chiar în timp ce ea mulgea o capră, șezând pe un scăunel. Capra a sărit în lături speriată, iar Ștefi a umplut o cantă nouă cu apa artezienei.

Era limpede ca lacrima. A sorbit o înghițitură. Era tare bună la gust și rece ca gheața. Roji-neni, însoțită de cățelul ei, Azor, s-a apropiat cu băgare de seamă dinspre bătătorul de covoare, cu țigara în colțul gurii și a întrebat-o pe fată, cu vocea ei cea veșnic răgușită:

— Cum ai făcut asta, Ștefi?

— Ce, adică, am făcut? a ridicat ea din umeri.

— Cum ai făcut tu să sară din pământ, așa de sus, o apă tocmai bună de băut?

— Eu nu am făcut nimic, Roji-neni. M-am rugat la bunul Dumnezeu să-mi dea capra lapte și El mi-a dat o apă de băut foarte bună!

— E o minune, Ștefi. Eu cred că tu ești o sfântă.

Fata familiei Hermann a zâmbit arătându-și toți dinții.

— Vreți apă, Roji-neni?

— Da, vreau, s-a închinat cu pioșenie, de trei ori, femeia cea micuță și răgușită. Și dacă n-o să mă mai doară ficatul înseamnă că tu ești o sfântă.

A sorbit trei înghițituri. După câteva clipe a spus:

— Parcă nu mă mai doare așa de tare, draga de tine, Sfânto!

O săptămână întreagă au venit în pelerinaj toți vecinii din curte și au luat apă, chiar din mâinile Sfintei Ștefi. Au venit și cei din casele Secession învecinate și și-au umplut cantele. Și, cu-adevărat, apa artezienei din curtea caprelor a făcut minuni.

— Tatăl meu a câștigat la Loto, de exemplu, i-am spus frumoasei mele femei cu părul arămiu, lung și cârlionțat.

— Ăhăm, a dat ea din cap zâmbind neîncrezătoare.

— Zău, dacă te mint! Chiar a câștigat la Loto și o vreme ne-a mers foarte bine celor din familie. Am primit un lot de casă de la primărie lângă pădure și tata, împreună cu fratele meu cel mare, a muncit o vară întreagă la curățarea și sortarea cărămizilor rămase din clădirile distruse de bombe în timpul războiului, la Gara Mare, și au dus pe terenul acela câteva căruțe pline, pentru construcția unei case noi. Am păstrat până astăzi prin actele familiei proiectul de casă făcut de un arhitect, pe o hârtie de calc, plină de ștampile. Ce-i drept, la scurtă vreme, tata a vândut totul, copleșit de veșnicele și împovărătoarele sale datorii.

După o săptămână, arteziana a dispărut ca și cum n-ar fi fost niciodată. În locul ei, a răsărit în vara aceea un leandru, pe care Sfânta Ștefi l-a răsădit într-o ladă mare de lemn, meșterită de Blumm-baci, pantofarul-cămătar.

— Și astăzi mai simt mireasma dulce-amăruie a acelui copăcel firav cu flori rozalii și parfumate, i-am mai spus frumoasei mele femei, făcându-i o fotografie în fața golfului de la Turbine, luminat blând de soarele aflat la apus.

Printre petalele florilor de leandru, larg deschise, catifelate, ca de orhidee, zburau fără încetare câteva păsări colibri pe care mama le primise în dar de la pitica Rosamunda și cărora Sfânta Ștefi le construise niște căsuțe minuscule din sârmă de cupru luată din atelierul de bobinaj al tatălui meu. Cântau în lungi triluri, împreună cu mierlele, privighetorile și scatiii, în fiecare dimineață, legănându-se ușor pe crenguțele mlădioase ale copăcelului, într-o adiere blândă cu iz dulceag de cacao, unt și fructe exotice.

— Ca mireasma fetei circarilor? m-a iscodit zâmbind șăgalnic femeia mea cu părul lung, arămiu și cârlionțat.

— Da. Chiar așa. Miroseau a Beatrice, am zâmbit și eu, îmbrățișând-o ușor.

O muzică sub desenul de gheață

Boboteaza din acel an, 1964, se nimerise a fi într-o zi de luni. Pe la ora zece dimineața, eu, Beatrice, verișorii mei Nicu-Mic și Laura, însoțiți de tatăl lor vitreg, taciturn și veșnic morocănos, numit Cosovan, am hotărât să mergem la pădurea din marginea Timișoarei, învecinată cu casa lor, să verificăm capcanele din lațuri de sârmă subțire de oțel, pe care le întinsese bărbatul cel ursuz, pentru iepuri și căprioare, cu o zi în urmă, prin lăstărișul des de ulm, tei, stejar, frasin și arțar.

Zăpada mare, imaculată, ne scârțâia sub picioare din cauza gerului, iar ceața deasă ne împiedica să vedem ceva mai departe de zece pași în fața noastră, peste câmpul cel mare din fața lizierei. Tocmai de-aceea mergeam aproape unii de alții, în șir indian, să nu ne rătăcim.

Nu vorbeam nici măcar în șoaptă, pentru a nu fi auziți de urechile vigilente, ciulite și bine exersate ale pădurarului care locuia în inima codrului, chiar lângă Iazul Fermecat din pădurea de mesteceni de dincolo de pădurea de brazi, ale cărui ape sulfuroase stârneau în răstimpuri văpăi subțiri de focuri, atrăgând ielele și toate spiritele pădurii, ce dănțuiau uneori, în nopțile cu lună plină, într-o horă largă, spiralată, înfricoșătoare, dimpreună cu lupii, vulpile, dihorii, jderii și alte sălbăticiuni, scoțând din gâtlejuri urlete prelungi ca tânguirile de clopote ale bisericii Sfântul Ilie din zona Prințului Turcesc în noaptea de Înviere, ce alternau cu bătăile ritmice de toacă.

— Așteptați aici! ne-a poruncit Cosovan încruntat, oprindu-se pe neașteptate. Nu vă mișcați, nu vorbiți! Nicu-Mic, tu vino cu mine!

A scos la iveală din rucsacul pe care îl purta în spinare o toporiscă și un cuțit de vânătoare și a dispărut în ceață împreună cu verișorul meu, care, ca și mine, avea să împlinească în curând 13 ani. Beatrice, Laura și cu mine am rămas locului vreme de vreun sfert de ceas, fără să îndrăznim a face măcar un singur pas, până când, răzbiți de frigul cel nemilos, am început să țopăim ușor și să ne maimuțărim, provocându-ne la râs, tocmai pentru că știam că ne fusese interzisă gălăgia.

Ceața se mai ridicase în pădure. Printre copacii cei tineri se zărea Marele Lac complet înghețat, care, la urma urmelor, era tot un soi de baltă, iscată dintr-o buclă mai largă a pârâului Behela ce traversa pădurea de la un cap la altul. Apa lacului era însă destul de adâncă. Vara ne scăldam toți copiii acolo, fără vreo teamă, dar din când în când auzeam zvonuri despre unii mai mari decât noi care s-ar fi înecat, plonjând *feieș* — adică în cap — în luciul apei, aruncându-se din crengile mai înalte, groase, scorburoase și noduroase ale sălciilor bătrâne de pe mal și încurcându-se în hățișul lianelor din adânc sau absorbiți de curenți nemiloși și vâltori subacvatice puternice, ca niște tornade inversate.

După încă un sfert de oră, Cosovan și Nicu-Mic au apărut din desișuri cu pași mari și hotărâți. Bărbatul ducea în spinare un pui de căprioară și doi iepuri mari care se bălăbăneau fără suflare, atârnând pe umerii săi, la fiecare pas.

— La ora două, fix, mâncăm, ne-a spus cu glas potolit omul. Până atunci, liber la gheţuş, pe lac! a schiţat el un zâmbet, după care, posomorându-se brusc, s-a răsucit pe un călcâi și a intrat în ceaţa câmpului, dispărând complet, ca prin magie.

Meșteșugiserăm încă din vară, eu și verișorii mei, câteva frânghii groase împletite din liane puternice de curpen, lungi de vreo zece metri, atârnate de crengile cele înalte ale sălciilor de pe malul lacului, din care, legănându-ne, obișnuiam să ne aruncăm în apa de la mal, mai puţin adâncă și cu un mâl gros la fund, plin de lipitori.

— Te dai? am întrebat-o pe Beatrice, râzând, în vreme ce-mi suflam aer cald prin mănușile de lână. Adică ai curaj? am adăugat, făcându-i cu ochiul.

Încercam în felul acesta să-i întorc, oarecum ironic, invitaţia ei mai veche de a mă da în bărcile uriașe din Luna Park, instalate în Piaţa de Fân, experienţă încărcată în exces de adrenalină, pe care nu aveam să o uit vreodată.

— Dar ţi-am mai povestit despre toate astea, altă dată, i-am spus frumoasei mele femei cu părul lung, arămiu și cârlionţat, în timp ce formam la întâmplare un număr la interfonul porţii uriașe a casei noastre Secession și cineva chiar ne-a deschis — clanc! — și-abia după aceea s-a auzit în difuzor o voce răgușită de femeie: „Cine-i acolo?“ Florile din vară ale curpenului deveniseră acum niște fuioare străvezii, alb-strălucitoare, asemănătoare firelor de mătase sau de lână netoarsă, am continuat să-i povestesc frumoasei mele femei cu părul lung, arămiu și cârlionțat, în vreme ce fetițele familiei străine care locuia acum în fostul apartament al copilăriei mele o împresuraseră, râzând în hohote și chicoteli de clopoței și o trăgeau la joacă, cu nuiele, frunze de tei și de arțar, mături și crenguțe de tuia, pe cele șase trepte care urcau spre locuința noastră de altădată. Micile rafale ale vântului de ianuarie, i-am mai spus, privind cu încântare toată forfota fetițelor, împrăștiau sofisticatele semințe ale lianelor împletite prin sălcii în nesfârșiți norișori de puf, cumva imateriali, ce păreau a închipui minuscule aripioare de înger care dansau precum fluturii sau ca o ninsoare. Firele încâlcite ale fuioarelor desenau în peniță subțire o caligrafie misterioasă din care se desprindeau litere ale unei scrieri continuu mișcătoare, ce cripta un mesaj, la fel ca aripioarele semințelor de arțar, ce cădeau la sfârșitul verii ca niște elice de elicopter și pe care ni le lipeam de nas, la vremea lampioanelor și măștilor din lubenițe și bostani cu guri rânjite și lumânări aprinse înăuntrul lor, pentru a alunga duhurile rele sau pentru a ne speria unii pe alții, pur și simplu.

Ne-am oprit apoi în fața magaziei din curte pe care tatăl meu o folosea pe vremuri drept atelier de bobinaj.

— Aici era un adevărat laborator alchimic, nu doar un atelier obișnuit de reparat motoare, transformatoare, aparate de sudură, pompe de apă, mașini de spălat rufe sau ventilatoare. Erau rânduite pe rafturi tot felul de unelte și scule, șuruburi, piulițe, șaibe, burghie, mosoare cu sârmă de cupru de diferite grosimi, recipiente din sticlă brună și verde, cu etichete care precizau substanțele. Erau cutii cu celuloid, plexiglas, presspan, mică, pertinax, azbest, bachelită, rejansă, fuioare de cânepă și sculuri de bumbac, șelac, feldspat, sacâz, tole de siliciu, camfor, bronz, magneți, rulmenți, cositor, nitrolac, fludor, borcane cu vaselină, mercur, acizi, hidrochinonă, sulfit de sodiu, metol, decapanți, izolirband, șmirghel, alambicuri și eprubete, un cuptor pentru emailuri și aliaje metalice, cu-adevărat ca într-un laborator de alchimie. Aici a început să scrie marea sa carte despre arta bobinajului. Aici era mica lui bibliotecă tehnică. Aici își ținea cărțile, almanahurile și revistele interbelice, cu desăvârșire interzise pe vremea aceea, decorațiile din război și fotografiile cele vechi. Aici îmi povestea despre marile sale invenții, care aveau la bază electromagnetismul, forța luminii și a sunetului, pentru realizarea efectului de *perpetuum mobile*. Aici cânta la mandolină, drâmbă și vioară. Aici se retrăgea să bea în liniște câte un țoi de mastică, la adăpost de cicăleala mamei mele. Aici își scria memoriile, pe care nu le-am găsit niciodată, pentru că le distrugea de îndată ce le scria, de teamă să nu fie găsite de oamenii răi.

Am deschis cu băgare de seamă ușa magaziei și am aruncat temători o privire în interior. Era complet goală.

— Am hotărât atunci să facem ceva cu totul și cu totul nou: să ne cățărăm toți patru pe o singură frânghie din liane de curpen și să ne dăm în leagăn deasupra lacului înghețat.

Zis și făcut. Cel dintâi am urcat eu, destul de rapid, printr-o tehnică învățată de la tatăl meu, care fusese o scurtă perioadă în adolescență acrobat la *Cirkus Kludský*, într-un turneu prin micile orașe ale Vechiului Regat, de-o parte și de alta a Oltului. După mine s-a cățărat Beatrice, apoi Laura, iar cel din urmă, care a și pornit mișcarea de legănare a frânghiei, a fost Nicu-Mic.

Ce încântare! Ce ameţeală! Ce imagini învălmăşite ale copacilor! Ce aer tăios, prin ceaţa rece a gerului Bobotezei! Şi, după doar câteva clipe de visare, fără veste, frânghia s-a desprins din creanga cea înaltă a salciei, deşirându-se cumva în *slow motion*. N-a fost, din fericire, o cădere, ci mai curând o alunecare. Ne-am trezit cu toţii pe luciul lacului îngheţat, fără vreo şansă de a stăpâni direcţia alunecării.

— Da, ca într-un desen animat! am izbucnit în râs, închizând cu băgare de seamă uşa magaziei.

— N-a păţit nimeni chiar nimic? Nicio luxaţie, o fractură, o zgârietură? m-a privit făcând ochii mari frumoasa mea femeie.

— Nimeni n-a păţit nimic. Râdeam doar, ca apucaţii! am continuat să râd, amintindu-mi. Am amuţit cu toţii însă, ca la un semn. Se auzea un zgomot surd, ca o scrijelitură nesfârşită. Am crezut că se va rupe gheaţa sub noi, dar nu se zărea nicio fisură, nicăieri. Câteva bufnituri puternice s-au auzit chiar din adâncul apei.

Sub gheaţă şerpuia domol o lumină puternică, verzui-roşiatică. O, Doamne! Un monstru acvatic? Am încercat să o luăm la fugă, dar alunecam caraghios, tot ca în desenele animate, rămânând lăţiţi pe suprafaţa gheţii, precum nişte biete amfibii eşuate la malul mării.

— Ia, ascultaţi! a spus în şoaptă Beatrice. E o muzică!

Ne-am apropiat urechile de gheaţă. Într-adevăr, era o muzică de orgă. Un preludiu de Bach.

— Eşti sigur că era un preludiu de Bach? m-a iscodit femeia mea frumoasă cu părul lung, arămiu şi cârlionţat.

— Foarte sigur, i-am spus. În orice caz, o improvizaţie în stil baroc, în stil Bach. Aşa cum ţi-am cântat eu la orgă în biserica fortificată de la Cincşor, astă-iarnă.

— Îhîm, a murmurat ea. Trebuie să fi fost magnific!

— Era magnific și înfricoșător, în același timp.

Beatrice s-a apropiat de gheață, privind atent în adâncul apei și a văzut cu limpezime un chip care îi zâmbea. Sub desenul înflorat al gheții înota, unduindu-și lent trupul cel firav și fluorescent, o fată aidoma ei, care cânta la acordeon Preludiul numărul 1 în Do major din *Clavecinul bine temperat*, de Johann Sebastian Bach.

Un sărut la circul Kludsky

Între scara familiei Suciu și cea a ultimului apartament locuit de domnul și doamna Nagy, mănușăreasa, aflat chiar lângă gardul casei noastre Secession, ce ne despărțea de Căminul de copii ICOT, era instalată permanent o masă lungă și masivă de sufragerie, din lemn de nuc, în stil baroc, cu picioare piramidale, asemănătoare celor ale pianului nostru. Cele șase fotolii Thonet din lemn curbat erau așezate simetric în jurul mesei la care jucau Rummy, chiar acum, cele două familii învecinate, tatăl meu și un musafir necunoscut al familiei Suciu, un bărbat tăcut și zâmbitor, de vreo șaizeci de ani, cu mustață stufoasă, căruntă, ochi albaștri și privirea senină, blândă.

Nu departe, lângă nucul cel mare, pe scaune mici și cu o ladă de bere răsturnată, pe post de măsuță, jucau o partidă de cărți 66 domnul Hermann, portarul, unchiul meu Florian, tatăl Beatricei și soția lui, pitica Rosamunda, asistați de domnul Dinu, croitorul, de mama mea și de domnul Lichting, contabilul.

Noi, copiii cei mulți ai curții, cu vârste între șapte și treisprezece ani, așezați ceva mai departe pe pături, în iarba din fața teiului, priveam un lung diafilm cu *Albă ca zăpada și cei șapte pitici*, manevrat încet și povestit cu glas domol de doamna Krausz, profesoara de pian a casei noastre Secession, proiectat pe un ecran improvizat dintr-un cearșaf mare, alb, ce se legăna ușor, ca o pânză de corabie în adierea vântului cald al serii de iulie, întins pe una dintre sârmele pentru uscat rufe, în vecinătatea bluzelor semitransparente de mătase, a sutienelor de satin, a costumelor de baie și chiloților tetra albi ca spuma laptelui ai frumoasei doamne Suciu și ai gingașei sale fete, Lia cea cu ochi verzi-fosforescenți și părul blond, pe care o auzeam cum plânge în suspine, noapte de noapte, prin peretele care despărțea dormitorul meu de dormitorul ei. Pe deasupra păienjenișului sârmelor pentru întins rufe se plimba, ținându-și echilibrul cu lunga sa prăjină — având aerul trist, melancolic, cerebral al unui poet samizdat —, un acrobat, a cărui figură, deși estompată de lumina înserării, aducea foarte mult cu aceea a marelui Arturo Strohschneider, dispărut cu ceva vreme în urmă peste Bega Veche de dincolo de Podul Modoș.

Sprijinită de mine stătea Beatrice, cu fața lipită de fața mea. Profitând de întunericul serii, îmi petrecusem brațul drept pe după umerii fetei și, aproape la fiecare respirație a ei, îi atingeam pieptul cu vârful degetelor, amețit de vârtejul acelei senzații erotice, cu desăvârșire nouă, uluitoare, așteptând cu încordare semnul acceptării îndrăznelii mele. Oricum, aveam o poziție privilegiată, strategică, fiind așezați în spatele tuturor, feriți de privirile tuturor, la adăpostul tufelor de trandafiri, al aracilor cu roșii, ardei, vinete și castraveți și al viței-de-vie din mica grădină a mamei mele.

— Maestro Karel Junior, îl prezentase doamna Suciu pe musafirul cu mustață stufoasă și privire blajină.

— Karel-Doi Kludsky, adăugase acela, strângându-i mâna ușor tatălui meu peste piesele de Rummy etalate pe fața de masă din lână de India, cu bogate și complicate motive florale și vegetale.

— Kludsky? tresărise tatăl meu. Înainte de război am fost angajat al marelui circ Kludsky, aflat într-un lung turneu pe la Miercurea Ciuc și prin tot Regatul, chiar în 1938, anul în care a murit regina Maria. Circul tocmai plănuia să se mute la Sfântul Gheorghe, când a fost instituit doliul național care a durat două săptămâni. În vremea asta, toate spectacolele au fost suspendate. O coincidență de nume? a schițat el un zâmbet.

— Nu, nu-i o coincidență. Era chiar circul familiei noastre din Jirkov, Cehoslovacia, preluat de verii mei, după falimentul din 1934.

— Incredibil! Mică mai e lumea! s-a arătat entuziasmat tatăl meu. Și cu ce prilej pe-aici, pe la noi?

— Păi, aici m-am născut, a spus omul, mereu zâmbind.

— Cum adică aici? a ridicat din sprâncene tatăl meu.

— Adică aici, chiar în apartamentul în care locuiesc acum prietenii mei, familia Suciu.

— Doar știți, domnu' Florian, că suntem cehi, a spus doamna Suciu, fără să-și ridice ochii de pe tăblia mesei pe care erau aranjate piesele de Rummy. Că doar dumneavoastră țineți cartea de imobil și știți când ne-am mutat aici, venind din Nădlac. Noi îi cunoaștem foarte bine pe domnul Karel și pe doamna Elsa, soția sa, pentru că am fost consăteni în Vinarice, sătucul meu natal de lângă Jirkov.

— Vreți să spuneți că v-ați născut aici, chiar în casa aceasta? l-a iscodit tatăl meu pe musafirul cel blajin.

— Da, chiar aici. E adevărat că după 1900 s-au adăugat mai multe apartamente, a apărut etajul, în fine, în copilăria mea era aici o adevărată grădină, cu alei, copaci seculari, arteziene.

— Da, așa se povestește, aveți dreptate, a spus dus pe gânduri tatăl meu. Dumneavoastră sunteți o adevărată legendă vie, Maestro Karel. Eu am învățat în tinerețe de la acrobații dumneavoastră o mulțime de figuri, chiar dacă eram un simplu angajat pentru instalarea celor trei catarge ale uriașului cort, a tunelului pentru lei, tigri, șacali, pume, elefanți, a grilajului de protecție, a tuturor aparatelor pentru trapeziști. Să știți că încă mai știu câteva figuri spectaculoase, învățate de la frații Porumbescu.

— Chiar? a tresărit cu vădit interes bărbatul. Îmi amintesc perfect de acei artiști minunați. Eu sunt dresor de elefanți și lei, prin excelență, dar mai știu și eu câteva figuri la bara fixă și la frânghie.

— Nu vă cred, l-a provocat tatăl meu.

— Nici eu pe dumneavoastră, a râs ușurel Maestro Karel-Doi.

— Atunci, putem încerca un rămășag. Aici, la bara de bătut covoare de lângă tuia aceea. Hm? Ce ziceți?

— Fie! a acceptat fără ezitare bărbatul. Dacă pierd, vă dau medalia mea de onoare din aur masiv de 24 de carate, primită de curând din partea Republicii Cehoslovacia, pentru meritele circului Kludsky de-a lungul timpului, pe care o port mereu cu mine, în buzunarul de la piept.

— Și dacă pierd? și-a trecut tatăl meu mâna prin părul de la ceafă, cu privirea încordată, mușcându-și ușor buzele, gesturi care-i întăreau de regulă starea de neliniște.

— Domnule Florian, dacă pierdeți, îmi veți înapoia cei o mie de lei pe care i-ați furat acum 25 de ani după ce ați vândut programele de sală la Miercurea Ciuc, dispărând în noapte cu banii, fără să mai dea de urma dumneavoastră nici oamenii mei, nici potera, vreodată.

Au izbucnit amândoi în hohote de râs, ridicându-se de la masa cea lungă, barocă și apropiindu-se cu pași hotărâți de bara pentru bătut covoarele.

— Eram un băiat sărac, muncisem din greu câteva luni la dumneavoastră și, din cauza doliului regal, n-ați mai ținut spectacole, i-a explicat tatăl meu. N-ați acceptat să plec să muncesc la Circul Medrano, concurentul dumneavoastră, care își ridicase marele cort la Brașov, și m-ați obligat să rămân, timp de două săptămâni, fără un ban în buzunar. Ce era să fac?

— Domnule Florian, vă înțeleg perfect. La viața mea, până să o întâlnesc pe Elsa, eu n-am furat doar bani, ci și multe inimi de femei. Sunteți iertat de faptă, au trecut ani mulți de-atunci. Dar, dacă pierdeți rămășagul, n-am ce să vă fac. Îmi dați o mie de lei. Suntem oameni de onoare, nu?

S-au auzit alte hohote de râs în noapte, dinspre bara pentru bătut covoare.

— De data asta n-am unde fugi! a spus tot râzând tatăl meu și s-a avântat către bară, într-un salt înalt, apucând-o cu putere cu ambele mâini.

După o vreme, mi-am strecurat cu totul mâna prin decolteul maioului Beatricei și am rămas nemișcat. Nu s-a împotrivit, și-a întețit doar răsuflarea. Era semnul acceptării, așa îmi spusese Gole. „Dacă nu zice nimic, a ta e, pe vecie!", îmi dăduse una peste ceafă. „Nu fi prost! Dacă te iubește, nu se va împotrivi!" Ea a fost cea dintâi care și-a apropiat încet buzele întredeschise de buzele mele. Inima îmi bătea tare, mai să-mi spargă pieptul.

— Tremuram ca varga, cu ochii închiși, i-am povestit lui Gole a doua zi, spre prânz, în Parcul Pionierilor, atârnați amândoi cu capetele în jos de barele metalice ale leagănelor, ca liliecii. N-am știut ce mi se întâmplă, mi-era uluitor de bine, în același timp eram cuprins de frică. Sincer, am crezut că voi muri, pentru că nu mai aveam puls, era numai o zbârnâială continuă în piept, un susur de motor, de ventilator. Înțelegi? Iar ea mi-a mărturisit că simțise că moare și ea, cu mine deodată. Așa că tremuram amândoi, cuprinși de-o febră adevărată, de frisoane, de parcă ne-am fi îmbolnăvit. Nu mai râde, idiotule! De ce nu mi-ai zis că se va întâmpla așa ceva? Plus că toată noaptea m-am spălat pe dinți, încercând să scap de obsesia sărutului. Cât de scârbos lucru! De ce râzi, boule? Ce prieten îmi ești tu dacă nu mi-ai zis de chestia asta? Gole nu reușea să se oprească din râs.

— Așa. Și? Ai scăpat de senzația aia? m-a întrebat el, isprăvindu-și râsul.

— Da. În seara următoare ne-am ascuns din nou în mica grădină a mamei mele. Și am luat-o de la capăt.

— Păi, vezi? Acum ești și tu bărbat, fraiere! mi-a spus trăgându-mi din nou una după ceafă.

Ajuns în dreptul gardului vecinilor, deasupra cotețului caprelor și găinilor lui Ștefi, acrobatul s-a dezechilibrat și a căzut peste claia de paie clădită de domnul Hermann, portarul, cu mai mulți ani în urmă. Eu și Beatrice am alergat într-un suflet spre cotețe, oferindu-i ajutorul, dar el a refuzat, dând energic din cap.

— Secretul reușitei acrobațiilor mele, de-a lungul vieții, ne-a spus el privindu-ne trist, abătut, a fost faptul că întotdeauna am crezut în buna rânduială, iubirea și armonia ce domneau în lumea de dedesubtul meu, pe care o visam cu drag înainte de fiecare traversare. Orice ștroșnaider poate ajunge însă într-o zi să cadă ca un prost în vreo cocină murdară, tăvălindu-se prin mizeria paielor pe care cineva de sub cablul de oțel nu le-a tăiat după seceriș cum se cuvine, cu foarfeca pentru snopi, și nu le-a rânduit mai apoi în baloți, așa, frumos, cumpătat și ordonat, a mai adăugat el hotărât și, icnind ușor, s-a ridicat.

A dispărut după aceea, străvezindu-și silueta de abur prin crengile noduroase, încâlcite, încărcate de coconii, firele subțiri de borangic și fluturii *Bombyx mandarina* ai viermilor de mătase sălbatici, bătând leneș din catifelatele lor aripi peste frunzele dudului din fundul curții.

Tatăl meu a făcut mai multe figuri acrobatice spectaculoase și a ieșit de pe bară într-un salt spectaculos care a stârnit aplauzele atât ale celor de pe scăunele, care jucau 66, cât și ale celor care rămăseseră la masa cea lungă, barocă, jucând Rummy. Maestro Karel-Doi, la rândul său, a executat impecabil un șir de acrobații și a ieșit de pe bară într-un triplu salt mortal perfect.

Aplauze, fluierături admirative, ovații. Pitica Rosamunda a venit în fugă la bara de bătut covoare, luminată de un singur bec agățat de colțul clădirii Căminului de copii al ICOT, și a declarat egalitate, făcând o reverență mai apoi, către publicul din bezna nopții. Pentru departajare, tatăl meu a promis un alt număr de acrobație, cerând un scaun, o măsuță și un pahar cu vin, iar Maestro Karel-Doi a promis un număr de dresură secret.

Tatăl meu s-a ridicat în mâini cu capul în jos, pe după speteaza scaunului, îndreptându-și perfect picioarele în sus, a apucat paharul cu vin de pe măsuță cu dinții și a revenit perfect în poziția șezând. A dat pe gât vinul, a așezat paharul la loc și, ridicându-se din nou cu picioarele în sus, a reușit să ajungă în poziția de la început. S-au auzit din nou aplauzele, fluierăturile, ovațiile.

Maestro Karel-doi i-a cerut tatălui meu drâmba pe care o avea în magazia sa alchimică și a bătut din palme către arțar. A apărut o veveriță care i s-a așezat în palmă și care, luându-i drâmba, a început să cânte o piesă veche, ritmată. Un dans medieval.

Din rulota maestrului, așezată sub dudul cel bătrân, a ieșit Elsa, soția sa, îmbrăcată într-un costum strălucitor de lamé purpuriu, cu paiete aurii, pocnind dintr-un bici și ținând într-o mână un cerc de foc. La scurtă vreme, din cușca alăturată rulotei au ieșit câțiva lei și tigri, câteva pantere, un șarpe boa și un elefant, împreună cu puiul lor, care au făcut un număr de circ ca la carte. Maestro Karel-Doi a deschis apoi o cutie vintage de biscuiți, cu un desen color închipuind caravana circului Kludsky. Și toate animalele au intrat cuminți în cutie, fără să se împotrivească, nu înainte de a face câte o frumoasă reverență.

— Ei? a ridicat voios din sprâncene Maestro Karel-Doi. Am câștigat mia de lei sau nu?

Tatăl meu a făcut câteva salturi pe o trambulină improvizată, adusă din magazia sa, și, luând cu sine cutia vintage, a făcut un salt de cincisprezece metri în aer, unde a eliberat toate sălbăticiunile, ce s-au răspândit cu iuțeală, care încotro.

— Dar o datorie e o datorie, a zis el, aterizând și i-a înmânat bărbatului zece bancnote de câte o sută de lei. Vă mulțumesc, a adăugat și s-a întors la masa de Rummy.

— Nu trebuie să-mi mulțumiți. Știți că există o onoare a hoților, a râs bărbatul.

— Vă înțeleg perfect, Maestro, i-a spus tatăl meu. Străbuni de-ai mei au fost haiduci în ceata lui Miu, prin Valahia, acum niște sute de ani.

Cortina de fier

Osteniți peste măsură — după ce, împreună cu colegii noștri, am cărat prin zăpadă până la gura beciului, în coșuri de răchită, cocsul și lemnele de foc deșertate dintr-un camion la intrarea în curtea din spate a fostei mănăstiri franciscane, ce adăpostea acum școala de muzică —, Beatrice și cu mine ne-am așezat pe-o moviliță de cărbuni de forma ouălor, ștergându-ne cu dosul palmelor sudoarea de pe față. Eu eram prin clasa a șaptea, iar ea trecuse într-a opta. Respiram întretăiat, stârnind aburi prin frigul gerului de februarie, cu privirile ațintite în zăpada amestecată cu praf de cocs, rumeguș și așchii de lemne. După o vreme, ne-am ridicat ochii și, ca la un semn, am izbucnit în râs amândoi. Eram mânjiți pe față cu cărbune, precum coșarii.

N-am stat pe gânduri, am adunat în căușul palmelor o mână de zăpadă curată, așternută peste crenguțele tufelor de tuia de lângă noi, și m-am repezit spre ea, după obiceiul acelor vremuri, când băieții le prindeau pe fete iarna să le frece pe obraji cu zăpadă. S-a iscat între noi o tăvăleală, o luptă pe cinste, căci fata încerca, la rândul ei, să mă frece pe față cu omăt. Domolindu-ne cu-ncetul, m-am apropiat de fața ei cu gând să o sărut, când, de undeva, parcă din înaltul cerului, s-a auzit o voce nazală și spartă precum un ecou:

— Încetați imediat! Ridicați-vă și treceți la cărat! Altfel, exmatricularea vă mănâncă!

Era temutul director adjunct Teleagă. Un bărbat scund și slab, cu o mină veșnic tristă, posacă și cu o autoritate și severitate de speriat.

Dincolo de oboseală, eram bucuroși că scăpaserăm prin muncă patriotică de câteva ore de curs. Unele dintre ele păreau a avea un sigur scop: înfricoșarea noastră, prin tot felul de pedepse, de umilințe și de note proaste. Altele, dimpotrivă, erau încântătoare, cu povești despre scrieri vechi, ținuturi îndepărtate, călătorii peste mări și oceane, laboratoare alchimice, pictori, sculptori, poeți, muzicieni și inventatori. Până la camionul următor cu lemne și cărbuni, am pornit în explorare în curtea cea largă, prin preajma clădirii misterioase cu porți uriașe și ferestre mari cu zeci de ochiuri de geam, lipită de o anexă a școlii în care se aflau câteva săli mici de clasă pentru studiul viorii, oboiului, fagotului, clarinetului, pianului și teoriei muzicale, plus două încăperi mai mari în care învățam noi, cei dintr-a șaptea și a opta.

Am deschis cu băgare de seamă ușa metalică de lângă porțile mari de acces în hală și am intrat. Un fierăstrău circular uriaș despica un trunchi gros de brad, împins de șase muncitori, făcând un zgomot asurzitor. Alți lucrători erau cocoțați pe niște schele metalice, prinzând în cuie și holtșuruburi o butaforie reprezentând un zid înalt de clădire. Ne-am strecurat pe prima ușă ce dădea spre o încăpere aflată în stânga, care s-a dovedit a fi doar casa scărilor ce duceau spre mansardă. Am urcat cu băgare de seamă, să nu fim auziți de cineva care ar fi putut avea vreun birou administrativ sau ceva asemănător acolo. Din micul hol aflat la capătul scării, ticsit de mobilier vechi, rococo, se vedeau trei uși ale unor foarte mici cămăruțe. Lângă una dintre ferestre era așezată o pianină, foarte veche și ea, cu capacul deschis și două lumânări înfipte în suporturile de bronz, complicat decorate în stil baroc, așezate de-o parte și de alta a pupitrului de lemn traforat în forme florale, pe care se afla o partitură muzicală cu filele îngălbenite.

„Beethoven, Appassionata", a murmurat ca pentru sine Beatrice. Am oprit-o, ducându-mi degetul arătător la buze.

M-am apropiat cu băgare de seamă de ușa din dreapta și am întredeschis-o. Într-un balansoar Thonet, bogat spiralat în stil Art Nouveau, cu șezut și spătar din lemn de ratan malaysian de Malacca, se legăna ușor, privind pe fereastră, un bărbat vârstnic.

— Intrați, intrați, a spus el fără să-și întoarcă privirile de la geam. V-am văzut pe fereastră venind încoace. Vă așteptam.

Am făcut, prudenți, câțiva pași. Bătrânul s-a răsucit cu tot cu scaun către noi și a râs încetișor, astmatic.

— Erai mai îndrăzneț, adineauri, când o frecai cu zăpadă pe copila asta, a tușit el la fel de încet. Așezați-vă, hai. Va veni în curând Heleonora, doamna care se îngrijește de mine, și-o să vă dea un ceai de cireșe amare și prăjituri de casă. O să vă povestesc despre vremurile de demult, când făceam case și palate de aur și-un teatru mare, de o frumusețe nemaivăzută vreodată în toată lumea asta.

Avea o sută de ani, dar fața lui senină, liniștită nu-i trăda înaintata vârstă.

— Aflarăm, așezându-ne la mica masă ovală din lemn de trandafir din încăpere pe două scaune Thonet înrudite cu balansoarul, uluitoarea poveste a celui mai vestit aurar din Timișoara, i-am spus mai departe frumoasei mele femei cu părul arămiu, lung și cârlionțat, în vreme ce urcam dealul cu maci, nemțișori, măzăriche și alte flori de câmp, spre promontoriul din capătul falezei de la Étretat, pentru câteva portrete cu aer vintage și fotografii cu bondari și fluturi.

— La douăzeci de ani după marele incendiu din 1880, m-au ales pe mine ca aurar pentru sala de spectacole a teatrului cel mare, complet refăcută, și-a început bătrânul povestea. Pe Ferenc Gungl, prietenul meu tâmplar, l-au luat să refacă tot mobilierul, fiindcă el deja era cunoscut ca mare meseriaș la Budapesta și la Belgrad, unde a făcut decorațiunile din interiorul palatului regal și a aurit decorurile bisericii plebaniale. Pentru repararea statuilor și ornamentelor în relief l-au angajat pe Alajos Heine, asociatul meu, sculptor, care a făcut și decorurile casei de raport din Fabric. Un artist genial, credeți-mă! S-a refăcut cu ocazia asta și marea cortină de fier, care era coborâtă în caz de incendiu și avea vreo zece tone, he-he, era ceva pe-atunci! Au pus acoperiș nou, au montat țevi și toalete noi, au făcut încălzirea, au adus un motor și două bazine mari cu apă, în caz de incendiu. Muncă multă, nu glumă! Dar în final a ieșit o bijuterie, de s-a minunat și împăratul. Tot degeaba. Douăzeci de ani mai târziu, iar a luat foc teatrul nostru. N-au coborât cortina de fier, habar nu am de ce. S-a spus că ar fi fost o mână criminală, că ar fi fost opera tăciunarilor, numai Dumnezeu știe! Praful s-a ales de toată munca noastră, dragii mei. Au scăpat de la foc doar ceva decoruri și garderobe, două violoncele și biblioteca. Celelalte instrumente s-au mistuit în flăcări, au murit doi pompieri. O nenorocire!

— Dar cele patru statui ale teatrului unde-au dispărut? l-a întrebat Beatrice cu vocea ei suavă, privindu-l țintă, iar eu am făcut ochii mari, pentru că nu auzisem niciodată despre aceste statui. Thalia, Melpomene, Eutherpe, Terpsihora unde sunt acum?

— Dragă domnișoară, două dintre statuile mari de bronz, înalte de trei metri și grele de-o tonă fiecare, au fost cumpărate de Mathias Stein cu două sute de guldeni, ca să-și înfrumusețeze casa din cartierul Elisabetin. Celelalte două doar eu știu unde se află. Nimeni altcineva, a zâmbit el din colțul gurii, aprinzându-și un trabuc.

De-ndată ce în încăpere a intrat Heleonora, bătrânul a amuțit subit.

— De unde ești tu, băiete? a schimbat el vorba, adresându-mi-se cu voce scăzută.

— Din Fabric.

— Da-da-da, a murmurat el. Fabric, da. Am avut o casă acolo, pe strada Kogălniceanu. Era tare frumoasă, în stil Secession, așa cum se făceau casele odată. Cu o grădină ca din povești în curtea largă și chipul de legendă al Omului Verde, păzitorul casei, alungătorul duhurilor rele, multiplicat în patru basoreliefuri mari, deasupra ferestrelor. Iar toată fațada era strălucitoare ca un decor de teatru. N-am trecut pe-acolo de peste cincisprezece ani. Nici nu mai știu cum arată acum. După naționalizare mi-au dat de la spațiul locativ mansarda asta, aici, deasupra halei de decoruri, mecanică și tâmplărie a teatrului.

Și uite că — de bine, de rău — am apucat suta de ani! a râs el ușurel în mici cascade astmatice, făcând câteva rotocoale în formă de cerc din fumul trabucului. Dragă Heleonora, servește-i te rog cu prăjituri de casă și câte-un ceai de cireșe amare pe copiii aceștia rebegiți de frig.

Am întrebat-o după ore pe Beatrice de unde știa despre cele patru statui.

— Străbunicul meu, Alfred Wittgenstein, le-a turnat la Reșița împreună cu *maistorii* lui, în marile turnătorii de-acolo. Tatăl meu mi-a spus povestea, când eram mică.

— Și-acum ești mare? Sau te dai mare? am schițat un zâmbet.

Beatrice mi-a zâmbit și ea, ca o prințesă.

Ciaccona pentru nyckelharpă și vioară

Preț de o oră binecuvântată, între schimbul de noapte și cel de zi, pe la șase dimineața, războaiele de țesut ale Fabricii de ciorapi *Oksko Tereza* își opreau toate țăcănitul cel mecanic de mitralieră, perfect ritmic, continuu, exact în aceeași clipă. Atunci se așternea pe mica stradă Drăgășani o liniște desăvârșită, ca într-o pădure de munte la vreme de iarnă. Mama deschidea larg ferestrele dormitorului nostru și tot în acea clipă magică a primelor zile de vacanță de vară, se porneau să cânte mierlele, să gângurească gugușticii, să ciripească voios vrăbiile și rândunicile, să fâlfâie fluturii și să bâzâie albinele și bondarii prin florile mamei din glastra de pe pervazul de-afară.

Fix la aceeași oră, radioul nostru Telefunken, cel cu ochiul magic fosforescent, de un verde-intens, își începea emisiunea *Radio-Prichindel, o emisiune pentru cei mici,* după cum anunța cu timbrul său cald și sprințar o crainică veșnic optimistă, actrița de teatru radiofonic Silvia Chicoș, cea cu voce perfectă de copil. *Bună dimineața, dragi copii!* continua crainica. *Începem, ca de obicei, cu gimnastica de înviorare. Ridicăm mâinile și le coborâm. Unu-doi-trei-patru, cinci-șase-șapte-opt și unu-doi-trei-patru, cinci-șase-șapte-opt. Unu-doi-trei-patru, cinci-șase-șapte-opt și unu-doi-trei-patru, cinci-șase-atenție-stai! Scuturăm mâinile și ne aplecăm în față. Unu doi-trei-patru.* Puțin mai târziu, glasul potolit, baritonal al unui bărbat anunța, pronunțând rar, așezat, ca într-o hipnoză: *Este ora 6 și 30 de minute. Transmitem muzică de estradă, cu Orchestra Mantovani.*

Zgomotul surd, îndepărtat, însoțit de trepidarea din temelii a întregii noastre case Secession, putea prevesti sosirea coloanei de tancuri dinspre cazărmile soldaților ruși îndreptându-se către câmpul de instrucție de pe Bulevardul Eroilor de la Stalingrad, fost Take Ionescu. Doar că nu părea a fi uruitul obișnuit al șenilelor care călcau apăsat peste caldarâmul din piatră cubică. Erau mai curând zgomotele unor pași de uriași. Godzilla? m-am cutremurat, vârându-mi capul sub duna din puf de gâscă cu care mă înveleam, fie vară, fie iarnă. O fi sosind însăși fiara-fiarelor, monstrul japonez *kaiju* cu puteri nucleare nimicitoare, pe care-l văzusem de vreo zece ori la Cinematograful Clubului ICOT, întovărășit cu Umbra, personajul malefic misterios de la *Șase-Căși*, ce-mi bântuia și îmi amplifica în copilărie spaimele nocturne, alături de Iuda-vânzătorul-și-trădătorul lui Iisus Hristos?

Nu, nici urmă de tancuri, de Godzilla sau de alte făpturi teribile. Erau elefanții circului cehoslovac, făcându-și agale turul matinal al cartierului, mânați de la spate de către însuși Maestro Karel-Doi Kludsky. Chiar dacă isprăvisem clasa a șaptea și o iubeam nebunește pe Beatrice, mă temeam încă de întuneric, de nălucile nopții și de umbrela neagră din antreu care stătea uneori deschisă, zvântându-se după vreo ploaie trecătoare de vară, sprijinită de podea, cu gura ei imensă și neagră de rechin, cu dinții de fier rânjiți către mine.

A doua zi, înainte de matineul duminical de la ora 11, în fața uriașului cort cu trei catarge și trei arene pentru acrobații, comicării cu măscărici și maimuțe, cu Arlechino și Isabella și dresuri de lei, tigri, elefanți, șacali și alte sălbăticiuni, pe platforma din scânduri de brad date cu motorină se instalaseră pe câte un scaun fără spetează un bărbat și o femeie trecuți de patruzeci de ani.

Maestro Karel-Doi Kludsky i-a prezentat în pâlnia sa din tablă zincată drept „cei mai mari și desăvârșiți interpreți suedezi la nyckelharpă, care vor cânta pentru dumneavoastră valsul *Spelmansglädje* și două polci, *Stormyren* și *Hardrevet.* Doamnelor, domnișoarelor și domnilor! De curând s-au întors de la Bienala de la Veneția, special pentru dumneavoastră, Hanna și Eric Sahlström, îndrăgiți pe tot mapamondul! Întreg matineul de dresaj cu fiarele junglei, șerpi boa, vipere și elefanți din India și Africa va fi însoțit de muzica acestor artiști din Suedia. Ultimele bilete, la casa de lângă florărie, Peco și sifoane. Poftiți vă rog, apropiați-vă! Sunt aici, chiar minunea lumii, cu nyckelharpore de-acum o mie de ani, Hanna și Eric Sahlström! Să-i aplaudăm!"

Și chiar s-au auzit aplauze răzlețe din partea primilor gură-cască sosiți în Piața de Fân. Cei doi cântăreți suedezi și-au isprăvit cu un oarecare succes valsul promis, dar după prima polcă s-a stârnit o rumoare printre sutele de spectatori care se plimbau de colo colo prin fața menajeriei cu sălbăticiuni, instalate în preajma labirintului din sticlă și oglinzi.

Preferatul maestrului Karel-Doi Kludsky, puiul de elefant african Bubi, pătrunsese — nu se știe cum — în labirintul oglinzilor cu pereți uriași de sticlă și se oprea înclinând din cap și legănându-și trompa în fața fiecărei luciri anamorfotice care îl prezenta când lung și slab, când turtit, lăbărțat.

Una dintre imaginile oglindite îl arăta ca pe un tigru. Bubi a încremenit și a scos din gâtlej un lung răget de uimire, precum sunetul unei trompete. Dincolo de geamul care îl despărțea de imaginea cea stranie se afla cu-adevărat un tigru. Micul elefant african, speriat, a încercat s-o rupă la fugă, dar s-a încurcat în prea multele oglinzi, fără să reușească să mai găsească ieșirea. Mama micuțului Bubi, auzind de departe, din menajerie, glasul disperat al puiului său, s-a smuls din lanțuri dintr-o singură mișcare și a făcut praf întregul labirint, izbind pereții de sticlă cu colții săi de fildeș.

Mulțimea de oameni din piață, intrată în panică, a început să fluiere și să urle de spaimă. Un milițian își agita bastonul și șuiera în fluierul său, cu ochii ieșiți din orbite, îndemnând oamenii la liniște și dirijând circulația pietonală cu mișcări dezordonate de aripi de pinguin. Tigrul, zăpăcit cu totul de neașteptata întâmplare, a zbughit-o și, din câteva salturi a intrat cuminte în cușca lui, tolănindu-se în covorul de paie, ca o pisică, și închizând ochii. O maimuță foarte mică a tras zăvorul cuștii, închizând-o și, la rândul său, și-a acoperit ochii cu palmele, țopăind pe loc și țipând, minute în șir.

Cu-ncetul s-a liniștit întreaga atmosferă. Eu și Beatrice deja ne dădeam într-una din bărcile uriașe și puneam la cale plecarea la plaja de dincolo de Turbine. Hanna și Eric Sahlström și-au început cea de-a doua polcă *Hardrevet,* trecându-și cu iuțeală și îndemânare arcușurile peste corzile nyckelharporelor și zâmbind neîntrerupt către public.

După-amiază, la întoarcerea noastră de la scăldat în apele sălbatice ale Begăi de dincolo de ștrandul administrat de părinții mei, am intrat în sufragerie și am văzut cea mai spectaculoasă imagine a vieții mele.

Sub atenta supraveghere a domnului Karel-Doi, mama-elefant din ajun scotea cu trompa sa cea puternică pianul nostru prin ferestrele dinspre strada Drăgășani larg deschise. Odată ajuns în stradă, acest frumos instrument a fost instalat în salonul principal al restaurantului Carul cu bere din Piața Traian. Au cântat apoi la bătrânul pian, seară de seară, renumitul interpret de jazz Josef Reininger, împreună cu compozitorul Waldemar Oschanitzky, până când, într-o noapte geroasă de decembrie, după abandonarea completă a localului de către administratorii săi, i-au plesnit toate corzile cu un zgomot asurzitor, al cărui suflu puternic a spart și ultimul geam al faimosului restaurant de odinioară, care se mândrea cu cea mai lungă vitrină de stradă din Europa.

După o vreme, tatăl meu l-a recuperat, i-a demontat barocele picioare și l-a așezat în iarba de lângă rondul cu petunii din curtea căminului de copii ICOT. I-a umplut coada cea mare cu pământ negru de pădure și a sădit un labirint din petunii albe, mov și roșii, în forma aproape fotografică a chipului mamei mele din tinerețile sale bucureștene. Aplecându-se deasupra capacului ce-i acoperea claviatura de fildeș, a demontat plăcuța pe care scria numele firmei și a curățat-o cu sidol în atelierul său din curtea casei noastre Secession.

Pe spatele acesteia era gravat doar atât: *Für Therese, meine ewige Liebe, Ludwig.* Străbătut de o bănuială ca de un fulger, tatăl meu a dus plăcuța la un meșter bijutier. Acela a privit-o cu o lentilă specială preț de câteva clipe, a înmuiat o mică pensulă într-o substanță secretă și a aplicat-o pe un colțișor.

— E aur pur, domnule Florian. Face pe puțin două mii de lei.

— Foarte bine, a spus tatăl meu. Dați-mi banii.

— Vorbiți serios?

— Foarte serios. Am de plătit niște datorii și sunt strâmtorat.

— Așteptați, i-a zis bijutierul. Rezolvăm chiar acum.

În seara aceea tatăl meu a dat o mare petrecere în sufragerie, invitându-i pe toți prietenii noștri de la Circul Kludsky și pe cei de la Luna Park. S-a îmbătat destul de repede și, ca de obicei, a devenit foarte vesel, ne-a dat bani de ciocolată nouă, copiilor, a lipit pe fruntea celor doi soți suedezi câte o sută de lei și le-a spus:

— Și-acum, vă rog, ceva frumos, de inimă albastră. De dragul pianului, odihnească-se în pace! De dragul lui Therese, de dragul lui Ludwig, cine vor fi fost aceștia vreodată! De dragul tuturor celor prezenți aici! Hai, noroc, la toată lumea!

Beatrice și-a adus din beci vioara și s-a așezat pe un scaun Thonet cu speteaza din lemn curbat lângă Hanna și Eric Sahlström. Au început să cânte toți trei la unison *Ciaccona* de Bach, exact în clipa în care tatăl meu s-a ridicat de la masă, alb ca varul și s-a adresat celor prezenți cu o voce pierită:

— Pe mine vă rog să mă scuzați, mi-e cam rău. Voi merge la culcare. Seară bună tuturor!

Mai spre miezul nopții a apărut Ida-Muta care i-a făcut masajul ei cel nemilos și i-a dat un ceai din plante vrăjitorești, iar tatăl meu a adormit tun, cu un zâmbet suav de copil care visează sirene și delfini într-o mare pe care n-a văzut-o niciodată aievea.

Până spre dimineață, mama i-a trecut peste frunte comprese cu apă sfințită și l-a mângâiat pe obraji. La revărsatul zorilor, a ridicat puțin fitilul care ardea cu flacără mică în păhărelul cu ulei al candelei de lemn de lângă fereastră, ce avea deasupra sa o iconiță înfățișându-i pe Maica Domnului și Pruncul Iisus. S-a închinat în mișcări largi, lente, de trei ori și a adormit alături de el, frântă de oboseală.

Epilog. Peisaj cu capră, legănându-se

Îmbătrânind, Ștefi căpătase privirea și expresia feței doamnei portar Hermann. Ochii veșnic senini, moșteniți de la mama sa, îmblânzeau acum zigzagurile subțiri ale ridurilor ce-i brăzdau chipul. Și-a făcut palma dreaptă streașină la ochi, să se poată uita mai bine spre acoperișul din stradă, unde ajunsese una din caprele ei, nu se știa cum. Câțiva muncitori care trebăluiau la demontarea schelelor împânzite de jur-împrejurul clădirii au improvizat un hamac și, cu ajutorul micii lor macarale cu scripete și lanț de fier, pe care o foloseau pentru a duce la înălțime tot felul de lucruri trebuincioase, au pornit să coboare ușurel bietul animal ce behăia prelung, în răstimpuri, a spaimă și nedumerire.

Nu demult, casa copilăriei mele timișorene, ridicată din temelii în urmă cu mai bine de o sută de ani de către faimosul aurar Eugeniu Sprang, a fost în întregime desfigurată printr-o așa-zisă renovare. Fațadei, ce semăna cândva atât de izbitor cu interiorul fastuos, eclectic, al unei săli de operă napoleoniene sau vieneze, i-au fost distruse barbar, cu picamere, târnăcoape, baroase și dălți, barocele basoreliefuri ce întrupau frumoase chipuri feminine din lumea zeităților antice grecești și multiplicau figura neînduplecată a vigilentului mascaron, protector al clădirii, numit Omul Verde. Au fost înlăturate toate efigiile și decorațiunile zidurilor, ba chiar și monograma proprietarului, ES, frumos caligrafiată, ce se afla desupra masivei porți de la intrare. Ferestrele înalte de lemn, de odinioară, au fost înlocuite cu rame metalice lăcuite și geamuri termopan. Labirinticele, ezotericele, torsionatele grilaje din fier forjat – în desene geometrice curbate, simetrice și linii frânte – ale subsolului au dispărut, nu se știe unde. Peste cărămida pereților exteriori, răzuiți de tencuiala și ornamentele vegetale originale, s-au montat plăci de rigips și polistiren, gletuite și date cu o vopsea ternă, gri, de acril. Încântătoarea noastră casă Secession de până mai ieri – soră cu toate clădirile vechi, vilele și parcurile ce se întindeau între Gara Mică și Piața de Fân, cu palatele din Piața Traian și cu cele de vizavi de Parcul Regina Maria, spre Băile Neptun până la Podul Decebal de peste Bega – pare acum doar un decor minimalist de teatru, înfățișând un soi de buncăr bizar și uriaș, precum o carapace de titanozaur prinsă între țevile schelelor ce seamănă cu pânza pietrificată a vreunui păianjen antediluvian. Magicul, uluitorul palat de vis al copilăriei mele s-a preschimbat într-o halucinantă, neverosimilă butaforie.

Scripetele macaralei s-a blocat deasupra unei ferestre, în dreptul Omului Verde de altădată, iar capra lui Ștefi a amuțit, legănându-se încet în hamac, rumegând cu încetineală și privind liniștită în depărtare. Aici e și sfârșitul filmului, v-ați dat seama, cred.

La prețul de vânzare al cărții
se adaugă 2%, reprezentând
contravaloarea timbrului literar.

Tipar: ARTPRINT
E-mail: office@artprint.ro
Tel.: 021 336 36 33